HET NIJLPAARD

STEPHEN FRY BIJ UITGEVERIJ THOMAS RAP

De leugenaar
Geschiedenis maken
Een jongensleven
De collegejaren
Een tomeloze tijd
Mythos
Troje
Helden

Stephen Fry

Het nijlpaard

Vertaling Harmien L. Robroch

2023
THOMAS RAP
AMSTERDAM

Eerste druk november 2004
Tweede druk oktober 2021
Derde druk januari 2022
Vierde druk januari 2022
Vijfde druk april 2022
Zesde druk juni 2022
Zevende druk september 2022
Achtste druk november 2022
Negende druk juni 2023
Tiende druk augustus 2023
Oorspronkelijke titel *The Hippopotamus*
Oorspronkelijke uitgever Hutchinson, Londen
Omslagontwerp bij Barbara
Foto auteur Claire Newman Williams
Vormgeving binnenwerk Adriaan de Jonge/CeevanWee, Amsterdam
Druk en bindwerk CPI books GmbH, Leck
ISBN 978 94 004 0871 5
NUR 302

thomasrap.nl

MIX
Papier | Ondersteunt verantwoord bosbeheer
FSC® C083411

Bij de productie van dit boek is gebruikgemaakt van papier dat het keurmerk van de Forest Stewardship Council® (FSC®) mag dragen. Bij dit papier is het zeker dat de productie niet tot bosvernietiging heeft geleid.

Voor Kim, *alter ipse amicus*

De auteur wil Matthew Rice graag bedanken voor zijn onschatbare hulp bij de jachtscènes. Onnauwkeurigheden op dat gebied zijn geheel aan hem te wijten.

Het breedgeschouderde nijlpaard
Dat op zijn buik in de modder wroet;
Hoewel hij ons zo stevig lijkt
Is hij slechts vlees en bloed.

'Het Nijlpaard', T.S. Eliot

Voorwoord

Je kunt van zo'n klootzak als ik niet verwachten dat hij een goed verhaal kan vertellen. Het kost me goddomme al moeite genoeg om met dit kloteapparaat om te gaan. Ik heb de woorden geteld – dat doe ik elk uur – en als je de techniek moet vertrouwen, dan ziet het ernaar uit dat je er zo'n 97.776 te verstouwen krijgt. Succes. Je hebt erom gevraagd, je hebt me ervoor betaald, je houdt het maar uit. Zoals de man zei: 'Ik heb geleden voor mijn kunst, nu is het jouw beurt.'

Niet dat dit nou zo'n beroerde ervaring is geweest. Ik drink tussen de middag geen alcohol meer bij het eten, loop niet kwijlend achter onbereikbare vrouwen aan en maak geen ruzie met die vreselijke mensen van hiernaast. En dat allemaal door Het Project, zoals jij het hardnekkig blijft noemen.

Ik heb, op jouw voorstel, de afgelopen zeven maanden een min of meer regelmatig leven geleid, en ik heb me laten vertellen dat de positieve uitwerkingen me duidelijk zijn aan te zien in het gelaat, aan mijn taille en aan het wit van mijn ogen.

De routine was constant en ziekelijk aangenaam. Elke morgen, op een tijdstip waarop de meeste mensen nog aan een laatste borreltje denken voordat ze naar bed gaan, stond ik op, douchte ik, liep met lichte tred naar beneden, smakte een bord Kellogg's naar binnen en leidde mijn onwillige slippers richting studeerkamer. Ik zet de computer aan – een handeling die mijn zoon Roman 'in de matrix pluggen' noemt – staar met walgende ogen naar de bagger die ik de vorige avond heb opgesteld, luister nog maar weer eens naar die godvergeten interviewbandjes met Logan, steek een Rothman op, en ga goddomme gewoon aan het werk. Als het een goede dag is geweest, verdwijn ik naar boven voor een feestelijk nummertje masturberen – wat Roman ongetwijfeld 'in de matras pluggen' zou noemen – en tot een uur of zeven denk ik niet eens aan drank. Al met al een waardig en rein leven.

Een huis huren op het platteland creëert het probleem dat iedereen opeens je beste vriend is. Ik moet voortdurend Oliver, Patricia en Rebecca en alle anderen van me afslaan die schijnen te denken dat mijn tijd onbeperkt is en mijn kelder bodemloos. Zo nu en dan dumpt het Rotwijf hier een zoon of dochter voor een weekendje, maar die zijn allebei groot en lelijk genoeg om voor zichzelf te zorgen, en hebben van mij geen hulp nodig om hun jointje te draaien of hun spiraaltje in te brengen. Volgende week trekt Leonora in het huis dat ik haar heb gegeven en dan ben ik voorgoed van haar af. Ze is veel te oud om zo aan me te hangen.

Nee, over het geheel genomen zou ik willen zeggen dat het een groot succes is geweest. Als proces gezien, tenminste, als proces. Of het *product* iets is om over naar huis te schrijven is natuurlijk aan jou.

Ik begrijp heel goed dat er nog heel wat aan opgedirkt moet worden. Ik neem aan dat jij wel een beslissing zult nemen over een eventueel verenigd perspectief ... een consequente verteller in de derde persoon, een alwetende verteller, een onwetend oog, of een onwetende ikpersoon, al dat soort Eng. Lit. gezwam. Aangezien de helft in briefvorm is, kun je altijd hier nog wat verfraaien, daar nog wat opsmukken en het een Briefroman noemen, nietwaar?

Mijn voorkeur voor de titel gaat uit naar *Andermans poëzie*, maar ik heb zo'n vermoeden dat die smerige marketingmensen van jou dat een tikkeltje te aanstellerig vinden. Mij lijkt het de beste titel, de enige titel. Dus wat voor goedkoop alternatief je ook verzint, voor mij zal het boek altijd *Andermans poëzie* heten en niets anders. Jouw suggestie *Wat nu?* of *Wat nou weer?* of wat het dan ook was, vind ik een beetje té Joseph Heller en een heel dreunende rechtse hoek te commercieel, dat is het woord, geloof ik. Verder vind ik *De thaumaturg* nog wel wat; als je dan toch per se wat anders wilt. Ongetwijfeld verzin je zelf wel weer iets rete-intelligents. Roman vindt *Whisky en soda* erg gaaf.

De details die volgen zijn min of meer correct. Mocht je plotseling uitgeversneigingen krijgen en erin gaan willen zitten strepen, dan kun je altijd nog de namen en data veranderen – het zal me aan mijn reet roesten. Overigens, tegen de tijd dat je dit leest, is het tijd voor de tweede helft van mijn voorschot: ik ga weer terug naar de grote stad, voor een hoer en een bar, dus gooi de cheque maar bij de Harpo neer; daar kun je ook je professionele mening achterlaten, ook al is die niet veel waard.

E.L.W.

Een

Feit was dat ik net bij de krant was ontslagen: hysterisch gezeik over beledigend geschreeuw vanuit de stalles tijdens een première.

'Toneelkritiek hoort een oordeel te zijn dat in alle rust wordt overpeinsd,' had mijn natte drol van een redacteur gebriest, nog steeds trillend op zijn benen als gevolg van de overweldigende stroom gekrijs en geklaag, afkomstig van acteurs, regisseurs en producers en (het zou toch ook eens niet waar zijn) pompeuze, laffe, hufterige collega-recensenten, die al de hele morgen via fax en telefoon op hem was losgelaten. 'Je weet dat ik achter mijn personeel sta, Ted. Je weet dat ik je werk aanbid.'

'Dat weet ik goddomme helemaal niet. Ik weet dat mensen die intelligenter zijn dan jij je hebben verteld dat ik een pluim op je glibberige hoed ben.'

Ik wist ook dat hij het soort stomme hufter was dat in alle foyers en theatercafés in West End in andermans gin en tonic loopt te blaten dat hij 'naar het theater gaat om vermaakt te worden'. Dat liet ik hem weten ook, en nog een hele smoelvol op de koop toe.

Een maandsalaris, veel spijt, het telefoonnummer van een of andere ordinaire ontwenningskliniek en mijn lance was free.

Als je ook maar een greintje fatsoen hebt, dan ben je vast wel eens ergens ontslagen ... schoolbestuur, sportteam, erelidmaatschap van een commissie, club, vereniging voor satanische mishandeling, politieke partij ... wat dan ook. Dan ken je dat uitgelaten gevoel dat in je opborrelt als je de kamer van de rector uitstormt, je kastje leegt, je schrijfwaren van je bureau haalt. Ontken het maar niet, we voelen ons allemaal miskend: dat ons officieel wordt verteld dat de zaak ons uit handen is genomen, bevestigt ons gevoel dat we door een hardvochtige wereld niet echt worden gewaardeerd. Op eigenaardige wijze bevordert dit onze door psychotherapeuten en soortgelijke baggerspuiters van de media genoemde eigendunk, omdat het bewijst dat we altijd al gelijk hadden. Het is in deze wereld een zeldzame ervaring om ooit in het gelijk gesteld te worden en het doet wonderen voor de *amour propre*, zelfs als, heel tegenstrijdig, datgene waarin we gelijkgesteld worden, onze verdenkingen zijn dat überhaupt niemand ons een knip voor de neus waard vindt.

Ik stapte aan boord van het veer dat stompzinnig heen en weer vaart tussen krantenland en het echte Londen en keek hoe het *Sunday Shite*-gebouw steeds kleiner werd naarmate meer en meer langzame knopen werden afgelegd tussen mezelf en het deprimerende havengebied. Ik voelde me verre van zeurderig of misbruikt; een aanzwellend gevoel van opluchting en een bonzende eind-van-het-schooljaar uitgelatenheid maakten zich juist van mij meester.

Op zo'n moment, maar dan ook alleen op zo'n moment, kan een dochter een zegen zijn. Aangezien het halfeen was, zou Leonora inmiddels wel op haar hoge hakjes naar de Harpo Club zijn getrippeld. Je kent het daar wel – kan de echte naam niet noemen, advocaten blijven advocaten – draaideuren, ruime bar, lekkere stoelen, min of meer acceptabele kunst aan de muur. Overdag toonaangevende uitgevers en wat vroeger de Mediahedin werd genoemd; 's avonds en 's nachts de laatste zieltogende Soho bohémiens en aan lagerwal geraakte dronkaards die vertroosting zoeken in het privilege gevleid te worden door de eerste lichting van de volgende ochtend.

In de brasserie achterin omhelsde, knuffelde en kraaide Leonora (niet bepaald mijn idee, een naam die meer dan genoeg zegt over de dwaze moeder van het kind).

'Pappieee! Wat doe jij hier zo overdag?'

'Als je die glibberige tong van je uit m'n oor haalt, dan zal ik het je vertellen.'

Ze dacht zeker dat een lichtelijk beroemde dochter en haar nog lichtelijker beroemde vader, die op die manier ongedwongen genegenheid voor elkaar tentoonspreidden, jaloezie en bewondering op zouden wekken bij die kontklemmend burgerlijke generatiegenoten van haar, die hun ouders alleen maar tijdens een kopje thee in een hotel zien en in hun bijzijn niet in het openbaar zouden durven vloeken, roken of drinken. Typisch Leonora, verdomme; in het hele land zijn cafés waar drie generaties doodnormale families elke godvergeten avond tegen elkaar op drinken, vloeken en roken, zonder ooit te bedenken dat ze zichzelf gewoon waanzinnig gelukkig mogen prijzen dat ze zo'n eenvoudigweg geniaal fantastische relatie met hun geweldige pappies hebben.

Ik liet de Rothmans en de aansteker op tafel vallen en liet het muurbankje als een Romeinse keizer onder mijn gewicht kreunen. Het altijd aanwezige uitvaagsel wendde zijn ogen af, terwijl ik de ruimte in me opnam. Stuk of wat acteurs, naamloos kluitje reclamemensen, die nicht die op Channel Four van die architectuurprogramma's presenteert, twee verlopen, ouwe schooiers die vermoedelijk rocksterren waren en vier vrouwen aan een tafeltje, waarvan er eentje uitgever was en die ik alle vier wel mee naar boven zou willen nemen om ze eens meer of minder heftig met mijn pik te doorklieven.

Leonora, die ik nooit heb willen doorklieven, de goden zijn geprezen in deze onvergeeflijke tijd, zag er slanker en stralender uit dan ooit. Als ik niet wist dat het uit de mode was, zou ik denken dat ze aan een of andere drug was.

'Wat is dat allemaal?' vroeg ik, terwijl ik een draagbare cassetterecorder van de tafel voor me pakte.

'Ik doe om één uur een portret van Michael Lake,' zei ze. 'Voor *Town & Around*.'

'Die oplichter? Dat schijterige rioolvocht van hem wat voor een toneelstuk moet doorgaan is de reden dat ik hier zit.'

'Wat bedoel je in vredesnaam?'

Ik legde het uit.

'O, pappie,' kreunde ze, 'jij slaat ook werkelijk alles! Ik heb maandag een voorvertoning gezien. Ik vind het werkelijk een briljant stuk.'

'Natuurlijk vind je dat. En daarom ben jij ook een waardeloze, cultuurverkrachtende roddeltante die d'r tijd vult met het uitbraken van gezever voor pretentieuze tijdschriften, in afwachting van een rijke, semi-aristocratische nicht die aanspraak maakt op je kwaliteiten als fokmerrie, terwijl ik, ondanks al mijn fouten, schrijver blijf.'

'Nou, je bent nú anders geen schrijver, hè?'

'Een geriemde adelaar is nog altijd een adelaar,' verklaarde ik met ontzagwekkende waardigheid.

'Wat ga je nu doen? Wachten op aanbiedingen?'

'Ik weet het niet, mijn ouwe schat, maar één ding weet ik wel. Die moeder van jou kan ik nu echt niet gebruiken. Ik loop toch al twee maanden achter.'

Leonora beloofde haar best te doen en ik haastte me uit de brasserie, voor het geval die Lake-klucht vroeg was. De meeste toneelschrijvers zijn in staat om met goede wijn en foute vuisten te smijten als de waardeloze, rotte bagger die ze voor een goedgelovig publiek hebben uitgekotst wordt ontmaskerd voor wat hij werkelijk is.

Ik ging aan de bar zitten en staarde naar de spiegel voor me, die uitzicht gaf op de binnenvloeiende stroom door de deur achter me.

De lunchmassa draalde rond de bar, in afwachting van hun geldschieters of hun uitzuigers; de geur van vrouwen overdag en het zonlicht dat door het raam stroomde creëerden binnen een sfeer die zo verschilde van de donkere, nichterige glans die er 's avonds hangt, dat het leek alsof we waren overgestapt naar een andere ruimte in een ander decennium. In Amerika, waar kroegen vaak beneden straatniveau liggen, zoals dat aanstellerige café in die afschuwelijke televisieserie die elke dag wordt herhaald op Channel Four, wordt de sfeer van overdag nadrukkelijk verbannen. De klant mag er zeker niet aan worden herinnerd dat er daarbuiten een werkende wereld is, zodat hij zich niet schuldig voelt dat hij hem wegzuipt. Net als een groeiend aantal geaffecteerde Europeanen, zien Amerikanen drinken, net als gokken en hoereren, als iets wat in het donker gedaan moet worden. Ikzelf ken geen schaamte en hoef er niet stiekem tussenuit te knijpen naar Toscane of het Caribisch gebied om zonder schuldgevoelens in de zon te kunnen drinken. Dat brandmerkt mij als een zonderling in een lunchwereld waar het vuur van alles wat met wijn te maken heeft gedoofd wordt met sproeiende stralen mineraalwater, en waar de vlammenzee van alles wat met een stevige maaltijd te maken heeft wordt gedrenkt in balsamico-azijn of wordt nageblust met allesverhullende radicchio, lollo rosso, eikenbladsla en meer van dat onkruid. Jezus, wat leven we in een kontverlammend saaie tijd.

De romanschrijver Weston Payne maakte ooit tijdens een lunch voor literaire broodschrijvers, nu we het toch over haute-couturesla hebben, een salade klaar met staartwortel, plataan en ander gemengd gebladerte uit de tuinen van de bewoners in Gordon Square. Hij besprenkelde deze bladeren met een vinaigrette en serveerde die onder universeel applaus als *cimabue, putana vera* en *lampedusa*. Een lamlendige klootzak van de *Sunday Times* ging zelfs zover dat hij beweerde dat *putana vera* in zijn plaatselijke supermarkt te verkrijgen was. Een fles Londens kraanwater, gekoeld en uit een sifon gespoten, werd met alle bewijs van genoegen onder de naam *Aqua Robinetto* weggeslobberd. Heel toepasselijk, eigenlijk. Tenslotte werden de romans van Weston al twintig jaar lang als zijnde literatuur gesleten aan diezelfde nietswaardige, loze figuren, zonder dat ze het zelf in de gaten hadden. Soms denk ik wel eens dat Londen de grootste catwalk voor keizers is. Misschien altijd al geweest, maar vroeger waren we niet te bang om te schreeuwen: 'Je bent naakt, stomme idioot. Je bent hartstikke naakt.' Je hoeft vandaag de dag maar een wind te laten in het bijzijn van een donkerharig meisje van de *Sunday Times* wiens vader een ontslagen politicus of een onbelangrijke dichter als ikzelf is, of je wordt al opgeblazen en geprofileerd als de nieuwe Thackeray.

Als je jonger bent dan ik, en statistisch gezien ben je dat ongetwijfeld, kun je je niet voorstellen hoe het is om tot de drank- en rookgeneratie te behoren. Dat een man, naarmate hij ouder wordt, ontdekt dat de generaties na hem vulgairder, losbandiger, minder gedisciplineerd zijn en een heel continent stommer dan het achtereind van een varken – elke generatie doet diezelfde ontdekking – is nog tot daaraan toe. Maar om overal om je heen een puriteinse houding waar te nemen, om te zien dat mensen hun neus voor je ophalen als je langs strompelt, om de meelevende walging van de helder uit hun ogen kijkende jongeren met hun roze longetjes en hun schone levertjes in je op te nemen, waardoor je het gevoel krijgt alsof je een bus hebt gemist waarover niemand je heeft verteld en die ergens naartoe rijdt waarvan je nog nooit gehoord hebt, dát kan best hard aankomen. Al die schijnheilige braveriken en pedante Malvolio's die rondlopen met hun 'kun je wel, er zijn mensen die morgen een examen hebben, hoor'-uitdrukkingen op hun bleke, belerende, kleinzielige gezichtjes. Om te kotsen.

Kennelijk was de irritatie van mijn gezicht af te lezen, want het schatje op de kruk naast me staarde me lange tijd zijdelings aan, zonder dat ze in de gaten had dat ik, via de spiegel, staarde naar haar staren. Ze gleed met haar bottige, maar niet onsmakelijke kontje van de kruk, liep naar een stoel in de hoek en liet mij als enige inzittende achter in de barweide, om in mijn eentje de augurken te grazen en de cashewnoten te oogsten. Kende haar ergens van. Mijn vijf tegen jouw twee dat ze een dagboekschrijfster van de *Standard* was. Leonora zou het wel weten.

De grote dramaturg was, uiteraard, tien minuten te laat en schreed, zonder me te zien, naar de eetzaal. De grijns op zijn gezicht gaf aan dat hij óf het gros van mijn voormalige collega's voor de gek had weten te houden – geen grote prestatie – en was geprezen om zijn gruwelen, óf het verrukkelijke nieuws van mijn ontslag had gehoord. Allebei, waarschijnlijk. Hij was het natuurlijk allang vergeten, want dat doen ze altijd, maar ik was nota bene degene die de schoft ontdekt had. In de tijd dat ik nog elke nacht het alternatieve toneel afging en toneelvoorstellingen zag van gezelschappen met namen als Open Deur en Gezamenlijke Ruimte; de tijd dat één teken van mij de overstap kon garanderen van een achterafcafé in Battersea, naar een sjiek toneelbordeel in West End. Michael Lake had een toneelstuk geschreven dat in een betere wereld heel gewoontjes zou kunnen worden genoemd, maar dat de indruk gaf buitengewoon te zijn door de banaliteit, het analfabetisme en de chagrijnige ongenietbaarheid van zo'n beetje alle nieuwe werken die dat jaar en de voorafgaande vijf jaar waren geschreven. In een mesthoop kan zelfs een kraal glinsteren als een saffier. Negentiendrieënzeventig moet het zijn geweest, of anders negentienvierenzeventig. Vandaag de dag kon de man, uiteraard, nog geen briefje voor de melkboer schrijven zonder dat het overstelpt werd met universele lof door het Nationaal Toneel, het *Koninklijk* Nationaal Toneel neem me niet kwalijk; het is toch kontlebberend huiveringwekkend. De enkele vlammen van prijzenswaardige woede en gepaste passie die in zijn vroege werk hadden geflikkerd, waren uitgezeken door een ondraaglijke, opgeblazen, nationale serieusheid en een volledige desinteresse voor het publiek en gebrek aan respect voor het theater. Als iemand van de generatie die het lidwoord veracht, zou hij natuurlijk hebben gezegd 'een volledige desinteresse voor publiek en gebrek aan respect voor theater'. Alsof Publiek een vormeloos begrip was, in plaats van een levende warboel kuchende, schuifelende mensheid en Theater een intellectueel concept volledig gescheiden van acteurs, decor, belichtingsinstallaties en houten planken. Dat Theater zijn uiterste best deed om zijn humorloze teksten tot draaglijke avonden te transformeren en Publiek zijn watermolen in Suffolk en zijn shockerende verzameling schilderijen van Bratby financierde, deed er niet toe ... van hem hoefden ze geen dankbaarheid te verwachten. Verwaand klein kontenvegertje.

'Doe mij er nog maar een,' zei ik tegen de barman.

'Ik trakteer ...' Een stem, vrouwelijk, bij mijn elleboog.

'Een van de prachtigste zinnen in onze taal,' zei ik zonder me om te draaien. Ik kon in de spiegel zien dat het het bottig-gebilde wezentje was dat zich weer op haar kruk hees. Ben echt *gek* op kleine vrouwen, dan lijkt mijn pik veel groter.

'En een Maker's Mark voor mij,' voegde ze eraan toe, terwijl ze naar een fles wees die hoog op een plank achter de bar stond.

Een echte drinkster, zag ik met genoegen. De ervaren slobberaar weet dat een barman in eerste instantie altijd verkeerd verstaat welk merk je precies bedoelt. 'Geen Glenlivet, Glen*fiddich*! Nee klungel, geen shandy, een *dubbele brandy* ...' Zoek altijd eerst de fles met je ogen en wijs er dan naar als je bestelt. Bespaart tijd.

Er zweefde een hint van iets Floris-achtigs, of anders wellicht een vleugje Penhaligon omhoog toen ze neerstreek. Redelijk boezemgehalte en een slanke, blanke hals. Iets neurotisch in haar voorkomen, dat zie je al heel snel bij vrouwelijke barhangers, van wie de meesten meestal op de rand zweven van het soort hysterie dat glaswerk breekt en onschuldige omstanders in het gezicht slaat.

Roddy schonk een ruime hoeveelheid in een longdrinkglas en ze keek scherp toe. Nog een goed teken. Ik ben een tijdlang goede maten geweest met de schilder Gordon Fell, voordat hij geridderd werd en zichzelf te goed achtte voor het lagere volk; in de jaren zestig dronken we ons met enige regelmaat een stuk in de kraag. Gordon dronk altijd Old Fashioneds, al dertig jaar. Keerde zijn ogen geen seconde van de barman af als ze werden klaargemaakt, als een blackjackspeler die de deal in zich opneemt. Op een middag was Mim Gunter, de oude heks die in de Dominion Club in Frith Street, een favoriete zuiptent, de scepter zwaaide, ziek en moest haar zoon Col haar vervangen. En ach, Col was nog maar zestien, het arme joch had geen stom benul van wat een Old Fashioned was en, sla me dood, laat ik je nou toch vertellen dat Gordon ook geen flauw idee had. Ik probeerde later te berekenen hoeveel uur van zijn leven Gordon, zonder ook maar met zijn ogen te knipperen in totaal had zitten toekijken, terwijl ze voor hem werden klaargemaakt, maar er waren niet genoeg servetjes om de som op uit te rekenen. Angostura bitters hoorden in de formule thuis, dat wist ik, maar dat was dan ook het enige. Uiteindelijk moesten we Mim in het ziekenhuis opbellen, waar ze haar operatieschort al aan had en klaar was om de OK binnengereden te worden om de kanker uit haar keel weg te laten snijden. Ze was natuurlijk heel erg in haar nopjes met onze SOS. We zaten drie meter bij de telefoon vandaan, aan de andere kant van de bar, maar nog steeds konden we haar door de hoorn heen de meest obscene beledigingen horen schreeuwen tegen de ongelukkige Col en tegen de artsen horen zeggen dat ze op moesten flikkeren, 'zaken zijn zaken'. Twee uur later stierf ze onder het mes en kreeg Gordon Fells Bij Volmacht Verkregen Old Fashioned een plaatsje in de geschiedenis als het laatste drankje dat ze ooit mixte.

Wat ik wil zeggen is dat we naar de barman kijken, maar hem niet in ons opnemen. Het zijn de geruststellende bewegingen van de handen, de aangename gesteldheid van de barvoorraad en de cocktailapparaten, de kleuren, de geluiden, de volle, sprekende geuren. Ik ken mensen die geen auto kunnen rijden, en die op dezelfde manier niet in staat zijn zich de route te herinneren die ze al jarenlang iedere dag met de taxi nemen.

Het glas werd op de papieren onderzetter gezet, de asbak werd discreet naar voren geschoven en Roddy trok zich stilletjes terug zodat we vrijuit konden praten.

'Gezondheid, mevrouw.'

'En de jouwe.'

'Heb ik het gevoel,' vroeg ik me af, 'dat wij elkaar kennen?'

'Dat heb ik me daarstraks ook af zitten vragen toen ik hier zat. Ik vond dat je er te grimmig uitzag om het te vragen, dus trok ik me maar in dat hoekje terug.'

'Grimmig?' Die onzin heb ik eerder gehoord. Iets met onderkin, wenkbrauwen en een vechtlustige, Bernard Ingham-achtige stand van de onderlip. 'Ik ben anders,' zei ik, 'zo mak als een lammetje.'

'En toen ik daar zo zat, besefte ik dat jij Ted Wallace bent.'

'De enige echte.'

'Je weet het misschien niet meer, maar ...'

'O jezus, we hebben de daad toch niet gedaan, hè?'

Ze glimlachte. 'Absoluut niet. Ik ben Jane Swann.'

Gesproken alsof de naam een goede verklaring voor me was dat ik haar nooit had genaaid.

'Jane Swann. En ik ken jou?'

'Denk eens terug aan een kleine doopvont in Suffolk, zesentwintig jaar geleden. Een baby en een opkomende dichter. De baby huilde heel veel en de opkomende dichter bezwoer dat hij de wereld, het vlees en de duivel de rug toe zou keren. Een gelofte die zelfs de baby niet geloofde.'

'Nou ja, zeg, neuk mijn beste laarzen! Jane ... Jane Burrell!'

'Dat ben ik. Alleen is het Swann, tegenwoordig.'

'Ik ben je volgens mij nog een heleboel zilveren servetringen verschuldigd. En een bibliotheek aan morele leiding.'

Ze haalde haar schouders op, alsof ze wilde zeggen dat ze me nou niet direct zag als iemand wiens smaak wat zilveren servetringen en morele leiding betreft overeenkwam met die van haar. Nu ik wat beter keek, zag ik in haar gelaatstrekken iets wat me deed denken aan haar afschuwelijke ouders.

'Nooit echt de kans gekregen je te leren kennen,' zei ik. 'Je moeder gooide me nog geen halfuur na de doop het huis uit. Heb haar en Patrick sindsdien nauwelijks meer gezien.'

'Maar ik ben altijd heel erg trots op je geweest. Op een afstand.'

'Trots op mij?'

'Twee van je gedichten waren op school verplichte teksten. Niemand wilde geloven dat je mijn peetvader was.'

'Potverdorie, je had me moeten schrijven. Was ik gekomen om een babbeltje te houden in je klas.'

Zeker waar. Niets beter dan de halfopen, bewonderende monden van een groep schoolmeisjes om je in trek te voelen. Is er een betere reden om dichter te willen worden?

Ze haalde haar schouders op en nam een slokje van haar bourbon. Ik zag dat ze zat te huiveren. Misschien niet te huiveren, maar te beven. Ze had iets over zich dat me deed denken aan heel lang geleden. Naar voren geleund alsof ze moest plassen, benen op en neer wippend op de voetsteun van de barkruk. Ze maakte een ... beelden van houten afdruiprekken, theezegeltjes en puntige beha's ... een verloren indruk.

Ik keek opnieuw naar haar, de onopvallende signalen kwamen samen, en ik wist het weer. Jane zag er op dit moment precies zo uit als een meisje dat begin jaren zestig net terugkwam van een bezoekje aan de aborteur. Een onmiskenbare samensmelting van gebaren en maniertjes, maar iets wat ik in geen jaren bij een meisje had gezien. Die mengeling van schaamte en opstandigheid, van walging en triomf; de dwingende smeekbede in de ogen die je aanmoedigde te rouwen om de troosteloosheid van een leven dat volledig was verwoest, of de overwinning te vieren van een leven dat schitterend bevrijd was, een gevaarlijke blik. Ik herinnerde me nog maar al te goed dat je, als je in die tijd de bui van een meisje verkeerd inschatte en haar feliciteerde terwijl ze getroost wilde worden, overstelpt kon worden met een fontein aan tranen en wekenlang beschuldigend geschreeuw; als je haar troostte en met haar meeleefde, terwijl zij vond dat ze applaus en lof nodig had voor een trotse en heldhaftige houding, kon je een keiharde knal voor je kanis krijgen en honend gelach. Ik had werkelijk geen idee waarom de uitdrukking op het gezicht van mijn zojuist ontdekte peetdochter me terugbracht naar de sfeer van die armoedige en niet gemiste tijd. Vrouwen hoeven er al dertig jaar niet meer zo kwetsbaar en schuldig uit te zien; dat is tegenwoordig de taak van de man.

Ik kuchte. 'Welke gedichten?'

'Mm?'

'Verplichte teksten. Welke?'

'O, eens even kijken. "De historicus" en "Rimpels in het gelaat van W.H. Auden".'

'Maar natuurlijk. Maar, goddomme, natuurlijk. De enige twee die ooit in de anthologieën terecht zijn gekomen. Verraderlijke, waardeloze rommel.'

'Vind je?'

'Helemaal niet, maar dat moet ik natuurlijk wel zeggen.'

Ze beloonde me met een trieste glimlach.

'Doe mij er nog maar een, Roddy.' Ik trommelde op de bar.

'Ik lees je theaterrecensies vaak,' waagde ze, zich ervan bewust dat de glimlach iets te overduidelijk meelevend was geweest.

'Nu niet meer.'

Ik vertelde haar over mijn ontslag.

'O,' zei ze, en toen: 'O!'

'Niet dat het me ook maar een bal kan schelen,' verzekerde ik haar op een manier die geen medeleven tolereerde. Ik liet mijn gedachten op haar los over de huidige toestand van het Britse toneel, maar ze luisterde niet.

'Dus je hebt tijd over?' zei ze, toen mijn bron van woorden uitgeput raakte.

'O ... dat zou ik niet willen zeggen. Ik heb een min of meer openstaand aanbod voor de restaurantrubriek in *Metro* ...'

'Ik ben geen schrijver, zie je, en ik weet er niet genoeg over ...'

'... en er kan altijd nog wel een doorslaggevend boek bij over de Angry Young Men ...'

'Je bent tenslotte praktisch familie ...'

Ik stopte. Tranen vormden zich op haar onderste oogleden.

'Wat is er, mijn liefje?'

'Hoor eens, zou je het erg vinden om met me mee naar huis te gaan?'

In de taxi omzeilde ze wat haar van streek maakte. Ze schetste een korte autobiografie, genoeg om me te laten zien dat ze niet zo pienter of mooi of stijlvol of interessant was als ze in de bar had geleken. Maar ja, dat is nooit iemand en daarom is het altijd de moeite waard om aandelen in whisky en cosmetica te hebben.

Vijf jaar eerder, nog maar net eenentwintig, was ze met een man getrouwd, Swann, die handelde in schilderijen. Geen kinderen. Swann was op het ogenblik in Zürich waar hij zijn dekbed deelde met een Zwitsers meisje, vulgair en stevig genoeg gebouwd (als je Janes hatelijke relaas mocht geloven) om zijn pijnlijke slaapkamergebruiken te waarderen. Janes vader, Patrick, was zo'n zes zomers geleden door God tot zich geroepen, wat ik trouwens eigenlijk ook wel wist, en Rebecca, de moeder, dwaalde nog steeds ergens tussen Kensington en Brompton Road rond in een poging een interessante air af te geven. Rebecca's andere kind, Janes broer Conrad, een beetje een sul in mijn herinnering, was bij een auto-ongeluk om het leven gekomen. Straalbezopen, schijnbaar. Maar goed ook. In nuchtere toestand een auto in de prak rijden, is onvergeeflijk.

Rebecca was een van de weinige vrouwen die ik ooit heb ontmoet die ... nou ja, het is een feit dat vrouwen niet van seks genieten. Het is bijna een erekwestie voor ze geworden om dat te ontkennen, maar het blijft een feit. Vrouwen nemen seks op de koop toe als de prijs die ze moeten betalen om een man te hebben, om deel uit te maken van wat ze zo graag een 'relatie' noemen, maar ze kunnen zonder. Ze voelen de hunkering niet, de voortdurende pijnlijke, maagverzakkende hunkering die ons kwelt. Het kloterige is dat mij altijd verweten wordt dat ik een vrouwenhater ben, als ik dat zeg. Voor een man die al zijn hele leven aan vrouwen denkt en over ze droomt, achter ze aan hobbelt als een puppy die zijn baasje probeert te plezieren, zijn hele bestaan zo organiseert dat hij meer in contact met ze komt, en zijn leven en waarde uitsluitend beoordeelt op basis van zijn kunnen om hen te bekoren en ervoor te zorgen dat ze naar hem verlangen, komt het een beetje hard aan om beschuldigd te worden van een afkeer van de sekse. Het enige wat ik voel is een intense eerbied, liefde en minderwaardigheid, vermengd met een goede dosis ouderwetse zelfverachting.

Ik ken de argumenten ... mijn god, wie niet? Verlangen, zegt men, is een vorm van bezitten. Een vrouw begeren betekent dat je haar naar beneden haalt tot het niveau van beest of prooidier. Zelfs verering wordt, volgens een beredenering die voor mij veel te godvergeten verraderlijk is om te volgen, gezien als een soort minachting. Allemaal opperste pispraat, dat hoef ik jou niet te vertellen.

Zoals je zou verwachten van een voormalig dichter, zijn sommige van mijn beste vrienden holkruipers. En ook, zoals je van een voormalig toneelrecensent zou verwachten, sommige van mijn bitterste vijanden. Om ons te helpen het gedoe rond de geslachten op te helderen is er toch geen beter vergelijkend warenonderzoek dan de wereld van de nicht? Homoseksuelen, kontneukers, poten, kies maar een leuke naam, die problemen als potenrammers, de kranten, het virus, de politie en de maatschappij op de koop toenemen, leiden een behoorlijk waanzinnig leven. Toiletten, parken, de heide, stranden, supermarkten, begraafplaatsen, pubs, clubs en bars vibreren op de muziek van eenvoudige, erotische uitwisseling. Een man van de verkeerde kant ziet een andere man van de verkeerde kant. Hun ogen ontmoeten elkaar en ... bam, er wordt gesekst. Ze hoeven de naam van hun partner niet te weten, ze hoeven niet met hem te praten, ze hoeven, in de achterafkamertjes van donkere, metropolische nachtclubs, goddomme niet eens zijn gezicht te zien. Het is een mannelijke wereld, op een volledig mannelijke manier geordend, volgens de motto's en verlangens van een uitsluitend mannelijke seksualiteit. Zijn die vette, harige mietjes, die je in tijdschriften ziet met leren halsbanden om hun pik en rubberen slangen in hun schijtkanaal, van mening dat ze onderdrukt zijn? Klagen homo's die zichzelf opdirken voor een avondje uit over het smerige seksisme dat hen dwingt zich aantrekkelijk te maken, om daarna als vee geïnspecteerd te worden? Ben je nou helemaal van de pot gerukt.

Soms, in mijn dromen, stel ik me een wereld voor waarin vrouwen genieten van seks: een wereld met heteroseksuele oppikplaatsen in parken en op boulevards, heteroseksuele bars, heteroseksuele achterafkamertjes, heteroseksuele bioscopen, heteroseksuele wijken in de stad, waar vrouwen ronddwalen op zoek naar toevallige, erotische ontmoetingen met mannen. Zo'n beeld is alleen mogelijk in de *denkbeeldige* slaapkamer, in het leven gerukt door een boze vuist en wat spastisch gekreun. Als vrouwen seks net zo hard nodig zouden hebben als mannen, dan – duiken, Ted, zoek dekking – dan zouden er niet zoveel verkrachters rondlopen.

De wereld waarin we leven is een gegeven, en ongetwijfeld kunnen antropologen en zoölogen ons vertellen dat het biologisch noodzakelijk is dat een van de seksen altijd hunkert en de andere sekse zich met name verveelt. Mannen hebben tenslotte de mogelijkheid de beklemmende pijn van hun eindeloos onvervulde verlangens te compenseren. Over het geheel genomen regeren we over de wereld, reguleren we de economie en paraderen we rond met een lachwekkend vertoon van eigendunk. Dit is niet om te klagen. Ik wil alleen dat de eenvoudige waarheid, in alle openheid, onder ogen wordt gezien: mannen genieten van seks en vrouwen niet. Het moet erkend en onder ogen gezien worden.

Het feit dat vrouwen zo'n vaststaand feit consequent verwerpen, helpt absoluut niet. Als ik dat aan mijn vrouwelijke vrienden duidelijk maak, ontkennen ze het altijd onmiddellijk; dan beweren ze dat ze regelmatige zelfbevredigers zijn; dan beweren ze dat de gedachte aan een goede, anonieme wip heel opwindend is; dan beweren ze dat ze een paar dagen geleden nog een man zagen met een kontje dat hen een beetje deed denken aan Mel Gibson en dat ze van de gedachte alleen al soppig werden. *Een paar dagen geleden?* Wat dacht je van een *minuut* geleden? Wat dacht je van elke godgeklaagde, vervloekte, verdomde minuut van elke verdomde, godgeklaagde, vervloekte dag? Zien ze dan niet in dat vrouwen de champagnekurken zouden moeten laten knallen, en zouden moeten vieren dat ze geen kwijlende honden zijn zoals mannen, dat ze zouden moeten zwelgen in de biologische mazzel dat ze rationele wezens zijn, die de voordelen die een relatie met een man kan bieden kunnen overdenken, dat ze kunnen denken aan moederschap en werk en vrienden ... dat ze gewoon eenvoudigweg kunnen *denken*, in tegenstelling tot wij arme drommels, die de dagen waarop we eigenlijk werk zouden moeten verrichten en edele gedachten zouden moeten koesteren, spenderen aan het verleggen van de pijnlijke en gezwollen pik onder de broeksband van onze onderbroek, zodra er een paar tieten voorbijkomt? Natuurlijk hebben vrouwen zo nu en dan driften, anders zouden we als ras helemaal niet bestaan; natuurlijk hebben ze geslachtsgereedschap dat gevoelig genoeg is om ervoor te zorgen dat seks, wanneer ze zich eraan wagen, rillingen van genot kan verzekeren, gekreun van verrukking en de hele vunzige rest. Maar ze zijn niet, ongelooflijke mazzelaars, eeuwig *hunkerend*, eeuwig *wanhopig*, eeuwig *vol verlangen* naar het basale lichamelijke feit om iemand te doorboren met je pik, goddomme. Ik bedoel, feit is dat het nu vijf uur 's middags is en dat ik mezelf al twee keer heb afgerukt. Een keer bij het opstaan, onder de douche en nog een keer na de lunch, voordat ik hiermee aan de slag ging. Iedere eerlijke sloerie zal je, zo meelevend als een verpleegkundige, vertellen dat mannen, de arme stakkers, gewoon hun zaad moeten lozen. Waarom vrouwen zo nodig moeten doen alsof ze in deze hoogst onontkoombare zaak aan ons gelijk zijn, is me een raadsel.

Het geval wil dat ik vanwege mijn vak heel veel beroemde mannen ontmoet, mannen met een goede naam. Weet je dat degenen die ik goed genoeg kende om in de kleine uurtjes mee rond een fles whisky te zitten, me allemaal hebben toevertrouwd dat hun drijfveer om beroemde acteur, of politicus of schrijver of wat dan ook te worden de hoop was, ergens diep van binnen, dat geld, beroemdheid en macht hen sneller een wip zou bezorgen? Whisky rot door de lagen die deze eenvoudige waarheid verhullen: de ambitie om het goed te doen, het verlangen de wereld te verbeteren, de behoefte je te uiten, een roeping om te dienen ... al die eervolle en bijna geloofwaardige motieven verhullen het naakte feit dat je, als je je erin verdiept, je eigenlijk alleen maar in íémand wilt verdiepen.

Dat ben ik de whisky wel verschuldigd. Niet een drankje waaraan veel vrouwen die ik ken de voorkeur geven, maar mij heeft het gered. Zonder zou ik nog reddelozer en verwarder zijn, ouwe lul die ik ben. Zonder die whiskydoordrenkte nachten zou ik door het leven zijn gegaan in de overtuiging dat ik ongekend vies en ongekend gevaarlijk was. De ondergang van een veelbelovende carrière, de incidentele woordenwisselingen met de politie en een paar kapotte huwelijken is de prijs die whisky afdwong voor het besef dat ik niet alleen was: echt een godvergeten koopje.

Maar ... genoeg daarover. Ik wil nog wel eens doordrammen. Als je goedkope theorieën over de seksen en al dat soort dingen wilt, dan kun je plank na plank in boekwinkels vinden, volledig gewijd aan niets anders. *Mannen die terugbijten, vrouwen die terugbijten naar mannen die terugbijten*, reactie op reactie op tegenreactie: het lijkt de Koude Oorlog wel, elke publicatie van de tegenpartij wordt gelezen, elk standpunt geanalyseerd, elke stuiptrekking in het netwerk waargenomen en elke culturele verandering aandachtig bestudeerd. God, er zijn genoeg columnisten, culturele verslaggevers en semi-academici om de industrie met betrekking tot de Oorlog Tussen De Seksen tot in de eeuwigheid te bewapenen en herbewapenen. Trouwens, wie kan het een hol schelen wat een zooitje ondergeschoolde journalisten ergens over heeft te zeggen?

Nee, ik schijt deze verderfelijke bagger niet in je gezicht omdat het belangrijk of nieuw is, en ook niet omdat ik er een steriel debat over wil aangaan, maar omdat je iets moet begrijpen van mijn stemming en instelling die dag dat Jane me vond en me meesleurde naar Kensington. Haar moeder Rebecca, wilde ik net vertellen, voordat ik een paar paragrafen op mijn stokpaardje weggaloppeerde, was waarschijnlijk de enige vrouw die echt met plezier scheen te genieten van seks om de seks, en een begeerte had die vergeleken kon worden met het verlangen van een man. Ze was ook de enige vrouw die ik ooit heb ontmoet die het liefst whisky dronk. Mogelijk een verband.

Het huis van Jane bevond zich ergens in de buurt van Onslow Gardens. Haar portemonnee was goed gevuld, dat was wel duidelijk, ongetwijfeld met de complimenten van oom Michael, en zoals ieder rijk, onnozel meisje vandaag de dag ging ze door voor binnenhuisarchitecte.

'Toen men zag wat ik met de flat had gedaan,' zei ze, terwijl de taxi voor een heel gewone portiek met witte pilaren in South Kensington tot stilstand kwam, 'vroegen ze of ik dat bij hen ook wilde doen.'

Het interieur voldeed aan mijn smerigste verwachtingen. Afzichtelijke, hangende lappen als gordijnen, ruwe zijde in plaats van behang, je kunt je de totale neprommel denk ik wel voorstellen. Barbaars afzichtelijk en een onvoorstelbaar opzichtig, weeklagend testament van een verschrikkelijk zinloos en leeg leven. Hoe godsallejezus lui moet je zijn, hoe verdorven *verveeld*, vroeg ik me af, om dit soort weelderige rotzooi te bedenken? Ze stond in het midden van de kamer, wenkbrauwen opgetrokken, klaar voor mijn bewonderende gegorgel. Ik haalde diep adem.

'Dit is een van de walgelijkste kamers waar ik ooit in heb gestaan. Het is net zo afzichtelijk als ik had verwacht en net zo afzichtelijk als tienduizenden andere kamers op zeikafstand. Het is een belediging voor het oog en de meest gedegenereerde cocktail van overgewaardeerde clichés die je buiten Beverley Hills kunt tegenkomen. Ik zou net zo min mijn kont op die sofa met zijn kunstig vloekende en levendig bij elkaar passende kussens willen parkeren, dan dat ik een hondendrol op zou willen eten. Gefeliciteerd met de verspilling van je opvoeding, een smak geld en je hele trieste leven. Tot ziens.'

Dat was wat ik gezegd zou hebben als ik nog een paar vingers whisky in mijn maag had gehad. In plaats daarvan slaagde ik erin een gebroken, 'Mijn god, Jane ...' uit te kramen.

'Vind je het mooi?'

'Mooi is het woord niet ... het is, het is ...'

'Ze zeggen wel eens dat ik er oog voor heb,' gaf ze toe. '*Homes and Interiors* was hier vorige week om foto's te maken.'

'Dat geloof ik onmiddellijk,' zei ik.

'Je had het moeten zien toen ik hier net woonde!'

'Zo'n gevoel voor licht en ruimte,' verzuchtte ik. Altijd heel veilig.

'Mannen waarderen dit soort dingen meestal niet,' zei ze goedkeurend, terwijl ze zich naar het tafeltje met de drank begaf.

'Flikker op, geflipt, triest wijf,' dacht ik in stilte. 'Zelfs een man kan hier onmogelijk niet versteld staan van deze kundige, smaakvolle mengeling van het exotische en het inheemse,' zeiden mijn laf uitgespreide armen ondertussen.

'Jij had Macallan, zag ik,' zei ze ondertussen. 'Ik heb ook Laphroaig als je dat liever hebt.'

'N-nee, Macallan is prima.'

Ze nam ze mee, vouwde haar benen onder zich en zonk neer op een ottomane die op belachelijke wijze was versierd naar een ontwerp dat, volgens mij, ongetwijfeld van een of andere maya-lijkwade of mystieke Balinese maandstonddoek zou blijken te zijn. De grootse idee achter zo'n miserabel voorbeeld van cultuurverkrachting en de andere, even zwakke, even onbeschaamde bizarre ingevingen die deze kamer bezaaiden, was waarschijnlijk dat Jane zichzelf daar zou plaatsen, omringd door vrienden, wier verscheidenheid aan drinkgewoonten de bespottelijke serie ongeopende flessen likeur, aperitief en sterke drank die tentoongespreid stonden, zou rechtvaardigen, terwijl goedmoedige doch diepgaande gespreksonderwerpen als shuttles over en weer door de kamer heen getikt werden. In plaats daarvan zat ze daar, nog steeds trillend als een tiener, met als gezelschap niets meer dan een verwarde kerel die zijn beste tijd had gehad, en die ooit haar ouders had gekend. En hij had, ondanks de liters gratis whisky in de aanbieding, de intense wens dat hij ergens anders was.

Ze zwierde het drankje rond in het tuimelglas.

'In de eerste plaats moet je weten,' zei ze ten slotte, 'dat ik stervende ben.'

O, geweldig. Ideaal. Echt perfect.

'Jane ...'

'Het spijt me.' Met schokkerige bewegingen stak ze haar sigaret op. 'Dat was nogal lomp, eigenlijk.'

En terecht, goddomme.

Niemand schijnt te begrijpen dat in zulke gevallen de tact en het medeleven moeten komen van degene die stervende is, niet van de arme ziel die het nieuws moet incasseren. Maar ze was aan het juiste adres. Ik heb genoeg van de dood gezien om er niet delicaat omheen te draaien.

'Weet je het zeker?'

'De artsen zijn unaniem. Leukemie. Geen remissies meer.'

'Dat is klote, Jane. Ik vind het heel erg.'

'Dank je.'

'Bang?'

'Niet meer.'

'Het is, denk ik, moeilijk te zeggen wanneer de bijl gaat vallen?'

'Binnenkort, zeggen ze ... binnen drie maanden.'

'Nou, lieverd. Als je het hebt bijgelegd met je vijanden en afscheid hebt genomen van je vrienden, dan moet je maar niet treuren dat je het feest vroeg verlaat. Het is een klotewereld en een klotetijd en we zullen gauw genoeg achter je aan komen.'

Ze glimlachte een dunne glimlach. 'Zo kun je het ook zien.'

'De enige manier.'

Nu ik het wist, kon ik het natuurlijk aan haar zien. Ik zag het aan de heldere glans in haar ogen, aan haar strakke huid en aan haar bleke gelaatskleur. Het magere lichaam dat ik geïnterpreteerd had als de pseudo-anorexia van een neurotisch, rijk meisje, was waarschijnlijk ook te wijten aan haar ziekte.

Ze leunde achterover en ademde uit. Nu probeert ze indruk te maken, dacht ik. Het uitademen leek als demonstratie bedoeld om te laten zien hoe volwassen en wijs haar doodstraf haar had gemaakt, hoe ze hierdoor was gaan 'relativeren' en hoe het haar op een bijzondere manier had bevrijd.

'Ik zei al dat ik niet bang was,' zei ze, 'en dat ben ik ook niet. Maar in het begin wel. Hysterisch gewoon. Vertel me eens ...'

'Ik luister.'

'Ik weet eigenlijk niet waar ik moet beginnen. Hoe denk je ... hoe denk je over pastoors?'

Ik ging zitten. Daar gaan we, dacht ik. Verdomd als het niet waar is, daar gaan we. Het opleggen van handen. Als het geen pastoors zijn, dan wel etherische oliën; geen etherische oliën, dan wel naalden; geen naalden, dan wel kruiden; geen kruiden, dan wel brokken doorzichtige steen en etherische foedralen.

'Pastoors ...' zei ik. 'Hebben we het dan over het roomse of anglicaanse soort?'

'Ik weet het niet. Jij bent atheïst, begrijp ik dat goed?'

'Ik struikel wel eens, maar over het algemeen gesproken: ja. Ik probeer er niet te veel over na te denken. Hebben de gieren in toga boven je hoofd gevlogen, begrijp ik dat goed? Al vechtende om het aasrecht op je ziel?'

'Nee, nee ... dat is het niet. O hemeltje ...'

Ze stond op en begon heen en weer te lopen, terwijl ik daar

met mijn whisky stevig vastgeklemd zat te wachten. Ik overpeinsde het leven als restaurantcriticus, vroeg me af of ik nog enige kiemen van laatbloeiende poëzie in me had en bedacht, met de onverdraagzaamheid van een gezond mens, dat leukemie een aandoening was die ik heel goed van me af zou kunnen schudden. Kiezen op elkaar en loop het eraf, mens, zei ik inwendig. Wat stel je nou eigenlijk voor als je een paar witte bloedlichaampjes niet kunt vertellen dat ze moeten oprotten?

Eindelijk draaide ze zich om, tot een beslissing gekomen.

'Het punt is,' zei ze, 'dat me iets merkwaardigs is overkomen. Ik begrijp het niet, maar ik denk dat het je wel zal interesseren. Als schrijver.'

'O, ah?' Altijd als mensen zeggen: 'Als schrijver zul jij dit bijzonder fascinerend vinden,' bereid ik mezelf voor op daverende verveling en verlammende banaliteit. Trouwens, wat voor soort schrijver was ik nou eigenlijk? Ze probeerde mijn aandacht te trekken door me te vleien.

'Ik dacht, aangezien je op het moment geen ... eh ... *werk* hebt, dat je me misschien wel zou kunnen helpen. Er moet iets onderzocht worden.'

'Nou, lieverd, ik weet niet precies wat je in gedachten had. Ik ben nou niet echt een onderzoeksjournalist. Ik ben eigenlijk helemaal geen journalist. Ik zie niet wat een mislukte dichter, mislukte romanschrijver, mislukte toneelrecensent en slechts marginaal succesvolle mislukkeling jou mogelijk te bieden zou kunnen hebben.'

'Nou, je kent de mensen waar het om gaat, zie je, en ...'

'Ho, ho, ho!' Ik stak mijn hand op. 'Jane. Mijn schat. Engel. Popje. In dommere, gelukkigere tijden konden je moeder en ik er geen genoeg van krijgen. Dat is alles. Ik heb haar al verdomd lang niet gezien. Ze heeft me twintig-en-nog-wat jaar geleden vaarwel gezegd tijdens een sneeuwstorm van doopsuikers en een woeste scheldpartij.'

'Ik heb het niet over mammie, ik heb het over haar broer.'

'*Logan?*' Je hebt het over Logan? Godsallejezus, mens ...' Ik probeerde meer te zeggen, maar de Hoest had me te pakken, zoals wel vaker de laatste tijd. Het begint met de kleinste kriebel in je keel en breidt zich uit tot een niet onindrukwekkende vertoning, al zeg ik het zelf. Een kruising tussen een kotsende ezel en een explosie in een vlafabriek. Jane keek zonder medelijden toe, terwijl ik naar adem snakte en mezelf tot redelijke kalmte hijgde.

'Jij kent hem,' herhaalde ze, 'je kent hem beter dan de meesten. En je bent Davids peetvader, vergeet dat niet.'

'Nou,' hijgde ik, terwijl ik de tranen van mijn wangen veegde, 'het geval wil dat ik dat niet vergeten ben. Heb hem vorige week nog een cadeautje voor zijn vormsel gestuurd. Kreeg een vreselijk schattig antwoord.'

'Dus je was wel op de hoogte van *Davids* vormsel, maar niet van dat van mij.'

Jezus, wat een zeurderige, ouwe zeug.

'Ik heb toch gezegd,' legde ik geduldig uit, 'dat je moeder niks met me te maken wil hebben. Ik heb haar een jaar of drie, vier geleden in Swafford gezien en toen kon ik zien dat ze me nog steeds niet had vergeven. Jouw oom Michael, daarentegen, heeft een groot hart.'

'En een nog groter banksaldo.'

Die opmerking was geen antwoord waardig. Het was waar dat ik op Michaels vriendschap was gesteld en geen zier om die van Rebecca gaf, maar ik had gehoopt dat het om meer ging dan geld. Maar ja, ik heb ook de hoop dat de wereld dichters aanbidt en dat op een dag oorlogen zullen ophouden en dat televisiepersoonlijkheden door een dodelijk virus zullen worden weggevaagd. Tussen dat wat ik hoop en de koude, waarheidlievende werkelijkheid hangt een verdomd grote schaduw.

'Ik wil dat je dit als een aanstelling ziet. Ik ben geen bijzonder rijke vrouw ...'

Nee, natuurlijk ben je dat niet, hè? Je hebt het allemaal weggesmeten aan flacons van Lalique, Peruaanse geboortedekens en Namibische lipsieraden, stompzinnig wijf.

'... maar ik zou je vooraf honderdduizend kunnen bieden en de rest ... later, of ik laat het je na in mijn testament.'

'Honderdduizend?' Ik zag mezelf in de kunstzinnig, onzinnig dof gemaakte spiegel boven de schoorsteenmantel. Ik zag een rode karper, mond wagenwijd open, uitpuilende ogen, paars en erg, erg hebberig.

'Een kwart miljoen in totaal.'

'Een kwart miljoen?'

'Ja.'

'Dan hebben we het toch niet over *lire*, hè? Ik bedoel, je hebt het toch over onvervalste ponden?'

Ze knikte somber.

'Ik weet het niet, Jane ... een kwart miljoen is veel geld en het is echt schandelijk aanlokkelijk, dat zal ik niet ontkennen. Maar ik weet niet of ik het in me heb om voor wie dan ook iets te doen dat, naar alle eerlijkheid, een tiende van dat bedrag waard is.'

'Je zult hard moeten werken,' zei Jane.

Ik kon aan de stand van haar mond zien dat ik niets kon zeggen dat ook maar iets uit zou maken. Haar plan was, net als haar gezicht, opgemaakt.

'En je zult snel moeten werken. Wat je ook ontdekt, ik moet het weten voordat ik doodga. Als dat het geval is tenminste.'

'Eh ... als wat het geval is?'

'Dat ik doodga.'

'Dat je doodgaat?'

'Dat ik doodga.'

We begonnen op een paar straalbezopen Nigerianen te lijken.

'Maar je zei ...'

'Nee, de artsen zeggen, de artsen zeggen dat ik doodga. Ik geloof het niet. Dat is het 'm juist.'

Nou, daar had je het dan. Als ze me al een cheque zou geven, dan was die waarschijnlijk ondertekend met 'Jessica Rabbit' of 'L. Ron Hubbard'.

'Ik ben ervan overtuigd dat ik gered ben, zie je.'

'Ah. Juist ja. Gered. Tuurlijk. Enig.'

Ze stond op en liep, met de serafijnse glimlach van een reddeloos gestoorde, naar een blank gelakt bureau.

'Ik weet wat je denkt, maar zo is het niet. Daar kom je nog wel achter.' Ze pakte een chequeboekje van het bureau en begon te schrijven. 'Zo!' Ze scheurde er een cheque uit en wapperde ermee door de lucht, een vaandel van vertrouwen, drogend in de bries.

'Moet je eens luisteren ...' perste ik eruit. 'Jane. Ik kan, naar alle eer en geweten, of tenminste de flarden die daar nog van over zijn, je geld niet aannemen. Ik begrijp niet wat je van me wilt, ik betwijfel of ik het kan, en het is, op zijn zachtst gezegd, een overweldigend feit dat je niet bij je volle verstand bent. Je zou daar eens met ... iemand over moeten praten.'

Wat ik met 'iemand' bedoelde, wist ik niet zeker. Arts, psychiater of priester, denk ik. Schuimbekkend hypocriet van een man die niet gelooft in dat soort smeerlapperij, maar wat moest ik in godsnaam anders zeggen?

'Ik wil dat je naar Swafford gaat. Ik wil dat je de familie zegt dat je de biografie van oom Michael aan het schrijven bent,' zei ze, terwijl ze me de cheque overhandigde. 'Jij bent waarschijnlijk de enige in leven zijnde persoon die hij daar toestemming voor zou geven.'

Een correct ondertekende en gedateerde cheque voor honderdduizend pond lag voor me. Mijn bank had een bijkantoor in de buurt van het ondergrondsestation in South Kensington. Ik kon binnen tien minuten het huis uit zijn en een stortingsformulier staan in te vullen.

'Er zijn,' zei ik, 'professionele schrijvers die een familiegeschiedenis voor je samenstellen voor een fractie van die prijs. IJdelheidspublicaties noemen ze dat.'

'Je begrijpt het niet,' zei ze. 'Je gaat geen familiegeschiedenis optekenen, je doet verslag van een fenomeen.'

'Een fenomeen?' sputterde ik geïrriteerd.

'Je zult getuige zijn van een *wonder*.'

'Een wonder. Aha. En over wat voor soort wonder hebben we het dan?'

Ze pauzeerde. 'Ik wil dat je naar Swafford gaat en verslag uitbrengt,' zei ze. 'Schrijf me regelmatig. Ik wil weten of je iets opvalt. Jij denkt dat ik ze niet meer helemaal op een rijtje heb, maar ik weet zeker dat je, als je daarnaartoe gaat, zelf wel zult zien wat er te zien is.'

Ik verliet het huis en reed door Brompton Road die schitterde als een natte spiegel op een zonnige dag. Jane was gek, absoluut, maar haar cheque was ondertekend en vertederend gezond van geest. Nu was de vraag hoe ik een uitnodiging naar

Swafford kon versieren. De vraag hoeveel werk ik zou moeten verzetten voor het geld. De vraag wat voor werk ik zou moeten doen voor het geld. Ik vervloekte het mens omdat ze me niet had verteld waar ik op moest letten. Als ze me maar de geringste hint had gegeven, dan had ik op zijn minst iets kunnen verzinnen om haar in haar waanideeën te steunen door te doen alsof ik ze bevestigde. Maar wat waren die waanideeën? Mijn laatste bezoek aan Swafford was vermakelijk geweest, maar had nou niet echt wonderen tentoongespreid.

Twee

Lord Logan ging op zijn knieën tussen zijn twee zoons zitten en wees naar de toren. David keek omhoog. Door de nachtelijke mist zag hij de wijzerplaat, pas geverfd, goud tegen een blauwe achtergrond.

'Wat mooi, pap,' zei Simon. 'Is het echt goud?'

Lord Logan lachte.

'Verguld.'

'Maar in de salon is het goud. Dat heb je gezegd.'

'In de salon wel, ja.'

'En in de Chinese kamer, pap, en de kapel.'

'Bladgoud.'

'Bladgoud,' herhaalde Simon tevreden. 'De binnenhuisarchitecten hebben me het boek laten zien. Elke bladzijde was van puur goud.'

David draaide zijn ogen naar boven. Het elektrische licht spon de mist rond de klok tot een gele bal, die boven het stalerf hing.

'Nu dan,' zei Lord Logan. 'Hoe laat is het?'

'O-o,' zei Simon, terwijl hij zijn handen tegen zijn oren legde.

David keek ook en zag dat het ongeveer een halve minuut voor tien was. In zijn gedachten telde hij de seconden af.

Lord Logan trok de jongens dicht tegen zich aan en maakte een tik-tak geluid met zijn tong. Hij voelde de warme hand van David en de koude hand van Simon.

David wachtte op het knarsende geluid dat altijd te horen was voordat de klok sloeg. Een van de grote jachtpaarden stond te stampen in zijn stal, en even verderop in de kennels hoorde David het gejank van de spaniëlpuppy's.

De klok maakte geen geluid. Ze stonden er niet helemaal recht voor en daarom dacht David dat het door de invalshoek leek alsof de uurwijzer al verder stond dan eigenlijk het geval was. Hij begon opnieuw van tien naar nul af te tellen. Simon had hem een keer verteld dat je seconden heel precies kon tellen als je tussen elk getal 'krokodil' zei.

'Tien krokodil, negen krokodil, acht krokodil, zeven krokodil, zes krokodil ...' zei David in zichzelf.

Simon haalde zijn handen van zijn oren.

'Pap!' zei hij afkeurend. Pas deze vakantie was hij overgestapt van pappie naar pap en hij gebruikte het woord het liefst zo vaak mogelijk.

'Zie je?' Lord Logan maakte een sprongetje van opwinding.

Er was geen twijfel over mogelijk dat het, ongeacht de hoek ten opzichte van de klok, één volle minuut over tien was.

'Maar ik vond het juist *leuk* dat hij sloeg,' zei Simon.

'Ah, maar je begrijpt het niet. Er is een regelingsmechanisme ingezet. Overdag slaat hij gewoon, maar als het donker is niet.'

'Briljant! Da's briljant, pap!'

'Er moest iets gebeuren. De tweeling werd elk heel uur wakker.'

'Weet ik toch, pap,' zei Simon. 'Mijn kamer is even verderop in de gang, weet je nog?'

'Ah, ja,' zei Lord Logan, terwijl hij opstond en met de rug van zijn hand zijn knieën afklopte. 'Daar zeg je wat. Kom op David, je bent nog niet te groot ... hop!' David sprong op zijn vaders schouders en ze liepen terug naar het huis. 'Je bent nu dertien, Simon. Het wordt eigenlijk wel eens tijd dat we je uit de kinderkamer halen en je een echte slaapkamer geven, vind je ook niet?'

'O, wauw,' zei Simon.

'Ik bedoel, je gaat tenslotte tweede kerstdag ook mee met de jachtpartij, nietwaar?'

'Pappie!' Simon trappelde op de stenen van opwinding. 'O wauw, o wauw!'

Lord Logan trok David verder omhoog op zijn schouders.

'Poeh! Ik word hier te oud voor, Davey.'

Maar David wist dat hij klein en licht was voor zijn leeftijd, ook al was hij al bijna twaalf, en dat zijn vader hem nog wel tien kilometer kon dragen zonder te mopperen.

Twee weken later lag David op zijn bed naar het plafond te staren, net als de avond daarvoor. De avond ervoor was kerstavond geweest, de avond dat alle kinderen wakker liggen om hun vaders te verrassen. Niet dat Lord Logan het zelf zou zijn geweest, beweerde Simon.

'Hij laat Podmore zich verkleden en ze in onze kamers dumpen.'

'Nee, ik wed dat pappie het is. Dat vindt hij leuk.'

David had niet lang genoeg wakker kunnen blijven om erachter te komen. Vannacht zou hij absoluut wakker blijven. Dat moest gewoon.

De gloednieuwe wekker, een kerstcadeautje van tante Rebecca, stond op zijn nachtkastje te tikken.

Halftwee.

Het allerbelangrijkste was dat hij de tweeling niet wakker maakte. Ze waren ruim een jaar oud en sinds de klok van de stal tot zwijgen was gebracht sliepen ze, om de woorden van Juf te gebruiken, door de nacht. Maar je wist het maar nooit met de tweeling. Ze waren altijd in staat om voor opschudding te zorgen. Om ervoor te zorgen dat ze extra moe zouden zijn, had David ze eerder op de dag een uur lang vermaakt in hun wieg. Hij had tekeningen voor ze gemaakt met kleurpotlood en gekke gezichten getrokken, liedjes geneuried en stompzinnig door de kamer gedanst, totdat het tijd werd om welterusten te zeggen.

'Ze voelen erg warm aan, Sheila.'

'Ja, Lady Jane. David heeft ze opgewonden gemaakt.'

'Davey?'

'Ik heb ze alleen maar voorgelezen, mammie.'

'O, grapjas. Het geeft niet, dan slapen ze tenminste. Of niet soms, mijn schatten. Slaap lekker, Edward. Slaap lekker, James.'

Kwart voor twee.

David stond op en trok een donkerbruine, ribfluwelen broek aan over zijn pyjama. Hij deed zijn marineblauwe sporttrui met de rolkraag van school aan en koos een wollen muts en zwarte gymschoenen, ook van school.

Terwijl hij zichzelf in de spiegel bekeek, vroeg hij zich af of hij niet wat schoensmeer op zijn gezicht moest smeren. Hij besloot van niet. Het zou gewoon rampzalig zijn als hij het er niet af kon wassen en iedereen het de volgende ochtend zag.

Twee uur.

Hij keek uit het raam. Nog steeds droog. Een heldere nacht zelfs, met slechts een paar mistflarden. Dat betekende een nacht stevige vorst en dat betekende geen voetafdrukken. God stond aan zijn kant. God en de Natuur.

David liep terug naar zijn bed, schudde een kussen uit het sloop, vouwde het sloop netjes op en stopte het onder zijn trui, waar hij het vastklemde tussen de broeksband van zijn pyjama en zijn broek.

Hij ging naar de deur en liep op zijn tenen de gang in.

De deur van de kamer van de tweeling stond open; een nachtlampje van twintig watt wierp een zwak, geel schijnsel door de gang. David hoorde de tweeling gelijktijdig ademhalen.

Terwijl hij langs de deur van de oude kamer van Simon liep, leunde hij voorzichtig tegen de muur om een losse plank in het midden van de vloer te omzeilen. Juf was de enige volwassene die in de buurt sliep, maar zij werd bij het minste of geringste wakker, dus moest hij verschrikkelijk voorzichtig zijn.

David schuifelde langs de muur naar de deur die toegang gaf tot het belangrijkste deel van het huis. Overdag kon je in de kindervleugel met ballen stuiteren, met kastdeuren slaan en gillen en krijsen zonder dat iemand je hoorde, maar 's nachts werd zelfs het kleinste geluidje versterkt. Zijn ademhaling alleen al leek vreselijk veel lawaai te maken. De muren, de vloerbedekking, het dak, de radiatorbuizen; alles bewoog, tikte en bromde alsof het onderdelen van een machine waren.

Hij deed de deur open. De vage geur van een sigaar en het gewichtige tikken van de klok kwamen hem tegemoet. De noordelijke gang lag voor hem en daarachter de trap. David liet de deur zachtjes achter zich dichtzwaaien en sloop voorwaarts met de onopvallende stappen van de geweldige zevenmijlslaarzen. Hij kon zich niet meer precies herinneren hoeveel gasten er waren; hij dacht dat het er minstens twaalf waren en de volgende dag zouden er nog eens een stuk of tien, elf komen, voor de jachtpartij. Voor alle zekerheid zou hij langs de slaapkamers moeten lopen alsof er allemaal lichte slapers lagen.

Hij liep nu naar het midden van de gang, omdat hij wist dat er langs de muur kasten en tafels stonden met porselein en zilver en glaswerk dat veel lawaai zou maken als hij ertegenaan stootte.

Hij was bijna halverwege, met de marmeren glans van de trap in zicht, toen een onverwacht geluid hem stil deed staan. Een streep geel licht scheen plotseling onder de deur door van de kamer waar hij langsliep; de Hobhouse Kamer. Halverwege de volgende stap bleef David stokstijf staan en luisterde hij ingespannen, mond open, bloed suizend in zijn oren. Hij hoorde het zijden geruis van een kamerjas die werd aangetrokken.

In een flits van angst herinnerde hij zich dat er in de Hobhouse Kamer geen badkamer was. In paniek rende hij halsoverkop door de gang en stopte hij aan het eind bij de staande klok, waar hij zich tegen de muur drukte. Hij leunde achterover en hijgde zo zachtjes mogelijk, terwijl hij probeerde zijn ademhalen te laten samenvallen met de geweldige, naar adem snakkende slagen van de slinger die in de klok naast hem heen en weer zwaaide.

Hij hoorde de deur van de Hobhouse Kamer opengaan en voetstappen naderen.

David begreep er niets van. Hij wilde schreeuwen 'Maar de badkamer is de *andere* kant op!'

De voetstappen kwamen alsmaar dichterbij. David hield zijn adem in en kneep zijn ogen stijf dicht. De trillingen van de klok gingen door zijn lichaam, elke tik leek een elektrische schok.

De voetstappen stopten. 'Hij kijkt naar me,' dacht David. 'Ik kan hem horen ademen.'

Toen hoorde hij het geluid van nagels die zachtjes op hout tikten. Aan de andere kant van de klok waar David stond, was een slaapkamer. De Leighton Kamer waar tante Rebecca altijd sliep. David hoorde haar fluisterende stem.

'Max? Ben jij dat?'

Een mannenstem, vlak bij David, antwoordde hees en boos.

'Doe open, het is hier stervenskoud.'

De deur ging open en dicht.

David wachtte. Gelach en andere geluiden kwamen uit de Leighton Kamer. Hij wist dat tante Rebecca van allerlei spelletjes hield. Hij besloot erop te gokken dat tante Rebecca en de man, Max, waarschijnlijk nog wel even in de kamer zouden blijven. David haalde diep adem, deed een stap naar voren en liep naar de trap.

Zijn route was zorgvuldig en nogal ingewikkeld gepland. Eerst moest hij naar de bibliotheek, dan naar de keuken, dan via de bijkeuken naar het stalerf buiten en uiteindelijk weer door de keuken terug naar de bibliotheek.

Het was donker boven aan de trap. David deed zijn gymschoenen uit zodat zijn zolen niet zouden knerpen op het marmer. Langzaam liep hij naar beneden, terwijl hij de hoeken van de schilderijlijsten aftastte. Zijn hand trof de hoek van het laatste schilderij, een gigantische Tiepolo waarvan hij elke centimeter kende, en daardoor wist hij nu zeker dat hij bij de laatste tree was. Onderaan sloeg hij links af en liep snel door de open hal, de snelste weg naar de bibliotheek.

Halverwege de hal botste hij tegen iets enorms, scherps en borsteligs aan dat hem omhelsde en in zijn gezicht stak. De schok was zo groot, hij voelde zich zo in de macht van wat volgens hem alleen maar een spook of een wild beest kon zijn, dat hij ongewild een kreet slaakte; een korte brul van pijn en angst.

Op het moment dat hij het uitschreeuwde, realiseerde David zich dat hij tegen de kerstboom was opgelopen. Walgend van zichzelf om zulke lafheid, spuugde hij een naald uit zijn mond, deed een stap naar achteren en luisterde. Hij hoorde geen beweging boven: geen kreten, geen slaperig gemopper, geen gekrijs van de tweeling, alleen een lieflijk getingel van de versieringen terwijl de boom zich herstelde van de botsing. Zijn paniekerige schreeuw was kennelijk toch niet zo hard geweest. In gedachten herhaalde hij het geluid en realiseerde zich dat het niet meer dan een schorre snik was geweest.

Terwijl hij behoedzaam om de boom heen liep, begaf David zich naar de bibliotheek.

Daar was de geur van sigaren zo sterk dat de haren op zijn achterbenen begonnen te kriebelen. Het was er warm; een vage, oranje gloed in de open haard liet zien dat het vuur nog niet helemaal uit was. David deed de deur achter zich dicht en zocht op de tast naar de lichtschakelaar.

Knipperend door het plotselinge felle licht keek hij om zich heen. Hij was blij dat de luiken dicht waren. Dan zouden er geen langwerpige lichtbanen op het zuidelijke gazon geworpen worden, want dat zou iedereen die uit zijn raam keek van een van de kamers boven kunnen zien.

Op de vijfde plank, achter het enorme bureau van Lord Logan, stond een nette rij van twaalf oude boeken, getiteld *Crabshawe's geschiedenis van het graafschap Norfolk*. Ze waren in zandkleurig leer gebonden en bedrukt met gouden letters.

Met zijn vinger ging David langs de rij, zoals iemand die grasduint in een boekwinkel, totdat hij bij deel VI kwam, dat hij eruit pakte en op het bureau legde. Hij stak zijn hand in de lege ruimte op de plank en tastte naar de hendel. Hij trok stevig en schrok van het harde geluid van de veer die de pal ontgrendelde. Overdag leek het mechanisme muisstil.

De hele kast met planken zwaaide open en David ging door de geheime doorgang naar de kamer daarachter.

Hij voelde geen lichtschakelaar, dus moest hij werken bij het licht dat vanuit de bibliotheek binnenstroomde. Maar hij kon voldoende zien en nog veel meer voelen: de koppen van vossen en hertenbokken die op hem afkwamen, het lichte aroma van geweerolie en het tikken van opnieuw een grote klok.

Hij liep naar een klein bureau tegen de muur, tussen twee wapenkasten. Op het bureau lag een groot, met leer bekleed boek van Smythsons uit Bond Street. 'Jachtboek' stond erop. Simon had het twee kerstmissen geleden aan pappie gegeven. David wist nog dat hij opgewonden had gevraagd of hij het mocht zien, in de verwachting dat het net zo'n boek was als dat van Hoyle, een soort encyclopedie of woordenboek met spelletjes en vermaak. Hij was teleurgesteld toen hij zag dat het alleen maar lege bladzijden waren met kolommen met daarboven 'Datum', 'Soort', 'Wapens', 'Aantal gedood' enzovoort.

Achter het jachtboek bevond zich een kleine la. David trok hem open en rommelde in de inhoud, totdat hij – tussen elastiekjes, kunstvliegen en vierkante stukken pluksel – een sleutel vond. In een opgeluchte en vastbesloten greep sloot zijn vuist zich eromheen. Nu was het tijd om naar de keuken te gaan.

Toen hij door de hal liep, deed hij zijn uiterste best om de kerstboom te omzeilen. Nu hij wist dat die er stond, kon hij hem natuurlijk heel goed zien, wakend over de trap als een enorme, harige beer.

David rilde door de plotselinge warme lucht die hem tegemoet kwam toen hij de rode, gecapitonneerde deur opendeed en het trapje afliep, de keuken in.

Het maanlicht scheen door de hoge, halfronde ramen; het scheen zwakjes op rieten manden die klaarstonden voor het uitgebreide ontbijt. David sloop behoedzaam rond de tafel in het midden, ging aan het uiteinde op een stoel dicht bij het fornuis zitten en trok zijn gymschoenen weer aan. Met zijn elleboog schoof hij langs een stuk vetvrij papier op tafel. Hij tilde een hoekje van het papier op en rook gerookte ham. Onmiddellijk begon zijn keel samen te trekken en op te zwellen. Hij wendde zijn hoofd af en ademde diep in, maar hij moest zijn hoofd in zijn onderarm begraven om het geluid van zijn droge kokhalzen te dempen. Na een tijdje stond hij op en veegde de tranen van zijn gezicht.

Aan het einde van de keuken was een deur die naar de bijkeukens en de kelderkasten leidde. David ging de deur door en deed het licht aan.

De apparaten in het koelhuis zoemden en aan het einde van de gang kwam een grote zwarte kat op hem af die zijn poten strekte terwijl hij liep.

'Sst!' zei David.

De kat draaide om zijn benen heen en begon te spinnen.

'Kom op dan,' zei David, en de kat vergezelde hem naar de deur van de provisiekast.

Op de tweede plank van de kast stonden suiker, bloem, blikjes bakpoeder, pakjes gist, zakjes gelatine, kruiden, cakeversiersels en pakjes sukade netjes op een rij, allemaal in groothandelhoeveelheden. Er lagen ook servetjes voor kinderfeestjes, dozen vormpjes voor schuimgebakjes, zakken confetti, waspapieren vormen voor gelatinepudding en blikken biscuitjes.

David haalde het sloop onder zijn trui vandaan en begon het te vullen. Hij liet een stukje engelwortel op de grond vallen voor de kat, die eraan snuffelde, er met zijn poot tegenaan tikte, en vervolgens vol afkeer wegschreed.

Toen hij het kussensloop met de juiste spullen had gevuld, verliet David de provisiekast, deed het licht in de gang uit en liep terug naar de keuken.

Met het kussensloop over zijn schouder geslagen als een kerstman liet hij zichzelf door de achterdeur naar buiten.

Hij liep door de nacht, dampwolken kwamen uit zijn mond en neusgaten. Hij was blij en vol energie en vitaliteit.

Het bijgebouw waar hij naartoe liep, was ooit deel van de wasserijgebouwen geweest en lag tussen de stallen en het jachtopzienerhuisje in. Simon noemde het tegenwoordig de 'D&L' kamer, voor drijvers en laders.

De maan, hoog aan de met sterren bezaaide hemel, scheen op de deur en verlichtte het ijzeren hangslot met een zilveren glans. David pakte de sleutel uit zijn zak en opende het slot.

Ergens ver weg, in de bosjes en het hakhout, bewogen de fazanten zich in hun nesten. Konijnen sloegen op de vlucht voor blaffende moervossen, uilen doken neer op wegrennende woelmuizen en op de binnenplaats sloeg de zwarte kat, die ongezien met David mee de keuken uit was geslopen, een stervende muis tussen zijn poten heen en weer.

David ging schrijlings voor de machine zitten, op een grote doos met daarop 'Eley jachtpatronen'. Hij trok aan de koperen hendel en neuriede een liedje, terwijl hij het pedaal bediende.

II

Simon sprong samen met Soda, zijn spaniëlteefje, uit de Range Rover en zocht tussen de meute drijvers naar zijn broer. Uiteindelijk zag hij David die een eind verderop de kop van een van de labradors aaide. Na een fluitje van Henry, de assistent van de jachtopziener, draaide de hond zich om en sprintte naar de groep wilddragers, die op het punt stond te vertrekken. David, beroofd van gezelschap, keek op in de richting van Simon. Simon deed onmiddellijk alsof hij de lucht afzocht en de wind rook.

Vóór hem lag de oprijlaan, een lange laan met beuken, eiken en iepen. Simon sloot zijn geweer, bracht het naar zijn schouder en keek naar de lucht boven de bomen.

'Bam!' fluisterde hij. 'Bam!'

Een reusachtige hand landde op zijn schouder. 'Is jager zijn uw streven, Luister dan naar dit gegeven, Zorgt dat het wapen in uw zicht ...'

Simon viel in: '... Nooit op iemand is gericht. Bij een heg, of bij een hek – Ofschoon creëert het tijdgebrek – Verwijdert aanstonds de patroon, Dan is veiligheid uw loon.'

Lord Logan knikte.

'Sorry, pap,' zei Simon, terwijl hij het geweer ontgrendelde. 'Ik was alleen ... nou ja, gewoon.'

Zijn vader haalde glimlachend zijn schouders op. Hij wierp een samenzweerderige blik over zijn schouders en haalde een zilveren heupfles uit zijn jaszak tevoorschijn. 'Chivas Regal,' zei hij. 'Eén slokje. Niks tegen je moeder zeggen.'

De whisky prikte in Simons keel en zijn ogen begonnen te tranen.

'Poeh!' zei hij. 'Bedankt, pap.'

Lord Logan draaide de dop er weer op en keek naar Simons hond. 'Whisky en Soda,' zei hij, en hij knipoogde.

Simon lachte. Vandaag was hij de enige jager met een eigen hond. Alle anderen zouden zich op wilddragers moeten verlaten om het geschoten wild terug te halen. Soda was Simons hond en ze bracht zijn prooi persoonlijk bij hem terug.

'We zijn met acht, twee aan twee!' riep Henry.

Lord Logan keek in de richting van de oprijlaan, waar ze nummers aan het trekken waren. 'Heb jij al getrokken?' vroeg hij.

Simon schudde zijn hoofd.

'Mooi,' zei zijn vader. 'Beter van niet. Laat de oudere jagers het maar onderling uitvechten, hè? We zetten je wel op de tweede positie, achter Conrad.'

Simons gezicht betrok. 'Maar ik wil vooraan!'

'Conrad is een waardeloze schutter. Je doet het vast goed.' Lord Logan plooide zijn mond in afkeer, een blik die speciaal was gereserveerd voor gejammer en gemopper.

Simon bloosde. 'Bedankt, pap.'
'Zo. Laat het gevecht dan maar beginnen.'
Simon bleef een paar passen achter hem om te kijken wat voor effect zijn vader op de anderen had, toen die zich bij de grootste groep jagers voegde. Mannen en vrouwen deden een stap naar achteren, ogen die in zijn richting afdwaalden. Iedereen glimlachte. Simon wist dat sommigen glimlachten vanwege de belachelijk perfecte staat van de kleding van zijn vader, de glanzende Purdey geweren, het glimmende nieuwe leer, de perfect zittende hoed van Lock, de handwarmers, de patroonriem, de op maat gemaakte tweedjas en de strakke, nauwsluitende werkbroek die vanaf zijn brede middel steeds smaller werd – donkere kousen over een donkere broek. Pap wist het ook en het kon hem niks schelen. Hij wilde van alles het beste en liet dat vaak genoeg weten. Mammies vrienden en familie liepen in de meest aftandse, oude tweeds en modderige laarzen en vonden zichzelf daarom heel wat. Pap liet ze glimlachen. Hij wist dat ze ook om andere redenen glimlachten.
David en de andere drijvers waren naar het bos achter de laan vertrokken. De jagers en laders, allemaal mannen, begonnen zich twee aan twee op te stellen. Simon liep naar een van de laders.
'Gooi eens even een paar doosjes deze kant op,' zei hij.
De volwassenen hadden één lader en twee geweren per persoon, zodat ze konden schieten met het ene geweer, terwijl het andere geladen werd. Simon had twee twaalf-mm-geweren, maar één was een bockdubbelbuks, een cadeautje van tante Rebecca die als vrouw natuurlijk geen idee had dat bockdubbelbuksen geen pas gaven; die waren geschikt voor buitenlanders, gewapende overvallers en niet noemenswaardige weekendtoeristen. De lopen van een echt jachtgeweer hoorden naast elkaar te liggen, dat wist iedereen. Om de zaak nog erger te maken had het geweer van tante Rebecca een vaste uitwerper in de kastgroep in plaats van een zijdelingse, wat alle perken te buiten ging. Daarom had Simon het thuis gelaten, hoewel het een mooi geweer was en ideaal zou zijn voor een besloten en afgelegen jacht. Hij bad dat tante Rebecca, die samen met oom Ted en een groep vrouwen en toeschouwers uit het dorp ergens ach-

teraan rondliep, het niet zou merken. Simon had nog een ander jachtgeweer, een *four-ten* waar hij mee was opgegroeid – in het wilde weg schietend op kraaien en konijnen – maar na een lang gesprek met zichzelf had hij besloten dat hij maar een betrouwbare twaalf-mm mee moest nemen en zelf zou laden.

Hij vulde de zakken van zijn Barbour met doosjes patronen. Soda danste om hem heen met alle opwinding en plezier die Simon zo graag wilde verbergen.

Hij zag zijn zeventienjarige neef Conrad, die de derde positie had getrokken en nam achter hem plaats.

'O, jezusmina,' zei Conrad, 'je gaat toch niet achter me staan, hè? Ik wil nog niet dood.'

Simon bloosde.

'Ik ben een goede schutter,' sputterde hij.

'Je hebt nog een godvergeten hond bij je, ook? Zeg, ik wil niet dat ze het jachtterrein op loopt.'

'Dat doet ze heus niet,' zei Simon verontwaardigd.

'Nou, dat is 'r geraden ook.'

'Sst!' Lord Draycott, een bejaarde man vooraan, keek Conrad dreigend aan vanonder zijn veel te grote arbeiderspet.

Conrad snoof minachtend. 'Allejezus, het zijn fazanten! Die zijn praktisch doof.'

'Dit zijn wilde vogels, Conrad,' fluisterde de man naast Conrad, die Simon herkende als Max Clifford, een vriend van zijn vader. 'Wilde vogels. Die schrikken heel snel. Ze worden niet voor de jacht gefokt, zoals in Hampshire.'

Op de een of andere manier kwam het woord 'Hampshire' er, met de zachte stem van Max, als een vreselijke belediging uit. Conrad werd rood en draaide zich om. Simon ontspande zich. Soda zat keurig naast hem, tong naar buiten, kalmpjes hijgend. De rust keerde weer.

Simon ging door met het fluisteren van 'Vaders raad'.

''t Is raadzaam stilte te bogen, Wild heeft oren en wild heeft ogen. Onderdrukt uw gretigheid, Gebruikt uw wapen met beleid. 't Is beter om een dier te sparen, Dan een halve te vergaren.'

Een fazantenhaan kwam op zijn gemak uit het bos gewandeld en liep luidkeels klokkend over de oprijlaan op hen af. Iemand lachte.

Simon tastte in zijn zak en haalde twee patronen tevoorschijn. 'En hebt u hetzelfde dier, Als uw buurman in het vizier, Laat het motto immer zijn, Doorkruist in geen geval de lijn.'

De fazant schreed verder over de laan en wierp ondertussen zijn nek arrogant naar voren en naar achteren.

Simon duwde de patronen in de lopen en sloot het geweer.

'Drijvers verschansen zich gewoon, Achter planten, struik of boom. Blijft u rustig, blijft alert, Schiet niet als 't zicht u is versperd.'

De vrolijke loop van de fazant vertraagde. Twijfelachtig tuurde hij voor zich uit en leek zich langzaam bewust te worden van het feit dat er een rij roze gezichten, bruin, groen en roodbruin tweed en glimmend geweermetaal tegen hem was ingezet. Hij toomde zijn zwierige gang in en zette zijn nek naar voren, ongelovig klokkend, iets wat Simon deed denken aan de schele barman in Laurel en Hardy films.

Simon haalde diep adem door zijn neus en slikte.

'Hoeveel dieren u ook schiet, Vergeet u één ding waarlijk niet, Alle fazanten die u ooit schoot, Zijn niets waard bij één man dood.'

De fazant wierp een blik op het struikgewas waaruit hij zojuist tevoorschijn was gekomen. Simon vermoedde dat de vogel een link had gelegd. Met een rijzende noot van verontwaardiging in zijn keel, als wanhopige poging om zijn familie en vrienden in het bos te waarschuwen, kwam hij overeind.

Tegelijkertijd bracht Lord Logan een zilveren hoorn naar zijn lippen en blies. Diep in het bos steeg een geweldig gebrul op en begonnen de drijvers op de grond te stampen en te slaan.

Simon likte zijn lippen en zette zijn voeten schrap op twee uur, het gewicht naar voren op zijn linkerbeen. Zijn rechterduim wipte de haanpal los. De andere jagers kwamen omhoog van hun zitstok. Soda bleef onbeweeglijk staan toen hij de op de wind meegebrachte reuk van wild in de neus kreeg.

Opeens was de lucht gevuld met hele eskaders opstuivende fazanten. Overal weerklonken geweerschoten als rauwe hoestbuien en rezen rookwolkjes de lucht in.

Simon had dit in gedachten al zo vaak geoefend. De vogels moesten hoog vliegen om boven de bomen uit te komen, daarom stonden de geweren in de positie waarin ze stonden. Maar ze kwamen zo snel: drie- of vierhonderd vlogen er in één keer op. Tegen de tijd dat Simon ze kon zien, waren ze al over zijn hoofd heen verdwenen. Hij volgde een vogel uit de begroeiing en vuurde de eerste loop af, net voordat zijn geweer verticaal kwam te staan. Hij bracht het geweer vijftig graden omlaag, volgde opnieuw een vogel en slaagde erin nog een keer te schieten, op de bek gericht.

Hij had net zijn geweer ontgrendeld en graaide om zich heen in een poging te herladen, toen er een schreeuw uit het bos opsteeg.

'Kalm aan, jongens! Ho, ho! Stop!'

De laatste fazanten fladderden langs en Simon hoorde de echo's van de laatste salvo's weerkaatsen tegen de ruiten en muren van het huis dat een kilometer achter hen stond. De eerste serie opgejaagde vogels had misschien veertig seconden geduurd en hij was er nog maar net in geslaagd met beide geweren één keer te schieten. Conrad had veertien schoten afgevuurd. Geblaf en gejank weerklonken door de bomen.

'Toe maar, Soda!' riep Simon. 'Toe maar, meisje!'

Soda sprong overeind en rende het bos in. Simon dacht dat hij er met het tweede schot misschien een had neergehaald. Soda zou dat wel gezien hebben.

Een schreeuw steeg op.

'Kijk! Kijk!'

Simon zag, nu de rook was opgetrokken, dat de lucht was gevuld met vallende bloemblaadjes, leek het. De wilddragers stonden verbijsterd te kijken, hun honden stonden om hen heen te draaien en te janken, terwijl een kleurige wervelstorm om hen heen dwarrelde.

Simon hoorde de stem van tante Rebecca achter hem. 'Het lijkt wel ... hemeltjelief ... het lijkt wel *confetti*!'

'Bravo! Heel amusant!' zei oom Ted.

'Godsamme!' zei Conrad.

Soda kwam op een drafje het struikgewas uit gelopen met een fazant in haar bek, die ze voor de voeten van haar baasje liet vallen.

Simon keek vol afkeer naar beneden. 'Het is een *runner*,' zei hij. De vogel leefde nog, de bek ging open en dicht, zijn kromme, rimpelige pootjes bewogen panisch heen en weer. Simon raapte hem op en draaide zijn nek om, totdat hij hem hoorde kraken.

De anderen kwamen erbij staan.

'Wat is hier verdomme aan de hand?'

'Dit is de enige buit, godsamme!'

Simon keek vol verwarring in het rond, terwijl iedereen om hem heen kwam staan.

'Waar hebben jullie het over?' zei hij.

'We hebben het,' zei Conrad, 'over het feit dat niemand anders ook maar één godvergeten vogel heeft neergehaald. Dáár hebben we het over.'

Simon begreep het niet. Bij een eerste serie uit een struikgewas, met zoveel vogels, zouden er minstens honderd neergehaald moeten zijn.

Lord Logan pakte de fazant uit Simons handen. Henry, de assistent van de jachtopziener, kwam naar voren gerend, buiten zichzelf van woede en met een blik van opperste verwarring op zijn gezicht.

Lord Logan bekeek de fazant eens goed. Er zaten kleine zilveren balletjes vast in zijn strot.

'Zilveren hagel?' riep iemand uit. 'Dat is een beetje overdreven, Michael, zelfs voor jou.'

Simon zag de ogen van zijn vader heel even onder zijn borstelige wenkbrauwen flitsen.

'Dit is geen hagel,' zei hij, terwijl hij het balletje tussen zijn duim en wijsvinger heen en weer rolde. 'En het is ook geen zilver.'

Hij stopte het balletje in zijn mond en beet het tussen zijn tanden door.

'Suiker,' zei hij somber. 'Gewoon suiker.'

Simon haalde een nieuwe patroon uit zijn zak en peuterde hem aan het uiteinde open. In de uitgestrekte palm van zijn vaders hand goot hij een berg gekleurde suikerpareltjes en zilverkleurige suikerballetjes, rijst en een hoop confetti.

'Jezus!' zei Conrad. 'Activisten. Die godvergeten anti-jacht-activisten.'

'Activisten?' zei Simon. 'Nee, zoiets zouden ze toch niet ...'

'Activisten! Activisten! Dit is verdomme sabotage!'

De schreeuw rees omhoog en werd gebrul, dat zich vermengde met het geklok van de fazanten die weer neerstreken in hun roest, en dat zich ook vermengde met het gierende, schrille gelach van een van de drijvers die was achtergebleven en die nu op de grond ergens diep in het bos lag te kronkelen van geluk en, zoals het een goed drijver betaamt, met kleine vuisten op de grond sloeg en sloeg en sloeg.

Drie

Lieve oom Ted,

Hier een briefje om u te bedanken voor uw cadeautje. Ik vond het jammer dat u niet zelf naar de dienst kon komen, maar ik begrijp wel dat u het heel erg druk hebt.

Mijn leraar Engels, meneer Bridges, heeft me verteld dat het cadeau dat u me hebt gegeven een eerste editie is, die vreselijk waardevol is. Ik ben erg geroerd door uw vrijgevigheid. Ik heb *Vier kwartetten* nog nooit gelezen, maar we hebben wel *Het barre land* voor het examen gedaan en ik heb er enorm van genoten, dus ik heb echt zin om deze nieuwe gedichten te lezen en te begrijpen. Is er een verband met de kwartetten van Beethoven? Op dit moment is Wordsworth mijn favoriete dichter.

Het vormsel was fantastisch. De bisschop van St. Alban sprak ons van tevoren allemaal toe en herinnerde ons aan de plechtigheid van deze gebeurtenis. Toen het moment kwam waarop hij zijn hand op mijn hoofd legde, moest ik huilen. Ik hoop dat u dat niet verkeerd van me vindt. Ik denk dat ik vooral geroerd was door het idee van de apostolische successie. Christus legde een hand op het hoofd van Petrus, Petrus werd bisschop van Rome en legde zijn hand op de hoofden van alle anderen die bisschop werden. En ook al hebben we in de zestiende eeuw met Rome gebroken, de bisschoppen van de Anglicaanse Kerk kunnen zichzelf door een hand op het hoofd helemaal tot Christus herleiden.

Toen ik in de hostie beet, verbaasde het me dat zij eigenlijk best lekker was. Iedereen had me verteld dat zij verschrikkelijk vies was – net karton. Eigenlijk deed zij me denken aan de ouwel die onder een kokosmakron zit. De wijn was heel erg zoet, maar dat vind ik juist lekker.

U schreef dat u hoopte dat dit vormsel zijn naam eer aan

zou doen en dat het niet alleen mijn geloof openlijk heeft gevormd, maar dat de dienst ook in mij persoonlijk iets zou vormen. Nou, ik geloof dat dat echt zo is. Iedereen is het ermee eens dat het elk jaar erger wordt in de wereld. Er is meer misdaad, meer armoede, meer corruptie, meer spanning. Ik denk dat Deugd waarschijnlijk het enige is dat de wereld kan redden, daar hebben we het met vormselles heel veel over gehad. Dat is heel idealistisch, ik weet het, maar ik denk dat het logischer is dan de rest. Deugd is *naar binnen* kijken, niet naar buiten. Als iedereen naar binnen kijkt, naar zijn eigen ziel, of psyche, of welk woord je dan ook wilt gebruiken, dan zou alle zonde in de wereld verdwijnen. Als we allemaal onze handen op konden steken en zeggen 'de problemen zijn allemaal mijn schuld, dan waren er geen problemen.

Simon is dit trimester tot huisoudste benoemd en hij is aanvoerder van de eerste XV, dus we zijn allemaal erg trots op hem. Als hij van school af is, wil hij het leger in, maar pappie wil dat hij toelatingsexamen doet voor Oxford. Ik weet nog niet wat ik wil gaan doen, maar in elk geval niet het leger in. Ik zou echt het allerliefst een dichter zijn, zoals u.

Want, bestaat er een waardiger beroep?

De wereld is ons te nabij; vroeg en laat,
Krijgen en geven, wij verspelen onze krachten:
Weinig der Natuur is ons eigen;
Wij hebben ons hart vergeven ...

Het studie-uur is net voorbij en ik heb zojuist een fantastische zin in *Vier kwartetten* gevonden, over de stenen van een gebouw die zonlicht niet weerkaatsen, maar juist *absorberen*. Dat zegt wel iets over Gods liefde, denk ik.

Ik hoop dat u mijn liefde zult absorberen en dank u wel voor een geweldig cadeau.

Heel veel liefs,

David
XXX

Ik piekerde me suf om me te herinneren of ik zelf op die leeftijd ook zo'n huichelachtig etterbakje was dat erom vroeg in elkaar geslagen te worden. Ik kan me nog herinneren dat ik naar illegale jazz luisterde en ladders opklom om de dochter van de conrector zich te zien uitkleden; ik kon me alle ruzies, racekak en rillingen op pisbakniveau nog herinneren, Britse scholing van piskwaliteit; ik weet nog dat ik jammerde over onrechtvaardigheid, brulde van passie en kreunde van eenzaamheid; ik weet nog dat ik het natuurlijk over poëzie had en dat ik plechtig beloofde dat de dichters van de toekomst de mensheid bij de ballen zouden grijpen en er zo'n gemene draai aan zouden geven dat het hele menselijke ras om genade zou schreeuwen. Maar blaten over Deugd en zonde? Zeikerig gekwijl uit sonnetten van Wordsworth spuien? Ik dacht het toch niet. 'De bisschop sprak ons van tevoren allemaal toe en herinnerde ons aan de plechtigheid van deze gebeurtenis', nou, nou, nou. Dacht het schijnheilige huftertje dat hij een brief aan zijn peetvader schreef, of een artikel voor de schoolkrant? 'Ik zou echt het allerliefst een dichter zijn, zoals u'. Bedoelde hij dat hij, net als ik, dichter wilde zijn? Of was hij huiveringwekkend (en idioot) genoeg om te bedoelen dat hij het soort dichter wilde zijn dat ik was? Kouwe christus en gestoorde drie-eenheden, wat een anus.

Butler's Yard 4
St. James's
LONDEN SW1

Lieve David,

Wat een buitengewone brief. Ik ben bijzonder blij dat mijn cadeautje zo in de smaak is gevallen.

Ook ik was teleurgesteld dat ik niet onder de aanwezigen kon zijn bij jouw vormsel. Ik kan me mijn eigen vormsel nog zeer helder voor de geest halen. Chichester, niet de mooiste van onze grote kathedralen – plomp en lelijk om je de waarheid te zeggen – maar in mijn herinnering heilig. De dienst vond plaats tijdens zo'n middag die alleen in het verleden voorkomt. Zonlicht kuste de altaartafel, de miskelken, patenen en kandelaars, de mijter van de bisschop en onze jonge, nieuwbekeerde hoofden met een gouden krans, bedoeld om zelfs de standvastigste atheïst te doen jubelen van onvoorwaardelijk geloof.

Allemaal gelul, natuurlijk. Het enige wat die middag glansde in het licht was de druppel die aan de neus van de bisschop hing.

Wát ieders mening over deze zaken ook is, het scheppend vermogen, gecreëerd door een samenkomst van mensen, verenigd in een gemeenschappelijk spiritueel doel is net zo tastbaar als de grond waarop ze knielen. Of dit voor een anglicaanse kathedraal meer geldt dan voor een boeddhistische tempel, of een seance van geflipte spiritualisten ergens in een voorkamertje, is niet aan mij om te zeggen. Het doet me echter *wel* deugd dat Tom Eliot, die ik inderdaad heb gekend, jou iets doet. Toen ik net begon, publiceerde hij mijn werk bij Faber en Faber. Had nog bijzonder aardige dingen over me te zeggen – maar goed, op het laatst had hij over een hele vloot talentloze imbecielen, van wie je nog nooit hebt gehoord en van wie je ook nooit zult horen, aardige dingen te zeggen. Hij was absoluut gek op ene Botterill. Wie leest tegenwoordig nog Botterill? Mijn lezerskring is nog groter, en dat wil wat zeggen.

Maar goed, dit raakt kant noch wal. Ik wilde je voornamelijk laten weten dat ik bijzonder onder de indruk was van de gevoelens die je met zoveel moed en overtuiging in je brief uitte. Mijn enige andere petekind is je nicht Jane en, zoals je weet, sta ik niet op goede voet met die kant van je familie, dus ik prijs mezelf zeer gelukkig dat ik een intelligent en interessant petekind heb met wie het zo'n genot is te corresponderen. Je zult binnenkort wel vakantie krijgen. Het zou bijzonder fijn zijn als we iets kunnen afspreken en samen de geheimen van de kunst en het leven kunnen uitpluizen. Zou het schikken als ik deze zomer eens in de Hall kom logeren? Dan kunnen we samen lezen, denken, praten, een likeurtje drinken en schoone madeliefjes plukken, zoals Burns dat zo mooi zegt. Mijn eigen zoon (ken je Roman nog?) brengt het grootste deel van de zomervakantie door bij zijn respectieve en respectloze moeder en dus ben ik alleen en zal ik dringend een intellectuele en spirituele stimulans kunnen gebruiken.

Monsterlijk. Ted, ouwe rukker, is dit nou wat er van je is geworden? Landhuisbezoekjes aftroggelen bij je petekinderen? Geef maar toe, ouwe zak, dat de enige 'intellectuele en spirituele stimulans' die je ooit nodig hebt gehad, een snelle wip in de bosjes was met een huishoudelijke hulp. Maar ik had de toegang tot Swafford wel nodig om mijn heerlijke, heerlijke geld te verdienen. De kans bestond ook dat ik zó zou walgen van het gezelschap van een romanticus waar je broek van afzakt, dat het me ertoe zou bewegen zelf wat nieuws en knisperend vers te schrijven.

Dus waarom leg je dit voorstel niet aan je ouders voor, ouwe reus, om te zien wat zij ervan vinden? Ik heb je al in geen tijden gezien en, hoe liederlijk en schandelijk ik ook ben, mijn beloftes bij de vont betekenen wel degelijk iets voor me. Misschien kan jouw jeugd me inspireren om weer poëzie te schrijven. Ik merk dat tijd en leeftijd mijn kunnen hebben aangetast en dat, zoals jouw favoriete dichter opmerkt, 'de grootse blik' inderdaad 'in het daglicht vervaagt'.

Waarheen vlood de onverwezenlijkbare glans?
De glorie en de droom, waar zijn ze thans?

GAD-VER! Ik moest wel opspringen, fluitend en neuriënd door de kamer lopen en tegen de lambrisering aan trappen, om de smaak daarvan weg te spoelen.

Ik kijk nu al uit naar een zomer vol ontdekkingen en plezier.

Je liefhebbende peetvader,

Ted

O, jij gigantische, ouwe hypocriet, wat ben je een beest, wat ben je een vreselijk wreed beest. Wat een geweldig, kwijlerig, gemeen, verachtelijk monster. Hoe durf je je nog te vertonen? Hoe kun je jezelf nog aankijken? Hoe kun je nog slapen? Jij akelige, akelige man.

Lieve oom Ted,

Uw brief maakte me zo blij dat ik wel kon dansen. Mammie of pappie zal binnenkort wel iets laten horen. Ik hoop dat u minstens een hele maand kunt blijven!

... geen kwade tongen,
Overijlde godsgerichten, of de spot van
Een zelfzuchtige man, of wensen zonder
Goedheid, noch alle sombere betrekkingen
Van het dagelijks leven, zullen ons ooit
Overwinnen, of ons blijde geloof
Verstoren dat alles wat wij aanschouwen
Vol zegeningen is.

Ik tel de dagen af.

Liefs,

David
xxx

II

Swafford Hall
Swafford
Norfolk

zondag, 19 juli 1992

Lieve Jane,

Mijn eerste rapport, zoals beloofd, van binnen de muren van Troje. Mijn brief aan je neef en peetbroer, als dat woord bestaat, heeft zijn nut gediend. Kleine Davey wilde zo graag dat ik kwam dat hij zijn zakgeld ervoor zou hebben overgehad om mijn treinkaartje te betalen. Tenzij ik de boel hier volledig in het honderd stuur, zit ik hier gebeiteld, zolang ik mezelf gedraag.

Sinds ik hier voor het laatst was, is het station van Liverpool Street een onheilspellende en onaanvaardbare mengeling van een Edwardiaans lunapark op de pier en een studio voor dagtelevisie geworden. Werkelijk walgelijk. Aangezien je cheque op onverklaarbare wijze schijnt te zijn gehonoreerd, reisde ik eersteklas. Voor zover ik kan zien is er maar één rokerscoupé in de hele trein. In een nutteloze poging van de Spoorwegen om luchtvaartmaatschappijen na te apen (op zichzelf al een krankzinnig project – net zo slim als een herenkapper binnenstappen en vragen om een Lindsay Anderson kapsel), bevuilen ze de coupés met van die lachwekkende, populaire tussen-de-rails-tijdschriften met namen zoals 'Leidinggever' en 'Eersteklasreiziger' en meer van dat soort brakerige zooi. God zij geprezen dat ik niet lang meer hoef te leven. Sorry, dat klinkt een beetje harteloos gezien je ziekte. Je weet wel wat ik bedoel.

Hoe dan ook, nadat anderhalf uur lang natuurschoon langs mijn raampje was geraasd, kwam de trein op het station van Diss tot een testikelwurgende stop en stortte de kleine piramide miniatuurflesjes van Johnny Walker, die ik op het tafeltje voor me had gebouwd, in elkaar. Op het perron zag ik een knul staan die een sleutelbos opgooide zoals een gangster met een zilveren dollar zou doen. Een glanzende, zwarte spaniël zat naast hem met zijn tong naar buiten, zoals de gewoonte is van dat soort beesten. Hij moet me hebben herkend aan de klungelige manier waarop ik mijn bagage door het midden van de nauwe coupé probeerde te trekken. Het is onwaarschijnlijk dat hij me nog kende van vier jaar geleden, toen ik voor het laatst parasiteerde in Swafford Hall.

'Hallo, meneer,' zei hij, terwijl hij de koffer van me overnam en hem behendig lostrok. 'Ik ben Simon Logan. Welkom in Norfolk.'

'Bedankt, jongen. Ted Wallace.'

'Dit is Soda. Mijn spaniël.'

'Buitengewoon aangenaam, Soda,' zei ik, en ik legde als begroeting mijn wijsvinger op zijn snuit.

Simon leidde me naar de uitgang.

'David wilde ook komen, maar ik dacht dat u de two-seater wel leuk zou vinden.'

Een tweekleurige Austin-Healy stond op het parkeerterrein, ijsblauw op ivoor. Een Rank Starlet, dacht ik bij mezelf, zo'n geval waar Diana Dors in zou zijn gefotografeerd, met haar besjaalde hoofd, glanzend witte tanden en het geglitter van een gevleugelde zonnebril. Je bent waarschijnlijk te jong om je Diana Dors te herinneren, maar deze informatie krijg je geheel en al gratis. Ik had natuurlijk eigenlijk gehoopt op de goed bevoorrade Rolls Royce van Michael, maar de jongen was zo overduidelijk trots op deze machine dat ik goedkeurend met mijn tong klakte.

'Ik heb het dak en de ramen thuisgelaten, zodat er achterin ruimte is voor uw bagage. Zolang het maar niet regent, hè?'

Ik keek omhoog naar de immense lucht van East Anglia, verstoken van wolken en zo blauw als ... Vergelijkingen waren uit mijn poëtische kunnen gezogen. Ik kan met geen mogelijkheid verzinnen hoe blauw het was. Zo blauw als blauw. Zo blauw als het slipje van de Maagd. Zo blauw als het was.

Toen het stadje Diss eenmaal achter ons lag, brulde de motor van de Austin en creëerden de ongemarkeerde landweggetjes de aangename illusie van een mild en stoffig Engeland als dat van Dornfold Yates. Je zou bijna steigerende paarden verwachten, geschrokken van deze ongewone aanblik van een automobiel, en dorpsbewoners die elkaar met open mond verwonderd aanstoten. Maar we kwamen niemand tegen. Over alles lag een laken van stilte en we scheurden erdoorheen als een speedboot over een meer. Je zult waarschijnlijk ook wel nog nooit van Dornfold Yates gehoord hebben, maar goed.

In de razende wind wapperde mijn pony en stak hij in mijn ogen, terwijl ik naar links en naar rechts keek. Simon, met zijn weinig modieuze korte haar, keek strak voor zich uit, iedere geconcentreerde seconde aan het stuur zette hem kracht bij tot iets wat bijna op een orgasme leek. Ik schatte dat hij zeventien was en nog maar net zijn rijbewijs had. Hij is zo'n jongen die op de ochtend van zijn verjaardag rijexamen doet en elke gelegenheid aangrijpt om dertig kilometer te rijden om een doosje lucifers te kopen. Soda zat heel tevreden tussen ons ingeklemd, het puntje van zijn tong wapperde naar achteren tot hij bijna de onderkant van zijn oren raakte.

Een zilveren glinstering in de verte trok mijn aandacht aan de andere kant van een sluier van velden, waarvan de oogst op het punt stond van groen naar goud te verkleuren.

'Wat is dat?' bulderde ik.

Simon draaide zijn hoofd om.

Ik pookte met een vinger en schreeuwde. 'Daar! Dat glimmende ding, een kerk of zo.'

'O, dat. Een silo.'

'Wat?'

'Voor graan. Goedkoper om nieuw te bouwen dan om op een ouwe schuur een nieuw dak te zetten. Betere opslag.'

'Lelijk kreng.'

Het viel me ook op, zonder Norfolk met de woorden van Noel Coward belachelijk te willen maken, dat het landschap *vlakker* leek dan in mijn herinnering. Dat was onmogelijk, maar het uitzicht was in de lengte en de breedte ongetwijfeld groter. Het waren natuurlijk de hagen – of eigenlijk was het de afwezigheid van de hagen. Het zal bijna twintig jaar geleden zijn geweest dat ze begonnen die hagen weg te halen, maar het geheugen van deze ouwe man verwachtte ze nog steeds. Het is net zoiets als met Piccadilly. Als het gemeentebestuur van Westminster van de ene dag op de andere zou besluiten om van Piccadilly een tweerichtingsverkeerstraat te maken, zou het me waarschijnlijk niet eens opvallen, want in mijn gedachten is Piccadilly nog altijd een tweerichtingsverkeerstraat, al hebben ze die straat zeker tientallen jaren geleden al verkloot. Nu, hier in East Anglia, met de kale velden en de reuzenkussens in plastic gehuld, die kantoren voorzien van strobalen, en deze nieuwe en lelijke aluminium silo's, lijkt het bijna een Amerikaans landschap – je weet wel, die uitgestrekte tarwevelden in Iowa, waar groepen maaidorsers zij aan zij als pantserdivisies langs de horizon rollen. Ik ben natuurlijk een stadsduif, ik heb harde straatstenen onder mijn voeten nodig en lucht waarin ik kan bijten, maar het landelijke Engeland heeft ondanks dit alles een plaatsje in mijn hart, en de gedachte dat vandalen de boel naar de klote helpen bevalt me niks.

Simon vond het vermakelijk.

'Je moet aan de opbrengst denken,' riep hij, en toen – de agressieve uitroep van iedere plunderende landeigenaar: 'Je wilt toch ook eten, of niet soms?'

Maar rond de toegangswegen naar Swafford Hall zijn de hagen nog steeds dicht beplant, zag ik. Voor een onverbeterlijke snob als ik is er niets zo opwekkend als het uitzicht vanuit een auto op bomen in een opdoemend park, die de schoorstenen, ramen en zuilen van een prachtig huis nu eens verhullen en dan weer onthullen, als een stripteasedanseres die met een sluier flirt. We schoten de kalkstenen oprijlaan op en de volle, vulgaire glorie van het huis kwam, om met de woorden van L.P. Hartley te spreken, in zicht en ik zag met een scheut van spijt en zelfverwijt dat er halverwege de barokke trap die als een dikke stroom gesmolten lava uit de zuilengang stroomde, een jongen zat. Hij stond op en tuurde met zijn hand boven zijn ogen in onze richting.

Ik had alle gedachten aan hoe ik dit ellendige kind van me af zou schudden, van me afgeschoven. Hij had zijn doel gediend door me een uitnodiging te bezorgen; ik had absoluut geen zin om het gezeik van een tiener aan te horen of, nog erger, om mezelf mijn eigen, waardeloze apofthegmata uit te horen kotsen. Misschien was de oplossing om hem een of andere opdracht te geven, een duivelse taak te verzinnen die hem uit mijn buurt zou houden. 'Schrijf iets uitgebreids in *terza rima*,' hoorde ik mezelf al zeggen. 'Als je dichter wilt worden, zul je de vormen moeten leren.'

Een wolk van zand en grind stoof op toen Simon met behulp van de handrem een scherpe en zinloze zwaai voor het huis maakte. David kwam de trap af, terwijl hij het stof uit zijn ogen knipperde.

'Dag, oom Edward,' zei hij, met een glimlach en een rood hoofd.

Hij is echt een aantrekkelijke jongen. Ik heb nooit op die manier naar mijn eigen geslacht verlangd, zulke jongensachtige charmes laten mijn bloeddruk ongemoeid – ik vond zijn uiterlijk zelfs een beetje belachelijk voor een man – maar ik ken schrijvers en kunstenaars bij de vleet die bij zijn aanblik alleen al in vervoering raken en zich kreunend vastklampen aan een passerende wodka. Simon is op een kleurloze manier knap, als een oude portretfoto. Hij is op fatsoenlijke wijze zijn pukkels aan het ontgroeien tot een conventionele Engelse – of, in zijn geval natuurlijk half-Engelse – volwassen man. Maar Davids gezicht is buitengewoon gaaf; ik heb nog nooit zo'n gave huid gezien. Het heeft iets bizars, vind ik. Ik neem aan dat jij hem beter kent dan ik? Hoe dan ook, zijn neergeslagen ogen en rode wangen getuigen van een maagdelijke bescheidenheid, die bij de jeugd van vandaag de dag nog maar zelden voorkomt. Hij belooft geheel en al het lulletje te zijn waarvan zijn brieven al deden vermoeden.

'Davey, jonge hond, leuk je te zien,' zei ik, terwijl ik mijn lijf uit de auto zeulde.

Op de drempel stond wat tegenwoordig bijna universeel met omgekeerd schijnsnobisme een 'echte butler' wordt genoemd.

'Ah, Podmore, is het niet?' Na een moment van geconcentreerde aarzeling, wuifde ik naar hem, een aarzeling die bedoeld was om me de kans te geven mijn geheugen te doorpluizen, me de namen van ten minste twintig andere butlers met wie ik op vriendelijke voet stond, te herinneren en te verwerpen. Dat gaat jou gemakkelijk af, lieverd, maar wij bohémiens, moeten worstelen om het nonchalante effect te bereiken.

'Goedemiddag, meneer Wallace. Aangenaam u weer eens te zien, meneer.' Niet dat hij zich ook maar een seconde voor de gek liet houden.

Met een bezitterige houding die de wereld duidelijk moest maken dat ik, in zijn ogen in elk geval, *zijn* gast was, had David mijn koffers uit de achterbak van de Austin gehaald. Simon zwaaide over zijn schouder en lanceerde de auto, met een knarsende zwaai van de achterwielen, op weg naar nog een onwaarschijnlijke missie.

Wel, wel. Daar was ik dan. Hoelang ik zou blijven hing waarschijnlijk af van de ontvangst die Michael me zou geven. Jouw idee om hem te vertellen dat ik zijn biografie wil schrijven is wel leuk en aardig, maar toch.

Het is namelijk een feit, Jane – en dat heb ik je nooit verteld – dat er, naar mijn weten, minstens twee redelijk prestigieuze broodschrijvers al eerder geprobeerd hebben om Michael Logan te biograven, met weinig succes. Swafford Hall staat in journalistieke kringen bekend als het Autoria Hotel.

Niet dat het niet zal werken – Michael vertrouwt me tenslotte, vertrouwt me zoals Guy Burgess werd vertrouwd, in de veronderstelling dat iemand die zó onbeschaamd indiscreet en onbetrouwbaar is, wel loyaal en eerlijk moet zijn – maar ik vind dat je moet weten dat een andere aanpak wellicht nodig zal blijken te zijn. *Nous verrons ce que nous verrons.*

David was boven aan de trap gekomen, zijn tengere lichaam kapseizend onder het gewicht van de koffer.

'Laat maar, meneer Podmore,' zei hij. 'Ik zal oom Edward wel naar zijn kamer brengen.' *Meneer* Podmore? Onrustbarend burgerlijk.

'Kan ik me niet beter eerst even melden bij de ouderlijke macht, voordat we verder gaan?' vroeg ik me af, omdat ik de uitgebreide thee op het terras die naadloos versmelt met cocktails op de veranda, waar ik mijn zinnen op had gezet, in de verte zag verdwijnen.

'Mammie is vanmiddag boodschappen aan het doen in Norwich,' kwam het opgewekte antwoord. 'En pappie is in Londen. Deze kant op.'

Ik vroeg maar niet wanneer Michael terug zou komen. Het geheim van een goede gast is nooit vragen te stellen over de samenstelling van het huishouden. Zelfs de voornaamste gastheren zijn zenuwachtige wezens, die nieuwsgierigheid zien als het bewijs van ontevredenheid.

'Uitstekend,' zei ik, terwijl ik de trap op sjokte.

David had in elk geval wel eersteklas accommodatie voor me geregeld door de Landseer Kamer voor me te bemachtigen. Ooit daar gelogeerd? De kamer is enorm, met een comfortabel bed, goed voorzien van Chippendale en Hepplewhite, en met een aanzienlijk uitzicht. Wat voor mij persoonlijk bijzonder interessant is, ik ben tenslotte een man die van een lekker bad houdt, is een aangrenzende badkamer die tot Babylonische schaamteloosheid is volgepropt met kostbare oliën en zalfjes, en een douche en bad die zijn uitgerust met kranen die vanuit het bed met een paneel kunnen worden bediend. Alleen Michael kan zo geflipt zijn om bedienden in dienst te nemen die niets beters te doen hebben dan baden vol te laten lopen, om vervolgens een apparaat te laten installeren dat het werk voor ze kan doen. De gordijnen worden in elk geval nog met de hand bediend, dat is een grote zegen, aangezien er in het leven weinig dingen zo heerlijk zijn als wakker worden van het geluid van de huishoudelijke hulp die het daglicht de kamer binnen zwaait.

Maar alles heeft zijn prijs, en in het geval van de Landseer Kamer komt de afrekening in de vorm van het belachelijke schilderij dat boven de open haard hangt. Deze schandelijke vierkante meter verspilling van canvas stelt een of andere spaniël voor die gespannen en trots op een hoge kasteelwal staat, die uitkijkt over een uitgestrekte Speyside dal of del, of hoe ze een vallei tegenwoordig ook noemen in Schotland. Het werk heeft de titel – houd maar vast een teiltje in de aanslag – *Heer van al wat hij aanschouwt*. Ik weet dat er andere slaapkamers zijn die acceptabelere kunst te bieden hebben, inclusief een *Stervenswens van een sibille* die er nog wel mee door kan, en een min of meer gewaagde *Zeus onteert Europa onder het oog van dryade en nymf in potsierlijke pose*, maar geen van alle hebben ze de stijl en de gemakken van deze kamer, dus ben ik bereid de spaniël voor lief te nemen, met het oog op een geurig bad en het aangename uitzicht. Ik zal eens aan Michael vragen of hij zijn kunst in voorraden van vijftig kilo tegelijk koopt, of dat hij ook daadwerkelijk zijn ogen gebruikt. Ik ontkom in elk geval aan de foeilelijke verschrikking van de Hobhouse Kamer. *De terugkeer van het verloren lam* kan zelfs bij het sterkste gestel nachtmerries en knallende hysterie veroorzaken. Oliver Mills ooit ontmoet? Een ouwe gabber van je vader en mij. De nichterigste nicht die je je maar voor kunt stellen, een ontpriesterde regisseur van film en televisie – je kent hem vast wel. Hoe dan ook, hij werd een keer aangetroffen toen hij door de gang bij de Hobhouse Kamer heen en weer rende met een dekbed om zich heen geslagen, en luidkeels jammerde, 'Breng me naar een zolderkamer, een bouwval van een bediende, een kennel, een ordinair hotel, *wat dan ook!*' Uiteraard moest ondergetekende, simpele ziel die ik ben, met hem van kamer ruilen.

Maar de voorname spaniël die zijn gebied overziet (of zou het domein moeten zijn?) kan ik voor lief nemen, met name omdat die andere voorname spaniël, David, zo lief was geweest om zijn uiterste best te doen me op mijn wenken te bedienen.

'Ah!' zei ik, met mijn oog op het tafeltje met de sterke drank. 'Alles is zoals het hoort.'

David volgde mijn blik naar het hoge, groene, glanzende bos in de glinsterende, kristallen zee. 'U houdt toch van whisky, of niet, oom Edward?'

'Voordat we verder gaan, ouwe jongen,' zei ik, 'zullen we dat oom maar weglaten? Ted is meer dan genoeg, gewoon Ted.'

'Oké,' zei David. 'Ted. Als in Heath.'

'Een jongen van jouw leeftijd die Ted Heath kent?'

David was verrast. 'Hij was toch premier, of niet?'

'O, *die* Ted Heath. Dacht dat je de bandleider bedoelde.'

'Bandleider?'

Jezus, ik haat kinderen. En jezus, ik haat mijn tanende geheugen.

'Nou, Davey,' zei ik, 'denk dat ik ... eh ... een bad neem en mogelijk een dutje ga doen.'

'O ... goed.' Hij verborg zijn teleurstelling goed. 'Tuurlijk. Je weet waar alles ligt?'

'Absoluut.'

Hij liep naar de deur. 'Ik zal ... als je beneden komt ... het zuidelijke gazon ligt ...' Hij wees naar de muur achter het bed. '... die kant op. Ik hang waarschijnlijk daar een beetje rond als je ... nou ja, wilt kletsen.'

Ik voelde me een beetje een hufter.

'Davey,' zei ik, terwijl ik hem recht aankeek. 'Ik vind het gewoonweg fantastisch om hier te zijn. We gaan er een geweldige tijd van maken. Dank je wel dat je me hebt uitgenodigd.'

Zijn gezicht lichtte op. 'Dank je wel dat je bent gekomen. Er is zoveel ...' Hij zweeg, schudde zijn hoofd, liep de kamer uit en deed de deur achter zich dicht.

Glanzend en zacht van de patchoeli-olie ging ik een uurtje later, met rode wangen van een goede whisky, met een velletje Swafford Hall briefpapier voor me zitten met uitzicht over de gazons en het parkland daarachter. Ik zou me later wel concentreren op het schrijven van deze geestdodende brief aan jou, maar vooralsnog was er geen reden om de prammen van de Muze niet eens te prikkelen om te zien of ze niet iets te vertellen had. Het was niet erg waarschijnlijk dat uit zulke vredige taferelen een gedicht voort zou komen, maar als je niks vraagt, krijg je ook niks. Ik maakte, zoals altijd, een lijstje met woorden die mijn stemming en het decor weergaven.

Bedwongen
Oppervlakte
Onnozel
Ophanging
Sedativum
Bruto
Gewicht
Weekheid

Uitbarsting
Dit
Suzereiniteit
Nepgoud
Uitgebreid
Heter

Wel een kwartier lang bestudeerde ik deze lijst. Zeldzame woorden irriteren het publiek vaak, maar ze denken niet na, ze nemen werkelijk nooit de moeite om *na* te denken over het leven van een dichter. Een schilder heeft olieverf, acrylverf en pastelkleuren, terpentine, lijnzaadolie, canvas, kwasten van sabelhaar en kwasten van varkenshaar. Wanneer heb jij voor het laatst dat soort dingen met enige regelmaat gebruikt? Misschien om een cricketbat met olie in te wrijven, of om een ooglid met mascara te bewerken. Trouwens, je hebt waarschijnlijk nog nooit van je leven een cricketbat ingewreven, maar je begrijpt me wel. En musici: een musicus heeft hele apparaten van hout, koper, ingewanden en koolstofvezel; hij heeft overmatige septiemen, accidenten, Dorische toonaarden en twaalftonige reeksen. Wanneer heb jij voor het laatst een overmatig septiem gebruikt om wraak te nemen op je vriendje, of een fagot obligaat om een pizza te bestellen? Nooit. Nooit, nooit, nooit. Maar de dichter. Ach ja, de arme dichter: heb meelij met de arme dichter, verdomme. De dichter heeft geen speciale instrumenten, geen unieke methodes. Hij heeft niets dan woorden, hetzelfde gereedschap dat iedereen in de hele vervloekte wereld gebruikt als hij de weg wil weten naar het dichtstbijzijnde toilet, of waarmee hij excuses uitkraamt voor het onhandige bedrog en de zinloze uitvluchten van zijn doodgewone leventje; de dichter heeft niets dan dezelfde, precies dezelfde woorden die dagelijks in miljoenen vormen en uitdrukkingen vloeken, bidden, misbruiken, vleien en misleiden. De arme, vervloekte dichter kan niet langer 'toe' gebruiken voor 'dicht', of 'jongeling' voor 'jongeman', men verwacht dat hij nieuwe gedichten creëert uit de plastic en schuimrubberen rotzooi die de linguïstische vloer van de twintigste eeuw bevuilt, dat hij verse kunst maakt van de gebruikte verbale condooms van sociale gemeenschap. Logisch toch, dat we zo nu en dan ons heil zoeken in 'geligniet' en 'sedativum' en 'metagenesis'? Onschuldige woorden, maagdelijke woorden, woorden die onbezoedeld en ongerept zijn, waarvan de zuivere beheersing aankondigt dat we een relatie hebben met de taal, zoals de beeldhouwer met zijn marmer, of de componist met zijn notenbalk. Niet dat er natuurlijk ook maar iemand van *onder de indruk* is. Ze zeiken alleen maar over de 'ontoegankelijkheid', of feliciteren zichzelf met het feit dat ze bekend zijn met de ellips, de ondoorschijnendheid en de zinspeling die, in hun ogen, het werk versterkt en verrijkt. Het is een bastaardvak, geloof me.

Afijn ... ik kan genoeg excuses verzinnen, maar ik vermoed dat de echte waarheid is dat de energie uit me gestroomd is, al tien jaar lang uit me sijpelt. Te veel optredens in 'The Late Show' en bij Melvyn Bragg, te veel gemakkelijke aanbiedingen om bloemlezingen te maken en te redigeren, te veel genegenheid en geflikflooi en, de laatste tijd, veel te veel van die elektronische rotzooi. Ik kraste de lijst met woorden door, krabbelde 'BOMBASTISCH!' in boze letters over de pagina en stopte het vel papier in het bureau. Ik zou het verfrommeld en weggegooid hebben, ware het niet dat een geflipte universiteit in Texas me heeft betaald voor de rechten tot al mijn papieren.

'Papieren?' vroeg ik, toen ik werd benaderd door hun hoogleraar moderne poëzie. 'Wat bedoelt u met papieren?'

'Nou ja, u weet wel, notitieboekjes, concepten, correspondentie ... papieren.'

Welke stijve en onuitstaanbaar sentimentele, bellettristische nicht gebruikt er nou *notitieboekjes*? vroeg ik mezelf af. Volkomen belachelijk, maar het verdiende goed en dus ben ik er een weekendje voor gaan zitten en heb ik tientallen, zo op het oog heel waarschijnlijke, concepten van mijn meer bekende gedichten vervalst. Het was bijzonder geinig om in verschillende kleuren inkt, niet te ontcijferen Grieks in de marges van de pagina's te krabbelen, 'maar Skelton????' te schrijven en '*mild und leise wie er lächelt*', 'zie Reitlingers *Economics of Taste*, deel II, pagina 136' en 'Nee, nee, nee, nee, nee, nee!

Sluit het veld, sluit het veld!!!' Op een gegeven moment schreef ik met potlood 'laat het nageslacht me maar pijpen' en gumde het daarna weer uit. Het kostte een Amerikaanse doctoranda nog geen vier jaar om dit te ontdekken en me te schrijven met de vraag wat ik daarmee had bedoeld. Ze kwam drie maanden later met een beurs naar Engeland en alles werd haar duidelijk.

Vergeef me dat ik zo bazel, liefje, maar je hebt geen idee wat een opluchting het is om mijn hart eens goed te luchten. En trouwens, aangezien je me niet hebt verteld waar ik op moet letten, heb ik nog niets om je over te schrijven.

Hoe dan ook, toen ik de hoop op poëzie had opgegeven en mezelf nog maar eens een glas whisky had ingeschonken, ging de telefoon naast mijn bed.

'Ted, met Anne.'

'Mijn liefste!'

'Ja, ja. Voel je je al een beetje thuis?'

'Als een kat in een pakhuis vol muizen.'

'Kom dan naar beneden, ik wil met je praten.'

Ze zat in een van de salons op het zuiden en keek door het raam naar buiten. Op het geluid van een krakende vloerplank draaide ze zich om en trakteerde ze me op een hartelijke glimlach.

'Ted, het is echt enig om je weer te zien.'

Ik voegde me bij haar aan het raam, gaf haar een zoen op elke wang en deed toen een stap naar achteren om haar te bekijken. Ze was altijd al een aantrekkelijk wezentje geweest; blonde haren, goede jukbeenderen, ogen zo blauw als et cetera. Ik weet niet wat je van haar weet, ze is tenslotte maar een aangetrouwde tante, dus ik zal je een beetje op de hoogte brengen.

Ze leerde Logan kennen toen hij en ik nog in uniform rondklosten. Hij had geen rooie cent in die tijd en zij was de dochter van een bankroete en aan lagerwal geraakte graaf. Toen we op een gegeven moment ergens in de buurt van Thetford Chase, op een of andere onbeduidende divisieoefening waren, werden Michael en ik, de enige subalterne officieren uit ons onmiskenbaar sjofele regiment die geen 'sorry' zeiden en ons mes niet vasthielden alsof het een potlood was, door de bevelvoerend officier uitgenodigd voor een diner in Swafford Hall, destijds een wegrottende massa waar het zo koud was dat er in de salon damp uit je mond kwam en de tepels van de vrouwen als bakelieten knoppen vooruitstaken. Anne was toen elf jaar en was onder druk bezweken voor de traditionele kinderrol van het presenteren van de olijven en lief glimlachen tegen de gasten, alvorens ze naar bed gestuurd werd. Ze was me niet zo opgevallen, behalve dan dat ze hondenharen op de achterkant van haar nogal simpele, fluwelen jurk had zitten.

Op de terugweg had Michael zich, met de bevelvoerend officier stomdronken tegen zijn schouder aangeleund, naar me toegedraaid.

'Tedward,' fluisterde hij, 'ooit ga ik met dat meisje trouwen en dan koop ik dat huis.'

'Niet voordat ik tot hofdichter ben benoemd,' zei ik toen.

'Afgesproken.'

De chauffeur draaide zich om en gaf ons een knipoog. 'En dan ben ik fractievoorzitter van de Labourpartij,' zei hij.

'Kop dicht, korporaal,' snauwden we in koor, 'en houd je ogen op de weg.'

De bevelvoerend officier werd wakker en kotste als een wilde over Michaels militaire smokingjasje heen.

Ik heb geen idee wat er van de chauffeur is geworden. Wie weet is hij wel echt fractievoorzitter van de Labourpartij geworden. Ik ben daar nooit zo in geïnteresseerd geweest. Het is een absoluut feit dat ik niet tot hofdichter ben benoemd en dat ze dat nog niet zouden doen als ik de enige Britse dichter was die nog leefde en ik ben overigens van mening dat dat het geval is. Toen onze twee jaar voorbij waren, zwaaide Michael samen met mij af. Tien jaar later was hij met Lady Anne getrouwd en binnen de daaropvolgende twee jaar barstte het embolisme van de edele schoonvader en kocht Michael Swafford Hall van Alec, de nieuwe Lord Bressingham, een geniepig jong mormel dat eruitzag als een kruising tussen Bryan Forbes en Laurence Harvey en dat maar al te blij was het geld in zijn hagedislederen portefeuille te kunnen stoppen om vervolgens naar een flatje aan Berkeley Square te verdwijnen.

Het was de bizarre grilligheid van het lot, in harmonie met de leidende ster van Logan, dat Alec Bressingham vervolgens in de daaropvolgende vijf jaar dat geld weer teruggaf in de vorm van casinofiches in de keten van casino's die Michael in Mayfair runde. Alec ging zelfs zo ver dat hij zichzelf in een Loganhotel neerschoot. Anne was er niet zo van ondersteboven, de knul was tenslotte maar een verre neef en ze had altijd al vermoed dat hij er antisemitische opvattingen op nahield, een stank die ze op kilometers afstand kon ruiken, zoals zovelen die in de stam trouwen. Mij sprak ze echter vrij van die verdorvenheid, waarschijnlijk omdat ik Michael altijd zo onbeschaamd 'jij ouwe jood' noemde. Ze vindt het meestal wel leuk om me te zien, zolang ik me maar gedraag.

Ik beëindigde mijn bezichtiging van haar.

'En het is al net zo enig om jou te zien, Annie,' antwoordde ik. 'Je ziet er jonger uit. Bent wat van dat vet kwijt.'

'Michael is voor zaken in de stad. Hoopt dat hij volgende week kan komen. Ik moest je een stomp in je maag geven van hem.'

Het viel me op dat ze nog steeds met een half oog naar het raam keek. Ik volgde de richting van haar blik. Het zuidelijke gazon loopt schuin af naar een meer, zoals je wel zult weten. Op een verhoging voor het meer staat een miniatuur van de Villa Rotunda, gebouwd als een soort zomerhuisje. Anne zag dat ik naar haar keek, haalde haar schouders op en glimlachte.

'David is daar,' zei ze. 'Ted, ik vind het zo geweldig van je dat je bent gekomen.'

'Ah,' zei ik vaag.

'Ik maak me zo'n zorgen om hem. Ik vind dat je het moet weten ... het is een beetje vreemd ...'

Ze brak haar zin af. Simon stond in de deuropening.

'Mam, ik ga naar Wymondham, naar Robbie. Is dat goed?'

'Ja, lieverd.'

'Misschien blijf ik er slapen.'

'Prima, prima. Zorg wel even dat je Podmore zegt dat je er vanavond niet bent met het eten ...'

Hij knikte en ging weg. Anne ging zitten.

'Leger, heb ik dat goed begrepen?' zei ik, terwijl ik naast haar op de sofa ging zitten.

Ze leek verbaasd. 'Leger? Wat bedoel je, leger?'

Ik wees in de richting van de deur. 'Simon.'

'O. Ja. Ja, dat klopt.'

'Lijkt wel gek,' zei ik, en ik wauwelde verder om haar de kans te geven haar hart uit te storten over iets waar ze haar hart over uit wilde storten. 'Ik ben alleen maar in dienst gegaan omdat ik in de nor was gegooid als ik had geweigerd. Het idee dat iemand vrijwillig dienst neemt terwijl het niet verplicht is ... zeker zijn officiersselectie al gedaan, of niet?'

'Nee ... dat heet tegenwoordig anders.'

'Ja,' gromde ik minzaam, bereid om de rol van uitbazuinende, ouwe ijzervreter op me te nemen. 'Inderdaad. *Beroeps* noemen ze zichzelf tegenwoordig. In staat zijn ervoor te zorgen dat de fles drank de tafel niet raakt terwijl die rondgaat is niet genoeg. Je moet Kantonees kunnen spreken, de motor van een tank uit elkaar kunnen halen, een praatgroep over posttraumatische stress kunnen leiden en de voornamen van je mannen uit je hoofd kennen.'

'Ted,' zei ze ten slotte, een smekende toon in haar stem, 'jij bent dichter. Kunstenaar. Ik weet dat je graag ... grapjes over jezelf maakt, maar dat ben je wel.'

'Dat ben ik wel.'

'Ik heb je werk nooit zo goed begrepen, maar dat is geloof ik ook de bedoeling, of niet?'

'Nou ...'

'Maar ik weet wel dat je het hoog op hebt met ... met, o, hoe zal ik het zeggen ... *ideeën*.'

'Een jonge dichter zei eens tegen Mallarmé, "Ik had vanmiddag een fantastisch idee voor een gedicht." "Och jeetje," zei Mallarmé, "wat jammer." "Wat bedoel je?" zei de jonge dichter beledigd. "Nou," zei Mallarmé, "gedichten zijn anders niet gemaakt van ideeën, of wel? Ze zijn gemaakt van woorden."'

'Hè toe, Ted, wees nou heel even serieus. Alsjeblieft.'

Ik dacht dat ik serieus was, maar zette prompt mijn peinzende gezicht op en leunde naar voren.

'We maken ons allemaal nogal zorgen dat David een beetje vreemd wordt.'

'O?'

'Het is niet iets ...' Anne bracht als een blozende maagd haar handen naar haar wangen. 'Het is niet echt iets concreets. Hij is echt een schat. Vreselijk aardig, vreselijk attent. Iedereen vindt hem alleszins lief. Nooit moeilijkheden op school. Hij lijkt alleen niet helemaal ... van deze wereld.'

'Dagdromer.'

'Nou, dat is het niet helemaal. Het lijkt wel alsof hij geen ... *band* met ons heeft. Begrijp je wat ik bedoel?'

'Op deze leeftijd is privacy alles, weet je.'

'Tijdens een diner afgelopen weekend zei hij tegen de vrouw van ons plaatselijke raadslid: "Welk dier heeft volgens u de langste penis?" Ze begon hysterisch te lachen en brak de steel van haar wijnglas. Maar hij bleef aandringen. "Nee, wat denkt u? Welk dier?" Uiteindelijk stelde ze, uit pure wanhoop, de blauwe vinvis voor. "Nee," zei hij. "De mannetjesvlo. De gezwollen penis van de mannetjesvlo is tweederde van zijn lichaamslengte. Is dat niet fantastisch?" Toen hij zag dat we hem allemaal aanstaarden, werd hij knalrood en zei: "Neemt u me niet kwalijk. Ik ben niet zo goed in conversatie." Ik bedoel maar, Ted. Vind je dat niet buitengewoon?'

'Absoluut,' zei ik. 'Arme *vrouwtjes*vlo. Ik ga er maar van uit dat ze is uitgerust met voldoende elasticiteit voor zo'n extreem aanhangsel. Maar om eerlijk te zijn,' voegde ik er haastig aan toe, want ik zag dat dit niet het antwoord was dat ze wilde horen, 'David is vijftien. Vijftienjarigen zijn altijd vreemd. Die jagen je graag op stang, om te zien hoever ze kunnen gaan, op zoek naar hun eigen ... hun eigen *ruimte* is geloof ik de uitdrukking.'

'Je zult wel zien wat ik bedoel als je wat tijd met hem doorbrengt. Zo afstandelijk, zo gereserveerd. Alsof hij hier op bezoek is.'

'Nou, ik ben hier op bezoek,' zei ik, terwijl ik opstond, 'en het is een fijn gevoel. Maar ik zal wel eens op hem letten, als je dat graag wilt. Ik vermoed dat het er wel op neer zal komen dat hij verliefd is op de dochter van de jachtopziener of iets dergelijks.'

'Echt niet. Die heeft een hazenlip.'

'Dat hoeft voor de liefde geen obstakel te zijn. Er was eens een hoer in Rupert Street met een hazenlip. Kon geweldig lekker ...'

Ik besloot dat ik het verhaal beter voor een andere keer kon bewaren, nam kordaat afscheid en zette koers naar het zuidelijke gazon.

David was uit de Villa Rotunda tevoorschijn gekomen en lag nu, al kauwend op een stengel weegbree, op zijn buik op het gazon.

'Lekker bad, lekker dutje?' vroeg hij.

'Dat laatste is me niet gelukt,' zei ik, terwijl ik mezelf liet neerzakken op de onderste tree van de stenen trap die naar het zomerhuis liep.

Hij keek me door half toegeknepen ogen aan. 'Het zomerhuis past wel bij je,' zei hij. 'Dezelfde nobele proporties.'

Brutaal rotjong.

'Je spreekt een waar woord, meer nog dan je denkt,' antwoordde ik, terwijl ik over mijn schouder naar het gebouw achter me keek. 'John Betjemans bijnaam voor mij was Vileine Rotunda.'

Hij glimlachte plichtmatig en haalde de stengel uit zijn mond. 'Heb je gehuild?' vroeg hij.

'Last van hooikoorts. De lucht staat stijf van het stuifmeel en andere onnatuurlijke verontreinigende stoffen. Mijn zachte celweefsels zijn op Londen afgestemd, snap je, gevuld met heilzame zwavel en voedzame stikstof.'

Hij knikte. 'Ik zag je door het raam met mammie.'

'O, ah.'

'Hadden jullie het over mij?'

'Hoe kom je daar nou bij?'

'O ...' Hij staarde naar een geluksspinnetje dat tussen zijn vingers door rende. 'Ze maakt zich zorgen over me.'

'Als je in de personeelsadvertenties van een krant een advertentie zou zetten voor een moeder, en je zou een taakomschrijving willen maken, dan zou je niets beters kunnen verzinnen dan "Moet bereid zijn zich vierentwintig uur per dag zorgen te maken." Dat *doen* moeders nu eenmaal, Davey. En als ze zich ook maar tien minuten geen zorgen maken, dan maken ze zich daar weer zorgen over, dus maken ze zich twee keer zo veel zorgen.'

'Nou ja, dat weet ik wel ... maar ze maakt zich meer zorgen om mij dan om Simon of om de tweeling. Ik zie het in haar ogen als ze naar me kijkt.'

'Ja, maar de tweeling heeft een kinderjuffrouw, of niet soms? En Simon, met de beste wil van de wereld is Simon ...'

'Wat is Simon?'

Ik wilde de woorden 'gewoon' of 'saai' of zelfs 'dom' liever niet gebruiken, want dat was waarschijnlijk niet eerlijk.

'Simon is conventioneler, vind je niet? Je weet wel, huisoudste op school, rugby, leger en zo. Hij is ... betrouwbaar.'

'En ik ben *onbetrouwbaar*?'

'Ik mag goddomme hopen van wel. Ik moet geen petekind dat niet wild en gevaarlijk is.'

David glimlachte. 'Mammie heeft je zeker wel verteld over het diner van laatst?'

'Iets over een vlo?'

'Waarom raken mensen in verlegenheid als het over seksualiteit gaat?'

'Ik niet.'

'Nee?'

'Absoluut niet,' zei ik, terwijl ik een sigaret pakte.

'Jij doet heel veel aan seks, of niet? Dat zegt iedereen.'

'Heel veel? Het is maar hoe je het bekijkt. Ik pak het waar ik het krijgen kan, dat is een feit.'

'Simon zegt dat hij je een keer heeft gezien met mevrouw Brooke-Cameron.'

'Werkelijk? Is dat zo? Ik hoop dat we er een leuke show van hebben gemaakt.'

Hij stond op en klopte het gras van zich af. 'Zullen we een stukje wandelen?'

'Waarom niet? Dan kun je een stevige tak van de jonge es voor me afsnijden en me de namen van de wilde bloemen vertellen.'

We liepen in de richting van het meer en de kreupelbosjes daarachter.

'Ik denk,' zei hij, 'dat mensen het gênanter vinden om over liefde te praten dan over seks.'

'Ah. En waarom denk je dat?'

'Nou, niemand praat erover, of wel?'

'Volgens mij praten ze over niets anders. Elke film, elke popsong, elk televisieprogramma. *Love, love, love. Make love, not tea. All you need is love. Love is a many-splendoured thing. Love makes the world go to pieces.*'

'Nou ja, dan kun je net zo goed zeggen dat ze het over godsdienst hebben omdat ze vaak "Jezus!" en "O, mijn god" zeggen. Ze *hebben* het over liefde, maar ze praten er niet echt over.'

'En ik vraag me af,' zei ik, 'of jij wel eens verliefd bent geweest?'

'O ja,' zei David. 'Al zolang ik me kan herinneren.'

'Mmm.'

We liepen een tijdje in stilte langs het meer. De waterspiegel krioelde van de bootsmannetjes, libellen en een wirwar aan waterinsecten die ik niet kon plaatsen. Een doordringende, zware geur van water, modder en bederf dreef langs de kanten omhoog. David keek voortdurend om zich heen terwijl we liepen, ogen schoten alle kanten op. Maar niet alsof hij ergens naar op zoek was, dacht ik. Het deed me denken aan het spelletje De Kamer Van Hector dat ik een keer heb gespeeld toen ik in Schotland bij de familie Crawford was. Ken je het? Je krijgt een minuut lang een kamer te zien en dan hoepel je op, terwijl de anderen naar binnen gaan en allemaal één ding veranderen; ze verplaatsen een lamp, halen de prullenbak weg, verwisselen een paar schilderijen, zetten ergens een nieuw voorwerp neer, dat soort dingen. Vervolgens moet je weer naar binnen en zo veel mogelijk veranderingen aanwijzen. De Crawfords speelden dit voor het eerst in de kamer van hun zoon Hector, vandaar de naam, en ik heb altijd gedacht dat het eigenlijke doel was om de mannen en vrouwen precies te laten zien welke kamer van wie was, om op die manier middernachtelijk gescharrel te vergemakkelijken. Dat is in elk geval het enige voordeel dat ik er ooit heb uitgehaald. Hoe dan ook, een speler die terugkomt in een veranderde kamer heeft een heel speciale uitdrukking op zijn gezicht, een trage glimlach en een doortastende, scherpe blik met plotselinge, maar vermakelijke, snelle bewegingen van het hoofd, alsof de meubels en accessoires nog op bewegen kunnen worden betrapt. Davids houding deed me denken aan exact dat moment in het spel.

'Wat ik eigenlijk bedoel,' zei ik, 'was meer, ben je wel eens *echt* verliefd geweest, wat voor smerige uitdrukking het ook is?'

David was stil blijven staan en inspecteerde een zwam aan de voet van een els.

'Natuurlijk,' zei hij. 'Al zolang ik me kan herinneren.'

'Ahum. Laat me nog platvloerser zijn, Davey. Heb je ooit wel eens iemand begeerd?'

Hij keek op en zei langzaam: 'Al zolang ik me kan herinneren.'

'Werkelijk waar? En heb je daar ooit wel eens iets mee gedaan?'

Hij kleurde een beetje, maar zei fel: 'Nee, absoluut niet.'

'Heeft iemand je voorkeur?'

'Kun je je de jachtpartij op tweede kerstdag van vier jaar geleden nog herinneren, toen er was geknoeid met de patronen en al die confetti door de lucht vloog?'

'Levendig.'

'Iedereen dacht dat het die New Age lui waren die in de East Lodge woonden. Die luiten maakten en een geit hadden.'

'Die kwamen ter sprake, kan ik me herinneren.'

'Hoe dan ook, die waren het niet.'

'Nee?'

En terwijl we terugliepen naar het huis vertelde hij me wat hij had gedaan. Hij heeft me niet laten zweren dat ik mijn mond houd of meer van die onzin, maar aangezien ik me nooit bijzonder aangetrokken heb gevoeld tot het pompeuze ritueel van de jacht, ben ik echt niet van plan het aan iemand te vertellen. Behalve natuurlijk aan jou. Dit weekend zal ik het in een vermakelijke anekdote verwerken en je die apart toesturen.

Pas later die avond, toen ik me voor het diner aan het verkleden was, besefte ik dat hij mijn laatste vraag helemaal niet had beantwoord.

III

20 juli 1992
veel te godvergeten vroeg

Het is vandaag maandag, bijna zeven uur 's morgens, en ik heb de halve nacht aan deze brief zitten werken.

Ik had een waardeloos humeur na het diner. Niemand bleef op om wat met me te drinken, en niemand wilde kaarten of iets leuks doen. Ik ging naar boven om in mijn kamer te zitten mokken.

Zo'n aanval van de bokkenpruik is niet uit te leggen. Je kunt proberen het te rationaliseren. Misschien vertoont zich een wolk op mijn voorhoofd, omdat ik me schuldig voel dat ik misbruik maak van de gastvrijheid van de familie Logan: laten we eerlijk zijn, ik ben tenslotte je betaalde spion. Dit lijkt een onwaarschijnlijke uitleg voor mijn huidige gemoedstoestand, die denk ik meer te wijten is aan anno Domini.

Ik lag in de kamer onder het grote baldakijn van het hemelbed en joeg de zomeravondkriebels rond mijn lichaam achterna. De ene kriebel veroorzaakte een andere en weer een andere, totdat ik wild op mijn bed lag te kronkelen als het kleine meisje in de exorcismefilm. Hetzelfde vond plaats in mijn hoofd, geestelijke kriebels die in mijn hoofd oprezen als belletjes. Niet genoeg whisky voor het slapen gaan, dat was het probleem.

Met zesenzestig sta ik, vind ik, aan het begin van de laatste lichamelijk actieve fase van mijn leven. Als mijn lichaam in beweging is, lijkt het, qua aanblik en geluid, nog het meeste op een vuilniszak vol yoghurt; mijn concentratievermogen, het enige talent dat een dichter naast egotisme nodig heeft, is langzaamaan verdwenen. Huwelijken zijn op de klippen gelopen en beroepsmatig gezien ben ik een lachertje. De Conservatieve Dichter noemen ze me. Typische, hufterige onbeschaamdheid. Alleen omdat ik het niet eens ben met al die zoetsappige, orthodoxe ideetjes van de academische Cosa Nostra, alleen omdat ik me altijd weer laat inpakken door een titel en een welopgevoed air, alleen omdat ik het verschil tussen politici en dichters ken, alleen omdat ik een zeker nationaal gevoel heb, alleen omdat ik Kipling een betere dichter vind dan Pound (een opvatting die trouwens de laatste tijd ook steeds meer door die bootschoenen dragende academici wordt onderschreven), alleen omdat ik kortweg gezegd mijn eigen hersens op mijn schouders draag, vinden ze dat ze me kunnen negeren en kleineren. Ze kunnen de pot op. Ze kunnen allemaal de pot op. Niet nodig: ze zijn al de pot op. Maar niettemin heb ik zo'n gevoel, zo'n gevoel dat ik maar niet kwijt kan raken, een gevoel dat het, in deze fase van mijn leven, terecht is dat ik er bij de krant uit ben geflikkerd – nee, dat is het niet, het is wel duidelijk dat ik om een goede reden ben ontslagen – wat ik bedoel is dat ik mezelf heel bewust heb laten ontslaan.

En de absurditeit van het geheel – dat hield me ook wakker. Jij hebt vast ook wel eens een van die momenten gehad waarop het leven eindeloos belachelijk lijkt? Vooral met het oog op de doodstraf die jou op dit moment boven het hoofd hangt. Ik merk dat ze me meestal overkomen als ik uit het raam van een rijdende auto of trein kijk. Je ziet plotseling iets heel normaals, zoals grasklokjes die langs de spoorbaan staan te wuiven, of een gezin dat op een parkeerplaats langs de snelweg zit te picknicken, en plotseling kan je geest de gedachte van een hele wereld vol leven en voorwerpen en medemensen niet aan. De hele notie van een universum lijkt monsterlijk en je kunt er niet langer aan deelnemen. Waar denkt die boom in godsnaam dat hij mee bezig is? Waarom ligt die berg grind daar zo geduldig? Waarom zit ik hier uit het raam te staren? Waarom hangen al deze glasmoleculen aan elkaar zodat ik door ze heen kan kijken? Natuurlijk gaat het moment voorbij en keren we terug naar het passende rijk van onze saaie gedachten en ons nog saaiere krantje: in minder dan een seconde maken we weer deel uit van de wereld, klaar om tot apoplexie geïrriteerd te raken door de stommiteiten van een regeringsminister, of verleid te worden om ons te bekommeren om een nieuwe beweging in de conceptuele kunst; wederom worden we deel van de grote mesthoop. Onze afwezigheid is zo vluchtig en onze macht erover is zo verwaarloosbaar dat een wilsdaad de ervaring niet kan reproduceren.

Peter Cambric, die ik in de jaren zeventig redelijk goed kende, iets vóór jouw tijd waarschijnlijk, werd tot zijn dood gekweld door het verhaal over een jachtpartij in Zuid-Afrika, waar hij in 1964 aan had deelgenomen. Hij had een paar olifanten neergeschoten, op zich al meer dan genoeg om hem vandaag de dag tot de hel te verdoemen, maar hij was er ook nog eens in geslaagd een paar bosjesmannen neer te schieten, iets wat, zelfs toen al, als een beetje té werd gezien. Honderd jaar geleden zou je zo'n anekdote kunnen hebben afgesloten met de woorden: 'De hele affaire werd natuurlijk in de doofpot gestopt.' Maar in 1964 kwamen dit soort dingen uit, en overal waar hij kwam, werd hem het leven zuur gemaakt: zijn naam, net als die van de arme Profumo en een van die lui van de Watergatebende, was voor altijd verbonden aan dat ene schandaal. Het punt was dat Peter altijd al een geweldig goede schutter was geweest, en er gingen geruchten rond dat hij zuiver had gericht op deze inboorlingen. Dat was niet echt geloofwaardig, want Cambric kwam uit een progressief gezin, sprak als lid van het Hogerhuis namens de Liberalen en was principieel tegen ophangen. De draai die aan de affaire werd gegeven, was dat hij bij vergissing het Kalahari-klikken van de bosjesmannen had aangezien voor de roep van een struisvogel of iets dergelijks. Dat was voldoende om Cambric toe te laten tot de salons van de invloedrijken, maar niet echt genoeg om hem te vrijwaren van zijn zweem van onfatsoenlijkheid. Afijn, wat ik hiermee wil zeggen – ik haal even adem – is dat ik op een Cheltenham Gold Cupdag, halverwege de jaren zeventig, samen met Peter een auto deelde op de terugweg naar Londen en dat we achterin stomdronken zaten te worden met een verzameling gratis flessen Hine, of Martell, of welke cognacfirma de race destijds ook sponsorde. Cambric bekende dat hij *wel degelijk* zuiver en bewust had gericht, maar dat hij een excuus had. Het schijnt dat een van die vreemde momenten die ik heb beschreven, hem plotseling had overvallen. De hele scène, de open grasvlakte, de bomen, het wild, de dragers, de lucht boven hem, alles kwam hem plotseling heel onwerkelijk voor. Het bestaan had geen betekenis meer. Het leven zelf had niet langer enige betekenis, zelfs niet in het voorbijgaan; niet dat van hem, noch dat van iemand anders. Maar het moment waarop hij de tweede kogel had afgevuurd, was hij bij zinnen gekomen en had hij het geweer laten vallen, 'O mijn god, o mijn god,' hijgend, toen de waarheid tot hem doordrong.

'Wat ik daar ervoer, Ted,' vertelde hij me, 'was pure extase.'

'Extase?'

'Sinds die dag heb ik veel van Juliana van Norwich gelezen en *The Cloud of Unknowing*. De Mystieken. Extase betekent "buiten jezelf staan". Uit het Grieks.'

'Mm,' zei ik. 'Ja ... Je bent je er toch wel van bewust, ouwe schat van me, dat dat in een rechtszaal behoorlijk wankeltjes zou overkomen?'

'Er is een hogere wet,' zei Peter, met de hoogdravende sentimentaliteit van de goed in de olie verkerenden, en daar lieten we het bij.

Terwijl ik daar lag te jeuken, vervloekte ik mijn eigen aard die, als ik word geconfronteerd met de hopeloze onzin van dingen, altijd eerder bezwijkt voor luiheid dan voor extase. Als het puntje bij het paaltje komt moet een mens een reden hebben om 's morgens zijn bed uit te komen, in elk geval iets meer dan de dreiging van doorliggen.

Ik gooide de dekens van me af en hobbelde met blote, snelle looppas naar het dranktafeltje. Ik staarde naar de flessen.

'Gods lul,' zei ik tegen mezelf. 'Het is bijna vier uur 's morgens. Ik ben toch zeker niet tot dit niveau afgezakt?'

Ik stond daar meer dan een uur naar die whiskyflessen te staren. Achter de lange, groene halzen werd een streepje licht door de gordijnen steeds helderder en het geluid van vogels vulde de lucht. Kon de tranen niet tegenhouden. Prikkelbare tranen, gefrustreerde tranen, rouwende tranen, boze tranen, melodramatische tranen, schuldige tranen ... ik wist niet wat voor tranen het waren. Gewoon tranen, nutteloze tranen.

Tijd om een stukje te lopen, dacht ik bij mezelf, terwijl ik een volle fles greep en mijn voeten in een paar schoenen douwde. Beter maar een stukje lopen.

Omdat ik er niet veel voor voelde om de complexiteiten van de voordeur te riskeren, liet ik mezelf door een openslaande deur van de salon naar buiten en hing ik enige tijd op het terras rond, waar ik het ochtendgloren inademde en mezelf ervan probeerde te overtuigen dat het, in vergelijking tot onze eigen Londense dampen, van superieure kwaliteit was.

Ondanks het bewijs van leven overal om me heen, de vogels, zoals ik al zei, en het brakende plantenleven van borders, struiken en bomen, was ik me bewust van een absolute, doodse stilte alom. Londen daarentegen, Londen om halfvijf 's morgens bruist werkelijk van de energie. Voorbijscheurende krantenbestelwagens die door lege straten denderen, het klaterende geluid van urinerende zwervers, het vlugge staccato van goedkope naaldhakken die door steegjes trippelen, het gerammel van eenzame taxi's en het gezang van merels en spreeuwen op pleinen en in straten, harder dan het platteland ooit zal kennen, al deze geluiden zijn levendig en krijgen betekenis door de eigenschap die alle grote steden met elkaar delen: akoestiek. Alles weerklinkt in de stad. De landelijke wereld heeft absoluut geen resonantie, weerklank of echo, heeft absoluut niet de klank van beschaving. Dat maakt het prima voor een incidentele herstelperiode of weekendexcursie, maar maakt het volledig ongeschikt als habitat voor de mens. Plattelandsmensen denken daar natuurlijk heel anders over: als zij hun zin zouden krijgen, zouden ze Piccadilly en de Strand met mos bekleden en blauweregen tegen de muren van Buckingham Palace op laten kruipen, enkel en alleen om ervoor te zorgen dat geen enkel geluid zou kunnen weerkaatsen. Zoals met geluiden, zo ook met ideeën. Schreeuw op een morgen een gedachte door de hoofdstad en het staat in de *Standard* in 'Het dagboek van een Londenaar' gedrukt, op tijd voor de laatste editie voor het West End, wordt diezelfde avond nog in de Harpo Club luidruchtig besproken, en de daaropvolgende week voor een open deur uitgemaakt in de pagina's van *Time*

Out. Waardeloos, ongetwijfeld, walgelijk, absoluut, maar toch zeker ook kenmerkend voor een levendigere sfeer dan kan worden verkregen in Arcadia, waar ideeën als een lekke tennisbal op veengrond stuiteren.

Er is één ding dat het platteland heel goed doet, moet ik toegeven, en dat is bedauwen. En het was de dauw die mijn aandacht trok toen ik zonder uit mijn whiskyfles te drinken op de balustrade van het terras leunde. Het uitgestrekte grasveld dat naar beneden in de richting van de singel loopt en naar het wildere gras daarachter waar de paarden soms grazen, was, zoals men kan verwachten en zelfs eisen, doorweekt in hoeveelheden mooie en aantrekkelijke dauw. Wat echter mijn aandacht trok, was een spoor van donkerder gras dat naar het midden van het gazon liep, een spoor dat aangaf dat daar iemand kort geleden had gelopen. Een tuinman, tuinmansknecht, jachtopziener of bediende zou toch zeker, zelfs in deze ongemanierde tijd, op de paden blijven, redeneerde ik, dus wie – een snelle blik op mijn horloge – wie van de huishouding zou om drie minuten voor vijf buiten kunnen zijn?

Ik volgde het spoor en doorweekte onderwijl een uitstekend paar leren brogues. Interesseert me geen zier, dacht ik als een onervaren meisje van het Leger des Heils dat het leven in een script van de jaren zestig ontdekt. Dit is avontuur. Ik volgde het schuifelende spoor van degene die me voor was gegaan, totdat ik bij de hoek van het gazon aankwam, alwaar het omlaag liep naar de diepe singel. De bruinere, kalere grond hier, glooiend tegen de zon, onthouden van irrigatie, nam geen dauw in zich op, of als het dat wel deed, dan zoog het dit onmiddellijk op en ik kon geen sporen meer zien die ik zou kunnen volgen.

Tenzij mijn mysterieuze prooi veren in zijn hielen had die sterk genoeg waren om hem of haar over de singel heen te dragen, moest hij rechts af zijn geslagen, in de richting van een donker, dichtbegroeid gebied van laurierstruiken en rododendrons. Ik liep die kant op, hoewel ik me inmiddels behoorlijk belachelijk voelde.

De plek, zo'n rand waar een tuinman niets mee kan, was zo dichtbegroeid met sinistere struiken dat ik nergens een doorgang kon zien. Ik stond langs de kant, zwaaide met de fles als een knuppel in het rond en luisterde. Geen geluid kwam terug. Het gras onder mijn voeten was hier overvloediger, maar bevatte geen sporen van menselijke aanwezigheid. Ik draaide me om en keerde terug naar de hoek van het gazon, volledig voor een raadsel gezet. Zeer tegen mijn zin moest ik denken aan jouw woord 'wonder'. Verklaar me nou niet voor gek, maar zeg eens, mijn liefje, heb jij iemand zien ... mijn geest vecht tegen dit soort gedachten ... zien *vliegen*? Van de zotte, natuurlijk, maar toch ... laat me weten of dit strookt met wat je wilt dat ik ontdek.

Ik was me bewust van een gevoel dat wel een beetje lijkt op het gevoel dat je overmant als je een mysterieus nachtelijk geluid onderzoekt dat je uit je slaap houdt. Je staat op de trap, bonzend hart, open mond. Allereerst begin je met het elimineren van het voor de hand liggende: een klimplant die tegen een vensterruit tikt; je hond, vrouw of kind die de voorraadkast plundert; vloerplanken die kraken als de verwarming in de nachtopslag aanslaat. Niets past bij het geluid en dus begin je, vechtend tegen een paniekaanval, de minder waarschijnlijke oorzaken te overwegen: een muis in doodsstrijd; een vleermuis in de keuken; een stuk speelgoed van een kind dat aan is blijven staan; de kat die bij toeval (of met opzet) op de afstandsbediening trapt en een videocassette terugspoelt, maar ook geen van deze mogelijkheden past precies bij dit specifieke geluid en dus ... als je ook maar een klein beetje op mij lijkt, tippel je haastig de trap op, duik je je bed weer in en trek je je kussen over je gezicht om maar liever niets te weten.

Ik liep terug naar de rand van de singel en keek naar het parkland daarachter. Ik kon geen tekenen van voetstappen zien, maar misschien keek ik vanuit de verkeerde hoek. Als een twaalfvoudige lul liet ik me langs de wal naar beneden zakken en hees mezelf, met de volle fles tien jaar oude als mijn enige wapen, omhoog over de steile kant van de singel. Eenmaal op het niveau van het parkland liep ik naar voren door het dichte gras, op zoek naar een teken dat hier een mens langs was gekomen. Niets. Geen spoor. Ik keek achterom en zag de duidelijke markering van mijn eigen voortgang. Het was onmogelijk dat hier iemand langs was gekomen. Ik liep een stukje verder en stootte plotseling mijn teen, zonder waarschuwing, tegen iets hards en metaalachtigs. Met een sprong als van een Schotse danser ontsnapte me een gedempte schreeuw. Een afschuwelijke pijn schoot door mijn koude, natte teen en een afschuwelijke stroom scheldwoorden uit mijn koude, natte mond. Het was een emmer, half verborgen in een grote pluk langer gras. Een zware, zinken emmer.

Ik stond daar te hinken, ineenkrimpend van de pijn; mijn grote teennagel, die de neiging heeft in te groeien, was wreed in de punt van de schoen gedrongen. Ik ontkurkte de fles en bracht hem naar mijn lippen. Toen het boeket van de whisky tot mijn neus doordrong, stopte ik.

Dit incident had iets onbegrijpelijk absurds en banaals, maar ook iets intens verontrustends. Een reeks voetafdrukken die nergens naartoe leidden: een man die ze volgde met een fles whisky in zijn hand: het spoor dat eindigde met een knal tegen een emmer. Zoals je weet, ben ik geen fantasierijk mens, Jane. Ik hecht geen waarde aan voorzienigheidssymbolen, alleen aan door de mens ontworpen symbolen, maar toch zou ik een hufterige, stijfkoppige, bekrompen rationalist zijn als ik niet over deze onwezenlijke aaneenschakeling zou nadenken.

Ik vloekte en duwde de kurk weer terug zonder ook maar een druppel te proeven, hief mijn arm omhoog en liet de fles met gekletter en een knal in de emmer vallen. Voorlopig, besloot ik, mocht ik wel een klein beetje bijgelovig zijn. Waarom zou ik het, zolang ik hier was, niet wat rustiger aan doen met de drank?

Toen ik mijn weg terug had gevonden over de singel, hobbelde ik weer naar het huis, terwijl ik mezelf van pure frustratie op mijn dijen sloeg. Met iedere stap die me verder verwijderde van de singel namen mijn zelfbeschuldigingen toe. Wat voor een man gooit een volle fles tien jaar oude malt weg? Misschien had ik niet te veel gedronken, maar juist te weinig; ik had zeer zeker niet genoeg geslapen: en boven alles had ik deze eerste brief aan jou niet afgemaakt. Ik besloot verder drinken naar later op de dag te verschuiven, slaap kon ook uitgesteld worden. Maar nu heb ik wel zo'n beetje alles gezegd wat er gezegd kan worden, het meeste is tot op zekere hoogte onbeduidend, ik ben teringmoe en mijn vuist kan geen brieven meer creëren, dus flikker op, mijn schat, en laat me met rust.

Je toegewijde peetvader,

Ted

IV

David staarde naar het plafond met iets wat op afkeuring leek. Het vreselijke gebeuren had hem opnieuw bevlogen. In welke banen hij zijn gedachten ook dwong, stinkende goten of bovenzinnelijke toppen, het bloed bleef zich verdikken tot een pijnlijke massa, en nog steeds brandden zijn wangen van die kloppende hitte.

'Af!' hijgde hij. 'Af, af, af.'

Hij wist wat er aan de hand was. Hij wist heel goed dat zijn ballen dik en gezwollen waren van het zaad, dat zijn vaten en kanalen tot het punt van ontlading aan het opzwellen waren. Al minstens een jaar kende hij de kleffe nederlaag, wakker te worden in de wetenschap dat de dam midden in de nacht ongenood was doorgebroken. Wat zijn lichaam in zijn dromen deed, had hij niet in de hand en kon hem niet verweten worden, maar hij weigerde zijn bewuste zelf het slachtoffer te laten worden van dit smerige geruk, deze aanhoudende afstotendheid.

Vier uur, volgens de stalklok die door het zomerse licht van de dageraad voor de gek was gehouden en tot actie was overgegaan.

David stond op. Hij rilde toen de beschamende kop van het monster met trage, schurende bewegingen tegen zijn pyjama aanwreef, een huiveringwekkende seconde brak het spleetje bij de kop open toen het blind tegen de stof stootte, voordat het de vrijheid van de flap vond en trillend omhoog kwam met een stompzinnige, overwinnelijke punt.

'Hou op, hou op!' hijgde David. 'O, alsjeblieft ... alsjeblieft ...'

Maar niets hield het tegen; geen koud water, geen gebeden, geen dreigementen, geen beloftes.

David stond naast het bed en klampte het beest woedend en wurgend vast.

'Je ... zult je ... gedragen ... !' snauwde hij, terwijl hij het woedend heen en weer schudde.

Het kloteding. Het won. Grote, kleverige slierten sperma spoten uit het topje en vielen met triomfantelijk gespetter regelrecht op het tapijt.

David wierp zichzelf op zijn bed, boos, bezoedeld en wanhopig. Hij snikte dikke tranen in zijn kussen en zwoer dat dit nooit meer zou mogen gebeuren.

Toen hij zich na een tijdje weer wat beter voelde, stond hij op en begon hij zich aan te kleden.

Hij sprak de laatste vijf woorden van zijn gebed zo, dat ze samenvielen met de vijf slagen van de stalklok.

'*Goed, zacht, waar, sterk,* en *REIN*!' ademde hij.

Door het woord 'sterk' toe te voegen, hoopte hij dat hij in staat zou zijn het soort onheil als dat van een uur geleden te voorkomen. Reinheid had kracht nodig. Waar die kracht vandaan zou komen, wist hij niet. Vast niet van reinheid, toch? Dat was nou wat zijn vader een paradoxale situatie zou noemen. Kracht kwam van binnenuit.

Hij moest gaan. Hij vond het hier heerlijk, maar het zou geen pas hebben als hij ...

Gealarmeerd spitste hij zijn oren. Voetstappen? Hij kon ze duidelijk horen. Iemand schuifelde zijn kant op. Hij hoorde iemand hoesten en rochelen. Oom Ted! Er was geen twijfel over mogelijk dat het oom Ted was. Wat deed hij zo vroeg op? Hij was toch zeker zo'n man die niet voor tienen opstond? David hield zich muisstil en hij kneep zijn ogen stijf dicht, ook al was het pikdonker waar hij was. Oom Ted kuchte nog een keer en liep weg, in de richting van de laurierstruiken, dacht David.

Vervolgens kwam oom Ted nog een keer terug en stond recht tegenover hem, hijgend, mopperend en met zijn voet stampend zodat de modder in Davids gezicht spatte. David durfde de korrels zand niet weg te vegen. Hij bleef maar gewoon op de warme aarde liggen wachten. Hij hoorde gescharrel en een bons. Probeerde oom Ted zich een weg naar binnen te banen? David hield zijn adem in. Het geluid hield op. Stilte. Een houtluis kroop over Davids nek.

Plotseling klonk er hard gerinkel, gevolgd door geweldig gevloek en getier. Oom Ted was in het park! Wat deed hij daar in vredesnaam?

'Kut, godvergeten tering klote shit ...' hoorde David, en daarna een lichte plop en stilte. De lichte plop leek op het geluid van een fles die ontkurkt werd. David vroeg zich af of hij gek werd. Het volgende geluid was opnieuw gerinkel, en daarna kwam het gescharrel weer dichtbij. Weer hield David zijn adem in.

Eindelijk draaide oom Ted zich, mopperend en puffend van ergernis om, en stampte weg in de richting van het huis.

Tien minuten later ging David op zijn hurken in de singel zitten, de turfdeur zorgvuldig achter zich gesloten, en speurde het huis af op tekenen van leven. Toen hij zijn blik liet dalen, zag hij de sporen op het gazon en verwenste hij zichzelf.

'Natuurlijk!' fluisterde hij. 'De dauw! Ik moet echt voorzichtiger zijn.'

Vier

12a Onslow Terrace
LONDEN SW7
dinsdag, 21 juli 1992

Lieve oom Ted,

Ik heb vanmorgen je brief gekregen. Ik heb hem meerdere keren gelezen. In de eerste plaats omdat je handschrift zo onduidelijk is en ik moeite had met een aantal dubbelzinnige uitdrukkingen. In de tweede plaats omdat er veel in staat dat me om andere redenen verwart. Wat het handschrift betreft, vroeg ik me bijvoorbeeld een hele tijd af wat je bedoelde met 'Davids gongoristische scharren'. Ik weet dat David van dieren houdt, maar ik vond dit idee bijzonder vreemd, totdat ik me realiseerde dat je zijn 'jongensachtige charmes' bedoelde. En dan is er ook nog de verwijzing naar jezelf als Rotarian en dat leek me een beetje onwaarschijnlijk. Ik heb nu besloten dat het woord 'bohémien' is. Toen ik bij de zin 'laten we eerlijk zijn, alleen maar tot ik klaarkom' kwam, kon ik alleen maar verzinnen dat de whisky zijn tol van je had geëist. Door de letters te traceren en je pennenstreken te leren kennen, ben ik inmiddels tot de conclusie gekomen dat je eigenlijk 'ik ben tenslotte je betaalde spion' wilde zeggen.

Dat brengt me tot mijn belangrijkste punt. Ted, ik wil niet dat je jezelf ziet als een adder in de boezem van de familie Logan, of als een adder onder het gras van Swafford. Aan het begin van je brief had je het over het paard van Troje en dat vind ik ook een slechte anallegorie. Je bent een oude vriend en op dit moment een gast van Michael en Anne Logan. Je bent de peetvader van een van hun kinderen. Het is toch helemaal niet vreemd dat je een tijdje bij hen logeert? Ook al is het waar dat ik je heb gevraagd naar de Hall te gaan, en ook dat ik je betaal om je indrukken aan me over te brengen, ik heb dat gedaan in de wetenschap, in de *wetenschap* dat je, als je er eenmaal een tijdje bent, erachter zult komen dat je eigen instincten als schrijver en als vriend van de Logans je daar zullen houden. Sterker nog, ik ben ervan overtuigd dat je er niet meer weg te slaan zult zijn. Je kunt jezelf geen betaalde spion noemen, net zomin als een fotojournalist zichzelf een bemoeial zou kunnen noemen.

Je denkt misschien dat je, door hier in mee te gaan, een stervende neuroot haar zin geeft, die gestoord genoeg is om je daar een aanzienlijke smak geld voor te betalen. Misschien is dat ook wel zo. Ik loop er nu al een maand over te piekeren en ik heb mezelf afgevraagd of ik me geen dingen inbeeld. Ik ben een tijdje geleden bij een priester geweest en die zei dat het heel gewoon is dat 'stervenden visioenen hebben'. Ik ben bij een psychoanalyticus geweest die op een andere manier hetzelfde zei: 'De gekwetste geest speelt realistische beelden af om te bemiddelen tussen zijn verlangens en de gevreesde realiteit. De maatschappij doet hetzelfde met haar bioscoop- en televisie-industrie, maar dan op grotere schaal.' Dat soort onzin. Maar ik weet dat wat ik weet ís wat ik weet en dat niets ooit nog hetzelfde kan zijn. Ik zal je niet in verlegenheid brengen door je te vertellen dat ik nu weet dat God bestaat en dat God volmaakt is en net zo echt als de pen in mijn hand. Ben je ooit in een warm land geweest, een bloedhete, oncomfortabel hete plek, en daar een koele kathedraal of tempel binnengelopen? Of vanuit een bitter koude, gure winterdag naar de warmte van een haardvuur gegaan? Stel je zo'n gevoel van opluchting en gastvrijheid en genot voor met tien, twintig, of net zoveel als je wilt vermenigvuldigd, en dan ben je nog steeds niet in de buurt van de sensatie om in de nabijheid van God te komen.

Ik zei dat ik je niet in verlegenheid wilde brengen, maar dat heb ik waarschijnlijk wel gedaan. Je zult wel zeggen dat ik alleen mezelf in verlegenheid heb gebracht, maar dat is niet waar. Ik zal er verder niets meer over zeggen.

Ik ben zo blij dat er zoveel in je eerste brief stond. Ik vond het helemaal niet 'tot op zekere hoogte onbeduidend': echt alles wat je me vertelt is belangrijk. Ik vind het niet eens erg dat je me belachelijk maakt. Ik denk dat je zo grof bent omdat je boos op me bent, omdat je je door mij een prostitué of spion voelt. Ik vind het helemaal niet erg, maar ik vind het wel jammer dat je je niet prettig hebt gevoeld en dat er zich 'een wolk op je voorhoofd vertoont'. Wat een enige uitdrukking.

Je verhaal over Peter Cambric vond ik buitengewoon interessant. Ik kan niet echt gelofen da hij t, als hij zich zo 'één voelde met', en 'in extase' was, in staat was zoiets bewusts te doen als het richten van een geweer en een trekker overhalen. Een van mijn vreemdere therapeuten probeerde zo'n zelfde gemoedstoestand bij me op te wekken, als onderdeel van een proces dat mijn bloed moest genezen of reinigen. Haar techniek had iets te maken met alfa- en thètagolven in de hersenen. Die zijn nodig voor de Biofeedback, de populaire naam voor haar techniek. We lagen dan in een groepje bij elkaar in een kamer, op banken, allemaal leukemie- en aids-patiënten en dan moesten we ons helemaal ontspannen totdat onze thèta- en alfagolven zoemden of uitstraalden of emitteerden of wat ze dan ook doen en dan moesten we van haar met ons lichaam communiceren.

'Zie je bloed als een stroom van kristal, volkomen zuiver en volkomen helder,' zei ze dan. 'Zie het rustig stromen en kabbelen en glijden. Maar kijk, kijk dieper in het bloed, er is een wirwar van wier, net onder de oppervlakte. Je denkt dat je er niet bij kunt, maar dat is niet waar. Je kunt erbij komen, je kunt bij de stroom komen. Leun voorover en ga naar de stroom en pak de knoop wier, pak het in je handen. Het is net gelei. De consistentie van gelei. Wrijf het tussen je vingers. Je kunt het tussen je vingers drukken en wrijven, en je voelt hoe het oplost. Terwijl het oplost, doop je je handen in het water en laat je het opgeloste overblijfsel door de stroom meenemen. Al het wier is ontward en opgelost, en alle kleine deeltjes stromen nu vrij en moeiteloos met de stroom mee, om op te gaan in zee. De rivier is nu weer zuiver en helder.'

Dat ging altijd uren zo door en kostte vele duizenden, dat kun je je wel voorstellen. Het werkt in je hoofd, tot op zekere hoogte. Maar hoe ontspannen ik ook was, elke keer als ze me zei dat ik de gelei tussen mijn vingers moest wrijven, keek ik naar mijn handen (in mijn hoofd, bedoel ik dan) en iets in mijn hersenen maakte het wier hard en vezelachtig en verstrengeld en onoplosbaar. Ik dwong het om weer gelei te worden, iets met de consistentie van overgare spaghetti, en dan wreef ik en wreef ik, denkend dat ik had gewonnen, maar eenmaal bij de kern van de kleffe spaghetti creëerde een demon in mijn hoofd weer een nieuwe wirwar van grove, zwarte vezels. En dat ging zo door, een deel van me dwong me om het wier op te lossen, een ander deel dwong me om onder ogen te zien dat de kern van het wier kwaadaardig was en niet afbreekbaar. Als de sessie over was, glimlachte ik net als de anderen sereen naar de healer, om haar niet te kwetsen (belachelijk, als je je bedenkt hoeveel geld ze aan ons verdiende), en zei dat ik me verbazingwekkend vredig voelde, maar ik wist dat die kleine knoop er nog steeds zat.

Ik ben de enige van de groep die nog leeft.

Ik moet opschieten om op tijd bij de brievenbus te zijn. Ik wil dat je dit krijgt voordat oom Michael komt.

Ted, ik weet dat ik de juiste beslissing heb genomen door je naar Swafford te sturen. Je lange brief en je huidige gemoedstoestand maken me duidelijk dat God, op zijn eigen bijzondere wijze, een manier heeft gevonden om ons allebei als het ware in één klap te redden. Het is geen toeval dat jij mijn peetvader bent.

Vergeef me als dit allemaal te veel van het goede is, maar ik heb er geen behoefte meer aan om gêne te vermijden. Als mijn jongere ik deze brief zou kunnen lezen, zou ze in geen miljoen jaar gelofen dat ik hem had geschreven.

Schrijf zo snel mogelijk en zo veel mogelijk. Als je kans ziet om een typemachine of een tekstverwerker te lenen, dan zou dat mijn ogen en mijn hoofd veel pijn besparen ...

Met liefs en in afwachting van nieuws,

Jane

II

Swafford
vrijdag/zaterdag, 24/25 juli

Jane,

nou, zoals je kunt zien heb ik tegen mijn zin ingestemd met je verzoek en heb ik een apparaat weten te bemachtigen. Dit ding is van simon en ziet er erg ongebruikt uit. het doet met woorden wat de firma KRAFT met kaas doet.

kennelijk sla ik te hard op de toetsen, aangezien ik gewend ben aan mechanische typemachines. EN IK HEB OOK NOG NIET DOOR hoe die verdomde hoofdlettertoets werkt. of hij staat vast op hoofdletters, of ik krijg ze helemaal niet meer. MAar goed, je kunt dit in elk geval lezen als simon of davey me tenminste uitlegt hoe de printer werkt.

bij deze brief ook het verhaal van david en de sabotage van de jachtpartij op tweede kerstdag ten bate van je spirituele verlichting. zelfs al is het niet relevant voor je wensen, je vindt het, denk ik, ook gewoon leuk.

Je brief bracht me, tegen jouw verwachtingen in, helemaal niet in verlegenheid. Ik weet niet wat of wie je denkt dat ik ben, een of andere Henry wilcox of c. Aubrey Smith figuur die kleurt en verstijft als hij ook maar het woord emotie of geloof hoort. Allejezus, ik ben een dichter, geen ambtenaar van Financiën. DE ENIGE EMOTIE die een dichter stoort, is goedkope emotie, niet verdiende emotie, geleende emotie, de emotie van wensvervullingen, emotie die voortkomt uit fantasie of gokwerk en niet uit de ziel. dat staat tenminste in het handboek voor dichters.

MAAR laat me hier alleen nog even zeggen dat het woord 'anallegorie' niet bestaat, hoewel het er absoluut wel zou moeten zijn, ik zou niet durven je emoties te beoordelen. het stomme (over stom gesproken, je bent geloof ik de gouden regel dat 'geloven met een "v" moet' vergeten. Je schreef 'gelofen' in je brief) het stomme is ... wat was het stomme dat ik je wilde vertellen? O JA, HEt stomme van deze tekstverwerker is dat je niet terug kunt gaan om een woord door te krassen. met een typemachine kun je de backspace gebruiken en je fout met x-en bedekken. Dat is hier geloof ik echt onmogelijk. je kunt jezelf al je zonden vergeven en niemand die het ooit zal weten. Alleen de persoon zelf.

Over kleuren en verstijven bij het noemen van bepaalde dingen gesproken, het is dit weekend veel drukker in huis dan ik had verwacht. Ik zei in mijn laatste brief dat ik het onbeleefd vond om gastheren of gastvrouwen te vragen naar de samenstelling van een gezelschap, dus was ik verrast te ontdekken dat er hier al sinds vrijdagavond een meisje is dat beweert jouw beste vriendin te zijn. Onder de naam Patricia Hardy, ruikt naar komkommersap en is de oorzaak van veel kleuren en verstijven bij ondergetekende. Ik vermoed dat je wist dat ze zou komen. Ik hoop dat ze hier niet is om de spion te bespioneren.

Zij en de anderen komen later wel. Waar was ik de laatste keer gebleven? Maandagochtend. Ja. Ik maakte mijn brief aan jou af, schommelde lusteloos naar beneden om hem te posten in de bus in de hal en stond vijf minuten lichtjes te doezelen met mijn hoofd tegen een barometer aan de muur, alvorens ik in staat was om mezelf stukje bij beetje weer aan de trapleuning omhoog te hijsen, om eindelijk, om vijf voor acht, op mijn bed neer te vallen.

IK WERD op tijd wakker voor de lunch en wist voor die tijd in de kleine zitkamer Annie's blik, een mengeling van stomme verbazing en afkeuring, brutaal het hoofd te bieden.

'Kon niet slapen. Bed veel te comfortabel, alles veel te stil,' legde ik uit, maar ik kon zien dat ze dacht dat ik me stilletjes de hele nacht lam had zitten zuipen. Aangezien ik van mening ben dat er in deze wereld maar weinig dingen zo overduidelijk oneerbiedwaardig zijn als een drinker die zijn best doet zonnig en actief te zijn om de wereld te bewijzen dat hij geen kater heeft, nam ik haar beledigende blik voor lief en sloeg zonder verdere betuigingen van onschuld haar aanbod van een glaasje sherry af.

Ik zal niet elk uur van iedere dag met je doornemen: het is nu zaterdag, en maandag en dinsdag is er niets vermeldenswaardigs gebeurd. Simon was nog steeds weg en Anne leek er erg op gebrand dat ik zo veel mogelijk tijd met David door zou brengen.

'Ze hebben me verteld dat hij erg pienter is,' zei ze. 'Ik ben bang dat er in de vakanties niet zo veel is om hem te stimuleren. Simon is een stuk ouder en heeft ... andere interesses. Zoals je weet ben ik ook nooit zo'n boekenwurm geweest. Michael is natuurlijk geweldig met hem, maar hij heeft het de laatste tijd zo druk ... kun je je zijn nichtje Jane nog herinneren? Jane Swann?'

Ha! Voor het eerst werd jouw naam genoemd. Je hebt me niet laten weten of de wereld van je toestand op de hoogte is, dus zei ik maar niets, benieuwd of het nieuws Swafford had bereikt.

'Ik mag toch hopen van wel,' antwoordde ik. 'Ze is mijn andere petekind.'

'Ach natuurlijk, dat is ook zo. Jane was hier in juni, het viel gedeeltelijk samen met de vakantie van Simon en Davey na de examens, en zij en Davey konden geweldig goed met elkaar opschieten. Helemaal bijzonder eigenlijk omdat ...' Ze zweeg, verward.

'Omdat?'

'Ik weet niet zeker of je het *weet*,' zei ze, met het soort aristocratische nadruk dat het wel duidelijk gemaakt zou hebben, zelfs als dat nog niet het geval was geweest.

'De leukemie? Ja, Jane heeft het me verteld.'

'Werkelijk? Ik wist niet dat jullie contact hadden. Zo afschuwelijk. Jane had zichzelf uitgenodigd en ...'

Kennelijk bedacht ze zich en besloot ze verder niet te zeggen wat ze had willen zeggen. Ze wist natuurlijk van je moeder en mij, dus misschien dacht ze dat ze tactvol was door niet door te gaan over jouw tak van de familie Logan.

Dus je was in juni hier in Swafford? Werd je toen door God bevangen, of ging je omdat je bevangen was? Je zult het me ongetwijfeld in je eigen tijd laten weten.

(Buitengewoon iets, dit apparaat: als je een apostrof of een aanhalingsteken typt weet het of het naar links of naar rechts moet krullen. Dus toen ik de dialoog hierboven typte, drukte ik op dezelfde toets voor citaten en dan 'typt het het automatisch zo'. Verdomd slim. Ik begin te begrijpen waarom ze hier zo'n drukte over maken.)

De essentie van dit gesprek is dat Davey me min of meer voor zichzelf heeft gehad. Hij is absoluut kien en oprecht geïnteresseerd in poëzie en kunst en denken en het leven van de geest, geloof ik. Zoals het bij die leeftijd hoort, gelooft hij dat de enige functie van poëzie ligt in de beschrijving van de natuur. Keats, Clare, Wordsworth, selecties van Browning en Tennyson, dat soort larie. Ik heb hem fijngevoelig terechtgewezen.

'Nee, nee, nee, sukkel. Je hebt toch wel eens van de uitdrukking *het egotistisch verhevene* gehoord? Die mensen hebben het niet over paardebloemen en madeliefjes, ze schrijven over zichzelf. Romantische dichters zijn meer geobsedeerd met zichzelf dan de ergste therapieverslaafde Californiër die je je maar voor kunt stellen. "*Ik* wandelde eenzaam als een wolk", "*Mijn* hart doet pijn", "*Mijn* hart springt op".'

'Maar ze houden toch zeker van de natuur?'

We liepen door het park op weg naar het dorp, alwaar ik een voorraadje van mijn Rothies in wilde slaan. Michael voorziet zijn gasten alleen van sigaren. Het zal maandagmiddag zijn geweest, om een uur of drie. We hadden een spaniëlpup bij ons die ook dringend uitgelaten moest worden. Het was zijn functie om de lengte van de wandeling te verdubbelen, op mijn leren schoenen te zeiken en een poging te wagen om op stijlvolle wijze zijn kaken om rondfladderende vlinders te klappen.

'Luister, ouwe schat. De natuur is de klerezooi waarin we zijn geboren. Het is mooi, maar het is geen kunst.'

'"Schoonheid is waarheid, waarheid schoonheid, – dat is al wat gij weet op aarde en al wat gij behoeft te weten".'

'Ja-a-a, maar als je je voorstelt dat schoonheid alleen maar *ergens anders* is, zul je een lamlendig jong leven hebben, hoor. Denk maar niet dat speenkruid en spirea, ranonkel en klaver ons het enige pad naar waarheid, schoonheid en Vedisch geluk bieden. John Clare kon in een dwaze trance door velden en valleien dwalen omdat er velden en valleien waren om door te dwalen. Wij hebben nu steden, en aan-de-rand-van-de-stad, uit-de-kluiten-gewassen architectuur. We hebben televisie en lymfatische algenbehandelingen.'

'Dus dan moeten we daarover schrijven?'

Let eens op het 'we', Jane. Ik was achtendertig eer ik 'dichter' in mijn paspoort durfde te zetten en opbiechtte dat ik lid was van de *genus irritable vatum*.

'We *moeten* helemaal nergens over schrijven.'

'Shelley zei dat dichters de niet-erkende wetgevers van de wereld zijn.'

'Ja, en wat zou hij een tiendubbele sukkel hebben geleken als iedereen het met hem eens was geweest.'

'Hoe bedoel je?'

'Nou, dan zouden dichters moeten worden beschreven als de *erkende* wetgevers van de wereld, of niet? En van hun fluwelen reet afkomen en gaan wetgeven.'

'Ik vind dat nou niet echt een constructieve opmerking.'

'Nou zeg, neem me niet *kwa*lijk.'

We liepen een tijdje zwijgend verder, terwijl de spaniëlpup als een dolfijn door de zee van het lange gras sprong.

'Hoor eens,' zei ik, 'ik vind het echt geweldig dat je dichter wilt worden. Fantastisch. Maar ik kan me, naar alle eer en geweten, geen beroep voorstellen dat ... Ik weet het goed gemaakt, laten we erom wedden. Ik wed dat jij, David Logan, in de tijd dat ik hier ben geen enkel beroep kunt verzinnen dat minder nut, minder kansen, minder toekomst, minder zin, minder status en minder toekomstmogelijkheden biedt dan de roeping van Dichter.'

'Putjesschepper,' antwoordde hij onmiddellijk.

'Twee scenario's,' zei ik. 'Scenario A: alle dichters in Engeland, Schotland, Wales en Noord-Ierland staken. Resultaat? Het duurt veertien jaar eer iemand buiten Gordon Square of het kantoor van het *Times Literary Supplement* het ook maar merkt. Ontberings-, ongemaks- en overlastquotiënt? Nul. Effect? Nul. Nieuwswaarde? Nul. Scenario B: alle putjesscheppers in Londen alleen staken. Resultaat? Drollen en tampons komen uit de keukenkraan vliegen, je voeten soppen in smurrie en drab, waar je ook loopt. Tyfus, cholera, dorst en rampspoed. Ontberings-, ongemaks-, overlast-, effect- en nieuwswaardigheidsquotiënt? Hoog.'

'Oké, oké, dat was een slechte. Eh ... componist dan. Componist van klassieke muziek.'

'Nou, al beter. Moderne componisten hebben een kleine aanhang, dat geef ik toe. Maar de meeste, degenen die het grote geld niet verdienen – en er valt grof geld mee te verdienen, zelfs met wat ze zo nodig *serieuze* muziek moeten noemen – zitten hun tijd uit en verdienen hun huur door filmmuziek, reclamedeuntjes en muzak te schrijven. Ze dirigeren, geven muziekles en doceren contrapuntische muziek op conservatoria, dat soort dingen. Als ze willen, dan kunnen ze 's avonds in een bar pianospelen. Maar een dichter, wat voor variététalenten heeft hij? Zijn aanhang is nog kleiner, zijn werk is tenslotte bijna volledig beperkt tot degenen die dezelfde taal spreken: als hij een andere baan wil, kan hij alleen kiezen uit *andermans poëzie*. Hij schrijft recensies. Mijn god, wat schrijft hij een recensies. In iedere krant en periodiek, in elk kwartaalblad en tijdschrift dat je maar kunt verzinnen, verdient hij zijn dagelijkse Kellogg's door andermans poëzie te recenseren. Of hij geeft les. In tegenstelling tot de componist geeft hij geen les in de vaardigheden van zijn vak, hij geeft geen les in prosodie, metrum en vorm, hij geeft les in andermans poëzie. Als hij een hoge pief is, mag hij de poëzielijst herschrijven van een van de weinige uitgeverijen die daar nog aan doen. Dan geeft hij andermans poëzie uit en maakt hij bloemlezingen van andermans poëzie. Ongetwijfeld kan hij optreden in "The Late Show", "Kaleidoscope" en ook "Critics' Forum", waar hij praat over andermans poëzie. Jezus christus, als ik mocht kiezen om deze eeuw terug te komen als dichter of als componist, dan zou ik componist kiezen en mijn halve jaarsalaris uit pure dankbaarheid aan een liefdadigheidsinstelling geven.'

Davey leek nogal geschrokken van deze uitbarsting en ik voelde me meteen een hufter van de ergste soort. Hij dacht even na, terwijl hij op zijn onderlip beet. 'Ik weet dat je dat niet allemaal meent,' zei hij. 'Ik weet best dat je mijn roeping alleen maar op de proef stelt. Ik weet dat er niets beter is dan dichten en dat jij dat ook weet.'

Inmiddels waren we bij het steegje gekomen dat naar de hoofdstraat van het dorp loopt en ik realiseerde me dat er iets vreemds en geweldigs was gebeurd, of liever gezegd, iets walgelijks en vreselijks was niet gebeurd. Ik had een halfuur lang gepraat met een jongeman die beweerde dichter te zijn en hij had niet eens laten doorschemeren dat hij wilde dat ik een van zijn gedichten las. Misschien is dit het wonder waar je op doelde, Jane ...

Dat was maandagmiddag. Dinsdag was een stille dag. We gingen met een boot het meer op en ik dronk Chablis, en op verzoek van David las ik voor uit mijn *Verzamelde Werken*. Nog steeds geen tekenen dat hij me wilde kwellen met zijn werk.

Hij vond dat 'Rimpels in het gelaat van W.H. Auden' geforceerd was, waarop ik hem vertelde dat dat hetzelfde was als klagen dat er in *Honderdeneen Dalmatiërs* veel honden zitten. Hij vond 'Martha, gezien in een baan van licht' en 'Ballade van de werkschuwe man' mooi, maar zijn echte lievelingsgedicht was natuurlijk 'Waar de rivier eindigt'. Ik had het hart niet om hem te vertellen dat dat eigenlijk was geïnspireerd op het nieuws dat de poëzie van Gregory Corso en Lawrence Ferlinghetti verplichte examenstof zou worden. Hij dacht dat het een ecologisch gedicht was, een 'groen' gedicht avant la lettre, over rioolafvoer in de zee. Jeugd is een toestand die ik weiger te verdragen.

Krankzinnig genoeg, als door de macht van hypnose, hoorde ik mezelf vragen of hij, aangezien ik het mijne had laten horen, het zijne ook wilde laten lezen.

Hij bloosde als een overrijpe perzik. 'Dat wil je niet echt lezen,' zei hij.

'Nou, kun je dan iets voordragen? Echt, ik zou graag wat willen horen.'

Dit van Ted Wallace nota bene, waarvan bekend was dat hij zichzelf voor rijdend verkeer wierp bij het vooruitzicht op dichtvoordracht. Het gedicht was kort, dat was goed. Het gedicht was lieflijk, dat was goed. Het gedicht had vorm, dat was goed. Het gedicht was slecht, dat was slecht. Het gedicht heette 'De Groene Man', dat was onvergeeflijk.

De Groene Man

Ik zoog op de aarde en zoog hem leeg
Droge aarde is stof, poeder voor het haar
Ik rekte mezelf uit en plukte de hemel
Geplukte hemel is blauw, een blauwe mantel om te dragen

Ik likte aan het gras: likte het schoon
Schoon gras is hooi; gouden hooi voor het vlees
Ik omhelsde het loof; kneep het groen
Geknepen sap is bloed, en bloed moet zoet zijn

Ik zaaide het zaad, zaad van mijzelf
Gezaaid zaad is wit; wit als de wind
Spoedig zal leven, bloed van mijn been
Zoon van de aarde en kind van de bomen

Deze man van stro, deze god van modder
Blauw is zijn mantel, trots ontplooid
Het waardevolle groen, het groen van zijn bloed
Zal ons rein maken en de wereld verlossen

Ik heb je gewaarschuwd. Alsof je de scheten van iemand anders ruikt, vind je ook niet? Het lijkt wel alsof hij op zijn eigen, bevallige manier verslag doet van zijn eerste rukpartij in de bossen. Mocht je je afvragen of ik dit liefdevol in mijn geheugen heb geprent, laat me je verzekeren dat ik het heb overgeschreven uit een nauwgezet gekalligrafeerd manuscript dat David me overhandigde als gevolg van mijn lofbetuigingen (wat kon ik anders?).

Dat was dinsdag. Maar woensdag was buitengewoon belangrijk voor Swafford, aangezien het getuige was van Michaels terugkeer uit de stad. Naar het schijnt, hoopt hij ditmaal enige tijd te blijven. Hij heeft een soort telecommunicatiecentrum in zijn studeerkamer geïnstalleerd, waar hij zich te buiten kan gaan en activa kan aftrekken, pensioenfondsen geld afhandig kan maken en kan verwerven wat het dan ook is dat hoge piefen als jouw oom verwerven ... verwervingen zeker.

Woensdagmiddag stonden David en ik boven aan de trap in de voorportiek en keken we hoe de helikopter op het zuidelijke gazon landde. Michael klom moeizaam naar buiten, holde naar voren in de richting van het huis met zijn hoofd krampachtig vastgeklemd (met zijn pruik krampachtig vastgeklemd, als je de smerige geruchten mag geloven. Daar kom ik een dezer dagen nog wel eens achter, maak je maar geen zorgen) en zodra hij veilig voorbij de ronddraaiende schroefbladen was, keek hij onze richting uit. David zwaaide, Logan zwaaide terug. Ik zwaaide, Logan tuurde, zwaaide daarna en huppelde verder. Een welkom. Een omvangrijk, uitbundig welkom van een omvangrijke, uitbundige man.

We liepen over de houten treden naar beneden, ik hijgend in Davids spoor; we klepperden over het oude pad langs de voormalige kwekerij, stommelden langs de achtertrap naar beneden en hoera-den de hal binnen om hem te begroeten, zoals Jo en Amy March in de meest kleffe zondagmiddagserie die je je maar voor kunt stellen. Je tante Anne die uit de salon kwam, won met één lengte en was de eerste die gekust werd. Michael, in de armen van zijn vrouw, keek op toen we ons op het marmer schrapzetten en slippend tot een beschamende stilstand kwamen.

'Davey! En Tedward! Ha-ha-ha!'

Mijn god, je kunt toch alleen maar jaloers zijn op deze man. Niet op zijn invloed en zijn rijkdom en zijn positie, al is dat eerlijk gezegd ook om jaloers op te zijn, maar op zijn autoriteit en zijn – nou, ja, eigenlijk toch zijn invloed, in dat opzicht – zijn invloed binnen zijn gezin en de geweldige radiogolven van pure uitstraling die hij verdomme zo royaal en zo onafgebroken verspreidt, zoals gewichtheffers en literair redacteurs zweetgeur afgeven.

Kijk en vergelijk:

Afgelopen kerst wordt Ted uitgenodigd door Helen, zijnde mijn tweede vrouw en de moeder van Leonora en Roman.

Ted, die geen rijbewijs heeft, meert keurig op schema aan, zoals schriftelijk en faxelijk geadviseerd, op Didcot Station. Iemand daar om hem af te halen? Mijn reet.

Dus neemt Ted voor die achttien kilometer een taxi. Hij arriveert en drukt met het puntje van zijn neus op de deurbel, aangezien zijn armen zijn beladen met cadeaus.

Niemand doet open, dus Ted duwt en merkt dat de deur openzwaait. Hij loopt richting salon, struikelend onder het gewicht van zijn pakketjes. Hij komt bij de drempel, wangen rood van de feestelijke stemming, ogen twinkelend als kerstverlichting. Ouwe Ted is de kerstgeest van weleer, Hendrik de Achtste in een goed humeur, Broeder Tuck en Clarence de Engel in één stralende bundel. Hij is mirre, joligheid, Vaderlijke liefde en midwintervreugde. Hij is kastanjes geroosterd op een open vuur, hij is een kruidige bisschopwijn en een stevige maretak. Zijn fleurige, stralende, hartelijke blik belooft spelletjes, kneepjes in de wang, geintjes, ritjes op de schouders, grapjes en zoete pasteivullingvrolijkheid.

Zijn ex-vrouw, zijn enige zoon, zijn enige dochter, het vriendje van zijn enige dochter en de nieuwe man van zijn enige ex-vrouw kijken op van de televisie, waar Cilla Black de kersteditie van 'Blind Date' presenteert, en zeggen:

'Sst!'

'O, jij bent het.'

'Heb je gedronken, pappie?'

'Hallo.'

'Jezus, je ziet er niet uit.'

'Sst!'

Thuis-is-de-zeeman-thuis-van-de-zee-en-de-jager-thuis-uit-de-heuvels, ik dacht het godverdomme toch niet.

Dit was niet meer dan zo'n lummelige, onbeschaamde, ondoordachte ontvangst waar negenennegentig van de honderd vaders elke dag van hun leven op getrakteerd worden. Niets nieuws of verrassends. De enige reactie op zo'n onbeschofte houding is natuurlijk zó dronken en onaangenaam worden dat je de hufters het gevoel gunt dat hun ijskoude ontvangst gerechtvaardigd is en je hun de volgende keer meer van hetzelfde belooft.

Het moment van zelfmedelijden is voorbij, ik ga door. We hadden je oom Michael (een man die nog nooit een kamer is binnengekomen zonder dat iedereen opspringt en zich als tamme gazellen rond hem schaart of van schrik uit het raam springt) in de hal achtergelaten.

'Zo, Davey ... hoe staat-ie, hoe gaat-ie?'

'Het aardbeienbed barst echt uit zijn voegen. Ik ben gisteravond met oom Ted wezen kijken.'

'Dan eten we vanavond aardbeien. Ja. Een berg aardbeien. Tedward!' Michaels meest kneuzende omhelzing. 'Ik heb het gehoord.' Uitgestrekte armen, schouders opgetrokken als Christus aan het kruis.

Opeens kon je zien dat de houding van Christus aan het kruis in feite niet meer was dan een geweldig, Midden-Europees, joods schouderophalen: 'Ik word gekruisigd, mijn moeder staat aan de voet van het kruis te klagen dat ik geen schone lendendoek om heb. Oi!', dat soort schouderophalen. Zo'n schouderophalen dat een gojim niet kan. Ik begreep dat hij op mijn ontslag bij het sufferdje doelde.

'Och, nou ja,' zei ik (ik zag in de spiegel in de hal dat mijn schouderophalen me de norse en gemelijke bochel van een douairière gaf), 'het is verdomme maar een krant.'

'Goed zo! Maar een krant. Dat zei ik nou ook toen ik hem in '82 verkocht. Het is maar een krant. Maar ...' Hij brak zijn zin af en keek om zich heen. 'Waar is Simon?'

Annie had een arm door de zijne gestoken. 'Simon logeert bij Robbie. Tractorracen, dat weet je heel goed, want ik heb je een fax gestuurd. Hij komt morgenochtend thuis.'

Aha, Annie faxt dus met Michael om hem op de hoogte te houden van het komen en gaan van zijn kroost? Ik moet zeggen, Jane, dat was een grote verrassing, want ik was die maandag in de salon toen Simon lusteloos aankondigde dat hij een nacht zou wegblijven, en het leek alsof het volkomen langs Annie heenging. Ze zeggen wel eens dat een gevoel voor detail het enige talent is dat een financieel genie nodig heeft. Misschien geldt dat ook voor het ouderschap, in dat geval ben ik reddeloos verloren, want ik kan al nauwelijks geslacht, leeftijd en naam van die twee van mij onthouden.

Toen iedereen naar alle tevredenheid begroet en omhelsd was, ging Michael snel naar boven om een bad te nemen en zijn financiële kostuum te verwisselen voor het familiale poloshirt en de korte broek. De wetenschap dat hij boven was, transformeerde Swafford. Moeilijk uit te leggen hoe anders de sfeer was. Het was alsof we de afgelopen dagen niets anders hadden gedaan dan tijd opvullen. Ik ben een paar jaar ouder dan hij, maar hij kan me nog steeds het gevoel geven dat ik vier jaar oud ben. Des te stommer van me dan ook om hem het nieuws zo plotseling op zijn eerste avond thuis te vertellen.

'*Wat* wil je?' Zijn wenkbrauwen kwamen samen tot een uitdrukking die zowel een dreigende blik van donderende woede, als een frons van geamuseerde verbijstering kon zijn geweest. In mijn nogal verbleekte angst zag ik het als het eerste.

'Michael, Michael ... het is niet ...'

'Dus nou ben je een of andere broodschrijver? Een soort ... hoe heet ze ook al weer? Een soort in het slijk wroetende Kitty Kelley? *Het persoonlijke leven van Michael Logan*. Nee, nee, nog erger, te tam. *De persoonlijke levens van Michael Logan. De persoonlijke privé-levens van Michael Logan*. Tedward, Tedward. Dit is verschrikkelijk.'

O, shit. O, shitterige-shitterige-shit-shit. Ik spreidde mijn handen.

'Michael, ouwe walrus, ik wist dat je dat zou gaan zeggen. Ik heb mezelf weer helemaal niet duidelijk gemaakt. Het gaat niet om *jou*, ik ben niet in *jou* geïnteresseerd. Niet in jou *als zodanig*. Het gaat om het hele ... het hele *gebeuren*.'

'Voor een dichter heb je een minder dan geweldige flair met woorden.'

Ik leunde achterover, volledig van mijn apropos. De man was zo blij geweest me te zien, zo immens en invloedrijk opgetogen. En nu had ik mezelf onbezonnen in de strijd gegooid en hem opgejaagd. We zaten alleen aan de eettafel, de tafel was afgeruimd, Annie was naar de salon gegaan en Davey lag in bed. We waren gevuld met aardbeien en slagroom – Michaels woorden worden nooit lichtjes gesproken – van die echte, ouderwetse aardbeien ook nog, late oogst, waar je de kroontjes net zo gemakkelijk uit kunt trekken als de kleine worteltjes uit de compost, niet die moderne rotzooi waarvan de blaadjes afknappen en die naar muffe cider smaken; we waren ook gevuld met goede wijn en er hing een aangename wolk van Michaels havanna in de lucht. Het had me een gunstig moment geleken.

'Hè verdorie, Michael, je kent me toch,' zei ik met een innemende glimlach.

'Daar ben ik juist bang voor,' antwoordde hij.

'Dat siert je niet. Ik ben niet geïnteresseerd in roddels of schandalen ... niet dat die er zijn, vast niet en als ze er al zijn dan interesseren ze me niet. Ik *zeg* biografie, maar ik denk eigenlijk veel meer aan een soort geschiedschrijving, een soort *overzicht*. Weet je, Michael ...' Ik leunde weer naar voren. '... ik denk dat de twee grote rode draden door de geschiedenis van de twintigste eeuw de Angelsaksische en de joodse zijn. Misschien dat het rond de volgende eeuw de Spaanse en de Arabische zijn, of de Venusiaanse en de Martiaanse, weet ik veel, maar de afgelopen honderd jaar ...' (ik zat natuurlijk als een idioot te improviseren) '... hebben de joden en de Angelsaksen de volledige vorm van de aarde min of meer bepaald, het intellectuele denken, de kunst, de moderne cultuur, de geschiedenis ... o, hoe zal ik het noemen ... de beschikking van de mens, om het zo maar eens te zeggen. En tja, het is niet ongewoon dat een jood buiten zijn eigen volk trouwt, net zo min als een Angelsakser. Maar jij en Anne, weet je, jullie vormen een bijzonder intrigerende, een bijzonder *levendige* gevalsanalyse, de grote trekken vallen op. Je bent niet *zomaar* een jood, je bent misschien wel de meest invloedrijke in Europa. Anne is niet *zomaar* een Angelsaksische, ze komt uit een van de oudste families in Groot-Brittannië, haar voorouders hebben meer dan duizend jaar geregeerd, gedemoraliseerd en geruïneerd. Haar moeders familieband houdt in dat er een hapje Russell in zit, als in de premier en als in Bertrand, en er zit een portie Marlborough en ook Churchill in, met een salade van Cecils en Pagets erbij. Dus jouw familie is een eenheid, een verbintenis van twee grote rode draden. Misschien is de traditie van werelddominantie van de joden en de Angelsaksers voorbij, van Christus tot Marx, Einstein, Kafka en Freud, via Shakespeare, Lincoln, Franklin, Jefferson en Kolonel Sanders. Jouw nakomelingen, jouw huwelijk, jouw familie, het is bijna een symbool, vind je niet? Het interesseert me niet of je je vrouw bedrogen hebt of niet, Michael, of met wat voor smerige zaakjes je je misschien hebt beziggehouden. Ik denk werkelijk dat er een fantastisch boek in zit.'

Ee-eerlijk gezegd ...

Ik had het gevoel alsof Michael me een week lang aanstaarde. 'Ik zal erover nadenken, Tedward.'

Ik glimlachte. 'Meer vraag ik niet van je.'

'Je bent hier nog een hele tijd. Er is genoeg tijd om dat later te bespreken. Laten we naar Anne gaan.'

En dus lieten we het daarbij.

Heb ik er goed aan gedaan, Jane? Ik geloof dat hij mijn verhaal wel slikte – waarom ook niet? Het was verdomd overtuigend – en ik geloof niet dat ik de kans op andere ontwikkelingen heb verspeeld. Maar ik zou willen, Jane, mijn liefste van lieve liefsten, dat je me precies vertelde waar ik op moet letten.

Gun me wat tijd om me even uit te rekken en nog een glas whisky in te schenken, dan zullen we donderdag in beschouwing nemen.

III

Donderdag was getuige van wat we de opening van het huis voor de zomer zouden kunnen noemen. Toen ik hoorde dat er ook nog anderen zouden komen, kwam het bij me op dat ik voor Davey een soort voorhoede was, en dat hij zo bijzonder blij was dat ik er al eerder was, omdat hij op die manier vooraf een alliantie zou kunnen vormen tegen mogelijke hinderlijke volwassenen die later zouden komen, en dat hij dan niet zou worden gedegradeerd tot de status van Vergeten Kind of Aanhangsel. Zoals zal blijken, was dit een haastige en ongegronde diagnose.

We hadden een gesprek over mensen, waaruit bleek dat we het redelijk met elkaar eens waren. Ik zei dat ik altijd zenuwachtig was als ik een nieuw persoon ontmoette en Davey zei dat dat bij hem ook wel het geval was. Hij merkte op dat het niet echt verbazingwekkend was dat we hetzelfde dachten: we waren tenslotte allebei, zo legde hij uit, nagenoeg van dezelfde leeftijd.

'Nou doe je wel heel erg raar, jonge walnoot. Waar heb je het over?'

'Nou, ik ben vijftien jaar van de wieg verwijderd en jij bijna vijftien jaar van het graf.'

Nou niet *precies* de woorden die je van een netjes gekamde en gepoetste jongeman verwacht, maar er zit natuurlijk wel wat in, *bis pueri senes* enzovoort.

De eerste gast die arriveerde was jouw vriendinnetje Patricia. Goeie genade, Jane, dat is me nog eens een stel borsten.

Ze was in haar eentje gekomen, herstellende van een 'desastreuze' affaire met een van Michaels loopjongens, Martin Rebak. Dat wist je waarschijnlijk al. Rebak, alg. dir. (dat staat voor algemeen directeur en is, geloof ik, een soort kruising tussen een directeur en een voorzitter), was een jaar lang haar vriend geweest: er gingen geruchten over een huwelijk en eeuwige liefde, maar hij zocht vervolgens heel wreed dekking en dekte een pr-meisje en liet Patricia eenvoudigweg verpletterd van ellende achter. Michael zei heel eerlijk tegen zijn alg. dir. dat hij een hufter en een beest was, en hij en Annie hebben als het ware officieel Patricia's kant gekozen. De alg. dir. zit nog steeds, in Simons woorden, 'op zijn plek' (Simon is vanmorgen teruggekomen van het tractorracen) en is lichtelijk beledigd dat hij de ouderwetse, maffiosoachtige, bazige afkeur van Logan over zich heen heeft gekregen. Of Michaels sympathie voor de kwezel voortkomt uit zijn eigen verlangen om haar zelf te nemen, weten alleen de Here en jij (waarschijnlijk). Er gaan *geruchten* dat Michael van een regelmatige en zorgvuldige wip houdt, maar er gaan over iedereen geruchten. Dat de geruchten bijna altijd waar zijn, doet er op dit moment even niet toe.

Maar toch, wat een stuk. Ze ziet er niet uit alsof ze treurt om haar verloren liefde, sterker nog, ze is stralender dan een straaljager en zo dartel als een veulentje.

'*Jou* ken ik,' zei ze, nadat ze een kus op Podmore had geplaatst, ik bedoel maar ... *Podmore* ... 'jij bent Ted Wallace! Er stond gisteren een artikel over je in de *Evening Standard*. Je bent net ergens ontslagen, of niet? A.N. Wilson verdedigde je en Milton Shulman zei dat je de goede naam van recensenten te grabbel hebt gegooid.'

'Zoals Myra Hindley de goede naam van kindermoordenaars te grabbel heeft gegooid.'

'En we hebben elkaar twee keer ontmoet,' ging ze verder. 'Eén keer bij een presentatie van iets – was het een Ned Sherrin boek met theateranekdotes in The Ivy?'

'Je zult het niet geloven, maar ik heb alle presentaties van Ned Sherrins boeken met theateranekdotes gemist. Het druist tegen alle waarschijnlijkheidswetten in, maar ík heb het gedaan. Ik schrijf het toe aan strikte training en zelfdiscipline. Weet je, als je er naar eentje gaat, kun je jezelf er niet van weerhouden om naar nóg een te gaan, en nóg een, enzovoort. En voordat je er erg in hebt ga je er elke week naartoe. Volgens mij is de enige andere oplossing dat Ned Sherrin ophoudt met schrijven, maar op de een of andere manier zou dat valsspelen zijn, vind je ook niet?'

'Ik weet het weer! Het was in de National Portrait Gallery. Portretten door kinderen gemaakt, voor een liefdadigheidsinstelling.'

'Ah, een vage herinnering komt boven.'

'Er hingen allemaal portretten,' legde Patricia aan Michael en Anne uit. 'Je weet wel, van prinses Diana en Margaret Thatcher en zo, gemaakt door kinderen van vijf jaar. En Ted zei toen hardop, "Noem je dat schilderijen? Een moderne schilder had dat nog kunnen maken." En toen deed je moeilijk omdat je niet mocht roken.'

'Ja, nou ja, heel goed in staat mezelf voor schut te zetten, ik zal de eerste zijn om dat toe te geven ...'

'Maar de *eerste* keer dat we elkaar zagen was in 1987 tijdens een etentje in Pembridge Square.'

Ze begon te klinken als een van die 'Pijnlijke Momenten Door Geheugenverlies?'-mensen die rechtsonder op de voorpagina van de *Telegraph* adverteren.

'Pembridge Square? Pembridge Square? Ik geloof niet dat ik iemand ken die in Pembridge Square woont ...'

'De familie Gosset-Payne.'

'... behalve natuurlijk de familie Gosset-Payne, Mark en Candida Gosset-Payne. Wel, wel, wel. Leuk je weer eens te zien, Patricia.'

Ik kon vanuit mijn ooghoeken zien dat dit het moment was waarop de zaak glibberig dreigde te worden. Davey was de hal binnengeslopen tijdens het laatste gedeelte van het gesprek en kreeg een vervaarlijk donkere en dreigende blik over zich. Het leek alsof hij had besloten dat hij dit levenslustige en charmant rondborstige wezen niet mocht. Hij had, vermoed ik, terecht geraden dat ik haar als gezelschap de voorkeur zou geven boven hem, als het ging om een wandelingetje of een boottocht. Maar zo zou het niet gaan.

'Eh ... en je kent David, natuurlijk,' zei ik, terwijl ik hem naar voren haalde.

Achteraf gezien was haar reactie eigenlijk buitengewoon vreemd. Ze kwam naar voren en viel op haar knieën ... niet echt nodig aangezien ze niet meer dan vijftien centimeter langer is dan hij.

'David!' zei ze, terwijl ze in zijn ogen staarde. 'Ik ben Patricia. We hebben elkaar al ontmoet, weet je dat nog ... ?'

Terwijl Davey een waterige blik op haar fixeerde, deed ze haar mevrouw Geheugenact weer.

'Mijn *god*, kijk nu toch eens!' kirde ze. 'Zou je ... David ... zou je me een kus willen geven?'

Nou ja, zeg, Jezusmina ... alsof hij een kleuter was, of een kwijlerige, ouwe kerel. Hij speelde het heel goed mee, dat moet ik hem nageven: een uitdagende blik van onder de wimpers en een bescheiden aangeboden wang. Maar, prop mijn reet vol vijgen als ze toch niet probeerde het hoofd zo te draaien dat het een volle smak op de lippen werd ...

Ze is je vriendin, Jane, en ik zou er bijna mijn halve stropdassencollectie voor overhebben om eens in haar rond te woelen, maar ik moet zeggen dat ik me afvraag of ze ze wel helemaal op een rijtje heeft.

We gingen allemaal naar de zitkamer voor koffie. Davey onderdrukte een uitgesproken neiging om een beetje onnozel te grijnzen, terwijl we ideeën voor het weekend bespraken. Simon kwam beleefd binnenrollen: *hij* kreeg alleen een achteloze zwaai van de hand. Toen hij het onderwerp van ons gesprek in de gaten kreeg, merkte hij op dat het vandaag de laatste dag was van de East of England Show.

'Werkelijk?' zei Patricia op een lijzige toon, die zo'n neerbuigende onverschilligheid verraadde dat Simon rood werd. Ze wendde zich tot Davey en vroeg hem wat hij van David Mamet vond.

'East of England Show, zeg je?' zei ik tegen Simon, die daar maar een beetje zijn schoenen tegen zijn kuiten stond te poetsen. 'Een soort landbouw-iets?'

'Nou ... o, nou ja, u weet wel ... het is vast niet erg interessant voor mensen die niet ... niet in dat soort dingen geïnteresseerd zijn.'

'Nee?'

'Maar het is hier erg populair. Hier in de buurt, bedoel ik. In Norfolk en zo.'

'O, ah. Behendigheidsproeven voor schaapherdershonden en dat soort dingen, zeker?'

'Eh, niet precies ... dit is tenslotte East Anglia. Niet veel schapen.'

'Nou ja, Norwich-behendigheidsproeven voor terriërs dan. Cromer-krabracen. Norfolk-knobbelige-kelen-wedstrijden voor kalkoenen.'

'Er zijn bijzondere rassen en uitstallingen en kraampjes en er is een soortement springconcours ... maar het is ... zoals ik al zei, het is niet echt interessant, denk ik.'

'Je vindt het fantastisch, Simon, geef maar toe,' zei zijn moeder. Zij en Michael hadden een privé-vergadering gehad in de hoek. Slaapkamerindelingen en tafelschikkingen, neem ik aan. Ze wendde zich tot mij. 'Hij is er helemaal stapelgek op, wist je dat? Heeft in geen jaren een Show Thursday gemist. Het verbaast me dat je er nu niet naartoe bent, lieverd.'

'Nee, nou ja, ik dacht dat ik beter ... weet je, onze gasten kon begroeten en zien of iemand anders nog zin had om ... maar het is waarschijnlijk niet zo'n ...'

'Simon, ouwe jongen,' zei ik, 'als je nog een plaatsje overhebt, zou ik dolgraag mee willen. Tenminste, als je dat niet vervelend vindt?'

David draaide zich verrast om. Patricia wierp, wat schrijvers vroeger raadselachtig een 'strakke' blik noemden, op me. Van ... wat? Minachting? Opluchting, mogelijkerwijs? God mag het weten. Anne keek blij en Michael, die die morgen nogal afwezig was, knikte vriendelijk. Simon was, beleefd of oprecht, enthousiast.

'Nee! Nee, helemaal niet. Leuk juist. We kunnen met de Austin-Healy gaan als u wilt. Tenzij iemand anders ...'

Ik weet echt niet wat me bezielde. Een landbouwmarkt ... in een bloedheet juli ... in East Anglia. Bijzondere rassen ... Springconcours ... Vette varkens ... Klei – naar alle waarschijnlijkheid – duiven schieten.

We vertrokken direct, alleen Simon, Soda en ik. Afgezien van mijn afgrijzen bij het vooruitzicht op massa's boeren, was ik niet in staat te bepalen of ik blij of gepikeerd moest zijn dat Patricia en Davey zo direct een band van ogenschijnlijk wederzijdse toewijding hadden gevormd. Natuurlijk heb ik wel meisjes gekend die het aanleggen met jongere mannen – niet voor niets bestaat die nare medianotie van de gigolo – maar mijn ervaring is dat de meeste vrouwen in de tennisscore van de slaapkamer eerder de voorkeur geven aan dertig, of veertig, dan aan vijftien. Mannen zijn natuurlijk weer een heel ander geval: die lopen op alles en blijven hangen totdat ze van de baan worden gesleept.

Tot mijn verontrusting bemerkte ik dat de East of England Show ergens buiten Peterborough plaatsvindt, bijna twee uur rijden van Swafford. Mijn gezicht verraadde kennelijk mijn twijfel.

'U had eigenlijk vorige maand moeten komen,' zei Simon. 'Vorige maand was de Royal Norfolk Show. Die is in Costessey, een halfuurtje rijden maar.' Costessey bleek ondanks de spelling als 'Cossy' uitgesproken te worden.

Simon begon toen met een verhaal dat jou wel heel bekend zal voorkomen, Jane.

'Ik ben met mijn nicht Jane naar de Royal Norfolk Show geweest,' zei hij. 'Kent u Jane?'

'Mijn peetdochter,' schreeuwde ik over het geraas van de wind heen.

'Ah. Dan weet u waarschijnlijk wel dat ze niet in orde is.'

Ik knikte.

'Ik dacht dat een dagje uit haar misschien goed zou doen. Maar helaas stortte ze tijdens een hooidemonstratie in. Vreselijk.'

'Vreselijk,' was ik het met hem eens.

'Ik dacht eerlijk gezegd dat ze er geweest was. Nog nooit iemand gezien die zo bleek was. Het ambulancepersoneel van St. John wilde haar naar het Norfolk and Norwich brengen. Dat is een ziekenhuis.'

'Klinkt verstandig. Waarschijnlijk beter dan een restaurant, zeg maar, of een voetbalstadion.'

'Maar in de tent kwam ze weer een beetje bij en toen heb ik haar naar Swafford teruggebracht. Ze wilde niet naar een dokter. Ging gewoon direct naar bed. Daar bleef ze een paar dagen. Davey las haar elke middag voor en papa nam een gediplomeerd verpleegkundige in dienst. Papa is haar oom.'

'Zo te zien gaat het wel weer goed met haar,' waagde ik te zeggen. 'Ik heb haar in Londen gezien.'

'Ja, een beetje hersteld. Was te verwachten. Dat zie je bij varkens soms ook.'

De liefde tussen neef en nicht uit zich op vreemde manieren.

Onderweg naar Peterborough mijmerde ik over de merkwaardige uitspraak van Costessey en vermaakte Simon en Soda door een limerick te improviseren.

Er was een jong meisje uit Costessey
Met schaamhaar zo wild als een bostessey
Haar dijen en kont
Waren warm, zacht en rond
Op haar billen en kut een rood blostessey

'Super!' Simon zwierde bijna van de weg van de lol. 'Echt super.'

Toen we op het showterrein aankwamen vertelde hij de limerick keer op keer aan zijn maten, die in groten getale aanwezig waren. De poëtische geest is, zoals je kunt zien, in staat om zelfs op de meest onvruchtbare en weinig belovende bodem te bloeien. Simon, voor wie poëzie een gesloten boek in een gesloten kast, ergens hoog op zolder, in een verlaten huis, in een afgelegen gehucht, in een ver, ver land is, zei iedere keer weer tegen zijn vrienden: 'Dit is oom Ted. Hij is een beroemde dichter. Hij heeft in mijn auto zelfs een gedicht verzonnen toen we hiernaartoe reden!' En dan droeg hij het voor. Dat ik een 'echte dichter' was, was een detail dat de limerick veranderde en het bevestigde als iets wat in de buurt kwam van de status van Kunst.

Deed me denken aan een grap die we uithaalden als we, in de tijd van de Dominion, krap zaten. De Dominion was en is nog steeds een drinkgelag vlakbij de Harpo, niet echt jouw stijl, denk ik, liefje. Daar zat ik eind jaren vijftig en begin jaren zestig te nietsnutten, samen met Gordon Fell, later 'Sir' Gordon, de schilder en cultuuricoon (zo werd hij tenminste laatst in een artikel van mijn dochter Leonora beschreven). De truc was om Gordon met de stroperige Old Fashioneds die hij zo lekker vond volledig lazarus te krijgen en hem dan op zijn praatstoel te zetten. Zodra hij gedurende het gesprek iemand noemde die niet echt een boezemvriend van een van ons was – laten we de naam Tiny Winters nemen, bijvoorbeeld – dan vroegen we:

'Tiny Winters ... Tiny Winters ... Zeg eens, Gordon, wie is dat ook al weer?'

En dan brabbelde Gordon een beschrijving van wie die kerel was. We keken onzeker en schudden vastberaden ons hoofd.

'Nee. Zegt me niks.'

Gordon werd dan kwaad, en terecht, want Tiny Winters of wie het dan ook was, kenden we allemaal. 'Je weet wel, Tiny! *Tiny!* Iedereen kent Tiny!' brieste Gordon dan verontwaardigd.

We deden alsof we met ons geheugen worstelden.

'Hoe ziet hij eruit?' vroeg iemand dan uiteindelijk.

'Nou, hij is ... och, Jezusmina, geef me eens een stuk papier...'

Tra-la! Succes. Daar kwam de houtskool al tevoorschijn en binnen vijf minuten waren we in het bezit van een echte Fell.

Zelfs in die dagen kon je voor de ruwste schets nog vijftig pond krijgen. Hoe ruwer, hoe beter, zelfs.

'O, *die* Tiny! Hebbes. Ja, natuurlijk, hoe is het met die ouwe Tiny?'

Een van ons stopte stiekem het stuk papier in zijn zak en haastte zich in een taxi naar Cork Street en kwam terug om de buit te verdelen, zonder dat die ouwe Gordon ook maar iets in de gaten had.

Natuurlijk was het die hufterige wezel van een Crompton Day die het hem op een gegeven moment zo nodig moest vertellen. De eerstvolgende keer dat we de zwendel probeerden, deed Gordon extra zijn best op het portret, tong uit zijn mond, ogen intens van de concentratie. We hijgden gewoon van plezier, dit kon wel eens minstens vijfenzeventig pegels worden. Toen hij klaar was, speelden we ons gewoonlijke 'O, *nou* weet ik wie je bedoelt'-spelletje, maar eer we het portret stiekem van de bar konden halen, had hij het al in zijn handen en scheurde het, voor onze ogen vol afschuw, aan kleine reepjes.

'Kijk eens, schatjes,' zei hij, en hij deelde aan ieder van ons een dun reepje uit. 'Voor ieder een.'

Hufter. Daarna kon je hem niet eens meer zover krijgen om een routebeschrijving naar een restaurant te tekenen.

Hoe dan ook, mijn limerick ging de show rond, zeer verheerlijkt, zoals ik al zei, door de status als zijnde het werk van een bekende dichter. Niet dat het kon worden verkocht als een Fell-schets, natuurlijk. Zo werkt poëzie niet, o nee. Het schiet onmiddellijk het publiek in. Maar goed, laat ik dat vermoeide, ouwe stokpaardje maar niet meer bestijgen.

Je wilt vast niets horen over 'Mijn Dagje Uit naar de East of England Show' en dus zal ik de details van de boeiende demonstratie van synchrone John Deere-tractors overslaan, zal ik je het volledige verhaal van de Suffolk Punch-wedstrijd besparen, en de beschrijving van de titanenstrijd tussen de Dereham en District Bietentelers en de Neane Valley Mangelworteltelers (en de daarbij behorende Noord-Cambridgeshire Penwortel Vereniging) voor een andere keer bewaren.

Simon is in elk geval wel een fatsoenlijke jongen – zijn gebrek aan verbeelding en afgestompte humor even terzijde – en hij gaf geen moment toe aan enige verleiding me over te laten aan de verwoestende kracht van dames met hoeden die als libellen in augustus van theetent naar theetent roomden en sopten. Hoewel landbouwmarkten een nieuwe ervaring voor me waren en iedere man van in de zestig bijzonder veel plezier zou moeten beleven aan elke nieuwe ervaring, hoe schijnbaar grotesk dan ook, kan ik niet zeggen dat het de akeligste middag van mijn leven was. Simon en Soda gunden me vele pauzes in de bier- en broodjestenten en hij stelde zelfs voor een Rothmanbus op te zoeken, die er zeker zou zijn, zei hij. Ik hamsterde armenvol gratis Rothmans, vulde een enquête in en charmeerde de sjerpen van een paar zwaar geplamuurde schatjes die de bus bemanden – een omgebouwde dubbeldekker – vrolijk opgetuigd in het Rothmanuniform van blauw, wit en goud. Deed me denken aan mijn jeugd, toen sigarettenmeisjes net zo gewoon waren in theaters, bij bioscooppremières en nachtclubs als liefdadigheidsschooiers vandaag de dag. Maar in die tijd was de kans groot dat je een saffiemeisje in de plee voor vijf pond kon wippen: ik heb zo'n gevoel dat de stickerverkoopsters van het Red de Kinderen Fonds en de emmerschudders van de Cystic Fibrosis Stichting moord, brand en politie zouden schreeuwen en je zouden aanklagen voor optische verkrachting als je ook maar een blik onder de nek zou werpen in dit zorgzame Groot-Brittannië van vandaag de dag. Er heeft een meedogenloze en verontrustende stijging in normen en waarden plaatsgevonden de afgelopen jaren. Het baart me zorgen.

We verlieten het feest om zes uur, met een bos glimmende, zwevende ballonnen met aantrekkelijke logo's en exotische tekeningen van veevoederleveranciers en producenten van slow-release schimmeldodende middelen achter ons aan. Het schijnt dat Michael het leuk vindt om na het diner bij elkaar te zitten en te giechelen om heliumstemmetjes.

Terwijl we terugreden dramde Simon om meer limericks. 'Doe 's een over Swafford,' drong hij aan.

Een oude vrouw uit Swafford Hall
Heeft haar zo hoog als een parasol
Als men vraagt naar de reden
Dan zegt ze tevreden:
'Zonder schaduw houd ik het niet lang vol.'

'Niet slecht. Hij was alleen niet erg schuin, hè?'

'Soda vond hem leuk,' antwoordde ik beledigd.

'En nu een over mij.'

'Eh ...'

Er was eens een jongeman, Simon
Die haatte de kunst van het rijmen
Hij vond het een blaam
Dat zijn eigen naam
Enkel maar paste bij slijmen.

'Je hebt verdomme absoluut gelijk. Slijmbal was mijn bijnaam op school. Hoe wist je dat?'

'Noem het een bezielde gok,' zei ik.

'Oké, en een over jezelf?'

Er was eens een geile beer, Ted
Die waardeloos was in bed
Bij het spreiden der poes
Wist hij niet hoe het moes'
En neukte het matras tot en met.

Simon was gefascineerd door dit concept. 'Gebeurt dat echt?'

'Wat, de opening missen, bedoel je? Tuurlijk. Zo vaak.' Dat hij dat niet wist, betekende, naar mijn mening, dat de jongen maagd was, of anders dat hij was verleid door één vrouw die genoeg ervaring had om hem, zonder ook maar een moment van doorschieten, binnen te leiden. Mazzelaar.

Het stuk naar huis vanaf Peterborough leek, zoals zo vaak gebeurt, merkbaar korter dan het uitgaande stuk.

Davey hing, in een herhaling van het moment van mijn aankomst, op de trap rond.

'Hallo, jonge hond. En waar is je vriendin?'

Hij wendde zijn hoofd af, om de benaming te verwerpen.

'We hebben cadeaus meegenomen,' zei ik. 'Kijk eens, voor jou een vet varken van het zeldzaamste garen en gevuld met de beste kapok.'

Hij nam het aan. 'Hij ziet er eigenlijk wel grappig uit,' zei hij. 'Dank je wel.'

'De dame die het me verkocht, vroeg zich af of ik model had gezeten voor de kunstenaar. Dat ging nogal ver, aangezien ze zelf meer op een gewone aalscholver of een kuifaalscholver leek die in een olievlek vecht voor zijn leven. Niettemin denk ik dat je het met me eens zult zijn dat er meer dan een oppervlakkige gelijkenis is tussen dit uitstekende varken en mijn geniale en goddeloze zelf. Als je er een pin in zou steken zou ik opspringen en brullen.'

'Ik had eigenlijk ook graag mee willen gaan, weet je.'

Ha! Waar is een dienstverlenende therapeut met een diploma van de Universiteit van Dunstable en een beurs van de staat als je hem nodig hebt? Ik wachtte even tot Simon en Soda buiten gehoorsafstand waren, streelde Davids ego toen met beschrijvingen over hoe opgeblazen en vervelend de middag was geweest en dribbelde naar binnen om me te verkleden voor het diner. Want vanavond zouden de Logans de jetset van het graafschap te gast hebben, een gebeurtenis in avondkledij.

Er was niemand binnen en dus ontdekte ik pas toen we bij elkaar kwamen in de bij-elkaar-kom-kamer dat Moeder Mills zich bij het gezelschap zou voegen.

Oliver Mills. Ik weet niet of je hem kent. Hij was tijdens onze diensttijd de aalmoezenier van ons regiment. Sindsdien heeft hij de duisternis gezien en zichzelf ontpriesterd. Dat beweert hij tenminste: mijn overtuiging, gebaseerd op loze roddels, is dat hij zowel voor het leger als de kerk niet langer meer te handhaven was. Zijn behoefte aan viriele onderofficieren en pikante jonge soldaten kende geen grenzen. Er was een voorval in '59, waar ik over gehoord heb, dat heel goed de druppel kan zijn geweest die de emmer deed overlopen. Een generaal die een peloton glimmende cadetten inspecteerde dat

bevorderd zou worden, stopte bij een bijzonder poppige efebe.
'Jij, meneer! Naam?'
'Cyprian Manlove, meneer.' (Of zoiets)
'Ben jij een man met ruggengraat?'
Geen antwoord.
'Nou, meneer?'
Waarop de ongelukkige jongen in huilen uitbarstte en het exercitieplein af rende. Hing zichzelf op aan zijn sabelkoppel, met een briefje waarin hij zijn moeder om vergiffenis smeekte. Niets bewezen natuurlijk, maar het was bekend dat hij aan het altaar diende in de kapel, en niet lang daarna vouwde Oliver zijn stool op, en wierp hij zichzelf in het wereldlijke. De jongen was nou niet echt Moeder Mills' type, maar je mag een gegeven poot niet in de bek kijken. Olivers eerste inkwartiering als leek was bij de BBC – een toevluchtsoord voor hen die van de verkeerde kant of ongelovig zijn – waar hij een boel van dat oninteressante volksdrama regisseerde, dat iedereen de gouden producties van de gouden eeuw van televisie vindt. Eerlijk gezegd kijk ik veel liever naar John Major dan ooit nog dat intolerante, loze gezever aan te moeten zien. De meeste verantwoordelijke toneelschrijvers zijn inmiddels godzijdank overleden aan alcoholvergiftiging en socialistische ontgoocheling, en Oliver specialiseert zich tegenwoordig, zoals je weet, in dure en tedere, historische adaptaties van de klassieken en heeft schijt aan de arbeiders, al zou hij je het niet in dank afnemen als je dat zou zeggen. Je hebt nog nooit iemand gezien die zulke pedante protestbrieven aan de pers schrijft: 'Meneer, Wij de ondergetekenden zijn ontsteld dat de overheid poogt te snijden in de subsidie voor de Raad voor de Kunsten/btw te heffen op ribbroeken/Dickie Attenborough te privatiseren; je kent het soort zoetsappige drab wel waar ik het over heb. Vervolgens verzamelt hij de gebruikelijke verdachten bij de Harpo Club en weet ze zover te krijgen dat ze medeondertekenen. Ooit geprobeerd mij zover te krijgen mijn naam bij een klaagepistel over de btw-afspraken voor boeken te voegen, wat dat goddomme ook inhoudt. Absoluut vriendelijk en onderhoudend gezelschap (als je ervan houdt dat je humor in overdadige franje en strikjes wordt geknoopt),

maar als het socialistische bit zich tussen zijn dure kronen heeft gezet, is hij de meest humorloze homp deeg die ooit een nachtwake bij de Zuid-Afrikaanse ambassade heeft gehouden, of een aids-lintje op een onwillige premièrebezoeker heeft gestoken.

'Voor wat hoort wat,' zei ik. 'Eerst teken jij een brief die ik aan het schrijven ben, waarin ik er bij de overheid op aandring geselen op het dorpsplein weer in te voeren ...' Ik had op dat ogenblik een uitgesproken chagrijnige mening over dat onderwerp, aangezien bij mij de muur aan de overkant in Butler's Yard onlangs was beklad met letters die leken op omgekeerd Arabisch.

Uiteraard was Moeder Mills verbijsterd weggeschreden. Ondanks dit alles konden hij en ik goed met elkaar opschieten en hij begroette me dan ook hartelijk toen ik donderdagavond in Swafford fris gebadderd en geschrobd binnen kwam hobbelen voor mijn aperitieve glaasje bocht.

'Nou, nou, als dat het Vrolijke Nijltje niet is,' zei hij – jezus, wat haat ik die ouwe bijnaam. 'En bij de drinkbak verslagen door een betere man.'

'Hallo, Oliver,' hijgde ik, 'en wat trekt jou uit Kensington?'

'Hetzelfde als jij, mijn engel. R&R. Moeder is de afgelopen maanden een bezig bijtje geweest. Ze is gekomen om haar weefsels aan te vullen.'

'Maar we slobberen nog steeds wodka, zie ik.'

'We hebben sinds Barbara Cartland Fergie vulgair noemde niet meer zo'n groezelige, aan lagerwal geraakte zuiplap gehoord die het Lisa Lef had zo'n Katie Ketel zwart te noemen.'

Ik negeerde hem en schonk mezelf een paar vette vingers Macallen in, terwijl hij over zijn nieuwe liefde kwetterde.

'Dennis. Een naam zo romantisch als een vliegenspray, maar uitermate lief en goedgelovig en zwaar beluld. Doe mij nog een woddie, nu je daar toch staat.'

'Wat doet hij, die Dennis?'

'Wat ik maar wil.'

'Voor zijn werk.'

'Hij is administrateur bij de Sociale Dienst, als je het zo nodig moet weten. Ik heb hem ontmoet tijdens een Gay Pride.'

Er zijn momenten waarop je jaloers bent op nichterigheid en er zijn momenten waarop je dat niet bent. Wij hetero's hoeven tenminste geen huisje, boompje, beestje te maken met administrateurs, lassers en winkelbediendes. Noem me een snob en noem me onaardig, maar ik kan me niet voorstellen hoe Oliver alleen al de gedachte aan van die onontwikkelde, achterlijke sukkels uit Clapham of Camberwell kan verdragen die liggen te ruften in zijn bed en voor zijn spiegel aan hun ballen zitten te krabben.

'En hoe zit het met jou, Ted? We hebben begrepen dat je de jonge droom van de liefde over de weiden en velden het hof hebt gemaakt.'

'Amper met haar gesproken.'

'Nee, nee. Niet de fokmerrie. Ik heb het over de Hylas van de Fens met de karameldijen. De Rupert Graves van de Iceni, zoals je heel goed weet.'

Ik wist het, maar deed net alsof ik het niet begreep.

'Heb je het mogelijkerwijs over mijn peetzoon?'

'Alsjeblieft, Ted. Je bent een engel als je jezelf bent, maar je bent nog geen brandhout waard als je zo stijf en chagrijnig doet. Help Moeder eens een handje, anders vindt ze het helemaal niet leuk meer.'

Nou, als het zo gebracht wordt, kan een man in alle barmhartigheid nauwelijks de koele schijn ophouden.

'Het is een mooi exemplaar, dat zal ik niet ontkennen,' gaf ik toe, terwijl ik me in een stoel liet zakken. 'Maar wel erg intens.'

'Dat zal ik niet weten. Toen jij en Simpele Simon aan het boeren waren met de kinkels, ben ik met hem mee geweest op zijn kleine bootje, *zeer* tot ongenoegen van het Patricia-element, dat te bang, of te hoog gehakt, of te strak gekousd, of te lah-di-Mayfair-dah was om aan boord te klimmen, maar de zondige Davey niettemin helemaal voor zichzelf wilde hebben. En *wij* weten wel waarom, of niet soms?'

'Wij weten het?'

'Ja, natuurlijk!' Oliver keek me stomverbaasd aan, zag dat ik oprecht stuurloos was en raakte toen zelf in de war. 'Ja, toch? Ik bedoel, lieverd. Ik ging ervan uit dat jij hier ook was om ...'

Op dat moment ging de deur open en kwamen Max en Mary Clifford binnengeschreden.

'Ah, Ted ... teruggekeerd van je avonturen.' Max stak een weke hand uit. Geboren in Liverpool, maar met een accent en houding die de hertog van Devonshire nog op Ben Elton doen lijken. Een autodidact die zijn leraar aanbidt, zoals iemand zei over iemand anders, of iemand anders over iemand. Zijn vrouw Mary komt uit een stal in Wales – Wrexham, als mijn geheugen me niet in een hondendrol laat uitglijden – en is ook al in het bezit van klinkers als een rij ijspegels van Lalique.

Ze presenteerde een poederige wang en zwaaide met een zwaaierig vingertje. 'Ted, ik hoop dat jij je vanavond *heel* goed en nuchter zult gedragen. De bisschop en zijn vrouw komen vanavond langs en de Draycotts komen ook, dus je beste feestbeentje voor.

On-joepie en on-hoera.

'Dat geldt ook voor jou, Oliver. Geen atheïstische praat, ik smeek je.'

Gesproken alsof *zij* het feest gaf en dit *haar* huis was.

'Is hij Heidi of Lorraine?' wilde Oliver weten.

Mary keek hem wezenloos aan. 'Hij is Ronald, Oliver. Ronald en Fabia heten ze, geloof ik. Ze hebben op Ripton gezeten.'

'Ik denk dat Oliver wil weten,' zei ik, 'of de bisschop tot de *High Church* behoort of tot de *Low Church*.'

'Dank je, schattebout,' zei Oliver.

'O, niets van dat alles,' sprak Max met gezag, en pakte behendig twee glazen sherry in één hand. 'Van het degelijke kostschool gezangenboek. Geen flauwekul.'

'Een Gerda Gematigd dus,' zei ik tegen Oliver.

'Mmm ...' Oliver staarde dromerig naar zijn nagels. 'Jammer, zul je net zien. Ik ben het best in het afzeiken van het hervormde schisma. Bisschopje sarren,' legde hij aan Mary uit, 'is een van Moeders specialiteiten.'

'Oliver,' krijste Mary. 'Ik *verbied* je ...'

'Verbiedt wat?' Michael was binnengekomen, haar glad naar achteren geborsteld, saffieren blinkend op de voorkant van zijn shirt.

'Oliver zegt dat hij de bisschop vanavond gaat pesten.'

'Werkelijk?' Michael keek naar Oliver, die als lome begroeting met het ijs in zijn glas schudde.

'Ik denk eigenlijk eerder dat hij jou pest, Mary.'

'O.'

'Maar, doe je best, Oliver. Volgens mij heeft Ronald vroeger in het leger gebokst. Dat klopt toch, Max?'

'Naar het schijnt, Michael. Naar het schijnt.'

Max heeft een speciale toon in zijn stem als hij Michael aanspreekt. Hij verkondigt aan de wereld een speciale relatie, een hechte en geheime band die een eigen heimelijk grapje over de wereld deelt. Ik word daar helemaal gestoord van, dat kun je je wel voorstellen. Ik ken Michael al veel langer dan Max en zijn soort. Ik ben jaloers (ik weet dat Max als medeventer met Michael zakelijk kan praten, op een manier die mij niet gegund is) en tegelijkertijd heb ik het gevoel dat ik hem moet beschermen. Ik lijk Piggy wel in *Heer der Vliegen* als Ralph met de anderen wordt meegesleurd om het eiland te ontdekken. 'Maar ik was het eerst bij hem! Ik was bij hem toen hij de trompetschelp vond,' wil ik schreeuwen.

Toen het uiteindelijk zover was, bleef de bisschop grotendeels ongesard. Twintig man zat aan het diner. Ik kan maar beter even de gastenlijst geven, dan kun jij me in je brief terugschrijven of je meer details nodig hebt.

Michael en Anne
Ted
Patricia
Max en Mary Clifford
Rose (de stokoude, Oostenrijkse tante van Michael, zei geen woord)
Oliver
Simon
David
Ronald en Fabia † Norvic (de Biss en Bissin)
John en Margot Draycott
Clara (de dochter van de Cliffords – mager, met beugel)

Tom en Margaret Purdom (plaatselijke landadel)
Malcolm en Antonia Whiting (plaatselijke literaire intelligentsia, speciaal voor mij. Ha!)
JE MOEDER

Ja, ik dacht wel dat het het waard was om haar tot het laatst te bewaren. Je had me met een cocktailprikker om kunnen duwen. Je moeder. Rebecca Burrell, geboren Logan. In levenden lijve.

Vijf minuten voordat we aan tafel gingen – het gezelschap was compleet, naar ik dacht – ging de bel en daar stond ze. Met bagage, met cadeautjes voor de jongens, met alle nuttige, ingenieuze cadeaus van Fortnum die stadslui aan hun misdeelde, landelijke neven en nichten schenken – boerentaarten, molensteen gemalen broden, honing uit Norfolk, echte mosterd en in de wind gedroogde lavendel – kortom, allemaal spulletjes die een lang en gezellig verblijf aankondigen.

'Bex!' roept Michael uit, en hij valt haar om de nek. Vervolgens kijkt hij me stralend aan. 'Zo, geef mijn zus eens een zoen, Ted.'

Ze liep te pronken met zo'n dreigend ik-weet-dat-je-een-vieze-onderbroek-aan-hebt-gezicht, maar met de sporen van een loerende glimlach in de marges. Ik had haar vier jaar geleden met kerst gezien. Ik vermoed dat Michael destijds hoopte op een verzoening, maar het had niet echt mogen baten. Ik was te weerzinwekkend geweest, Rebecca op haar bitse ergst, en Thea Trots, om met Olivers woorden te spreken, had haar kwaadaardige web al te gemakkelijk geweven. Al die mensen om ons heen hadden het mogelijk gemaakt om elkaar te negeren. Dat zal deze komende weken niet zo gemakkelijk zijn.

Dus, Jane, wees eerlijk: wist je of wist je niet dat het Zij-Monster uit Phillimore Gardens zou komen? Zo ja, ik haat je en haat je en haat je omdat je me niet hebt gewaarschuwd.

We zaten niet naast elkaar tijdens het eten, wat toch wel enigszins een opluchting was. Mij was het genoegen bedeeld Patricia te begeleiden, en ik zat tussen haar en Margaret, de vrouw van de jonkheer, in. Simon zat aan het hoofdeinde bij zijn moeder, naast Clara Clifford en praatte met haar zonder te braken bij de aanblik van voedselresten die tussen haar beugel vast kwamen te zitten; ik had het hem niet na kunnen doen. David zat aan het hoofdeinde bij zijn vader, omzichtig vlees vermijdend. Hij moest de onzinnige opmerkingen van Antonia Whiting ontduiken, waarvan er enkele mijn kant op dreven.

'Malcolm en ik proberen het Festival van Poëzie en Proza van Zuid-Norfolk te organiseren. We hopen dat Jeyes uit Thetford het wil sponsoren. Malcolm is alleen bang dat het "Vaatdoek Festival" niet zo goed klinkt. Wat vind jij?'

Oliver gedroeg zich, met name dankzij Mary Cliffords eerdere achterlijke verwerpingen, op zijn schandelijkst. Praten over festivals deed hem denken aan een anekdote, en hij deed uitgebreid verslag van de erotische avonturen die zijn bezoek aan het filmfestival van Venetië vorig jaar hadden opgeluisterd.

'Het is werkelijk niet te *geloven* hoeveel willige waren er over de Dorsudoro heen en weer drentelen,' zei hij. 'Na een week leek mijn achterste poesje wel een windzak.'

'Wat is een achterste poesje?' wilde Davey weten.

'Venetië stelde ons een beetje teleur, hè Tom?' kwam Margaret Purdom er haastig tussen.

'De prijzen in Harry's Bar waren absurd. Schandalig gewoon. Twee bellini's kostten wel ...'

'Er was een jongen,' ging Oliver verder, 'die achter het loket bij de Academia werkte. Ik nam hem mee naar de Gritti, waar hij me een allerliefste waarschuwing gaf. Hij was namelijk begiftigd met een enorme ...'

De deur ging open en Podmore kwam binnen om de soepborden af te ruimen. Oliver was berekend op de situatie. Hij weet wel beter dan loslippig te zijn *devant les domestiques*. Met nauwelijks tijd om adem te halen, legde hij zijn hand schuin voor zijn mond, alsof hij Podmore tegen ontaarding wilde beschermen en ging verder: '... een enorme L-U-L ...' Hij spelde het woord in luid en uitzinnig gefluister. Podmores kin trilde een fractie en Margaret Purdom slaakte een kreetje, maar Oliver leek tevreden met zijn sociale gevatheid.

'Het was zo lief,' ging hij verder, toen Podmore was verdwenen. 'Gianni, want dat was zijn naam, legde in zo'n goddelijke, hese Italiaanse stem bezorgd uit dat hij bang was dat hij me pijn zou doen. "Carissimo," zei ik, "ik geef toe dat het een monster is, maar na wat ik deze week heb meegemaakt, heb je mazzel als hij de zijkanten nog raakt. Het zal meer als een papieren bootje over het Grand Canal zijn." Maar goed, genoeg gepraat. Houdt u van reizen, bisschop?'

Patricia stootte me zachtjes aan. 'Oliver verzint het toch zeker allemaal?' fluisterde ze.

'Natuurlijk,' zei ik. 'Niemand doet nog aan seks tegenwoordig, homo of hetero.'

'Wat bedoel je in vredesnaam?'

'Het is de grote paradox van deze tijd. Voordat seksuele tolerantie in was, ging iedereen er overal als een geile geit tegenaan. Maar vanaf het moment dat de jeugd er zo nodig de hele tijd over moesten praten, kon je geen beurt meer krijgen, al stak je nog zo braaf je hand op. Zodra iets een recht wordt, kun je het goddomme niet meer doen. Zelfbewustzijn, begrijp je wel?'

'In mijn derde roman, *De Week van Gerard ...*' sprak Malcolm Whiting.

'Ik vind het gewoon allemaal zo overbodig,' bood de Purdom aan mijn rechterkant.

'Overbodig?' Olivers oren vingen iets op aan de andere kant van de tafel.

'Bravo!' zei Max.

'De protagonist uit *De Week van Gerard ...*'

'De dag dat seks overbodig wordt,' zei Michael, 'zal werkelijk een kwade dag zijn.'

Ik was blij dat hij had besloten zich erin te mengen. Er is niks erger dan een jood die zit te luisteren naar een gesprek. Ze knikken met hun hoofd met een bedrieglijk air van rabbijnse wijsheid waardoor je de neiging krijgt om te gaan slaan.

'Bedoel je dat seks tegenwoordig overbodig is vanwege kunstmatige inseminatie?' vroeg Simon, in een trieste poging wereldwijs te klinken.

'Ik zeg niet dat eks zelf overbodig is ...' Margaret Purdom is een van die afgrijselijke hogere middenklasse mensen die zichzelf niet zover kunnen krijgen om de eerste 's' in seks uit te spreken. 'Ik bedoel alleen maar dat het eindeloos wordt *besproken* en op televisie wordt getoond en ons ingewreven wordt.'

'Shockeert u dat, mevrouw Purdom?' vroeg Oliver.

'Natuurlijk niet ... het is alleen nergens voor nodig. Er was laatst iets op ...'

'En theedrinken?'

'Pardon?'

'Theedrinken,' zei Oliver. 'Bent u daar ook tegen, op televisie?'

'Nee, natuurlijk niet. Ik begrijp niet ...'

'Maar niemand *vraagt* om theedrinken, of wel soms? Ik bedoel, in televisiedrama's zou de camera heel simpel de fluitketel op het fornuis kunnen laten zien en daarna discreet weg kunnen monteren. Maar nee, ze moeten het helemaal laten zien. Het verwarmen van de theepot, het uitschenken, het vallen van de suikerklontjes en het langzaam met kleine teugjes drinken uit het kopje. Is dat ook niet *overbodig*? Is dat ook niet helemaal nergens voor nodig?'

'Nauwelijks te vergelijken, Oliver,' zei Max.

'Nee, natuurlijk niet! Omdat niemand geshockeerd raakt van theedrinken. Ze raken wel geshockeerd van seks, maar ze durven het niet toe te geven. Ik zou respect kunnen hebben voor dat Mary Whitehouse-wezen en haar morele minderheid, als ze het Lisa Lef hadden om toe te geven dat ze eigenlijk eerlijk gezegd diep geshockeerd zijn door het spektakel van naakte geslachtsgemeenschap op een scherm dat voor iedereen toegankelijk is. Geshockeerd tot op hun flanellen slipperige slipjes. Maar in plaats daarvan denken ze dat het indrukwekkender is om zich een vermoeide, wereldlijke houding te geven. "Ik ben niet *geshockeerd*," zeggen ze dan, "o, hemeltjelief, nee. Ik vind het alleen allemaal nogal saai," alsof Viola Verveling de Mona Misdaad is.'

Terwijl ma Purdom met een weerwoord worstelde (voor een argument dat Oliver vermoedelijk al vele malen eerder tentoon had gespreid ... waarschijnlijk bij een van die 'Het Volk Ondervraagt de Producent'-shows waarmee de BBC ons tegenwoordig kwelt, in een zinloze poging het publiek te lijmen), schoot dappere echtgenoot Tom te hulp.

'O ja, dat is allemaal heel erg slim van je bedacht,' zei hij, 'maar je kunt me niet vertellen dat de wereld zich niet in een ongezonde morele staat bevindt.'

'Ik zou niet durven, mijn liefste. Mensen liegen, bedriegen, verkrachten, zwendelen, moorden, verminken, martelen en vernietigen. Heel slecht. Mensen springen ook bij elkaar in bed en kruipen dicht tegen elkaar aan. Heel goed. Als we denken dat neuken een teken van morele verloedering is, dan zijn we gewoon een beetje dom-dom, of niet?'

'Ik begrijp nog steeds niet waarom we er de *hele* tijd op door moeten gaan,' zei Margaret.

'*De Week van Gerard* ... werd door critici beschuldigd van ...'

'Als je vrije liefde onder jongeren echt zou willen aanpakken,' zei de bisschop, 'dan zou je toch zeker voorvechter moeten zijn van realistische seksscènes op televisie. Laat het maar helemaal zien, met acteurs die eruitzien als echte mensen in plaats van modellen. Als kinderen de hele zompige, stinkende en slipperige toestand eenmaal kennen, dan zijn ze er misschien niet zo op gebrand het te proberen, totdat ze moeten.'

Beetje gemeen tegenover mevrouw de bisschop, vond ik, maar wel goed gezegd. Patricia, die kennelijk opgewonden was geraakt door zulke uitdagende taal, begon op dat moment, bewust of onbewust, met haar been tegen het mijne te wrijven. Het was fijn om een vrouwelijke dij tegen me aan gedrukt te voelen en ik – slachtoffer van de oervloek op mannen, namelijk de behoefte om tegen vrouwen op te scheppen – ondernam een poging om het gezelschap enige tijd te boeien met mijn sprankelende theorieën over kunst en leven.

Oliver, het rotwijf dat hij is, probeerde me voortdurend met bijtende opmerkingen te ondermijnen. Ik wist me uiteraard staande te houden, maar weigerde toe te staan dat het gesprek tot onvruchtbare belasterende dieptes zou zinken.

'Om nog even terug te komen op het onderwerp seks,' zei Michael, tijdens een stilte die volgde op een meer dan gewoonlijk banale opmerking van Simon. 'Toen ik Newsline

Papers Ltd kocht, organiseerde ik een vergadering van belanghebbende partijen om te kijken of we moesten stoppen met het afdrukken van naakte vrouwen op de pagina's van onze roddelbladen.'

'Belanghebbende partijen in de zin van metselaars en puk-kelige tieners, ongetwijfeld?' zei Oliver.

'In de zin van psychologen, sociologen, feministen, moralisten en geloofsvertegenwoordigers,' zei Michael. 'De metselaar en de tiener kan ik nog wel aan. Ik zei tegen deze experts: "Stel je eens voor dat deze krant van jou is. Als je hem binnen zes maanden niet winstgevend kunt maken, ben je je baan kwijt. Wat doe je?" Nou, je hebt nog nooit van je leven zoveel onzin gehoord. "Laten we meer *goed* nieuws brengen", "Maak er een krant van voor de *familie*", "Laat vrouwen in een positief licht stellen", "bekrachtiging", "normen en waarden" ... Ik smeet een kopie voor hun neus van de concurrerende krant. "Dit is de concurrent," zei ik. "Er worden er miljoenen per dag van verkocht. Het is het tegenovergestelde van alles wat jullie hebben genoemd, maar het verkoopt. Waarom? Zeg me alsjeblieft, waarom? Omdat mensen stom zijn? Omdat mensen wreed zijn? Omdat mensen dom zijn? Omdat mensen barbaars zijn? Waarom?" En ze antwoordden: "Omdat hij bestaat. Hij verkoopt omdat hij bestaat." "De *Independent* bestaat ook," zei ik, "en de *Christian Science Monitor* en *Spare Rib* en de *Morning Star*. Die bestaan ook, maar ze verkopen niet. Ik wil een beter antwoord." Maar er kwam geen beter antwoord.'

'Natuurlijk niet. Omdat ze eigenlijk zouden willen zeggen,' zei Max, 'dat kranten onder *hun* controle zouden moeten staan. *Zij* weten wel beter.'

'Maar wie weet, weten ze het wel helemáál niet beter, Max,' zei Michael. 'Misschien weten ze heel veel dingen wel beter, maar als het om het verkopen van kranten gaat, weten ze het niet beter, dat durf ik je wel te zeggen. Ik heb een paar weken lang geprobeerd te publiceren zonder naakte dames en de oplage daalde. We stopten de naakte dames er weer in en de verkoop ging omhoog. Wat had ik anders kunnen doen?'

'Je had verdomme een ander soort zaken kunnen doen,' zei

David met onverwachte en buitengewone felheid.

De hele tafel bevroor in een beladen en dodelijke stilte. Zo'n woestheid uit zo'n bron had iets verschrikkelijks. Slechts weinig is zo anaal verkrampend pijnlijk als een familieruzie. Ik hoorde hoe Patricia naast me haar adem inhield.

'Nou, Davey,' zei Michael, 'ik bén andere zaken gaan doen, weet je nog. Ik heb de kranten verkocht.'

'En iemand anders heeft ze gekocht en print tot op de dag van vandaag heel winstgevend naakte dames,' zei Max.

'Nou, godzijdank is dat in elk geval niet mijn vader!' David beefde van zijn eigen lef, maar slaagde er voor de rest in om een onwrikbaar voorkomen te handhaven.

'Davey is erg bezorgd over de reinheid van mijn ziel,' zei Michael quasi-zielig, zoals een echtgenoot kan grappen over de bezorgdheid van zijn vrouw over de omvang van zijn taille.

Plotseling begon iedereen wat onder elkaar te praten en de rest van de avond domineerde geen enkel onderwerp het gezelschap.

Davey ging met de dames van tafel, maar Simon bleef voor de port, hopeloos falend in zijn poging om tegelijkertijd volwassen, respectvol, blasé, dankbaar en onbewogen over te komen.

Max gleed naar mijn kant van de tafel en sloeg een arm om mijn schouder.

'Nou zeg, dat was pijnlijk, geloof ik,' zei hij op zachte toon. 'Maar Davey kan natuurlijk niets fout doen, hè? Davey is geweldig, of niet soms? Als Simon zoiets glibberigs en brutaals had gezegd, was de wereld te klein geweest.'

Ik herinnerde me dat Max de peetvader van Simon was en vond het vermakelijk dat hij zo'n loyaliteit tentoonspreidde. Ik voelde me verplicht hetzelfde te doen en al gauw zaten we als een stel ouwe generaals partij te kiezen bij een revanchewedstrijd over Waterloo.

'Misschien was hij een beetje glibberig, maar het was moedig, het was geestdriftig en het was oprecht.'

'Verdomd brutaal en dat weet je, Ted.'

'Dus het is beter om bij je geboorte geen verbeelding en idealen te hebben, dan het risico te lopen ze later kwijt te raken, bedoel je dat?'

'Simon heeft geen gebrek aan verbeelding *of* idealen. Hij heeft gewoon manieren en fatsoen genoeg om anderen te respecteren.'

'Het soort manieren en fatsoen dat geen vragen stelt, niets aanvecht en niets bereikt.'

'O foei, Ted. Alsof je daar ook maar een woord van gelooft. Je bent de meest cynische man in Groot-Brittannië, en dat weet je.'

'Nooit, Max,' zei ik, 'nóóit een man cynisch noemen. Cynisch is de naam die we geven aan degenen van wie we bang zijn dat ze ons uitlachen.'

'Doe nou niet zo aforistisch, jij ouwe zwetser.'

Het probleem met Max is dat hij niet zo stom is als je wel zou willen, hoe walgelijk hij ook is. Niet dat hij geniaal is, hij is alleen altijd net even iets slimmer dan prettig is.

'Dit is een absurd gesprek, Max.'

'Je hebt gelijk. Om je de waarheid te zeggen, kwam ik eigenlijk alleen maar om een sigaret van je te bietsen. Kan die enorme sigaren van Michael niet aan.' Ik gaf hem zijn zin en hij zat er als een schooljongen aan te lurken. 'Gehoord van je oneervol ontslag bij het sufferdje. Rot voor je. Ben het helemaal met je eens over dat Lake-figuur. Zijn toneelstukken worden met de dag erger. Vind je het leuk dat Rebecca er is? Jij en zij ... waren jullie niet ... ooit, lang geleden?'

'Ik geloof dat ik niet de enige ben,' zei ik, en ik wou dat ik het niet had gedaan.

De ogen van Max flitsten naar mij en vervolgens naar de steel van zijn glas. 'Zo, zo. Wie kan dat je in vredesnaam verteld hebben, vraag ik me af?'

'Dat soort dingen gaat als een lopend vuurtje.'

'Nee, hoor. O nee, niks daarvan. Maar één keer gebeurd. Met kerst, een paar jaren geleden. In dit huis, nota bene. En ik dacht nog wel dat we zo discreet waren geweest. Nou, nou, nou. *Dat* is nog eens een mysterie. De dame in kwestie kan het toch niet zijn? Stel je voor, stel je toch eens voor.'

Het kostte wat moeite om me hier uit te wurmen. Het was echt niet mijn bedoeling David in de problemen te brengen; in het relaas van de Grote Jacht Sabotage (dat zul je inmiddels wel gelezen hebben, Jane) had hij me het verhaal van Rebecca en Max die nacht alleen verteld als een toevallig detail. Hij had het zelf op dat moment niet eens begrepen.

Terwijl ik zocht naar een overtuigende manier om van onderwerp te veranderen, herinnerde ik me iets dat Donald Pulsifer, de wildfotograaf, me eens had verteld. Als je een boze gorilla in de war wilt brengen en kalmeren, zei hij, dan moet je jezelf gaan slaan. Als je een vernietigende aanval op jezelf opent, door je tegen je wangen te slaan, jezelf in je te maag stompen, je haar uit te trekken en naar je gezicht uit te halen, zal het dier aan de grond genageld blijven staan, het hoofd schuin houden en – naar alle waarschijnlijkheid – naar voren komen om je in medeleven te knuffelen en te aaien, je wonden te likken en je te wiegen als een baby.

'Kan niet ontkennen dat het een schok was Patricia binnen te zien komen, vanavond,' zei ik, in een poging Pulsifers theorie te testen. 'We hadden een felle ruzie bij de doop van Jane. Dat is tenminste wat ik de wereld vertel. Feit is dat ik stomdronken en stomvervelend was. Een paar jaar daarvoor koesterde Rebecca iets van een *tendre* voor me, zie je. Voor haar was ik meer dan een terloopse bedgenoot. Mijn eerste vrouw Fee was ervandoor gegaan met die American Open Field-dichter en ik was een doordrenkte en beschikbare hoop ellende geworden. Toen begon Patrick Burrell rond haar lendenen te slempen en te snuffelen, en gaf ze me een ultimatum. "Als je niet met me trouwt, dan ga ik weg en trouw ik met Patrick," zei ze. "Trouw dan vooral met die stomme drol," zei ik. "Het kan me geen reet schelen." Dat was erg. Heel erg. Ze hield haar woord, trouwde prompt met die glibberige rat en Jane wipte naar buiten. Ik werd gekozen als de peetvader om me te bewijzen dat ze "Gelukkig! Ha, ha! Paradijselijk, paradijselijk gelukkig" was en ik accepteerde het om te laten zien dat ook wat mij betreft alles vergeven en vergeten was. En toen op de ... hoe heet het ook al weer ... waken? Dat kan niet kloppen, op het doopfeest ... er moet toch een goede naam voor zijn ... deed ik iets heel stoms.'

'O ja?' Max was inmiddels helemaal geboeid en leek niet meer geïnteresseerd in het feit dat ik zijn eigen geheimpje kende.

'Ik trof Rebecca alleen in de serre. Zei tegen haar dat ik haar miste. Zei dat ik wou dat ik haar niet met Patrick had laten trouwen.'

'O, jij sukkel.'

'Het was de waarheid. Verdomme, het was de waarheid.'

'Wat had zij daar nou aan.'

'Ja, dat weet ik nu ook wel. In mijn champagneroes dacht ik dat ze ontroerd zou zijn. In plaats daarvan gooide ze in haar woede vijftien ramen van de serre kapot. Ik heb het gerucht rondgestrooid dat dat gebeurde toen ze weerstand bood aan mijn ongewenste intimiteiten.'

'Nou, dat verklaart in elk geval een heleboel,' zei Max. 'Weet je dat ik me altijd heb afgevraagd waarom Rebecca helemaal verstijft bij het horen van je naam?'

'Nou, dan weet je het nu.'

'Jezus, Ted, ik dacht dat je vrouwen goed genoeg kende om niet zo'n blunder te maken.'

Deze flagrante, man-van-de-wereld-kameraadschap had in mijn ogen niets weg van het wiegen van mijn hoofd en likken van mijn wonden, maar het was een hele verbetering op de ijzige blik van daarstraks.

'Kom eens deze kant op, jullie twee,' riep Michael. 'We gaan wat plezier maken met de dames en deze ballonnen.'

En dus vulden we onze longen met helium, slopen de salon binnen en maakten de dames aan het gillen.

Een avond met spelletjes volgde, de details zul je wel niet willen horen. Ik blonk uit in hints, hield iedereen voor de gek met mijn levendige uitbeelding van *Oorlog en vrede*.

Toen Simon aan de beurt was om te raden tijdens een of ander woordspelletje, maakte hij zichzelf belachelijk door te zeggen dat hij nog nooit van het woord 'archaïstisch' had gehoord. Ik moet helaas zeggen dat die jongen een beetje een sukkel is.

Ik probeerde Oliver even apart te krijgen, om hem uit te horen over ons eerdere, onderbroken, gesprek, weet je nog wat ik bedoel?

'Patricia ... wilde zondige Davey helemaal voor zichzelf ... En wij weten waarom, of niet soms?'

'Wij weten het?'

'Ja, natuurlijk! Ja, toch? Ik bedoel, lieverd. Ik ging ervan uit dat jij hier ook was om ...'

Maar Oliver bleek moeilijk te vangen, en na de niet logerende gasten goedenacht te hebben gewenst, begaven we ons allemaal naar bed.

En nu is het zaterdagochtend, een groep te paard is vertrokken om in het park te draven, in handgalop te gaan en te galopperen, ik heb een stijve nek, Podmore heeft beloofd me te voorzien van een laat ontbijt en deze brief is af.

Gegroet,

Ted

Vijf

12a Onslow Terrace
LONDEN SW7

27 juli 1992

Lieve Ted,

Wat een lange brief. Wat prachtig geprint. Wat boeiend. Wat verontrustend. Ik zal je vele vragen één voor één beantwoorden.

Patricia: ja, ik wist inderdaad dat ze zich het weekend bij jullie zou voegen. Ik zag geen speciale reden om het je te vertellen. Ze bespioneert de spion niet, mocht je je daar zorgen om maken. Ze is er gewoon omdat ze dat wil. Zoals je al hebt ontdekt, is ze herstellende van een ongelukkige liefdesverhouding. Maar ik ben *zeer* geïnteresseerd in haar komen en gaan, en ik smeek je goed op te letten. Patricia is erg kwetsbaar en ik wil niet dat haar wat overkomt.

Mammie: ik had geen idee dat ze van plan was te komen, ook al verbaast het me niet. Ik ben je erg dankbaar voor de elliptische (is dat het woord?) manier waarop je me hebt verteld over je relatie met haar. Ze maakt regelmatig uitjes zonder me iets te vertellen, dat is niet zo bijzonder. Ze heeft geen idee wat de reden van jouw bezoek is (Patricia ook niet), al zijn beiden wel op de hoogte van mijn leukemie, evenals de Logans.

Michael: ik weet zeker dat hij toe zal geven aan je verzoek. En doet hij dat niet, dan maakt dat ook niet uit, dan ben je gewoon een nieuwsgierige gast in plaats van een officieel aanwezige schrijver.

Er zijn nu een aantal specifieke dingen die je voor me kunt doen.

In de eerste plaats: gebruik alsjeblieft geen Latijnse clichés meer in je brieven. Je zou toch inmiddels het stadium om te willen demonstreren dat je beter bent dan ik, te boven moeten zijn. Hetzelfde geldt voor het wijzen op spelfouten en foutief taalgebruik.

In de tweede plaats: vraag eens naar de tweeling, Edward en James. Je hebt ze nog nauwelijks genoemd. Je zei dat ze 'bij familie logeren'. Welke familie? Waar? Waarom? Wanneer komen ze terug? Dat kan belangrijk zijn.

In de derde plaats: zoek uit hoe het met Oliver gaat en waarom hij daar is.

In de vierde plaats: ik heb meer informatie nodig over tante Anne. Je hebt me bijvoorbeeld niets verteld over haar reactie op Davids uitbarsting over Michaels krantenbezit aan het diner, donderdag.

In de vijfde plaats: kom onder geen beding aan Patricia. Ze is heel speciaal en je mag niet achteloos met haar omspringen.

In de zesde plaats: je hebt het alleen maar over de gasten gehad. Er zijn nog zoveel andere mannen en vrouwen in huis. Bedienden binnenshuis en buitenshuis, Podmore. Ik heb niks over hen gehoord.

In de zevende plaats: voortdurende waakzaamheid; voortdurende oplettendheid; voortdurende observatie; voortdurende openheid.

Ik zal niet nog meer schrijven, want ik wil dat je deze brief zo snel mogelijk krijgt.

Veel liefs,

Jane

II

Swafford Hall
Swafford
DISS
Norfolk

25 juli 1992

Jane –

Zoals je kunt zien, ben ik in Swafford! Je raadt *nooit* wie hier ook is! Je moeder in de eerste plaats, ze ziet er geweldig elegant uit, en ... hou je vast ... Ted Wallace, je verloren peetvader. Ik zou *dolgraag* willen dat je ook kon komen. Je hebt altijd gezegd dat je hem graag wilde leren kennen. Voor zover ik kan zien, blijft hij nog wel tijden hier, dus waarom kom je niet gezellig? Hij en je moeder kunnen zo te zien goed met elkaar opschieten, dat is wel een verrassing – volgens David hadden ze vroeger een bloedhekel aan elkaar.

En nu ik het toch over David heb?! Alles wat je hebt verteld, lijkt helemaal waar te zijn, ook al moet ik in een ware *rij* staan om zijn aandacht te krijgen. Ik moet die verschrikkelijke Oliver Mills en Ted en zelfs je moeder bij hem wegslaan om even vijf minuutjes met hem alleen te kunnen zijn.

Wie zijn hier nog meer? O, Max en Mary Clifford vanzelfsprekend, en hun dochter Clara die nogal scheel en vreemd en ongelukkig is. Michael is wat stilletjes geweest, maar we hebben donderdag een avondje vol voorvallen gehad, veel plaatselijke vooraanstaanden, onder anderen Ronald Legatt, de bisschop van Norwich en zijn vette vrouw Fabia. De Draycotts waren er natuurlijk, die saaie literaire lui van Whiting en nog een ander stel dat ik niet thuis kon brengen.

We zaten nog niet aan tafel of Oliver begon zich vreselijk te gedragen, hij vertelde allerlei verschrikkelijk onbehoorlijke verhalen en praatte op luide toon over seks, en dus gaf ik Ted, die naast me aan tafel zat, een snelle trap om over een ander onderwerp te beginnen. Wat een vergissing! Volgens mij is het maar goed dat je die man niet kent. Er zitten voetbalvandalen in de nor die volkomen terecht kunnen beweren dat ze fijngevoeliger en lang niet zo onbeschoft zijn.

'Volgens mij is het te wijten aan de gruwelijke obsessie voor therapie,' zei hij, over de massale obsessie voor seks. 'Het is tenslotte maar een kleine stap van *kracht* naar *verkracht*.'

'Wat is er mis met therapie, Ted?' vroeg ik – niet al te kortaf, hoop ik. Ik wilde hem niet de indruk geven dat ik zelf in therapie had gezeten.

'Nou, het komt neer op welke taal je kiest, of niet?' zei hij, op een overdreven geduldige toon, alsof ik een kleuter was. Volgens mij is het zo'n man die tegen Marie Curie nog zou praten alsof ze een kwijlerige analfabeet was.

'Praat je nu over seksuele verhandelingen?' vroeg Malcolm Whiting.

'Nee, hij houdt een verhandeling over seksuele praat,' zei Oliver.

'Ik heb het boek *De liefdesboom* geschreven, dat heb je misschien wel ...' wilde de Whiting-idioot zeggen.

'Wat ik zeggen wil,' onderbrak oom T. 'Vroeger, toen we nog dachten dat onze ziel gevaar liep, had het Latijn alle gezag en was het de pastoor of de pastor die het pastorale werk deed. Nu, in deze technische tijd, noemen we de ziel psyche en de pastoor therapeut. Maar goed, met al die New Age-rukkerij hebben we ons ook tot het Angelsaksisch gekeerd en is de wereld gaan blaten over *genezing*. Zelfde proces – heilig, evenwichtig of gezond: pastoraal werk, therapie of genezing.'

'Ziet u echt geen verschil, meneer Wallace?' vroeg de bisschop. 'U maakt geen onderscheid tussen verschillende soorten ongezond?'

'Verschillende soorten *onheiligheid*, bedoelt u? Nu, ja. Als ik mijn been breek, ga ik naar mijn oude vriend dokter Posner. Als ik mijn hart breek, ga ik naar mijn oude vriend dokter Macallen.'

'Dokter Macallen?'

'Hij bedoelt whisky,' legde je moeder uit, terwijl ze een houd-je-mond-en-maak-het-niet-nog-erger!-blik op Ted wierp.

'Ah,' zei de bisschop, 'en stel nou dat een van uw kinderen op de een of andere manier niet in orde zou zijn?'

'Verknipt?'

'Als u dat zo wilt noemen. Ik neem toch aan dat u *hen* niet vol zou gieten met whisky?'

'Als iemand denkt dat hij Napoleon is,' zei Max, 'zou ik hem naar iemand sturen die denkt dat hij de hertog van Wellington is. Dan is het gauw genoeg afgelopen.'

'Maar er zijn maar weinig mensen die op zo'n uitgesproken manier spiritueel ongezond zijn,' zei de bisschop.

'Ah, maar "spiritueel" is uw woord, ziet u,' antwoordde Ted. 'Wat voor de een "spirituele ongezondheid" is, is voor de ander "gebrek aan eigendunk" en voor weer een ander "een teveel aan bloedsuiker" en voor weer een ander "een holistische onbalans". Men betale zijn buitensporige honorarium en men make zijn waardeloze keuze. Feit is dat niets ooit echt door pastoraal werk *of* therapie *of* genezing beter gemaakt kan worden.'

'Wat bedoel je daar nou mee?' vroeg Michael. Dit begon gevaarlijk te worden.

'Alles rot. Op het gevaar af een bijzonder pleidooi te houden; alleen kunst kan het proces een halt toeroepen.'

'Wat een hoop hoogdravend gelul, schat,' zei Oliver. 'Voorbij zijn de dagen van onsterfelijkheid door kunst. "Zolang leeft dit, en leef jij in dit lied" en meer van dat soort rukkerij. De uitvinding van de camera heeft ons allemaal onsterfelijk gemaakt. De sonnetten van Shakespeare zijn niet minder onsterfelijk meer dan Oprah Winfrey of de deelnemers aan het "Rad van Fortuin".'

Daar wilde Ted niets van weten. 'Dat geloof je toch zeker zelf niet, en trouwens, dat bedoel ik helemaal niet. Je moet toch toegeven dat kunstenaars, overleden kunstenaars al helemaal, intelligenter, fijngevoeliger en intuïtiever zijn dan een therapeut met zijn graad in psychogebeuzel aan de Keeler universiteit, of een groezelige buitenpostpredikant met een diploma van King, of een gestoorde druïde die met warme handen en een brok amethist energie kanaliseert.'

'Maar lieve schat, we weten toch allemaal dat kunst mensen krankzinnig maakt.'

'O, kunstenaars zijn krankzinnig, Oliver, dat is waar. Iedere man Jan en iedere vrouw Alleman. Alle beoefenaars van de geest zijn krankzinnig. Geef me een evenwichtige psychotherapeut en ik geef je een kwakzalver, geef me een heilige priester, met uw welnemen, bisschop, en ik geef je een afvallige, geef me een gezonde New Age-genezer en ik geef je een oplichter. Maar wie zegt mij dat het geen betere leniging voor de geest is om een patiënt naar een uitvoering of een kunstgalerie te sturen, dan om hem te dwingen om te praten over zijn relatie met zijn moeder, of hem vol te proppen met Heilig Brood?'

'Maar je maakt toch wel onderscheid tussen de geest en het lichaam?' zei Rebecca. 'Ik bedoel, je stuurt iemand met een lichamelijke afwijking toch zeker niet naar een kunstgalerie?'

'Natuurlijk doet hij dat wel. Daarom zit de Tate zo vol met lepralijders,' zei Max, waarmee hij een nogal goedkope en doorzichtige lach verdiende, vond ik.

'De antiheld in *De liefdesboom* wordt ten val gebracht door ...'

'Nee, nee.' Ted begon zich nu op te winden. 'Een mechanische fout kan gecorrigeerd worden en de geneeskunde is daar heel goed toe in staat. Maar het is niet genezen, het is niet *heel maken*.'

'En genezen kan alleen door kunst?'

Ik had het gevoel dat we echt in zo'n gesprek verdronken dat we niet zouden moeten voeren, maar ik zag geen uitweg. Alle Logans, David, Simon, Michael en Anne zaten, bijna met open mond, naar Ted te staren.

'Laat ik het zo zeggen,' antwoordde Ted, 'we zijn allemaal volwassen. Zelfs de godsdienstigen onder ons zijn niet langer bijgelovig. Geen gelukkig en zelfverzekerd mens gelooft in geesten, of telepathie, of wonderen. Maar kunst blijft. Het is het enige dat niet alleen niet weerlegd kan worden, maar juist concreet en onomstotelijk bewezen kan worden.'

Hij keek om zich heen met een schaamteloos voldane uitdrukking op zijn gezicht, alsof hij ons uitdaagde hem tegen te spreken. Het merendeel van ons zat boven zijn bord te gapen van onbehagen. Als hij zijn pik tevoorschijn had gehaald en in Lady Draycotts oor had gestopt, had het niet erger kunnen zijn. David staarde me ontsteld aan en Rebecca schudde treurig haar hoofd. Toen deed Simon, stomme, lompe Simon, over wiens hoofd de hele onderstroom gelopen was (als dat ergens op slaat), zijn mond open.

'Nou, ik denk dat er *sommige* dingen zijn die niet verklaard kunnen worden ...' begon hij, maar godzijdank haastte Michael zich tot de redding door over zijn kranten te praten.

Maar zelfs dat was niet veilig. Het veroorzaakte een heel vreemde scène waarin David eruit flapte dat hij het altijd verschrikkelijk had gevonden dat Michael sensatiekranten in zijn bezit had gehad. De jeugd kan zo puriteins zijn, vind je ook niet? Ik kan me herinneren dat ik ook een beetje zo was op die leeftijd, maar nooit zo gewaagd. Michael onderging het allemaal zonder slag of stoot, maar al met al was het een uiterst vreemd etentje.

Maar waar was Ted mee bezig? Ik bedoel, hij *weet* het toch wel, of niet? Misschien zou ik hem even apart moeten nemen om hem te zeggen dat hij er zich niet mee moet bemoeien? Hij wil wanhopig graag met me naar bed, dus ik zou hem toch zover moeten krijgen dat hij zich gedraagt, tenzij die zwijmelende grijns van hem niets betekent. Hij heeft gisteren de hele dag in zijn kamer opgesloten zitten 'schrijven', wat waarschijnlijk hetzelfde betekent als zijn schaamte verdrinken.

Ik vind het zo jammer dat jij er niet bent, Jane. Die dokters zijn nu toch zeker wel klaar met hun onderzoeken? Ik snap niet hoe je het uithoudt zonder al dit plezier. Ik moet met tegenzin toegeven dat Oliver bovenaan op de wachtlijst hoort te staan, aangezien zijn nood hoger is dan de mijne, maar, mijn hemel wat kijk ik ernaar uit ...

Alle liefs,
Pat

PS Shit, ik heb de lichting van zaterdag gemist, dus krijg je dit op zijn vroegst pas dinsdag.

III

Swafford
28-VII-'92

Jane,

Rampspoed. Absolute, godskolere rampspoed. Ik weet niet hoe het is gebeurd en ik weet niet hoe ik het je moet vertellen. Ik ben geneigd uit Swafford weg te vluchten en te krijsen 'Vlucht, vlucht! Alles is verloren!' Misschien dat vluchten hoe dan ook overbodig wordt gemaakt door een snelle en gewelddadige uitzetting. Het gevaar hangt boven me als het zwaard van Damocles. Dat is Grieks trouwens, dus het mag ... en dat brengt me op het volgende: waar haal je het *gore* lef vandaan me te verbieden Latijnse clichés te gebruiken? Onder het slinkende aantal extraatjes dat met de ouderdom gepaard gaat, horen:

A) Een prozaïsche en metaforische presbyopie, waardoor schoollatijn van weleer scherp in beeld komt.

B) Een minachting voor zelfbeeld en de mening van anderen.

C) Het respect en de deferentie van junioren (of – als dat te veel latiniteit voor je is – 'de verheven gedachten en loyaliteit van jongeren').

Dat had ik me tenminste zo mooi voorgesteld.

Ik maak een afspraak met je: ik kap met het Latijn, als jij belooft nooit, maar dan ook *NOOIT* woorden als *speciaal* te gebruiken. Dank je.

Welnu, om de ramp uit te leggen.

Hoeveel weet jij van computers? Veel meer dan ik, stel ik me zo voor. Het apparaat dat ik op het moment gebruik, is het eerste dat ik ooit heb aangeraakt. Ik zie het eigenlijk als niet meer dan een sociaal ambitieuze typemachine. Hij is van Simon en is, samen met de printer en een eenvoudigweg barokke hoeveelheid snoeren, naar mijn kamer overgeplaatst. Hij leeft op de schrijftafel en bromt heel irritant als de machinekamer van een onderzeeër. Als ik hem een tijdje niet gebruikt heb, krijgt de monitor stuipen en zwemmen er vissen met opzichtige kleuren stilletjes heen en weer over het beeldscherm, iets buitenissigs dat ik ongewoon vertederend vind. De computer heeft een bijbehorend apparaat dat een MUIS heet, vanwege het piepende geluid dat het maakt als het vastgegrepen wordt en over een hard oppervlak gewreven wordt.

Het enige dat ik weet over het gebruik van zo'n ding is dat ik voortdurend moet SAVEN. Dit soteriologische vereiste heeft geen evangelische basis, maar schijnt ervoor te zorgen dat ik niet per ongeluk de dingen die ik type weer wis. Je geeft het werk dat je savet een BESTANDSNAAM. Mijn brieven aan jou worden door de computer in een kleine envelop op het scherm bewaard. De envelop heet TEDS MAP en de brieven heten JANE.1 en JANE.2. Ik kan ze wel brieven noemen, maar de computer noemt ze BESTANDEN. Dat is een beetje een verkeerde benaming, want ze lijken helemaal niet op een bestand, maar daar gaat het hier, daar en nergens om. Heb geduld. Ik ben bezig om ergens naartoe te werken.

Toen ik vanmorgen achter de computer ging zitten om dit te schrijven, besloot ik eerst mijn laatste brief aan jou te herlezen, om nog eens te kijken wat ik ook al weer had geschreven. De procedure hiervoor is vrij eenvoudig. Ik richt mijn muis op het BESTAND dat ik wil bekijken, dan druk ik twee keer snel achter elkaar op een knopje op het hoofd van de muis, en als door technologie verschijnt de tekst van de brief op het scherm.

Terwijl ik me aan het voorbereiden was op deze operatie, viel me voor de eerste keer op dat er op het scherm, in TEDS MAP, naast de BESTANDSNAAM van elk document een heleboel bijkomende informatie van langdradige, technische aard staat: GROOTTE, SOORT, LABEL, dat soort dingen, gevolgd door getallen en cryptische acroniemen. Er zijn twee andere kolommen met AANGEMAAKT en DATUM WIJZIGING. Ik realiseerde me dat deze beschrijvingen slaan op DATA. Met andere woorden, door alleen maar te kijken naar een bestand, kun je zien wanneer het de eerste keer werd geschreven en wanneer je voor het laatst iets hebt veranderd.

En, sla me dood, als ik toch niet ontdekte dat JANE.2, mijn laatste brief aan jou, beweerde dat het *27/07/92 om 20.04* was veranderd – oftewel, gisteravond om vijf over acht. Nu wil het geval dat ik zeker weet dat ik gisteravond om vijf over acht samen met Rebecca, Oliver en Max in de bibliotheek pre-diner cocktails aan het slobberen was. Ik weet ook zeker dat ik zelfs nog niet naar die computer heb gekeken sinds mijn marathonsessie van vrijdag en zaterdag, de 24ste en de 25ste.

Ik ging door de tekst heen om te zien of hij inderdaad *gewijzigd* was. Ik kon geen veranderingen *vinden*, maar ja, iemand, wie dan ook, had, al lezende, per ongeluk op de spatietoets kunnen drukken en dat zou zijn gezien als voldoende wijziging om de toeschrijving onder het kopje BESTANDSNAAM te veranderen.

Nu ja, vervolgens dacht ik dat ik belachelijk paranoïde was. Hoe kon ik tenslotte zo zeker weten dat de computer de datum weet? Hij kan net zo goed geloven dat het een koude decemberavond in Heidelberg is ten tijde van de hoogtijdagen van het Heilige Romeinse Rijk. Om dit te testen (aangezien ik geen andere mogelijkheid zag om de computer opdracht te geven me zijn mening over de dag van de week te onthullen) schreef ik een gloednieuwe brief en keek toen met welke datum hij was bestempeld. Er is geen twijfel mogelijk, de computer is tot op de minuut nauwkeurig.

Dit kan alleen maar betekenen dat IEMAND mijn brief aan jou heeft gelezen. Dit zou nooit zijn gebeurd als je me gewoon in MANUSCRIPT (dat is een ander woord voor handschrift) had laten communiceren.

Ik weet niet wie de dader zou kunnen zijn. Dit apparaat is van Simon en hij weet beslist hoe hij ermee om moet gaan … hij heeft hier een of ander idioot programma in opgeslagen dat de populatie van het jonge jachtgevogelte bijhoudt en de vordering van het jachtseizoen registreert. Zijn kennis van computers kan misschien in zijn voordeel gelden, aangezien hij toch niet zo stom zal zijn geweest om een wijziging aan te brengen in de tekst van mijn brief om hem daarna te saven, zodat een compleet groentje als ik kan zien dat ermee geknoeid is. Aan de andere kant, we weten wel dat Simon niet een van de slimste exemplaren der natuur is.

David misschien? Heel goed mogelijk, behalve dan dat hij zo ziekelijk eerlijk en *goed*, en recht door zee is dat hij liever zijn ogen uit zou krabben dan andermans brieven lezen. De kontknagend afschuwelijke gedachte die in me opkomt, mocht het toch Davey blijken te zijn, is dat hij dan ook mijn weinig complimenteuze opmerkingen over zijn klotegedicht heeft gelezen. Oei-oei-oei.

Oliver, Max en Rebecca kunnen het niet zijn geweest, dat kunnen we met zekerheid zeggen. Zij waren van vijf voor acht tot aan het eind van het diner bij me. De rest van de groep, Simon, David, Clara, Michael, Anne, Mary en Patricia waren allemaal, schat ik zo, om twintig over beneden, dus, tenzij ik kan bewijzen dat de Butler Het Heeft Gedaan, hoeven we Poirot er nog niet bij te halen.

Maar daar gaat het eigenlijk niet om, of wel? De zorg is niet *wie*, maar *wat volgt*? Het was een godsgruwelijk lange brief, en naast het feit dat hij volstond met de meest indiscrete roddels, zou het ook aan wie dan ook onthullen dat ik door jou betaald word om rond te snuffelen: vandaar mijn angst dat ik op het punt sta de deur gewezen te worden. Voorlopig doe ik alsof mijn neus bloedt. Verdomde technologie. Verdomde jij. Verdomde ik en verdomd degene die verantwoordelijk is.

Vervolgens komen we tot de Zeven Proclamaties van Onslow Terrace die je in je laatste bericht hebt opgehangen.

1 *Geen Latijn meer*
Die hebben we gehad.

2 *Informatie inwinnen over de tweeling*
Mmm. De tweeling heeft, in antwoord op je vraag, bij de zus van Anne gelogeerd, Diana, die in de buurt van Inverness woont, zoals je vast nog wel weet. Edward heeft astma en de lucht in Schotland schijnt in deze tijd van het jaar minder schadelijk te zijn dan de lucht in Norfolk. James en Edward zijn ontroostbaar als ze uit elkaar gehaald worden: daarom zijn ze samen gegaan. Maar meer over dat onderwerp bij Proclamatie Vier.

3 Zoek uit hoe het met Oliver gaat en waarom hij daar is

Ik begreep eerst echt helemaal niet wat je met 'zoek uit hoe het met hem gaat' bedoelde. Hij is ... Oliver, dacht ik. En waarom hij hier is: zijn exacte uitleg afgelopen zaterdag was 'R&R', iets wat jij misschien niet hebt begrepen. Het is jaren tachtig praat en betekent Rust en Recreatie, of mogelijkerwijs Rust en Recuperatie, desnoods Rust en Relaxatie. *Niet* Rock en Roll, of Rijm en Reden, of Ruw en Ruig, of Radicalen en Revolutionairen, of Rum en Rozijnen: verdomme niks anders dan, heel gewoon, Rust en Recreatie.

Er is een aangename Amerikaanse uitdrukking: 'Als het eruitziet als een eend en het loopt als een eend, dan is het waarschijnlijk een eend.' Oliver ziet eruit als een man die R&R nodig heeft en loopt als een man die R&R nodig heeft, zo redeneerde ik. Daarom had hij waarschijnlijk R&R nodig. Ik kon me niet voorstellen waarom je wilde dat ik meer te weten zou komen.

Maar, altijd jouw dienstwillige, tartte ik hem gistermorgen na het ontbijt. Hij zat in de bibliotheek, vulde een strook licht met de rook van zijn sigaret en ontdeed de krant van de roddels.

'Morgen, hartendiefje. Raad eens wiens toneelstukje in het Nash helemaal is uitverkocht?'

Hij had het natuurlijk over *Demiparadise* van Michael Lake, de oorzaak van mijn val, die op dit moment als een bom insloeg bij het Nationaal Toneel.

'Het had anders helemaal geen zin gehad om me er druk over te maken,' zei ik, als verdediging op mijn aanval op het stuk, 'als binnen twee weken het doek was gevallen. Het was juist omdat ik *wist*, heel zeker wist, dat het publiek het helemaal zou slikken. Daar gaat het om.'

'Als er iets is dat Teddy niet kan verdragen, dan is het wel een succesvolle progressieveling die progressief is gebleven. Elke keer als je aan Michael Lake en zijn soort denkt, overweldigt Sarah Schuld je, en zwaait haar handtasje in je plexus solaris, of niet?'

'O, Oliver, ik heb geen zin in dit gesprek.' Ik zonk in een stoel tegenover hem, de streep zonlicht viel tussen ons in.

Oliver en ik hadden samen meegedaan aan een Aldermaston Mars, waren beiden lid geworden van dezelfde Arbeidersclub (West Chelsea, uiteraard ... niks harigs of getatoeëerds) en hadden bijgedragen aan dezelfde periodieken, die in die dagen zulke linkse neigingen hadden dat ze steun van Moskou nodig hadden om niet om te vallen. Ik kon niet gelukkiger zijn dan om in 1967 de Praagse Lente aan te grijpen als het ideale excuus om, in iedere betekenis van het woord, de partij te verlaten. Oliver doet altijd net alsof ik hem heb verraden, mijn principes heb verraden en die niet-bestaande hoop vooroordelen en onwetendheid, 'het volk', heb verraden. Natuurlijk weten we allemaal dat de echte verrader, Olivers noodzakelijke Judas, niemand minder was dan zijn geliefde Geschiedenis. Hij is op die leeftijd gekomen dat hij het waard acht de wereld jammerlijk ontwijkende en zwaar gekuiste uitgaven van zijn dagboeken op te dringen – 'Daisy Dagboek' zoals hij het werk in besloten gezelschap noemt. De jaren 1955 tot 1970 zijn onlangs uitgegeven, een hele hoop huichelachtige vunzigheid die op *mijn* hoofd werd gedumpt, maar uiteraard heel weinig over zijn walgelijke ondergrondse nachtclubactiviteiten. Slechts een paar kleffe zinnen over de 'bewustwording van zijn homo-identiteit' en meer retebagger van die aard. Het meeste van 'Daisy' bestaat uit mediaroddels en zijn gebruikelijke, eenogige interpretatie van de politiek. 'Zij' zijn harteloos en onbekwaam, 'Wij' zijn helden van het volk.
'Je hebt geen zin in dit gesprek?' zei hij. 'Waar zou je het wel over willen hebben? De stank van de arbeider en zijn ondankbaarheid in het weigeren ooit van jou gehoord te hebben?'
'Mijn ontbijt is zich net aan het verteren,' zei ik. 'Ik wil niet dat het weer bovenkomt door een man die vanuit zijn luie, leren stoel in de bibliotheek van het landhuis van een miljonair over politieke moralen preekt.'
'Een politieke waarheid is een politieke waarheid, of die nou wordt gesproken in het café van de arbeider of op de herenvereniging, liefste, en dat weet je heel goed. Maar,' voegde hij er fijntjes aan toe, toen hij in de gaten kreeg dat ik klaar was om hem van repliek te dienen, 'je hebt gelijk. Laten we het over kool hebben, niet over koningen. Simon zegt dat zonder

regen het wintergerst er binnenkort wel heel raar bij zal staan. Sterker nog, Tina het Tuinslangverbod zal binnenkort wel een bezoekje afleggen, tenzij Clara Cumuluswolk gekweld en tot tranen toe bewogen kan worden.'
'Over Clara gesproken,' zei ik, terwijl ik me afvroeg of de keuze van Olivers voornaam niet iets toevallig suggestiefs had. 'Hoe zit dat met dat Cliffordproduct? Is ze ... ik bedoel ...'
'Als je bedoelt dat haar *corps de ballet* twee nichten tekortkomt, dan nee, lieverd. Ze is veertien, ze loenst, haar tanden steken uit, ze heeft geen vrienden en geen boezem en er is niets dat haar gelukkig kan maken. Je kunt toch nauwelijks van haar verwachten dat ze de gangmaker van het feest is, of wel?'
'En hoe gaat het met jou? Alles kits?'
'Och heden, we worden ondervraagd over Veiligheid, ik voel het aankomen. Moeder is gezond, dank je, kindje, en wel. Socialisme is nog steeds haar enige overdraagbare ziekte.'
'Maar je bent wel wat afgevallen.'
'Toen ik opgroeide, toen Fitzrovia het hart van de beschaafde wereld was en Quentin nog steeds Crisp was, was afvallen heel wenselijk. Tegenwoordig lijkt het erop dat het een schande is. Alleen omdat we graag de beest uithangen, lieverd, betekent het nog niet dat we dicht moeten slibben om aan de angsten van onze vrienden toe te geven.'
'O, hemeltjelief, je denkt toch niet dat ik voor jou op eieren van politieke correctheid ga lopen, hè?'
'Lieverd, de ware politieke correctheid in dit land is, zoals je heel goed weet, minderheden te laten stikken en "Huichelarij, huichelarij" te joelen tegen iedereen die het lef heeft iets anders voor te stellen.'
We kunnen er gewoon niks aan doen, Oliver en ik. We zouden de vooruitzichten van de Deense voetbalbond nog niet eens kunnen bespreken zonder te kibbelen.
'Nou ja, het is geweldig dat je er zo fit uitziet, dan,' bood ik aan.
'Ah, maar dan heb je het mis, jij vette Ted. De echte reden dat ik aan het afvallen ben, is dat mijn Dennis me niks laat eten dat het eten waard is. Ik ben dan misschien scherp in vorm, maar ik heb ook een erg scherpe vorm van angina.'

'O, Oliver, wat vind ik dat erg.'
'Het is alleen maar pijn op de borst, niet het echte werk. Maar mijn lieve Dennis ziet het als een Waarschuwing.'
'Dus jij bent hier om aan zijn haviksogen te ontsnappen, zodat je jezelf helemaal vol kunt proppen met al wat goed is?'
'Zoiets Ted, inderdaad.'
Dus. Dat was het dan, Jane. Dat beantwoordt Proclamatie 3, hoop ik.

4 *Meer informatie over tante Anne*
Later die morgen sleurde Davey me mee naar de stallen om de paarden en jachthonden gedag te zeggen. Anne kwam de binnenplaats op geklepperd, terug van haar ochtendgalop.
'Dat is ook voor het eerst,' zei ze, terwijl ze afsteeg. 'Gaan we jou zien paardrijden, Ted?'
'Gezien ons respectievelijke gewicht, zou het waarschijnlijk eerlijker zijn als het paard op mijn rug ging zitten en mij bereed,' zei ik.
Een stalknecht kwam aanlopen en nam Annies rijdier mee.
'Zou ik u even kunnen spreken, Lady Anne?' vroeg hij.
'Wat is er, meneer Tubby?'
'Het is Lilac, daarginds. Simon denkt dat ze ziek is.'
We schaarden ons rond de staldeur van het paard in kwestie. Lilac is een grote, voskleurige merrie die van Michael is. Ze stond scheef, met haar hoofd tegen het zijschot geleund, een verloren houding die al dan niet ziekte betekende en in elk geval op een nogal depressieve kijk op het leven leek te duiden. Ik vind paarden altijd zo onafgebroken saai uit hun ogen kijken en zo'n stompzinnige manier van doen hebben, dat het niet zo gemakkelijk is als bij honden om te bepalen hoe het met hun gezondheidstoestand staat.
'Simon dee' zijn morgenronde en zag dat ze d'r eten niet moes' en da' ze maar rondjes liep en er zat bloed in haar speeksel,' zei Tubby.
'Maar gisteren was ze toch nog in orde?'
'Ze was gisser heel goed, Lady Anne.' (Vergeef me de pogingen de dialoog weer te geven. Het is nogal een uitdaging.) 'Ze kam vol energie de wei uit.'

'Och jeetje, hebt u enig idee wat het kan zijn?'
'Simon wis 't niet zeker, hij is bang dat het kruiskruidvergiftiging is, of misschien hooibuik.'
'Och jeetje, ik hoop echt dat hij zich vergist. We hadden het toch zeker wel gemerkt als het kruiskruid was? Dat duurt even, of niet?'
'Het kan plosseling komen, Lady Anne, da' zeg Simon tenminste.'
Wie was hier nou eigenlijk de expert, vroeg ik me af, Simon of deze betaalde beroepskracht? Zeker een gevalletje van verantwoordelijkheid afschuiven. Als het paard plotseling doorsloeg en iedereen beet, zou het Jonker Simons fout zijn en niet die van de stalknecht.
Davey aaide het paard over zijn mond en blies zachtjes in zijn neus. 'Ik vraag me af,' zei hij terwijl hij de staldeur opendeed, 'of ...'
'NEE, Davey! Nee!' schreeuwde Annie. 'Ga daar *onmiddellijk* weg!'
David deed een sprong naar achteren, alsof de deur onder hoogspanning had gestaan. Tubby keek discreet de andere kant op, maar ik voelde me vrij om te staren.
'Het spijt me lieverd, het was niet mijn bedoeling om zo te schreeuwen.' Annes adem, evenals die van de merrie, kwam uit haar neusgaten gesnoven, terwijl ze kalmeerde na deze vreemde uitbarsting. 'Zieke paarden kunnen heel gevaarlijk zijn. Heel temperamentvol.'
David was knalrood van verbazing, of schaamte, of angst, of frustratie. 'Lilac kent mij net zo goed als iedereen ...' slaagde hij erin te zeggen.
Anne had zichzelf weer onder controle en deed haar best om voor Tubby en mij de schijn op te houden. 'Ik weet het, lieverd, ik weet het. Maar totdat we weten wat er met haar is, is er altijd nog het gevaar op infectie. Paarden kunnen ziektes krijgen die besmettelijk zijn voor mensen, begrijp je?'
'Wanneer heb ik nou ooit *iets* opgelopen?' vroeg David.
Anne wendde zich opgewekt tot mij. 'Ik moet over een halfuurtje naar de tandarts in Norwich,' zei ze. 'Waarom gaan jullie beiden niet mee? Kan David je de bezienswaardigheden laten zien.'

Ik zat voorin in de Range Rover naast Anne, met een bedrukte, zo niet mokkende David achterin.
'De tweeling komt morgen thuis,' zei ze. 'Angus en Diana gaan op vakantie.'
'En Edward?'
'Hij is met een nieuwe behandeling begonnen, buiten het astmaseizoen, de hele winter en lente. Tot nu toe zijn er geen problemen, dus we vinden dat hij wel thuis kan komen. Als het weer de kop opsteekt, moeten we het misschien herzien. Er is een plaats in Zwitserland, waar Margot het over had. Ik mis hem verschrikkelijk.'
Ze had de wereld en zichzelf verrast toen ze, op achtenveertigjarige leeftijd, zwanger was geworden van een tweeling. Ik zie ze nog voor me als acht maanden oude hoopjes, toen ik met kerst '88 voor het laatst op bezoek was in Swafford.
'Ze zijn zeker al bijna vijf?'
'Dat is nog een reden dat ik ze hier wil hebben. Over twee weken is het hun verjaardag.'
Nadat Anne ons ergens in de buurt van het centrum had afgezet en naar haar afspraak was gegaan, fleurde David een beetje op.
'Weet je wat er zo interessant is in Norwich?' vroeg hij, toen we een beetje op de stoep stonden te dralen.
Ik vroeg me af of dat überhaupt mogelijk was, tenzij hij op de afstand tot Londen doelde, maar ik fingeerde de vereiste onwetendheid.
'Er zijn precies tweeënvijftig kerken in Norwich en driehonderdenvijfenzestig cafés.'
'Werkelijk?'
'Het schijnt. Dat betekent dat je iedere avond van het jaar in een ander café dronken kunt worden en elke week van het jaar berouw kunt tonen voor een ander altaar.'
De kansen lagen dus op een aangename zes-tegen-één dat we op een café zouden stuiten, voordat we voorbij een kerk zouden komen. Waarschijnlijkheid had deze dag helaas haar biezen gepakt, en ik werd door Davey het kerkplein opgemarcheerd en gevraagd de triomfboog en de verfijnd geproportioneerde, abside oostkant van de geweldige kathedraal te be-

wonderen. De triomfboog en de verfijnd geproportioneerde apsis van een geweldige barmeid zouden oneindig veel meer aantrekkingskracht op me hebben uitgeoefend, maar ik liet me leiden. Ik mijmerde dat het naar alle waarschijnlijkheid wel twintig jaar geleden was geweest dat ik in een kathedraal had gestaan. De geur van steen en de zekere perfectie van de temperatuur en sfeer – niet warm, niet koud, niet droog, niet vochtig – horen bij alle Romaanse en gotische kerkelijke interieurs en dragen veel bij tot de mystiek en pracht van zulke creaties. Zegt hij.

David nam me mee naar buiten naar de kloostergangen, waar hij me de wapenbeelden van de familie van zijn moeder liet zien.

'En waar denk je dat de voorouders van je vader zijn opgetekend?' vroeg ik.

'In de Bijbel, denk ik.'

'Vind je het leuk dat je van het zaad van Abraham bent?'

'Je bent niet echt joods als je vader het alleen maar is.'

'Dat heb ik gehoord.'

'Het probleem met joden,' zei David, terwijl hij op een smalle grafplaat ging zitten onder een overwelfde zuilengang die uitkeek over het centrale gazon van de kloostergang, 'is dat ze geen gevoel voor natuur hebben. Alleen maar voor steden en zaken.'

'Heb je het over joden in het algemeen, of over één jood in het bijzonder?'

'Nou, ik vind dat pappie eigenlijk zelfs nog landelijker georiënteerd is dan de meesten, vind je ook niet?'

Hij kan het zich veroorloven, dacht ik.

David zag mijn stilte als instemming en vouwde zijn armen over elkaar en dacht een tijdje na.

'Waarom ga je niet zitten?' vroeg hij uiteindelijk.

'Wil je dat echt weten?'

'Ja,' antwoordde hij verbaasd.

'De reden dat ik niet ga zitten,' zei ik, 'is dat de laatste tijd de meest weelderige en vruchtbare verzamelingen hemorroïden bij me bij elkaar gekomen zijn.'

'Hemorroïden?'

'Je hebt toch wel eens gehoord van hemorroïden. Aambeien.'
'O, aambeien. Ja. Daar heeft pappie ook last van. Hij heeft een crème en een applicator. Die heb ik in zijn badkamerkastje zien staan. Hij zegt dat ik ze ook krijg omdat aambeien de kwaal van de joodse man zijn. Aambeien en moeders. Hoe komt dat?'
'Ze komen met de ouderdom en een zittend leven. De enige behandeling is ze te doorklieven met een mes. Een behandeling die wreder is dan de ziekte.'
'Ik dacht dat je donderdag zei dat niets behandeld kon worden.'
'Touché, jij etterbakje.'
'*Jij* bent niet joods, hè?' vroeg David na een tijdje.
'Helaas niet. Ondanks de aambeien.'
'Maar je bent wel een behoorlijk stadsmens, vind je ook niet?'
'Ik ken het verschil tussen een vos en een fax,' zei ik.
'Simon vindt dat *ik* het stadsmens van de familie ben, omdat ik doden afkeur. Hij zegt dat stadsmensen alle notie van het belang van leven hebben verloren, waardoor ze zich concentreren op het belang van de dood.'
'Dat klinkt mij net iets te ontwikkeld voor Simon.'
David lachte. 'Dat zal hij dan wel in de *Shooting Times* hebben gelezen.'
Ik tastte in mijn zak voor een Rothie. David keek geschokt.
'Wat nou?' zei ik. 'In de tijd van koningin Victoria werden asbakken in de kerkbanken ingebouwd, hoor. Preken werden beoordeeld naar de lengte van de sigaar. Een tien-centimeterige preek, een twaalf-centimeterige preek, een hele Corona enzovoort.'
'Nietwaar!'
'Ik zweer het bij God.'
'Probeer dat een reisleider maar eens wijs te maken.'
Ik gunde hem het punt en bleef zelf zonder.
David keek op. 'Weet je waarom ik vanmorgen van mammie de stal niet in mocht om voor Lilac te zorgen?'
Ik schudde mijn hoofd.
David zuchtte en beet op zijn onderlip. 'Ze wil niet dat ik ... ze is *bang*, zie je.'

'Bang?'
'Ik kan ... soms ... bijna ... je gaat toch lachen ...'
'Ik zal niet lachen,' beloofde ik. Niet hardop, in elk geval.
'Ik kan soms met dieren *praten*.'
Nou ja, dacht ik, ik praat soms tegen de muur. Maar ik wist dat hij dat niet bedoelde. Hij bedoelde natuurlijk, dat de dieren ook tegen hem praatten.
Mijn zoon Roman, die wat leeftijd betreft niet zoveel scheelt met Davey, beweerde ooit dat hij met een muis kon praten die hij in een kooi op zijn slaapkamer hield.
'En waar praat die muis dan over?' had ik hem gevraagd.
'Hij vertelt me dat hij zo graag een vriendje wil hebben.'
Een zeer zwak, overduidelijk pleidooi voor nog een muis, dacht ik toen en was prompt naar de horror die Harrods is gesjokt om er een te kopen, onder de uitdrukkelijke voorwaarde dat ze zijn mannelijkheid garandeerden. Het kwam pas later in me op dat het misschien eigenlijk een pleidooi was geweest voor Roman zelf. Als de eerste opwinding was gesleten, voelde hij zich in Londen vaak eenzaam tijdens die gelegenheden dat zijn moeder hem naar mij stuurde om bij me te logeren tijdens schoolvakanties: te jong voor zijn zus Leonora – hij was tenslotte verwekt in een laatste poging om iets te creëren dat Helen en mij bij elkaar zou kunnen houden – te jong om met me mee te gaan naar het theater, te oud om door een kinderjuffrouw vermaakt te worden.
Het drong nu tot me door dat ook Davey, hoe idyllisch zijn jeugd aan de buitenkant ook lijkt, reden heeft om eenzaam te zijn. Hij deelt de agrarische of sportieve interesses van zijn broer en (vermoedelijk) van zijn plaatselijke leeftijdsgenootjes niet; zijn manier van doen, hoewel niet echt dreigend, straalt iets terughoudends uit, gescheiden van de kudde of om Annies woorden te gebruiken: niet helemaal van deze wereld. Het is heel normaal dat een gevoelig en intelligent kind zich terugtrekt. Je kunt beter met je onafhankelijkheid pronken, dan de kans op afwijzing te riskeren. Dieren zijn welkome vrienden omdat ze niet oordelen. Tienermeisjes worden zó verliefd op hun pony's, dat is bekend, dat het wel eens is voorgekomen dat ze het dagelijkse suikerklontje tussen hun

schaamlippen stoppen en het al liggend uit hun kwijlende kut laten knabbelen. De onvoorwaardelijke liefde die een dier kan bieden is voor jongeren heel aantrekkelijk. Ze zijn uiteraard te stom om te zien dat zelfs het intelligentste beest dingen doet voor eten. Liefde, voor een dier, begint en eindigt met brokjes.
'Dus jij praat met dieren?' zei ik.
'Ze vertrouwen me. Ze weten dat ik hun eieren, of hun melk, of hun huid, of hun kracht, of hun vlees, of hun gehoorzaamheid niet wil.'
'Een heleboel van die beesten willen elkaars vlees anders wel, toch? Of praat je alleen maar met vegetarische dieren?'
Ik had mezelf wel kunnen slaan, toen ik me realiseerde hoe sarcastisch dat in Davids oren moet hebben geklonken. Ik bedoelde het echt serieus.
Hij stond op. 'We hebben met mammie afgesproken bij het Assembly House,' zei hij. 'Het is nog wel een stukje lopen. We moesten maar eens gaan.'

In de tearoom van het Assembly House zaten Anne en ik aan flapjacks te knagen. David had gevraagd of hij naar de stadsbibliotheek aan de overkant mocht.
'Nooit gedacht dat ik dit nog zou doen,' zei Anne.
'Wat?'
'Bijten. Ik had me er al bij neergelegd dat me allerlei vreselijke injecties en vullingen te wachten zouden staan.'
'Kerngezond, dus?'
'"Als ik op uw leeftijd zulke tanden heb, Lady Anne, zal ik mezelf gelukkig prijzen."'
'Tweesnijdend compliment.'
'Op onze leeftijd is elk compliment welkom, vind je ook niet?'
'Het is al zo lang geleden sinds ik er voor het laatst een heb gehad,' zei ik, 'dat ik die vraag niet echt kan beantwoorden.'
'Och, arme Tedward. Dan zal ik je er een geven. Je bent nog maar een week in Norfolk en je ziet er nu al duizend keer beter uit dan toen je aankwam.'
'Dat is een compliment voor jezelf en je gastvrijheid, liefje, niet voor mij.'
'Hè bah, je hebt gelijk. Nou ja, dan zal ik je zeggen hoe heerlijk ik het vind dat je er bent.'

'Engel.'
'Nee werkelijk, Ted. Ik meen het. En ik hoop ook echt dat je het naar je zin hebt. Als je iets nodig hebt dan moet je het zeggen.'
Ik vouwde mijn handen open als teken dat geen prins of paus me meer zou kunnen bieden.
'En jij?' zei ik. 'Gelukkig?'
'Hemels.'
'Geen stormen aan de horizon?'
'Waarom vraag je dat?' Ze fronste haar wenkbrauwen een beetje en begon druk met de theepot te knoeien.
'Zomaar, zomaar. Ik denk alleen soms wel eens dat het een vreemd leven voor je moet zijn. In het huis te wonen waarin je bent opgegroeid, maar ...'
'Maar met een echtgenoot uit een andere wereld? O Ted, werkelijk! Ik heb het beste van alles. Mijn eigen slag én alle financieel deskundigen en politici en kunstenaars en schrijvers en mafkezen die Michael aantrekt.'
'Dat is een opsomming waar velen in deze wereld van zouden braken.'
'Ja, als je het zo brengt, klinkt het inderdaad vreselijk, maar toch heb ik zo'n geluk gehad. Laten we eerlijk zijn, ik ben niet bijster pienter en Michael is zo'n geweldige echtgenoot. Ik bedoel, het zou obsceen zijn als iemand in mijn positie zich zou beklagen. Gewoonweg obsceen.'
Ze schonk me nog een kop in.
'Ik zeg niet,' ging ze verder, 'dat het me niet stoort als de kranten vreselijke dingen over hem schrijven. Als ze hem vergelijken met die afgrijselijke Bob Maxwell, bijvoorbeeld. Als ze hem een ondernemingsstroper of een financiële piraat en een bedrijfsuitzuiger noemen. Als ze eens *wisten*, Ted! Zij zijn niet degenen die hem in tranen zien als hij mensen moet ontslaan.'
Haig huilde vroeger ook om de lijsten met slachtoffers, dacht ik bij mezelf. Maar het weerhield hem er nooit van om ze de loopgraven uit te sturen.
'Het is belangrijk voor hem, Ted. Hij is fatsoenlijk. Ik ben zó trots op hem. De jongens zijn zó trots op hem.'
'Dat is heel duidelijk, liefje. *Ik* ben anders ook trots op hem.'

'Ted, het is toch genoeg voor me om gewoon moeder en echtgenote te zijn? Als je aan het eind kunt zeggen dat je levensdoel je gezin was, betekent dat niet dat je hebt gefaald. Niet iedereen hoeft dingen te creëren, zoals Michael en jij.'
Dus Anne had dat stadium bereikt, dacht ik. 'Ik heb dan misschien de *Ring des Nibelungen* niet gecomponeerd, of een chemische multinational opgezet, maar ik heb vier kinderen opgevoed.' Vier kinderen opgevoed met de hulp van een hoeveelheid dienstmeisjes, kinderjuffrouwen en -meisjes en huurlingen die beter een middelgrote kostschool had kunnen leiden.
'Mijn liefste van lieve liefsten,' zei ik, en misschien gaf ik haar zelfs een klopje op haar hand. 'In de eerste plaats moet je toch opbiechten dat je eigenlijk heel veel doet. Er is geloof ik geen commissie, organisatie of liefdadigheidsinstelling die jou niet in het bestuur heeft. De mensen mogen dan lachen om mevrouw de Weldoenster, maar wat jij doet, moet gedaan worden, wordt gedaan en zou niet kunnen worden gedaan zonder jou.'
'Het is lief dat je dat zegt, Ted. Ik moet toegeven dat ik me soms niet zo gewaardeerd voel. Er zitten tegenwoordig zulke verschrikkelijke types in die liefdadigheidscommissies en schoolbesturen en vergaderingen. Zo hatelijk en pietluttig en sarcastisch. Ze verwachten dat ik alleen maar een beetje als de koningin ga zitten knikken en zwaaien. Als ik iets voorstel word ik zo vaak gewoon uitgelachen, alsof het mijn enige taak is om op het briefhoofd te staan en een grote hoed te dragen.'
Ik kon me die vergaderingen maar al te goed voorstellen. Die nullen met hun rooie snorren, gekleurde lenzen, goedkope pakken, zegelringen, jezussandalen, die lijden aan scheeruitslag en een symptomatische overgevoeligheid voor correct taalgebruik, die Koreaanse grastrimmers importeren of golfbanen runnen en tegenwoordig alle besturen en commissies en rechtbanken van het land bevolken, wat zouden zij vinden van deze Lady Anne Ponsonby-Smythe-Twistleton-Lah-di-da? Conservatief, labour of liberaal, ze zouden haar een nutteloos lachertje vinden.
'Zou het niet enig zijn,' kon ik haar opgewekt horen zeggen,

'om de hertogin van Kent te vragen de nieuwe toiletfaciliteiten van de jeugdgevangenis te openen?'
Gniffelende blikken worden uitgewisseld en roos daalt op de agendapapieren neer, als hoofden langzaam in ongeloof heen en weer worden geschud.
'Met respect voor mevrouw de voorzitter, dat zou buitengewoon ongepast zijn,' zegt een bouwer van exclusieve tehuizen, waarmee hij bedoelt: 'Wij doen het denkwerk wel, dank je wel, snoes. Doe jij dat deftige mondje van je nu maar dicht en onderteken die klotecheques.'
De poging om aardig te zijn is haar misdaad geweest, de arme schat.
'Wat jij doet,' zei ik, 'wordt gewaardeerd. Goede goden, alleen je gezin al! Ik zou veel liever vier prachtige zoons hebben die iets moois in de wereld gaan doen, dan vier flodderige gedichten die in het *Oxford book of modern poetry* liggen te verschimmelen.'
'Maar jij hebt toch zelf ook kinderen!'
'Helen heeft ze. Ik ben een Slechte Invloed. Volgens mij ken ik mijn petekinderen beter dan Roman en Leonora.'
'Ted, dat mag je niet zeggen. Als ik zie hoe je met Davey omgaat, dan weet ik zeker dat je een geweldige vader bent. Je behandelt hem als je gelijke.'
'Wat verwaand van me. Ik hoor hem te behandelen als een meerdere.'
'O jee, ja, ik weet wat je bedoelt. Hij is toch niet vervelend, hè?'
'Goeie hemel, stel je voor! Ik vermoed dat de schoolrapporten van dat kind net zo mooi zijn als die van St. Agnes.'
'Begrijp je wat ik bedoel als ik zeg dat ik me zorgen over hem maak? Of ben ik een hysterische moeder? Het is moeilijk voor hem, weet je. In de schaduw van iemand als Simon op te groeien. Soms denk ik ... daar is hij!'
David kwam in zicht, zwaaiend met een boodschappentas vol boeken.
'En waar hebben jullie het met zijn tweeën over gehad?'
'De karakteristieken die een tien jaar oude Macallen onderscheiden van de achttien jaar oude. Ik zei net tegen je moeder

dat de tien jaar oude, hoewel goedkoper, de betere dronk is.'
'Daar ben ik het helemaal mee eens,' zei David. Brutaal ding.
Terwijl we naar de parkeerplaats liepen, vroeg ik hem wat hij uit de bibliotheek had meegenomen.
'O, gewoon boeken.'
Toevallig wist ik een blik op een van de titels te werpen, toen hij de boodschappentas achter in de Range Rover smeet. *Stauntons anatomie van het paard* was de titel. Hal-lo.
Dit sluit mijn rapport over Lady Anne voorlopig af, hoewel ik nog graag de kans zou krijgen om haar te vragen wat ze bedoelde met 'de schaduw van iemand als Simon'.

5 *Kom onder geen beding aan Patricia. Ze is heel speciaal en je mag niet achteloos met haar omspringen.*
Dat is in alle opzichten jou niet waardig. Ik zou me, denk ik, gevleid moeten voelen dat je denkt dat Patricia me aan haar zou *laten* zitten. Of denk je dat ik me zou verlagen tot verkrachting? Of in haar geval, op mijn tenen zou gaan staan tot verkrachting?
Ik twijfel niet aan het feit dat ze 'speciaal' is. Wie is dat goddomme niet? Het is maar een kleine overgang van het woord 'speciaal', tot het beëindigen van telefoongesprekken met 'ik hou van je', in plaats van het meer gebruikelijke en gewenste 'Dag' of 'Rot dan maar op'.
Jouw waarschuwingen waren hoe dan ook overbodig, want zij is degene die aan mij zit.
Ze trof me na de lunch in de hangmat aan, ontspannen met de *Telegraph* en een glaasje van 't een of 't ander.
'Rondje croquet, Ted?'
'Nou,' antwoordde ik, terwijl ik mijn krantje neerlegde, 'ik zie de poortjes, maar waar zijn de hamers en de ballen? Of moeten we flamingo's en egels gebruiken?'
'Die liggen in een kist in die hut,' zei ze, en ze wees naar de afbeelding van de Villa Rotunda. Hut, jezusmina.
Ik ben toevallig heel goed in croquet. Ik heb geen idee waarom, er is geen spel waarin ik beter dan waardeloos ben. Ik heb gisteren met Simon getennist: die jongen hoefde alleen maar plechtig op het midden van de baan te staan en de bal rustig

over het net te tikken om me alle hoeken van de baan te laten zien, en me te laten meppen, hijgen en uithalen als een stoommachine. Oliver, die zat te kijken, zei dat het spektakel hem deed denken aan een windmolen die een aanval doet op Don Quichot.

De rustige, rancuneuze kunst van croquet past echter meer bij mijn lage zwaartepunt en grote plaagzucht. We speelden ieder met twee ballen, de beste manier, ik met mijn fascistische favorieten zwart en rood, Patricia met geel en blauw. Ik geloof dat mijn vaardigheden haar een beetje verbaasden; ze is zelf ook bedreven in het spel en de eerste omloop van het gazon werd in een geconcentreerde stilte uitgevoerd, alleen doorbroken door het *klonk-woesshh* van roquetterende ballen die het gazon af vlogen.

Maar toen we bij het laatste poortje kwamen, gaf Patricia alle pogingen om te winnen op en neigde naar konkelen. Het leek erop dat ze zogenaamde *andere motieven* had.

'Ted, waarom deed je donderdagavond zo?'

'Zo?'

'Je weet heel goed wat ik bedoel.'

Donderdag was de avond van het grootse diner. Zoals je kunt zien in mijn kroniek van die gelegenheid, was mijn gedrag gedurende de hele avond van voorbeeldige aard. Voor zover ik kan zien, waren het Oliver en tot op zekere hoogte Davey die toen in de salade zaten te schijten, niet ik. Dat zei ik ook tegen Patricia.

'Wat hier ook gaande is,' zei ze, 'jouw scepticisme en minachting kunnen het alleen maar ruïneren. Je denkt misschien dat het allemaal heel grappig is, maar ik dacht toch werkelijk dat je meer respect had voor een petekind.'

Respect voor jou, Jane, of respect voor Davey? Ik wist inmiddels echt helemaal niet meer waar ze het over had.

'Er beginnen gedachten te ontluiken en op te borrelen in de oersoep van mijn geest, Patricia, dat kun je je misschien wel voorstellen,' zei ik, 'pril en wanordelijk, als protozoïsche levensvormen. Enkele van de meer potentiële exemplaren zullen op een dag wellicht evolueren tot bewuste wezens, maar vooralsnog lijkt mijn planeet een eeuwigheid achter te lopen

in vergelijking tot alle anderen in de wedloop om beschaving. Als je zegt "wat hier ook gaande is", bedoel je ...?'
'Als je vanaf de zijlijn commentaar wilt gaan zitten geven, Ted, prima. Maar ik waarschuw je, als je het voor de rest van ons verknalt dan ... dan maak ik je af.'
'*Wat* verknallen?'
'O, in hemelsnaam ...' Patricia gooide haar hamer op de grond en keek me woedend aan. 'Je bent gewoon een wrattenzwijn, vind je zelf ook niet? Een enorm, vet, vals wrattenzwijn!'
Ze draaide zich om en liep stampend naar het huis, foeterend en verstikkend van emotie. Terwijl ik haar nakeek, werd ik me bewust van een gestalte die vanaf de hoek van het gazon opdoemde. Rebecca kwam op me af, een mand vol aardbeien aan haar arm, een brede grijns op haar gezicht.
'Nog steeds dat magische gevoel voor vrouwen, Ted?'
'Sommige mensen,' zei ik, terwijl ik me vooroverboog om de croquetballen op te pakken, 'kunnen niet tegen hun verlies.'
'O, kom op, Ted, het was geloof ik wel meer dan dat? Je hebt zeker geprobeerd haar te grijpen toen ze zich vooroverboog om de bal te spelen.'
'Absoluut niet,' antwoordde ik. 'Dat was wel het laatste wat ik in gedachte had.'
'Dan ben jij niet Ted Wallace, maar een oplichter en ga ik nu de politie bellen.'
'Ach, uiteraard veroorzaakt iedere vrouw die zich op een zomerse dag in een kort rokje vooroverbuigt een zekere reflex, maar ik kan je verzekeren dat het een reflex is die diep begraven is door jarenlange frustratie, en die ik volledig onder controle heb.'
'Waar ging het dan over? Kom bij me op de trap zitten en vertel me alles.'
We zaten met onze rug naar het ronde gebouw.
'Wat is hier aan de hand, Rebecca? Wat is hier verdomme aan de hand?'
'Lieverd, jij bent hier langer dan ik. Zeg jij het maar.'
Ik ben bang dat ik op dat moment bijna ons samenzwerinkje verklapte, Jane.

'Nou, voor mij begint het zo,' zei ik. 'Ik liep Jane een paar weken geleden tegen het lijf. Zij wist wie ik was, maar ik voelde me een vreselijke sukkel dat ik haar niet herkende.'
'Ik denk dat we allebei wel weten wiens schuld dat is, lieverd.'
'Ja, best, zal wel. Gingen naar haar huis en ze vertelde me over de leukemie en zo.'
'Kreeg je een mondvol over God?'
'Er werd gesproken over wonderen, zeker. Iets dat hier in Swafford zijn oorsprong vindt. Ze beweert dat ze ... nou, ja ... genezen is.'
'Praat me er niet van. Er zijn extatische brieven in Phillimore Gardens gearriveerd die de Heer loven en zich in vele wonderen verheugen.'
'Geloof je haar?'
'Net als jij, lieverd, ben ik hier om daarachter te komen. We hebben trouwens dezelfde arts, Jane en ik.'
'En wat zegt hij?'
'Nou ja, je weet hoe artsen zijn. De remissie heeft hem verrast, maar hij is voorzichtiger dan voorzichtig.'
'Er is dus echt sprake van een remissie?'
'Geen twijfel over mogelijk.'
'Mmm.' Terwijl Rebecca aan de aardbeien begon, zat ik daar en dacht een tijdje na.
'Maar wat heeft dat allemaal,' vroeg ze, 'te maken met Patricia's geweldige beschrijving van jou als een wrattenzwijn, een enorm, vet, vals wrattenzwijn?'
'Is ze op de hoogte van Janes miraculeuze herstel?'
'Vast. Hartsvriendinnen.'
'Wie weet het nog meer?'
'Geen idee, lieverd. Het was afgelopen juni, heb ik begrepen. Simon bracht haar gebroken hiernaartoe van de Norfolk Show, witte bloedlichaampjes sijpelden praktisch uit haar poriën. Michael en Anne waren natuurlijk hier, Simon en Davey hadden vrij van school na hun examens, verder weet ik het niet goed. O, Max en Mary, die logeerden hier op dat moment, dat weet ik bijna zeker.'
'Geloven zij in dit wonder?'
'Moet je mij niet vragen.'

Ik greep een handvol aardbeien en dacht een tijdje na.
'Nou, ik denk niet dat Simon het gelooft. Hij vertelde me laatst van Janes inzinking. Vergeleek haar plotselinge herstel met dat van een varken.'
'Romantische knul.'
'Maar Oliver ... Hij lijkt iets te weten. Daar ben ik vrijwel van overtuigd.'
'Als er truffels zijn, dan weet Oliver ze te vinden, daar kun je van op aan.'
'En het is wel duidelijk dat Patricia denkt dat ik op de hoogte ben, maar het achterhoudt om de spot met haar te drijven.'
'Nou, daar leek het anders ook wel op, laatst bij het diner, hè?'
Rebecca doelde op een gesprek dat ik had met de bisschop over 'genezing' en 'therapie'.
'Hè lieverd, jij ziet toch ook wel in dat deze praat over wonderen belachelijk is?'
'Nou, ik weet één ding, lieve schat, en dat is dat Jane eind juni dood had moeten zijn.'
'Waarom heb je het me nooit verteld? Waarom kwam ik er bij toeval achter dat mijn enige peetdochter leukemie heeft?'
'Alsof het je zou hebben geïnteresseerd. Er is meer voor nodig dan een stervende peetdochter om jouw rode ogen uit het whiskyglas te halen. Ik weet hoe je bent. Oliver vertelt me wel eens over je heldendaden. Niet dat dat nodig is – ik lees de krant ook. Een beau monde alcoholist die in Soho en de West End tekeergaat, iedereen beledigt die hij tegenkomt en zijn vette kont op een barkruk naast zijn collega's plant die ook door de maatschappij zijn uitgekotst, gal spuugt naar iedereen beneden de vijftig en grote hompen van de handen afrukt die het lef hebben hem te voeden.'
'Rebecca ...'
'Maar dat is waar ook, je bent ontslagen, hè? Opeens heb je je rijke en machtige vriendjes nodig om je uit de tank met bittere pis te helpen, waar je de laatste twintig jaar in hebt liggen verdrinken. Dan kwijl je van onnozel medeleven en toon je schaamteloze vaderlijke bezorgdheid – sterker nog, lieverd, je gaat zelfs minder drinken en met je peetzoon spelevaren, als

een witbebaarde heilige – zolang je ondertussen maar dezelfde cynische, boosaardige, ouwe drol kunt blijven die de wereld kent en bemint.'

Dat is, in een notendop, jouw moeder. Ik vermoed dat ik de enige man op aarde ben die haar heeft durven versmaden. Het was dan weliswaar twee decennia geleden, maar voor iemand met haar denkwijze stelt dat niks voor. Wraak is voor Rebecca een gerecht dat ijskoud opgediend moet worden, genesteld in een *coulis* van zwavelzuur, gegarneerd met takjes doodkruid, om die vervolgens keihard in het gezicht van het slachtoffer te smijten.

Ik stond op, veegde de aardbeienkroontjes van mijn schoot en liep weg, zonder verder nog een woord te zeggen.

Op weg naar het huis kwam ik in botsing met Clara, de schele Clifford.

'Goedemiddag, meneer Wallace,' zei ze, 'ik wilde u net gaan halen.' Tenminste, dat was volgens mij wat ze zei. Ik zal haar geslis niet proberen na te doen, het arme kind.

'O ja? En waarom dan wel?'

Ze keek me vastberaden aan (en naar een ander onbekend object, honderdtwintig graden naar het westen). 'Oom Michael wil u graag spreken in zijn studeerkamer.'

De bezoeker aan de studeerkamer van Lord Logan van Swafford wordt herinnerd aan het hoofdkwartier van Ernst Stavro Blofeld. Bedieningspanelen, elektrisch opengaande gordijnen en projectieschermen, telecommunicatiemiddelen, globes met whiskykaraffen en een grootschermige beeldtelefoon vertegenwoordigen slechts de zichtbare en herkenbare snufjes.

'Selecteer een stad voor vernietiging, meneer Bond. Wat gaat het worden? New York? Sint-Petersburg? Parijs? Nee, wacht! Londen! Natuurlijk! Vaarwel Piccadilly, vaarwel Leicester Square zoals jullie Britten het zo graag zeggen.'

'Ted!' Michael kwam half uit zijn stoel, een sigaar in zijn mond. 'Vergeef me dat ik je zo ontbood als een oproerige korporaal. Ik verwacht een telefoontje uit Zuid-Afrika.'

'Zaken of politiek?' Michael staat erom bekend dat hij liefhebbert in de zaken van de nationale staat. Overal aan de

muur hangen foto's waarop hij in verscheidene vertrouwelijke poses met wereldleiders stralend in de camera kijkt: een arm om Walesa, stijfjes naast Mandela, een toost op Jeltsin met een borrelglas wodka, samen op een belachelijk vergulde Lodewijk XVI sofa met Arafat, op de golfbaan met James Baker en George Bush.
'Wat maakt het uit? Er is een tabaksonderneming in Johannesburg waar ik mijn oog op heb laten vallen. Zuid-Afrika is in opkomst.'
'Ik bewonder je optimisme.'
Michael sloeg met de rug van zijn hand een wolk sigaarrook weg en daarmee ook de bedenkingen van iedere geest die zo bekrompen was om aan hem te twijfelen. 'Dus, Tedward. Wat wil je weten?'
Ik begreep in eerste instantie niet wat hij bedoelde. Toen had ik het door en kwam er een brede glimlach op mijn gezicht. 'Je doet het? Je wilt meewerken?'
'Mijn advocaten en ik krijgen een definitief vetorecht?'
'Zeker.' Ik knikte vurig. Alsof het daar ooit van zou komen.
Onmiddellijk schoof Michael een bundel papieren over het bureau, compact getypt met kleine marges, in groene ordnerstrips gebonden.
'Lezen en tekenen,' zei hij. 'Parafeer waar ik heb geparafeerd, volledige handtekening waar ik die ook heb gezet.'
Ah, wat macht al niet kan doen. 'Moet ik dat *echt* lezen?' vroeg ik.
'Tedward, zo zeurderig als een kind dat huiswerk heeft. Jouw "Ballade van de werkschuwe man" moet echt uit het hart zijn gekomen. Ikzelf lees voor het ontbijt op de plee documenten die volgens mij twintig keer zo lang zijn als dit.'
'Geen wonder dat je aambeien hebt,' zei ik.
'Je weet dat ik aambeien heb?' Michael fronste zijn wenkbrauwen.
'Medeslachtoffer,' zei ik haastig. 'Je kunt het zien aan de manier waarop je gaat zitten.'
'Jullie schrijvers! Helemaal niet werkschuw. Je doet al je werk door het observeren van mensen.'
Lief van hem dat hij dat wilde geloven. 'Vertel me eens,' zei ik,

en ik citeerde een van zijn favoriete openingszinnen, 'wat staat hier eigenlijk allemaal in?'
'Standaardcontract voor een geautoriseerde biografie. Het recht je een verbod op te leggen. Maak je geen zorgen, er is niets wat je ervan weerhoudt alle royalty's op te strijken. Over geld gesproken, ik krijg een penny van je.' Hij opende de palm van zijn hand en strekte hem over het bureau.
'O ja?' Ik keek verrast omhoog.
'Volgens de wet,' zei Michael, 'is een contract waardeloos zonder betaling. Iemand moet iemand iets betalen. Je zult wel zien in het document dat je tekent, dat ik, tegen betaling van een penny, overeenkom mee te werken aan je biografie, hierna te noemen Het Werk. Dus. Een penny, alsjeblieft.'
Van mijn apropos door de combinatie van wetsverheerlijking en ernst, rommelde ik in mijn broekzak op zoek naar een munt.
'Kun je van vijf pence wisselen?'
'Zeker.' Michael ving mijn munt, opende een la, haalde een geldkistje tevoorschijn, rommelde er met zijn vingers in, en haalde twee keer twee pence tevoorschijn. 'En vier maakt vijf,' zei hij. 'Geef me de vijf, zakenrelatie. We hebben een overeenkomst.'
Ik stond op om zijn hand te schudden en was ontroostbaar toen hij in lachen uitbarstte.
'Tedward! Lach eens! Overeenkomsten moeten gevierd worden.'
'Het spijt me,' zei ik. 'Ik geloof dat ik een beetje geïntimideerd ben door je plechtigheid.'
'Dit was je eerste les in hoe wij te werk gaan. Tot het moment van de handtekening is het bittere vastberadenheid. Het moment waarop de inkt op het papier staat en de handen in elkaar geslagen zijn, zijn we verbonden in een extase, verhevener dan liefde.'
Michael plaatste twee bandrecorders op het bureau en duwde op de opnameknopjes.
'Voor ieder een,' zei hij. 'Zodat we weten waar we aan toe zijn.'
En zo, slechts onderbroken door twee telefoontjes uit Zuid-

Afrika, veertien faxen daar en elders vandaan, en een thee-onderbreking, begon Michael aan zijn levensverhaal.
Ik zal de details van het gesprek voor een lang weekend bewaren, Jane. Laat ik hier alleen zeggen dat Veel Duidelijk Is Geworden.
Maar vanmorgen, iets vreemds.
Ik slofte naar het ontbijt in de hoop dat het spek in de terrine nog geen leer was geworden en ging zoals gewoonlijk in mijn eentje met de *Telegraph* aan het eind van de eettafel zitten.
Patricia kwam blozend en opgewonden binnen.
'Ted!' riep ze. 'Wat ben ik blij dat ik je heb gevonden.'
'Neem een kop koffie,' zei ik een beetje ijzig. Ik vind het moeilijk om een meisje dat me onlangs een wrattenzwijn heeft genoemd met enige echte warmte te bejegenen, hoe graag ik mijn lul ook in haar trechter zou willen rammen.
Maar ze was niet echt geïnteresseerd in koffie. Ze had iets op haar hart. Iets had mazzel.
'Ted, ik wil dat je alles wat ik gisteren tegen je heb gezegd, vergeet.'
'Ah.'
'Het spijt me gewoon zo verschrikkelijk. Ik weet echt niet wat me bezielde. Ik was werkelijk onuitstaanbaar onbeschoft.'
'Welnee, welnee.'
'En ik zei zoveel onzin.'
Op dat moment stak Simon, met een bezorgde blik op zijn anders zo wezenloze gezicht, zijn hoofd om de hoek, op zoek naar Logan.
'Ik geloof dat hij aan het werk is in zijn studeerkamer,' zei Patricia. 'Is er iets?'
'O, niet echt. Nou ja, het is Lilac, eigenlijk. Paps jachtpaard. Ze lijkt nog niks beter. Wilde 't hem alleen maar laten weten, da's alles.'
En weg sjokte hij weer, Patricia en ik bleven weer alleen achter. Ze ging weer verder met haar nogal geforceerde verontschuldiging.
'Ik weet niet waarom ik zo akelig tegen je deed. Ik ben nogal gespannen de laatste tijd. Ik denk dat dat het is. Je hebt waarschijnlijk wel gehoord dat mijn … dat Martin, de man met

wie ik samenwoonde, bij me weg is. Ik ben nogal ...'
'Mijn lieve meid,' zei ik. 'Alsjeblieft. Vergeet het.'
'Ik denk dat ik me aangevallen voelde tijdens dat etentje. Al dat gedoe over therapeuten. Ik ben zelf bij een onder behandeling, zie je, en ik dacht dat je dat wist en me belachelijk maakte.'
'Patricia, ik zou dat nooit ...'
'Ach ja, dat realiseer ik me nu ook. Ik kon gisteravond niet slapen toen ik erover nadacht hoe bot ik tegen je was. Je sprak gewoon in het algemeen. Hoe kon jij het ook weten?'
'Het was helemaal mijn fout dat ik zo onnadenkend bleef blaten. Ik zou jou juist mijn verontschuldigingen aan moeten bieden.'
Ze glimlachte. Ik glimlachte terug. Ergens diep in de broekregionen trilde en kronkelde de verwaarloosde, oude worm in zijn slaap.
Ze kuste me op mijn wang. 'Even goede vrienden?'
'Natuurlijk, mijn liefje,' loog ik.
Ik keek hoe die waanzinnig mooi gevormde kont de kamer uit wiegde en wachtte tot die harde gevoelens in mijn schoot wegzakten. Een hoge kont, die op het stuitbeen is geplaatst; zo'n kont waar je een theepot op kunt balanceren.
Maar Jane, waar had ze het in vredesnaam over? Ze hield me geen seconde voor de gek. De glimlach was te opgewekt, de kus op de wang te theatraal. Ik herken ingeslikte trots als ik hem zie. Ze bood haar excuses aan omdat haar dat was gezegd. Mmm. Zet je aan het denken.
Ik keer nu terug naar mijn programma en zal Proclamatie de Zesde behandelen:

Je hebt het alleen maar over de gasten gehad. Er zijn nog zoveel andere mannen en vrouwen in huis. Bedienden binnenshuis en buitenshuis, Podmore. Ik heb niks over hen gehoord.
Waar ben je op uit? Wil je bloed zien vloeien? Ik ben niet zo'n gemakkelijk aristocratisch type dat naast koningen kan lopen en toch zijn band met het volk niet kwijtraakt. Ik ben een kontklemmend, burgerlijk type dat zich *déclassé* voordoet. Doe me een lol, poppetje.

Over de bedienden die ik bij naam ken, kan ik je het volgende vertellen.

Je hebt Podmore, voornaam Dick, die er meer uitziet en zich meer gedraagt als een geroyeerde time-share-verkoper dan als een butler, maar zo zien alle butlers er al jaren uit, zelfs in hertogelijke huishoudens (alsof ik daar iets van af weet). De hogergeplaatste bedienden hebben de gave om eruit te zien alsof ze geen herkomst, geen privé-leven, geen familie en geen seksualiteit hebben. Eén blik op Podmore en je kunt maar al te gemakkelijk vermoeden dat hij werd geboren in Carshalton Beeches, dat hij zich in de jaren vijftig een blauwe maandag met de Teddy Boy-beweging bezighield, alvorens hij met zijn vrouw Julie naar Norfolk verhuisde (geweldig gewoon om aan al dat verkeer en wat toen bekendstond als de carrièrejacht te ontkomen ...), dat hij zijn oog heeft laten vallen op een flatje voor na zijn pensioen vlak bij een golfbaan in Florida en dat hij maar niet begrijpt waarom Logan de openslaande deuren in de salon niet heeft vervangen door schuifdeuren. Verder valt er niet echt veel over hem te melden, behalve dan dat ik vermoed dat hij heimelijk een nicht is, mevrouw Podmore of geen mevrouw Podmore. Hij heeft de neiging Davey dusdanig op te nemen dat het iets van nichtenseksualiteit suggereert.

Julie Podmore fungeert als huishoudster, haar taken omvatten het als een helleveeg commanderen van de dienstmeisjes en het hoofd buigen als ze een gast passeert. Ze is in de vijftig, van gemiddelde lengte, gewicht en neukbaarheid: ze verft haar haar. Verder weet ik niets in haar voordeel of haar nadeel.

Het enige dienstmeisje dat ik van naam ken is Joanna. Ik weet haar naam nog omdat ze een combinatie bezit van gevulde dijen en lawaaierige panty's. Het resultaat is dat ze een zoevend geluid maakt als ze de trap op loopt of door de gang gaat. Om de dijen te evenaren pronkt ze met een ver vooruitstekende boezem: ik kan me zo voorstellen dat ze te allen tijde moeite moet doen om achterover te leunen zodat ze niet voorovervalt. Het andere dienstmeisje is pijnlijk gewoontjes en zal pas in haar beroep opklimmen als ze leert dat gasten hoogstwaarschijnlijk niet geïnteresseerd zijn in de activiteiten van haar broer op de speedwaybaan.

Er is keukenpersoneel tot wiens arendsnest ik niet ben doorgedrongen, maar ik kan je wel vertellen dat de kokkin Cheryl heet en dat ze een schandalig lekkere custardpudding maakt. Gulheid met de nootmuskaat is hier de sleutel, vermoed ik.
Als we naar buiten gaan, komen we Alec Tubby, de hoofdstalknecht, tegen. Hij is een solide Norfolker en van enige bespeurbare inborst verstoken. Zijn zoon Kenny helpt hem bij het uitmesten en roskammen, alwaar het leven in de stallen om draait. Hij zal wel een beetje bedroefd zijn op het moment, vanwege het feit dat de dierenarts vanmiddag sombere waarschuwingen heeft geuit ten aanzien van de kansen dat Lilac zal kunnen herstellen van deze achteruitgang.
Een prachtexemplaar, Kate genaamd, overziet de kennels en, zoals traditie is bij zulke gevallen, spreidt ze een aantrekkelijk baard en snor tentoon. Het kost waarschijnlijk minstens een vierkante meter stevige, blauwe ribstof om alleen haar kont al te bedekken. Ze is trouwens erg aardig en leuk om mee te praten. Ze heeft me overgehaald om een aantal jonge jachthonden uit te laten, iets dat regelmatig moet gebeuren en dat ik buitengewoon aangenaam vind. De manier waarop puppy's kwispelstaarten heeft iets onvermoeibaar vermakelijks.
Verder hebben we dan nog Tom Jarrold, de jachtopziener. Hij is gewelddadig jaloers op zijn hanen, kippen en kuikens en kan een stadse met kwaad in de zin op kilometers afstand herkennen. We hebben elkaar weinig te melden. Henry, zijn assistent, streeft ernaar niet meer dan een kloon van Tom te worden. Het lijkt erop dat Simon de enige persoon in leven is die met beiden kan communiceren. Jarrold heeft een hazenlipdochter, Katrina. Niet alleen een hazenlip trouwens, maar ook nog haar op de lip. De natuur kan ondraaglijk wreed zijn.
Het enige personeelslid dat nog overblijft is Valerie, de secretaresse, ofwel persoonlijke assistente van Michael. Ze is erg op zichzelf en is hier alleen op bepaalde dagen. Ik ben er nog niet achter of er een zeker patroon is. Als ze hier is, dineert ze in haar eentje in Michaels studeerkamer en bewaakt ze de telefoon. Dat is schijnbaar haar eigen keuze, aangezien haar wel een plaats aan tafel bij personen van rang en stand is aangeboden.

Ik ben werkelijk bang, mijn engel, dat ik je verder niets meer kan vertellen. Maar, zoals verzocht in je laatste slotsom zal Proclamatie Zeven, de Vier Voortdurenden, mijn constante gids zijn.

Voortdurende waakzaamheid; voortdurende oplettendheid; voortdurende observatie; voortdurende openheid.
Dus, je kunt erop vertrouwen dat ik de geestelijke strijd niet op zal geven, noch zal Simons computer naast mijn hand slapen, eer ik Jeruzalem heb gebouwd in Norfolks groene en boerenland.

Ik verzeker u, madame, van mijn goede vertrouwen in deze en andere zaken.

Uw dienaar (namens Logan-Wallace Biografie N.V.),

Ted Wallace (alg. dir.)

N 28-JULI-1992 08:23 VAN: ONSLOW INTERIORS LTD AAN: '0653 378552 P. 01 VAN 01

Onslow Interiors

12a Onslow Terrace • South Kensington • LONDEN SW7

DRINGENDE FACSIMILE VERZENDING

Aan: Patricia Hardy, p/a Logan, Swafford Hall, Norfolk
Van: Onslow Interiors Ltd
Mijn fax: 071-555 4929
Uw fax: 0653-378552

Ter vertrouwelijke en persoonlijke attentie van mw. Hardy

Geachte mw. Hardy,

In uw brief hebt u voorgesteld dat u wellicht overweegt E.L.W. te benaderen om te informeren naar zijn recente opmerkingen over het onderwerp dat we hebben besproken.

Wij zouden u met **buitengewone** klem willen adviseren deze benadering niet uit te voeren. T. is geen deskundige op dit gebied en hij is niet op de hoogte van de details.

Ik vertrouw erop dat deze waarschuwing op tijd is gekomen om te voorkomen dat u een ongelukkige vergissing begaat.

Voorlopig niet mogelijk deel te nemen aan voorgestelde ontmoeting.

Brief volgt.

Hoogachtend,

J.S.

28-07-1992 09:57 LOGANGROUP PLC. AAN: '071 555 4929 P. 001

LOGANGROUP plc

Aan.. Jane Swann
Bedrijf.......................... Onslow Interiors
Faxnummer........................... 071 555 4929
Van.. Patricia
Faxnummer.............................0653 378552
Pagina...................................... 1 van 1

Jane,

Shit! Als jouw fax betekent wat ik denk, dan heb ik het goed verkloot. Ted gisteren eens even goed de waarheid gezegd. Heb hem voor een vals en lelijk, oud wrattenzwijn uitgemaakt. Moeilijk terug te nemen, dat soort woorden, maar ik heb zojuist in de ontbijtkamer een poging gewaagd.

Ik heb hem gezegd dat mijn gedrag nogal irrationeel is vanwege het feit dat Martin bij me weg is, en dat ik hem op zijn nummer wilde zetten omdat ik dacht dat hij mij op mijn nummer wilde zetten. <u>Geloof</u> dat hij het heeft geslikt. Hij wierp me een, in zijn ogen, charmante glimlach toe, en morste eigeel op zijn overhemd, wat volgens mij een teken van vergeving is.

Maar je had me wel eens mogen waarschuwen. Weet hij werkelijk niet wat er aan de hand is? En waarom maak jij je überhaupt zo druk over wat hij denkt of gelooft? Hij is hier toch niet op commissie voor een <u>krant</u>, hè? Het gaat mijn pet te boven. Hoewel, Michael kondigde gisteravond aan dat Ted zijn biografie aan het schrijven is. Ze hebben urenlang in geheim overleg gezeten. Waar gaat <u>dat</u> allemaal over?

Mijn onstuimigste excuses, kom zo gauw mogelijk,

Pat

MOCHT U ENIGE PROBLEMEN MET DE VERZENDING ONDERVINDEN,
NEEMT U DAN CONTACT OP MET VALENE MYERS, TEL. 0653 378551

IV

David deed het boek dicht en terwijl hij naar de rozet tegen het plafond staarde, liet hij zijn concentratie varen. Tegen elf uur was het licht voldoende weggevaagd om de klokken van de stalklok te doen verstommen. Sinds die tijd waren er twee uur gepasseerd. Over een uur zou hij klaar zijn. Vooralsnog was het het veiligst om zijn hele lichaam te ontspannen en zich nergens op te concentreren, zo opgewonden was hij.

Hij dacht aan een cirkel met binnen die cirkel nog een cirkel, daarbinnen nog een, en nog een, en nog een, waardoor zijn innerlijke oog door de eindeloze ring van ringen kon snellen en een centrale, gloeiende plek kon vinden die op zijn beurt veranderde in een nieuwe cirkel die zelf weer meer en meer cirkels bevatte. Het was als een duik in het hart van alles, en het leidde de geest af van alle basale en wereldlijke gedachten. De techniek kwam uit een boek over yogameditatie, dat hij afgelopen vakantie had gekocht, en het werkte heel erg goed, zolang je maar in staat was om je met de grootst mogelijke kracht te concentreren en tegelijkertijd toch volledig ontspannen te blijven.

In deze toestand ging de tijd verrassend snel, en zonder op de klok naast zijn bed te kijken wist Davey dat het al precies twee uur was.

Hij stond naakt voor een hoge spiegel en haalde diep adem. Het was een warme nacht, maar toch zou hij wat bescherming nodig hebben. Hij koos een T-shirt, een slobberige trainingsbroek en een paar gymschoenen. Geen sokken of onderbroek. Van het nachtkastje pakte hij een zaklantaarn, een appel en een klein potje dat in velletjes Kleenexpapier was gewikkeld, en hij verliet de kamer.

Een bijna volle maan heette het, had hij gehoord. Half en half. Genoeg licht om te zien, genoeg duisternis om zich te verbergen. Licht was eigenlijk niet belangrijk. In zijn huidige gemoedstoestand voelde hij zich in staat om de missie blindelings te volbrengen.

Zijn gymschoenen glommen wit beneden hem in de schaduw

van het huis en tegen het glanzende, zwarte gras. Witte flitsen die heen en weer bewogen. Toen hij opkeek, zag hij de Gordel van Orion die om zijn middel schitterde en Sirius die blauwkleurend naar het oosten draaide. Het geluid van zijn gymschoenen die over het gras sleepten, stierf weg in het fluwelen duister van de nacht.

'De hele hemel,' fluisterde hij in zichzelf, op het ritme van het rennen en hijgen, 'omvat een plechtig zwijgen. De hele hemel ... omvat ... een plechtig ... zwijgen. De hele hemel ... omvat ... een plechtig ... zwijgen!'

Hij was er. De lange schaduw van de klok viel op het stalerf en een warme zweem van paardenmest golfde op hem af.

Zachtjes als een mot fladderde hij naar de deur van de tuigkamer op de hoek. Binnen wachtte een nieuwe geur op hem, de geur van zadelzeep en leervet, zó doordringend dat hij ervan moest hoesten. Met ingehouden adem tastte hij naar de houten kruk en pakte hem op bij het uitgesneden gat in het midden van de zitting. Een los tuigdeel of martingaal viel met kil gerinkel op de grond toen hij de kruk oppakte, maar hij wist dat het geluid alleen tot zijn eigen oren en die van de paarden doordrong, die wisten waar hij mee bezig was en het goedkeurden.

Hij kwam bij de stal van Lilac en maakte het bovenste gedeelte van de staldeur open. Alsof ze op hem had staan wachten, deed Lilac haar hoofd naar voren om hem welkom te heten.

'Hallo,' zei David, geest tegen geest, zonder zijn lippen te bewegen en zonder adem of stembanden te beroeren. 'Ik heb een appel voor je meegenomen.'

Lilac nam het cadeautje aan, als een patiënt die geen honger heeft, maar die weet dat hij moet eten om op krachten te blijven. Terwijl ze langzaam op de appel kauwde, hem van wang naar wang zwenkte, trok David zijn T-shirt uit en gleed uit zijn trainingsbroek. Omdat hij het gevoel had dat het belachelijk was om op een paar gymschoenen na bloot te zijn, trok hij die ook uit en stond naakt in het maanlicht.

Hij rilde een beetje en voelde een ren vol kippenvel langs zijn benen omhoogkomen.

'Ben je er klaar voor, oud meisje?' vroeg hij, opnieuw zonder zijn stem te gebruiken. 'Ik wel.' Hij bukte om het potje met het tissuepapier eromheen uit de zak van zijn trainingsbroek te halen. Hij had geen zaklantaarn nodig.

Heel zachtjes oefende hij wat druk uit op de schouder van Lilac, toen hij de onderste helft van de deur opendeed en met de kruk tegen zich aan geklemd naar binnen stapte. Langzaam sloot hij beide deuren en waren ze alleen in absolute duisternis.

Ze was heel rustig, slechts wat zweet getuigde van haar vreselijke ziekte. Ze stond zwijgend, een enkele achterhoef kletterde zo nu en dan op de stapstenen. David liep naar haar toe, zijn lichaam raakte het hare, terwijl hij op de tast zijn weg naar het achterste gedeelte van de stal zocht. De hitte van haar flanken deed de hitte in hem ontwaken en terwijl hij zich op de kruk hees, voelde hij hoe zijn eikel door de voorhuid duwde en zijn hele lul groter en rechter en stijver werd dan ooit tevoren. Hij ging rechtop op de kruk staan, bleef in evenwicht door op Lilacs achterste te leunen en vertraagde zijn longen tot het ritme van Lilacs eigen ademhaling. Ze was bronstig en zou niet met haar benen trappen, iets wat ze anders wel zou doen. Maar David wist dat ze hem zonder meer zou verwelkomen.

Toen hij er klaar voor was en wist dat ze als één waren, stak hij twee vingers in het potje en greep een dikke klodder vaseline. Met zijn andere hand borstelde hij Lilacs staart opzij. Gehoorzaam gaf ze een ruk en de staart ging omhoog, zodat de weg vrij was om met beide handen te werken. Onder het staartbeen en de anus waren de buitenste lippen gemakkelijk te vinden, en daartussen kon hij de huidplooi van de clitoris voelen met daaronder het zachte weefsel van wat vermoedelijk de urethra was. Zachtjes trok zijn vinger een spoor naar de zachte, gevoelige massa eronder. Als om de ontdekking te bevestigen, blies Lilac zachtjes door haar neus en stampte met haar voet.

David werkte de hoeveelheid gelatine in de vaginale opening en merkte dat zijn vingers gemakkelijk naar binnen en naar buiten gleden. De vaseline die over was, gebruikte hij om zichzelf mee in te smeren, hoewel hij zich al aan het voorzien was van zijn eigen dunne stroom vocht.

Zijn lul ging met groots gemak naar binnen, de rechte, gladde hardheid werd verder naar binnen getrokken door een snelle spiertrekking van Lilac. De muur omsingelde hem en trok hem verder naar binnen en David slaakte een zucht van genot bij wat hij voelde. Met de handen aan beide zijden van de wortel van haar staart, experimenteerde hij aarzelend door zich een klein beetje terug te trekken en weer naar voren te stoten. De sensatie verblindde zijn hoofd met sterren. Een millimeter deze kant op, een millimeter die kant, hoeven denderden in zijn hersenen en de hete kristallen in zijn maag werden in miljarden brandende lichtvlekjes geslagen. De volledige eerlijkheid en heiligheid en perfectie en schoonheid van het leven stormden door hem heen. Deze houding zou hij eeuwig vast kunnen houden, hij en het hele koninkrijk van het leven – dier, plant of mens, verstrengeld in een wervelwind van liefde. De vorige keer was het allemaal té snel gegaan om de extase te voelen: dat was met een vrouw geweest en er was spanning geweest en de behoefte om woorden te gebruiken.

'Je bent gezond, Lilac,' riep zijn innerlijke stem tegen haar. 'Met deze gave van pure energie verklaar ik je gezond en genezen.'

De lichten in zijn hoofd stroomden, tuimelden en tolden in een wanhopige strijd, terwijl hij stootte en stootte, niet in staat de diepte en intensiteit van het tumult van genot dat hem overweldigde te bevatten en plotseling flitste er een grote, witte zee van licht door zijn hoofd en voelde hij de golf van energie stromen en stromen en stromen en stromen en stromen alsof hij nooit zou ophouden.

Toen hij klaar was, de laatste druppel eruit perste, viel het potje vaseline met een klap op de grond en hinnikte Lilac geschrokken, en ze trok met een pijnlijke omklemming haar grote spiergroep aan.

David kromp ineen maar bleef kalm, in de wetenschap dat Lilac tot rust zou komen als hij dat ook deed. De spanning in haar flanken zakte weg en ze ontspande haar spieren, zodat David zich los kon trekken.

Hij stond daar een ogenblik, hete handen op haar zij, triomfantelijk en uitgeput. Ten slotte stapte hij op de grond om het pakketje tissuepapier, waarin hij het potje had gewikkeld, op te pakken, en begon Lilac met zorg schoon te vegen, terwijl hij ondertussen voortdurend met haar praatte.

Buiten op het stalerf, bibberde hij hevig, terwijl hij zijn T-shirt aandeed. Hij keek naar beneden, naar zijn sponzige lul die daar bungelde.

'Je moet spaarzaam omspringen met deze grote gave,' zei hij tegen zichzelf, 'heel, heel spaarzaam.'

Zes

Albert en Michael Bienenstock teelden suikerbieten in een deel van Hongarije dat in 1919 was herbestemd voor Tsjecho-Slowakije. Deze cartografische tirannie had van Michael van de ene dag op de andere een zionist gemaakt, en geïnspireerd door een kinderlijk gevoel voor avontuur en de opruiende teksten van Chaim Herzog nam hij in 1923 de boot naar Haifa, onder een nieuwe, trotse naam, Amos Golan. Golan was, daarvan had Michael zichzelf overtuigd na uitgebreid en volgens Albert belachelijk onderzoek naar de familiegeschiedenis, het ware Israëlitische patroniem van de Bienenstocks. Golan was een goede naam voor een man die op reis ging om zijn vaderland voor zijn volk op te eisen.

'Dat is varen naar moeilijkheden,' zei Albert, woorden waarmee hij later de spot zou drijven met zichzelf.

Alberts eigen zoon werd, ter ere van zijn dwaze oom, Michael genoemd, dit tot grote consternatie en schandaal van Alberts neven en nichten in Wenen. Volgens traditie bracht het ongeluk als leden van dezelfde familie dezelfde naam hadden. Albert was geen traditionalist. Hij had geen geloof, hij had geen echt besef van het jood-zijn. Hij was boer en paardenman, en stond dichterbij de antisemitische Magyaren van het oude Habsburgse Rijk, dan bij de geleerde sukkels in joodse opperkleden, die in shtetl en stad met gebogen hoofd door de straten joegen, die laf tegen de muur gedrukt stonden als er gojims langsliepen, alsof ze bang waren een vreselijke ziekte op te lopen of misschien over te dragen.

In 1914 had Albert als jongeman gevochten voor zijn rijk. Opgetuigd als een chocolade soldaatje in glimmend kuras en met wuivende pluim was Albert de Blauwe Huzaar gedurende die eerste weken een van de eersten die de Servische wapenen aanviel, op het moment waarop de Eerste Wereldoorlog nog een kleine affaire op de Balkan was, waarvan niemand dacht dat het erg belangrijk kon zijn. Later, toen trotse troepen te paard waren vernederd door het titanische oorlogsmateriaal van de twintigste eeuw, werd Albert aangesteld om hun een nieuwe taak te geven als niet veel meer dan brouwers- en koerierspony's die in het bevroren Karpatische gebergte met gebogen hoofden de wagens en ambulances trokken die achter de linies aanschuifelden, of boodschappen over en weer brachten tussen staf en slagveld. Met ironische gelatenheid maakte hij zichzelf wijs dat trouw aan een grootse snor in Wenen net zo stom was als trouw aan een grootse baard in Jeruzalem. Maar tegen het einde had hij te veel witte wormen door de oogkassen van te veel dode kameraden zien kruipen, en te veel levende kameraden de levers en longen zien bakken van te veel afgeslachte kozakken met kindergezichten. Hij dikte de symptomen van de shellshock aan, die hij tijdens een bombardement had opgelopen, en was blij dat hij werd overgeplaatst naar een remontedivisie in het district van Roemenië dat bekendstaat als Transsylvanië, alwaar hij de oorlog uitzat met het verwerken van de overblijfselen van de cavalerie.

Albert had een bijzondere gave met paarden. Hij begreep ze veel beter dan de rij-instructeurs en dierenartsen van het Rijksleger, een feit dat kwade gevoelens opwekte bij sommige medeofficieren. Anderen prezen Alberts kwaliteiten als genezer liever en deden buitengewone beweringen die Albert altijd snel verloochende.

'Het is helemaal niet zo mysterieus wat ik doe,' zei hij. 'Ik ben geduldig met de dieren. Ik laat ze zien dat er van ze gehouden wordt. Ik houd ze rustig. De rest is aan de natuur.'

Zulke bezweringen waren woorden in de wind. De reputatie van Albert groeide en reikte zelfs tot mensen, het resultaat van een stom incident met zijn batman, Benko. Deze domme soldaat was zo onhandig geweest zich op een middag door een angstige hengst op zijn voet te laten trappen. In plaats van deze verwonding onmiddellijk te melden bij een ordonnans, had Benko zijn mond gehouden en de wond een nacht lang laten etteren. De volgende ochtend, toen hij rond koffietijd binnenhobbelde, had Albert hem erop aangesproken.

'Waarom loop je zo mank, Benko?'

Benko was in tranen uitgebarsten.

'O, meneer!' had hij gejammerd. 'Wilt u er niet even naar kijken? Ik durf niet naar de legerarts, want ik weet zeker dat hij hem vanaf de knie wil amputeren. Dat is het enige wat hij doet.'

Het was zeker waar dat er vele grappen de ronde deden over militairen die de fout hadden gemaakt naar de regimentsbeul te gaan. Er was eens een soldaat, zeiden ze, die zijn hoofd er niet helemaal bij had en naar deze arts ging met niets meer dan migraine – waarna hij geen hoofd meer had om erbij te houden. Deze grap deed het in het Roemeens beter dan in het Hongaars. Een ander verhaal ging over Jana, het plaatselijke hoertje. Op een gegeven moment was de militair Janos naar de arts gegaan met een wrat op zijn genitaliën. Hij werd nooit meer teruggezien, maar nog geen week later opende Jana haar deuren.

Albert begreep dat Benko liever geen officiële afspraak wilde maken en stemde toe de voet te onderzoeken, maar kon een rilling van walging niet onderdrukken toen Benko uiterst voorzichtig zijn laars en sok uittrok. Hij was geen hygiënische soldaat, hij had waarschijnlijk zelfs al wekenlang de voet niet zonder laars gezien. Benko zag de braakreactie van Albert en begon onmiddellijk angstig te brabbelen.

'Het is koudvuur zeker, hè meneer? Het is koudvuur en ik raak mijn been kwijt! Ik weet het zeker, ik weet het zeker.'

'Kalm, kalm, jij dwaze jongen. Laat me eens kijken.'

'Nee, nee! Het is gebeurd, het is gebeurd!'

Albert greep hem bij zijn schouders en keek diep in zijn ogen. 'Luister naar me. Je moet nu even heel kalm zijn. Haal langzaam en diep adem. Haal eens heel langzaam en heel diep adem.'

Trillend probeerde Benko te doen wat hem gezegd werd. Albert bleef tegen hem praten, streng maar vriendelijk, totdat hij ervan overtuigd was dat de jongen was bekomen van zijn hysterie. Het was gemakkelijker met paarden, je kon zoveel vertrouwen overbrengen zonder woorden.

'Ik ga nu even naar je voet kijken. Maak je geen zorgen, er is niks ergs met je voet. Hij is pijnlijk en het steekt, maar dat is niet het eind van de wereld.'

Benko wendde zijn hoofd misselijk van paniek af toen Albert diep ademhaalde, zich vooroverboog en zijn hand op de zwelling legde, die paars was vanwege de kwalijke stoffen. Onmiddellijk sprong er een kleine splinter uit het midden van de wond, gevolgd door een straal pus.

'Ziezo,' zei Albert, 'nu is het beter.'

Benko keerde zich om en staarde Albert aan. 'Beter?'

'Ja, ik ben ervan overtuigd dat je voet nu herstelt.'

'U legt uw hand op mijn voet en zegt dat hij zal herstellen?'

'Nee, nee, ik bedoel alleen maar ...'

Maar het was te laat. Het gerucht ging als een lopend vuurtje door alle barakken.

'Benko's voet was zwart van het koudvuur ...'

'Bienenstock ging zelf bijna van zijn stokje door de stank ...'

'Legde gewoon zijn hand ...'

'Een hand die volgens Benko schroeide van de hitte ...'

'Legde hem er maar heel even op ...'

'Had vanaf de knie geamputeerd moeten worden ...'

'Moet je die jongen nu eens zien ...'

'Huppelt weer als een terriër ...'

'Bienenstock is een vreemde man, heb ik altijd al gezegd ...'

'Geen christen, wist je dat ...'

'Niet eens een echte jood ...'

'Nog nooit in de synagoge gezien, volgens korporaal Heilbronn ...'

Na een tijdje begon zelfs Albert zich af te vragen wat hij had gedaan. Hij wist zeker dat hij de splinter had zien vliegen, hij wist zeker dat de stank waarvoor hij was teruggedeinsd niets meer was dan de Limburger stank van vuile sokken, hij wist zeker dat zijn 'vaardigheid' niets meer was dan het vermogen te steunen, te steunen in de ware zin van het woord, sterk te maken, te versterken. Maar het kwaad was al geschied en vanaf die dag had Albert geen ontspannen moment meer onder zijn mannen. Een paard dat hij 'op wonderbaarlijke wijze' had genezen, was later gek geworden, had een rekruut afgeworpen, die als gevolg daarvan zijn nek had gebroken en niet meer kon lopen. Overal waar Albert kwam, zag hij het teken van het kruis of het boze oog. Toen maakte Benko, domme, bijgelovige

Benko, een afspraak bij zijn bevelvoerend officier en vroeg overplaatsing aan. Dienen onder kapitein Bienenstock maakte hem nerveus. Een week later overleed Benko, nadat hij op een landmijn had getrapt.

'Het was met *die* voet,' zeiden de mannen. 'De vloek van Bienenstock.'

*

Nooit meer zou Albert trouw zweren: zo bezwoer hij toen hij in 1919 terugkeerde naar zijn verwaarloosde Hongaarse velden, zijn, binnen niet afzienbare tijd, verwaarloosde Tsjecho-Slowaakse velden. Zijn broer Michael, die met de zegen van het Rijk achter was gebleven om de velden te bewerken opdat de mensen van het Rijk misschien iets hadden om de bittere oorlog mee weg te spoelen, was geen goede boer geweest. Aan het begin van wat hij het Gojim Conflict noemde, had het zionisme hem te pakken gekregen en had hij verhevener dingen om aan te denken dan het verbouwen van, als het ware, oneigen maïs.

Na Michaels vertrek, werkte Albert de daaropvolgende tien jaar om de grootste bietenteler te worden in heel Tsjecho-Slowakije. In 1929 bezegelde hij het triomfantelijke succes van deze ambitie door een kleine raffinaderij op zijn land te bouwen en met de dochter van zijn voorman te trouwen, een klein meisje met bruine ogen en glanzend haar. Binnen een jaar schonk ze hem een zoon, Michael, en in de lente van 1932 stierf ze bij de geboorte van een dochter, Rebecca. Albert deed zijn best, maar kon haar niet redden. Hoewel hij rouwde, kon hij toch nog overwegen dat het misschien maar goed was geweest dat hij haar niet meer had kunnen genezen toen de arts haar zowat dood had verklaard. Zijn reputatie als goddeloze tovenaar was hem naar huis gevolgd, en zelfs rabbijnen, die boven de lichtgelovige kudde hoorden te staan, gingen zijn gezelschap uit de weg.

Albert had niemand nodig. Hij had zijn gelijk bewezen. Hij was een uitmuntende landbouwkundige. Nu hij alleen was met zijn kleine kinderen, zijn weidse bietenvelden en zijn suikerraffinaderij verlangde hij ernaar het land, dat niet langer het zijne was, te verlaten. Naast Jiddisch en Hongaars, zijn moedertalen, had hij voor zijn diensttijd bij de huzaren Duits en Roemeens geleerd en sinds die tijd ook de talen van zijn nieuwe regering, Tsjechisch en Slowaaks.

'Ik ga weg, voordat Praag wordt bezet door de Fransen,' zei hij tegen zijn factotum, Tomasz. Albert had zijn hele leven al een vreemdsoortige weerzin tegen de Franse taal, een niet te verklaren overtuiging dat Frans veel moeilijker was dan iedere andere taal in Europa.

Maar hoe kon Albert weggaan? Wie zou zijn bietenvelden kopen? Wie zou hem een goede prijs bieden voor een particuliere raffinaderij? Waar zou hij naartoe gaan? Velen in zijn dorp spraken over Amerika, maar Amerika betekende alleen New York; joden waren niet welkom in de agrarische streken. Alberts broer Michael, of liever gezegd, Amos, drong er in een brief bij hem op aan om naar Palestina te komen, waar hij en zijn nieuwe vrouw Nora de wereld een gloednieuw stel sabrakinderen hadden geschonken, Aron en Ephraim, die zouden opgroeien als de nieuwe joden van het nieuwe Jeruzalem.

'Je bent tenslotte zelf ook een beetje een sabra, Albert,' schreef hij.

Deze opmerking bevreemdde Albert. Een jood kon zichzelf alleen een sabra noemen, zo had hij begrepen, als hij in het land Israël was geboren. Een geleerde vriend legde de bedoeling van Amos uit.

'Je broer maakt een goedbedoeld grapje, Albert. Sabra betekent ook een soort fruit. Een stekelige peer, prikkelig aan de buitenkant, maar zoet en zacht aan de binnenkant.' Een betere omschrijving van Albert was er niet. Maar zijn stekeligheid was noodzaak geweest, want zijn landbezit was groot en kostte veel energie. Er was veel vakkundigheid voor nodig om het te leiden, met markten die zo intens corrupt waren, met inflatie zo krankzinnig hoog en de mensen zo hartverscheurend arm. Zijn stekeligheid was noodzaak geweest omdat zijn ware, rustige, liefhebbende en rationele zelf werd aangezien voor de zwarte ziel van een hypnotische magiër.

Een week nadat de brief van Amos was aangekomen, verkoos het Duitse volk Adolf Hitler als zijn nieuwe kanselier. Albert was teleurgesteld. Hitler leek hem geen geschikte leider voor de Duitsers; hij vermoedde dat diens antisemitisme net zoals het antisemitisme van iedereen, onaangenaam gekrakeel was dat weinig betekende. Antisemitisme deerde Albert zelden. Vaak had hij zelf die neiging een klein beetje gehad, als hij Hasidim hoorde pochen over het onderwerp de wet, en als hij zijn vrienden hoorde pochen over het onderwerp Zion. Niet dat Albert zich schaamde voor het feit dat hij jood was, het was meer dat hij weigerde er moeilijk over te doen. Hij was vader en boer, dat was alles.

Weer een week later gebeurde er iets verrassends. Een Engelsman arriveerde bij Alberts huis, vergezeld door een tolk uit Praag. Albert was buiten zichzelf van opwinding dat een echte Engelsman zich binnen zijn muren bevond. Van alle volkeren uit de wereld waren de Engelsen zijn favoriet. Het was een hele opluchting voor hem geweest dat hij geen vijandig contact met hen had gehad gedurende de oorlog, want hij wist zeker dat de verleiding om de grens over te steken en zich bij hen te voegen heel groot zou zijn geweest. Hij hield van hun formaliteit, hun tweed pakken en hun gebrek aan uiterlijk vertoon.

Albert liet de Engelsman en de tolk in leren stoelen in zijn studeerkamer zitten. Hij belde Tomasz, zijn bediende.

'Wil meneer thee?' vroeg hij de tolk. Hij hoopte dat de Engelsman het bellen om een bediende geen pralerij vond. Het was namelijk heel gewoon dat Albert om deze tijd theedronk, en dat Tomasz door een bel werd gesommeerd en opdracht werd gegeven die te zetten.

'Thee zou heerlijk zijn, meneer,' antwoordde de vertaler in hoog Hongaars. Volgens Albert leek het alsof hij met zijn pre-oorlogse hoogdravendheid en pre-oorlogse bakkebaarden de Engelsman wilde overtreffen in zijn anglicisme.

Toen de thee eenmaal was ingeschonken, zat Albert beleefd rechtop en wachtte tot het doel van dit bezoek zou worden onthuld. Terwijl hij uit zijn kopje nipte alsof hij op het keurigste feestje op het zachtst glooiende gazon in Berkshire was, sprak de Engelsman een korte zin uit en boog daarna zijn hoofd vriendelijk naar de tolk. De stem was licht en aangenaam, met een zachte 'r' en een rustige, neergaande stembuiging. De tolk glimlachte breeduit en verklaarde:

'Meneer Bienenstock, ik vertegenwoordig de regering van Hare Majesteit in Londen.'

Wat een schitterende woorden! Alberts hoofd duizelde van opwinding en daarna nog meer toen de Engelsman, in het uur dat volgde, zijn missie uitlegde.

Het Britse Rijk – nog zo'n schitterende frase – was zich uitermate bewust, zo sprak de Engelsman, van zijn volledige afhankelijkheid van de rietsuiker die uit zijn verre dominions Australië en West-Indië kwam. Mocht er ooit nog eens oorlog uitbreken in Europa – en de Engelsman betuigde dat deze eventualiteit door zijn meerderen als zeer te verwaarlozen werd gezien – dan waren de tactici van de marine het erover eens dat het heel goed mogelijk was dat de zeeën, die de Britse kusten aan elkaar verbonden, afgesloten zouden worden van essentiële voorraden warmweerproducten, waarvan suiker wel de meest essentiële was ... nu ja, op thee na misschien. De Britten hadden nog nooit in hun lange geschiedenis op enige binnenlandse basis suikerbieten geteeld – werkelijk een zeer onvergeeflijke vergissing. Dat ze geteeld konden worden was niet een zaak die aan enige twijfel onderhevig was. Suiker uit riet, daar waren ze zich volledig van bewust, was vanwege het weer geen realistische mogelijkheid, en dat, zo wist meneer Bienenstock ongetwijfeld, was een nationaal gevierd gebrek. Maar suikerbiet, het hoofdproduct van de vruchtbare, inheemse vlaktes van meneer Bienenstock, leek uitstekend geschikt voor het Britse klimaat. Hij was tenslotte verwant aan de wortel, de raap en – zo nam men aan – de kroot, nietwaar? De Britse boer stond bekend om de pracht van zijn wortelen, zijn rapen en zijn kroten; het verbouwen van hun naaste neefjes *Beta Rapa* en *Beta Vulgaris* zou dan toch zeker niet onmogelijk zijn? Het ministerie was echter wel van mening dat er iemand nodig was om hen te begeleiden, een man die alle aspecten van de groente kende, van het veld tot in de suikerpot, als het ware. Meneer Bienenstocks naam was voorgedragen aan vertegenwoordigers van het ministerie in Praag als zijnde een van de meest gezaghebbende mensen in de suikerwereld. Zou meneer Bienenstock willen overwegen om over twee jaar naar Engeland te komen om de onkundige boeren aldaar te begeleiden en te onderrichten, proefbedden te beheren, de bouw van de raffinaderij te leiden en de eerste experimentele verwerking van de oogst in Groot-Brittannië te overzien? Om een meteorologische metafoor te gebruiken: de Britse eilanden waren geteisterd door droogte en hadden een man als meneer Bienenstock nodig om hen met kennis en expertise te besproeien. De regering van Hare Majesteit zou voor dit werk een royaal salaris betalen en met genoegen zulke onkosten wat zaken betreft als de reis en herhuisvesting, naargelang deze zich voordeden, voor haar rekening nemen. De Engelsman zelf twijfelde er niet aan dat hij gedurende die periode een aanvraag zou kunnen indienen om in alle opzichten onderdaan van Koning George te worden, mocht meneer Bienenstock deze status wenselijk achten, en verzekerd zou kunnen zijn van een gunstige uitslag.

De regering van diezelfde majesteit zou ook graag de komende twee jaar, mits meneer Bienenstock het hiermee eens was, tegen marktwaarde zijn velden en zijn raffinaderij in Tsjecho-Slowakije willen kopen en een aantal Britse landbouwers sturen om, samen met hem, twee volledige cycli van de biet, de verbouwing, de oogst en de raffinage mee te maken. De Tsjecho-Slowaakse regering wilde dolgraag in deze zaak helpen. De vriendschap van Groot-Brittannië met de krachtige, jonge democratie was een gevestigd feit in een grillige wereld, een relatie waarop in deze, voor Europa benarde tijden, vertrouwd moest worden.

De Engelsman en de Tsjechische tolk zouden meneer Bienenstock nu alleen laten, zodat hij het voorstel in zich kon opnemen. Hij kon zijn besluit de komende weken laten weten. Werkelijk heerlijke thee. De beste die de Engelsman op het continent had geproefd. Een goede middag, meneer Bienenstock. Wat een enige kinderen.

Als Albert op zijn knieën was gaan zitten en zijn gezicht met zijn handen had bedekt om God te smeken hem alles te gunnen waar hij zo naar had verlangd, dan had hij geen gebed kunnen formuleren dat zo precies zijn behoeften had geschetst. Albert slaagde erin zijn waardigheid genoeg te behouden om niet direct antwoord te geven, maar stuurde drie dagen later een bericht naar Praag dat het hem een genoegen zou zijn in te stemmen met het plan van de Engelsman en dat hij ernaar uitzag om zijn gastvrijheid te bieden aan de landbouwkundige experts die Londen naar hem toe zou sturen.

De Engelse boeren – meneer Northwood, meneer Aves en meneer Williams – arriveerden later dat jaar. Ze maakten op Albert zowel een intelligente als een eerbiedige indruk, en bewezen oplettende en buitengewoon schrandere leerlingen in de kunst van de suiker te zijn. Harry, Paul en Vic, zo wilden ze genoemd worden, waren lief voor Michael en Rebecca, die op hun beurt het Engels onder de knie kregen alsof de taal bij hun geboorte in hen was geplant en slechts had gewacht op de kans om te bloeien. Albert pikte de essentie en de inhoud van de taal ook snel op, maar werd door de jonge Michael vreselijk geplaagd, omdat die maar niet begreep waarom zijn vader de structuur toch niet onder de knie kreeg.

'Nee, vader. Het is niet "Wick Villiams" of een "veelderige wlakte", maar "Vic Williams" en een "weelderige vlakte".'

'Ik kan die letters niet uitspreken.'

'Dat slaat helemaal nergens op!' jouwde Michael, verontwaardigd door zulke dwaasheid. 'Als u "Villiams" en "wlakte" kunt zeggen, dan kunt u natuurlijk ook "Williams" en "vlakte" zeggen.'

'Oude weteranen houden het bij oude gevoontes,' zei Albert dan met opzettelijke koppigheid.

Gedurende die twee, voor het gezin Bienenstock, spannende jaren, werd er alleen maar in het Engels en over Engeland gesproken. De bezoekers spraken over pubs en clubs, over cricket en voetbal, over Oxford en Cambridge, over Leslie Howard en Noel Coward, over kruiswoordpuzzels en de vossenjacht, over koekjes van Huntley en Palmer, over Guy Fawkes Nacht en Derby Dag en over de prins van Wales. Albert dook in een boekwinkel een exemplaar van *Der Forsyte Saga von John Galsworthy* op en merkte dat hij steeds ongeduldiger werd om deel uit te maken van deze gemoedelijk geordende wereld met haar stadspleinen en hotels aan zee, haar gezellige mist en ratelende taxi's, haar politici met hoge hoeden en hertoginnen met witte handschoenen.

Tijdens de overtocht vanuit Bremerhaven (een laatste blik op arm Duitsland en arm, arm Europa), terwijl Rebecca brakend over de reling hing, bracht Michael het onderwerp van hun namen naar voren.

'Harry zegt ...' Het afgelopen jaar was elke bewering van Michael begonnen met die woorden. 'Harry zegt dat Engelse mensen misschien wel gaan lachen om de naam Bienenstock. Harry zegt dat het klinkt als een soort bonenstaak.'

'O jee,' zei Albert. 'We willen niet dat mensen om onze naam lachen. Dan moeten we wat anders verzinnen.'

Een jaar later, toen ze al lang en breed even buiten het stadje Huntingdon woonden, kwam Michael zelf met het uitstekende idee. Zijn beste vriend van de kleuterschool heette Tommy Logan en het viel Michael, die Tommy's naam vele keren op zijn oefenboek schreef, zoals beste vrienden dat doen, op dat 'Logan' eigenlijk 'Golan' was, maar dan in een andere volgorde.

Albert was verrukt. 'Logan,' herhaalde hij steeds weer in zichzelf, 'Logan ... Logan ... Logan.'

'Ziet u, vader!' zei Michael. 'We hebben een *Anglo*-versie van *Golan* gemaakt!'

Zes maanden later wandelden de twee kinderen met hun vader van het Naturalisatie Departement van Binnenlandse Zaken naar Lyon's Corner House op Trafalgar Square.

'Oom Amos zal zo blij zijn,' zei Albert Logan, onderdaan van de koning.

Maar de reactie van Tommy Logan, op de kleuterschool van Huntingdon, was verre van blij.

'Je hebt mijn naam gestolen!' brulde hij. 'Jij vuile *jood*, je hebt mijn naam gestolen. Hoe durf je! Ik zeg nooit meer wat tegen je, jij smerige *jood*.'

'Hoe wisten ze dat je joods bent?' vroeg Albert zich af, toen Michael over deze ruzie aan zijn vader vertelde.

'Juf Hartley vertelde het de eerste dag aan ze,' zei Michael. 'Ze zei dat iedereen aardig voor me moest zijn, omdat nette mensen ons de dood van Christus hebben vergeven.'

'Is het werkelijk?' zei Albert, en een kleine groef verscheen op zijn voorhoofd.

Maar groeven waren niet voor Alberts voorhoofd, ze waren voor zijn velden. De testbedden van de overheid in Huntingdon waren de sensatie van de dag en een kort seizoen lang het gesprek van Engeland.

'GROOT-BRITTANNIË BIET U DE WERELD!' kondigde een kop op pagina vijf van de *Daily Express* aan, boven een foto van Albert en een landbouwer van de overheid die trots voor hun 'experimentele' akkers stonden.

'Deze onbevooroordeelde groente, in werkelijkheid niet meer dan een raap die van zoetigheid houdt, zou wel eens de sleutel kunnen zijn voor het succes van Groot-Brittannië,' verklaarde een redacteur.

Leden van het Britse volk waren daar niet zo van overtuigd.

'Is suiker uit suikerbieten paars?'

'Kunnen er echte Britse klontjes van gemaakt worden?'

'Maakt het dikker?'

'Smaakt het naar aarde?'

'Kun je het gebruiken om een taart te bakken?'

'Kan ik het in de tuin telen en mijn eigen suiker maken?'

'Is het wel eerlijk tegenover de koloniën?'

'Wedden dat ze het niet in de tearoom van de Tate Galerie serveren.'

De daaropvolgende vier, vijf jaar reisde de glimlachende Hongaar, in tweed knickerbocker gekleed in zijn hulstgroene Austin langs de zuidkust en door East Anglia, en schonk overheidssubsidies en landbouwkundig advies aan onzekere maar ontvankelijke boeren. Michael en Rebecca zetten hun opleiding aan Juf Hartleys kleuterschool in Huntingdon voort, een stadje waar Albert inmiddels erg aan gehecht was, ondanks aanvankelijke twijfels.

'Oliver Cromwell?' had hij uitgeroepen, toen hij het voor de eerste keer hoorde. 'Komt Oliver Cromwell hier vandaan? De koningsmoordenaar?'

Hij kon gewoon niet geloven dat het anders zo trouwe en fatsoenlijke stadsvolk van Huntingdon zo oprecht trots kon zijn op hun verdorven zoon, die schandelijke smet op de Engelse geschiedenis, de Britse Lenin. Maar mettertijd leerde hij de Rijksvoogd te vergeven, die tenslotte net als hij een herenboer was geweest en door afschrikwekkende omstandigheden en niet door bolsjewisme of bloeddorstigheid was gedreven tot de gebeurtenissen die leidden tot die afschuwelijke ochtend in januari in Whitehall. Op hun beurt leerden de mensen van Huntingdon te houden van de vreemde Tsjecho-Slowaak met de charmante manieren, de perfecte Engelse kinderen en de onverklaarbare Schotse achternaam. Ze waren minder overtuigd van de raffinaderij waarvan hij de bouw had overzien en die hij nu beheerde. Zij verspreidde een weeë lucht van aangebrande pindakaas die op windstille dagen boven de hele stad hing. Maar de bouw van een tweede raffinaderij in Bury St. Edmunds gaf de jonge Michael zijn eerste les in managementtechnieken en was alleen daarom al van belang.

Op een regenachtige middag, terwijl Rebecca en Michael zaten te spelen op de vloer van hun vaders studeerkamer, kwam er een technicus op bezoek bij Albert. Hij liet een zeshonderd pagina's dik rapport vol met technische tekeningen en wetenschappelijke data achter, waarvoor hij dringend Alberts goedkeuring nodig had.

Michael keek die avond toe, toen Albert met het rapport op zijn schoot zat.

'Moet u dat allemaal lezen?'

'Het lezen? Wat weet ik nou van manometers en ampères? Dit is wat ik doe.'

Albert bladerde met zijn duim willekeurig door de pagina's van het rapport. Met rode inkt onderstreepte hij een paar woorden en bladerde naar een bladzijde waar hij een aantal getallen omcirkelde en een groot vraagteken in de marge zette. Hij deed dit vier of vijf keer, voordat hij onder aan de laatste pagina de woorden krabbelde, 'Kan het substation de extra belasting aan?'

Michael stond toevallig bij de studeerkamer toen de technicus een week later weer langskwam.

'Ik heb de cijfers waar u vraagtekens bij had gezet, gecontroleerd en gecontroleerd, meneer Logan en mijn collega's ook, maar we hebben toch verdorie geen fout kunnen vinden.'

'Ah. Het spijt me, mijn beste vriend. Dan moet ik een fout gemaakt hebben. Ik had niet aan u moeten twijfelen.'

'Nou, we doen ons werk graag grondig, meneer. We waren ook vrij zeker over het substation. Maar toen, en u raadt het nooit, belden de aannemers om te zeggen dat ze een rekenfout hadden gemaakt met de toleranties. Ze hadden tien procent hoger moeten zijn.'

Nadat Albert de dankbare en bewonderende technicus had uitgelaten, sprak hij Michael toe, die hij in de gang had zien gluren.

'Zie je? Nu hebben ze het zo vaak gecontroleerd dat alles wel in orde moet zijn.'

'Maar het substation dan? Hoe wist u dat?'

'Soms gok je goed. Geloof me, je kunt er altijd van op aan dat substations de belasting niet aankunnen en je kunt er altijd van op aan dat andermans trots veel werk voor je zal verrichten.'

II

Op een dag tijdens de vakantie, de week voordat Michael zijn eerste trimester op een kostschool in Sussex zou beginnen, ontbood Albert zijn kinderen in zijn studeerkamer. Hij keek heel ernstig en sprak in het Hongaars, een onbetwistbaar veeg teken.

'Ik heb zojuist een brief van jullie oom Amos gekregen,' zei hij. 'Het betekent dat ik een poosje weg moet. Het is voor mij een goed moment om vakantie te nemen. Jij moet nu wat eerder naar je nieuwe school, Michael. Ik heb met de hoofdonderwijzer getelefoneerd en hij wil met alle plezier voor je zorgen. Jij blijft thuis, Rebecca, en mevrouw Price zal op je passen.'

'Wat is er, vader?' vroeg Michael. 'Wat is er gebeurd?'

'Onze neven en nichten in Wenen, jullie oom Rudi en oom Louis en jullie tantes Hannah en Roselle en alle kinderen willen graag uit Oostenrijk weg en naar Engeland komen. Ik kan helpen omdat ik mijn Britse paspoort heb. Maar ik moet er zelf naartoe. Een vervelend vereiste, maar niettemin een vereiste.'

De volgende dag moest Albert naar Londen om zijn oude vriend van Buitenlandse Zaken te spreken, de Engelsman die hem in 1933 had bezocht. Albert zag ervan af enige toespelingen te maken op Groot-Brittanniës 'hechte vriendschap met de krachtige, jonge democratie', het 'gevestigde feit in een grillige wereld' waarover de man die middag in Tsjecho-Slowakije had gesproken. Het was niet aan Albert om vraagtekens te zetten bij meneer Chamberlains theekransje met Hitler.

De man van Buitenlandse Zaken luisterde naar Alberts verhaal en moest toegeven dat de zaak enigszins buiten zijn bevoegdheid viel. Hij beval een man aan die hij kende in een ander departement en was zo vriendelijk een introductiebrief voor Albert te schrijven.

De man van het andere departement mocht deze Logan met zijn Midden-Europese epiglottis niet, misschien omdat zijn naam Murray was.

'Werkelijk, sir, ik weet niet wat u bedoelt met "een standpunt innemen". We hebben een groot aantal Britse joden zoals uzelf, die hier elke week komen en allemaal verklaringen van deze aard afleggen. Ik zeg tegen hen allemaal wat ik nu tegen u ga zeggen. Het is een gecompliceerde kwestie. U moet begrijpen dat er op het continent momenteel een onzekere diplomatieke toestand heerst. Na recente, moeizaam behaalde successen in München, is de regering van Hare Majesteit niet in een positie om eisen te stellen aan Duitsland, aangezien dit lankmoedige land worstelt om een samenhangend gevoel van nationale identiteit te uiten, en om een behoorlijke plaats aan de wereldtafel te verwerven. Het is precies dit soort hysterisch geroddel waar u en uw mede ... u en uws gelijken zich mee bezighouden, dat de delicate onderhandelingsbalans kan ontwrichten en een bedreiging kan vormen voor een vreedzame relatie.'

'Maar mijn vreedzame relaties worden al bedreigd,' zei Albert met het ongekunstelde woordenspel dat alleen iemand kan bereiken die het Engels niet als moedertaal heeft.

'Werkelijk! Als u erop staat om uw inzicht in een mogendheid als het nieuwe Duitsland te baseren op de geruchten van een broer uit Jeruzalem ...'

Albert wist genoeg om zijn mond te houden in de aanwezigheid van een triomfalistische *Munichois*.

'U bent natuurlijk vrij om waar dan ook naartoe te reizen, meneer *Logan*, maar ik moet u waarschuwen dat, als u ook maar één wet van het Duitse Rijk overtreedt, u geen bescherming of immuniteit hoeft te verwachten. Ik raad u aan een tijdje te wachten. Als uw familie daadwerkelijk naar Engeland wil komen, zal ze eerst moeten voldoen aan de emigratie-eisen die haar eigen regering aan haar stelt.'

'Maar ze hebben geen eigen regering, meneer!' riep Albert uit, en klonk, daar was hij zich pijnlijk van bewust, net als het soort weeklagende jood dat hij en een groot deel van de wereld verachtten.

Nooit vertelde hij aan Michael of Rebecca hoe volledig zijn vertrouwen was vernietigd door de onverschilligheid en afkeuring die hij die dag van de regering van Hare Majesteit had ondervonden, en door de vier dagen daarna, toen hij de wachtkamerstoelen van Whitehall versleet en het geduld van de weinige functionarissen uitputte die erin toestemden hem te zien. Als hij lang genoeg had geleefd om de Slag om Engeland en de Blitz mee te maken, dan zou zijn vertrouwen in de Britse mogendheid op zijn minst gedeeltelijk zijn hersteld, daar bleef Michael van overtuigd. Michael kreeg later van oom Louis de volle omvang van zijn vaders desillusie en wanhoop gedurende die pijnlijke week te horen, zoals hij de details van alles wat zou volgen te horen kreeg.

Toen hij in Wenen aankwam, ontbood meneer Albert Logan, bekende boer en raffinadeur van suikerbieten, via een boodschapper zijn neven en nichten naar het hotel dat hij had begunstigd met zijn klandizie. Daar kreeg hij te maken met zijn eerste tegenslag, daar begon de scherpe punt der Waarheid in zijn nieuwe Engelse hachje te steken.

De boodschapper keerde een halfuur later terug met een brief. Albert pakte wat briefjes uit zijn zak om de jongeman mee te betalen en was stomverbaasd om te zien dat het geld hem, zonder een dank je wel, ruw uit de handen werd gegrist.

'Kalm aan, jongeman,' zei Albert op zijn meest aristocratische officiers-Weens.

De boodschapper spuugde op het tapijt, een spatje geel spuug belandde op de glimmende, bruine brogues van Albert. 'Jodenvriend,' zei hij minachtend en schreed de kamer uit.

Ongelovig schudde Albert zijn hoofd en opende de brief. Nu

stak de scherpe punt der Waarheid tegen zijn vel en begon het te doorboren. Zijn neven en nichten konden zo'n bijeenkomst niet bijwonen, legden ze met overdadige excuses uit. Om zich te houden aan de wetten in Oostenrijk onder de recente *Anschluss*, waren ze verplicht een gele ster op hun jas te dragen. Iemand met een gele ster op zijn jas, zo verzekerden ze Albert, werd niet toegelaten in een hotel zoals het Franz Josef.

Mohammed nam een taxi naar de berg. Neven Louis en Rudi en hun gezinnen zaten allemaal op een kluitje in een kleine kamer, in een deel van de stad dat Albert, die Wenen goed kende uit zijn oude huzarendagen, nooit had overwogen om te bezoeken. Hij schrok toen hij hen zag, meer dan hij kon bevatten, erger nog dan hij ooit was geschrokken. De witte wormen in de oogkassen van zijn kameraden en de gebakken levers van de jonge kozakken hadden hem niet meer geschokt dan dit: in deze kleine kamer boorde de scherpe punt der waarheid zich diep in hem, totdat hij rukte aan de muren van zijn hart. Albert steunde op zijn paraplu van Swaine, Adeney en Brigg en huilde een kwartier lang als een klein kind, terwijl zijn neven en nichten zich bezorgd om hem heen schaarden.

Albert had trouw gekend en daarna afgezworen aan keizer Franz Josef, van wiens cavalerie hij had gehouden; hij had trouw gekend en afgezworen aan twee koningen George en een koning Edward wiens land en volk en geschiedenis hij had aanbeden. In dat afschuwelijke, kleine kamertje met die onberekenbaar weerzinwekkende stank, een stank die alle waardigheid en kleur en kracht van zijn familie wegnam en alle waardigheid en kleur en kracht van hemzelf wegnam, van zijn tweed, van zijn dure bagage en zijn kleine, blauwe paspoort, in die afschuwelijke, stinkende kamer zwoer hij een nieuwe trouw, aan zijn volk – zijn domme, klagende, hulpeloze en hemeltergend irritante volk, met wiens geloof hij de spot dreef, wiens cultuur hij verachtte, wiens gekunsteldheid en vooroordelen hij verfoeide.

Met leugens, met listigheid, met gebruik van oude militaire contacten en boven alles natuurlijk met geld, wist Albert de noodzakelijke papieren te bemachtigen die het zijn neven en nichten mogelijk maakten Wenen te verlaten. Naast Louis, Rudi, Hannah en Roselle, waren er vier kinderen, Danny, Ruth, Dita en Miriam. Hij nam ze met de trein mee naar Holland en daarna per boot naar Harwich in Engeland. Hij bleef lang genoeg in Huntingdon om hen voor te stellen aan Rebecca en haar kinderjuffrouw mevrouw Price en reed toen naar Sussex om een bezoekje te brengen aan de hoofdonderwijzer van Michael, dr. Valentine.

'Hier is geld genoeg om de resterende tijd van zijn scholing te betalen,' zei hij. 'Ik hoop dat u ervoor zorgt dat hij een uitstekende beurs krijgt voor de particuliere middelbare school.'

'Nou, meneer Logan, ik denk dat dat eigenlijk meer afhangt van de intelligentie van de jongen en met hoeveel vlijt hij zich toelegt op zijn werk. Een beurs is niet iets waarop u kunt ...'

'Michael is zeer intelligent en een harde werker. Ik wil hem nu graag spreken.'

Een jongen werd gestuurd om de jonge Logan te halen.

Terwijl ze op hem zaten te wachten, sprak Albert de hoofdonderwijzer nogmaals aan. 'Nog iets, dr. Valentine. Het is mogelijk dat u denkt dat mijn zoon en ik joodse mensen zijn.'

'Werkelijk, meneer Logan, ik had er geen ogenblik ...'

'Laat het duidelijk zijn dat wij *geen* joodse mensen zijn. Michael is geen joodse jongen. Hij behoort tot de Anglicaanse Kerk. Ik ga nu naar Europa, maar ik heb vrienden hier in Engeland. Als mij ter ore komt dat ook maar één persoon hier op school suggereert of zegt dat Michael een joodse jongen is, is het mogelijk dat ik terugkom om hem hier weg te halen en dat ik u met mijn vuisten sla, dr. Valentine, met genoeg kracht om u te doden.'

'Meneer Logan!'

'Daar komt hij. We gaan een stukje wandelen, hem en mij ... hij en ik.'

De overdonderde dr. Valentine bleef alleen achter om deze alarmerende bedreiging te overpeinzen, terwijl Michael zijn vader het meer, de ponyweide, het cricketveld en de bossen waar hij en zijn vrienden cowboy en indiaantje speelden, liet zien.

Albert sprak in een mengeling van Jiddisch en Hongaars. Michael antwoordde in het Engels.

'Je bent nu zeven jaar, Michael. Oud genoeg om de feiten van de wereld te kennen.'

'Het is al goed, vader. Dat weet ik al.'

'Je weet het al?'

'De man plast in de vrouw en dan krijgt ze een baby. Wallace heeft het verteld. Hij is de ouderejaars van mijn slaapzaal.'

'Wat een kind. Ik heb het niet over *die* feiten, die, dat kun je je vriend Vollis vertellen, niets te maken hebben met urineren. Ik heb het over de echte feiten.'

'De echte feiten?'

'Vertel me eens, Michael Logan. Wat is je geboorteland?'

'Hongarije,' zei Michael, en hij stak zijn borst naar voren.

'NEE!' Albert draaide zich om en schudde zijn zoon wild door elkaar. 'Niet goed. Zeg me nog eens. Wat is je geboorteland?'

Michael staarde zijn vader verbijsterd aan.

'Tsjecho-Slowakije?' stelde hij angstig voor.

'NEE!'

'Nee?'

'Nee! Je komt uit Engeland. Je bent Engels.'

'Ja, natuurlijk, maar ik ben geboren ...'

'Je bent geboren in Huntingdon. Je bent opgegroeid in Huntingdon. Wat is je geloof?'

Michael had zijn vader nog nooit eerder zo gezien. Zo sterk en zo boos. 'Anglicaans?'

'JA!' Albert gaf hem een kus. 'Goed zo, jongen. Je begrijpt het. Je mag nooit, ooit, op straffe van de ergste pijnen en mijn eeuwigdurende vervloekingen, ook maar iemand vertellen dat je joods bent. Begrijp je me?'

'Maar waarom niet?'

'Waarom niet? Omdat de Duitsers eraan komen, daarom niet. Ze zullen zeggen dat ze niet komen, maar geloof me, ze komen wel. De nazi-Duitsers komen en ze zullen iedereen weghalen die joods is. Dus jij bent niet joods en je zusje is niet joods. Je kent geen joden, je ziet geen joden, je praat niet met joden. Jij bent Michael Logan uit Wyton Chase, Huntingdon. Je ooms en tantes uit het buitenland wonen bij je. Zij zijn lutheraanse christenen.'

'En jij woont natuurlijk ook bij me.'

'Natuurlijk,' zei Albert. 'Ik woon ook bij je. Natuurlijk.'

Zes maanden later kreeg Michael een brief met een exotische poststempel.

'Jeruzalem!' schreeuwde een van zijn vrienden. 'Logan heeft een brief uit Jood-ruzalem.'

'Mijn oom zit bij het Palestijnse leger,' zei Michael nonchalant.

'Logan is een jood!'

'Nietwaar, verdomme!'

'Vrekkige joodse jood!'

'Wat is hier aan de hand?'

Michael draaide zich angstig om, terwijl Edward Wallace zich door de menigte een weg naar voren baande. Wallace was een ouderejaars en stond erom bekend dat hij in staat was iemand genadeloos geestelijk te kwellen.

'Loganstein heeft een brief uit Jodenland gekregen.'

'Hij is een jood. Je kunt het zien. Kijk maar naar zijn neus.'

'Hij is een Rondkop, da's zeker.'

Rondkoppen waren, in schooltaal, degenen die besneden waren, even onmiskenbaar als de Cavaliers, die niet besneden waren.

Wallace keek neer op Michael, zijn ogen flitsten vals over het gezicht van de jongen heen en weer, alsof hij tot een besluit kwam. Michael zette zich schrap. Zijn mond was droog en hij voelde zich slap van angst.

Uiteindelijk deed Wallace zijn mond open. 'Doe niet zo achterlijk,' zei hij. 'Logan is geen vrekkige jood, hij is een vrekkige Schot, net als ik. En toevallig weet ik dat jij ook een Rondkop bent, Hutchinson, en sterker nog, de wereld kent geen grotere neus dan die van jou. Hij is toevallig zo groot dat er in de kranten over wordt gesproken om kinderen uit East End tot het einde van de oorlog te evacueren in je linker neusgat.'

Een vloedgolf van honend gelach spoelde over Hutchinson heen, en Michael moest zijn spieren samenklemmen om niet in zijn broek te plassen van opluchting. Wallace draaide zich met een glimlach naar hem toe.

'Mag ik die postzegels alsjeblieft, McLogie, ik spaar ze.'

Michael scheurde de hoek van de envelop af en overhandigde

hem met een stralende blik van dankbaarheid. Wallace gaf hem een draai om zijn oren en zei dat hij niet zo als een aap moest zitten grijnzen, anders zou hij hem een trap tussen zijn ribben geven.

'Sorry, Wallace.'

Michael was daarna naar de achterkant van de school gerend om de brief rustig te kunnen lezen. Hij was van zijn oom Amos. Tot op de dag van vandaag heeft hij er spijt van dat hij toen de brief niet zorgvuldiger las. Een snelle blik was alles wat hij zichzelf gunde voordat hij hem in kleine stukjes scheurde en door het toilet spoelde.

Het enige dat hij zich later kon herinneren van de brief was een aantal zinnen. Oom Amos schreef dat Michaels vader twee dagen nadat Chamberlain de oorlog aan Duitsland had verklaard door de nazi's was neergeschoten. Iets over Berlijn. Iets over leven in de getto's en warmte verspreiden. Albert Golan was een held van de joden en een groot man. Moisha Golan, zijn zoon, moest erg trots zijn en de herinnering levend houden.

De volgende dag kwamen oom Richard en Herbert, zoals Louis en Rudi zichzelf inmiddels noemden, om Michael van school op te halen.

III

Al het geld was natuurlijk verdwenen. Al het geld van de verkoop van de boerderij in Tsjecho-Slowakije, al het geld dat hij de afgelopen jaren had verdiend voor zijn werk voor het ministerie, al het geld van zijn belangen in de twee raffinaderijen. Michaels daaropvolgende drie jaar op dr. Valentine's school waren geregeld. Daarna ...

'Ik krijg vast en zeker een beurs,' zei Michael. 'En ik neem in de vakantie een baantje om de school van Rebecca te betalen.'

'Je bent nog niet eens tien, Michael,' zei tante Roselle, tegenwoordig tante Rose. 'Wij betalen jullie scholen. We hebben allemaal werk, we zullen voor jullie beiden zorgen. We zullen er trots op zijn om jullie als zoon en dochter te hebben.'

Maar Michael vond baantjes. Elke dag van zijn vakantie was hij bezig om geld te verdienen. Eerst werkte hij bij een bakker in Huntingdon als bezorger en daarna, nadat hij met een beurs naar de particuliere middelbare school was gegaan, haalde hij zijn familie bij elkaar en deed ze een voorstel.

'Mevrouw Anderson wordt al erg oud,' zei hij. 'Ze wil haar winkel verkopen. Waarom nemen wij hem niet over?'

'Waar zouden we zoiets van moeten betalen?'

'We kunnen dit huis verkopen en boven de winkel gaan wonen. Ik heb inlichtingen ingewonnen. Er is ruimte genoeg voor ons allemaal. Het is erg krap – Rebecca, Ruth, Dita en Miriam zullen een kamer moeten delen, Danny en ik slapen dan achter de toonbank – maar het zou kunnen.'

Logans Snoep- en Tabakswaren stond binnen de familie bekend als de winkel van Michael. Michael deed de boeken, aangezien hij het meest wiskundige brein van de familie had. Hij begreep het coupon- en rantsoensysteem, hij begreep hoe hij moest afdingen en hij begreep hoe hij klanten kon binden.

Op een avond klopte tante Rose op zijn kamerdeur.

'Michael, Happidrome is op de radio. Wat ben je daar aan het doen? Kom toch naar beneden.'

Ze opende de deur en zag Michael met een dik boek in zijn handen.

'Dit is mijn klantenboek,' legde hij uit. 'Elke keer als klanten de winkel binnenkomen, praat ik met ze en zoek ik uit wat ze lekker vinden. Ik houd bij wat hun favoriete tabak, of sigarettenmerk, of soort snoep is en elke avond controleer ik of ik het weet. Neem het boek maar. Vraag maar wat.'

Een verbijsterde Rose sloeg een pagina op en bood de naam 'Meneer G. Blake'.

'Godfrey Blake,' zei Michael, 'woont in Godmanchester Street en rookt veertig Player's Wright per dag. Hij koopt een pakje Craven A per week voor zijn vrouw, die alleen in het weekend rookt. Hij heeft een zoon in de landmacht in Noord-Afrika en een dochter bij de Luchtmacht Vrouwenafdeling. Hij is assistent blokhoofd bij de Luchtbeschermingsdienst, aan zijn heup gewond geraakt bij Passchendaele en is heimelijk verliefd op Janet Gaynor. Hij heeft een zwak voor pepermuntballetjes en ik geef hem er altijd een of twee als hij geen coupons meer heeft. Hij geeft me één halve kroon om op zondag zijn auto te wassen.'

'Poeh!' zei tante Rose. 'Meneer Tony Adams?'

'Commandant Luchtgevechtseenheid Anthony Adams,' zei Michael, 'bestuurt vanachter een bureau op RAF Wyton. Hij heeft een liefje dat Wendy heet, een meisje dat in het landarbeidstersleger in de buurt van Wisbech werkt en hij rijdt daar twee keer per week op zijn motor naartoe om haar te zien. Hij rookt voorgedraaide Parson's Pleasure die ze in de officiersmess niet verkopen en hij neemt graag anijsballetjes voor zichzelf en Fry's Five Boys chocolade voor Wendy.'

'Michael. Waarom heb je dit allemaal geleerd?'

'Omdat die mensen roken en snoepen. De eerste keer dat meneer Blake in de winkel kwam, was hij toevallig in de buurt. Nu loopt hij die extra kilometer twee keer per week. Als na de oorlog de zaak gaat groeien, zijn zulke mensen belangrijk.'

'Als de zaak ...? Hoor hem eens. Michael, het is maar een winkel.'

'Het is een zaadje, tante Rose. Maar goed, ik moet volgende week terug naar school. U en tante Hannah regelen de zaken door de week. Ik zal het boek voor u achterlaten. Iedereen moet het eigenlijk uit zijn hoofd kennen – Danny, Dita, Miriam, iedereen – zodat ze, als ze in het weekend helpen, de klanten het gevoel kunnen geven dat ze belangrijk zijn.'

In de ogen van de familie was Michaels bestemming even onvermijdelijk als die van de prins van Wales. Hij was een force majeur en dat was dat.

Tijdens daaropvolgende schoolvakanties, toen de oorlog tot een einde kwam, begon ook de echte uitbreiding van de zaak, de ontkieming en groei van het zaadje. Er werd een krantenwijk bijgevoegd, werk op de vroege morgen voor Danny en zijn zusje en zijn neven en nichten. Brood, aardappelen, bloemen en steeds meer soorten blikgroenten stonden op de planken van de kleine detailhandel gepropt, totdat Michael en Richard besloten dat het de moeite waard zou zijn het huis ernaast te kopen, de gemeenschappelijke muur door te breken en een kleine versie van een koloniale winkel te creëren.

In 1947 won Michael een beurs voor Cambridge die hij afsloeg.

'We kunnen de zaken nu echt aanpakken,' zei hij.

Een oproep voor de dienst, het jaar daarop, kon echter niet worden afgeslagen. Zijn oude beschermer van school, Edward Wallace, die zijn dienstperiode had uitgesteld tot na Oxford, waar hij nu klaar was, haalde hem ertoe over zich ook aan te melden bij het Royal Norfolk Regiment.

'Niet zo'n toonaangevende compagnie, maar dat is juist goed, want dan zijn wij de hanen in het kippenhok. En genoeg tijd voor paardenrennen en vrouwen.'

Op een middag, tijdens zijn officierstraining in Wiltshire, las Michael een kort verhaal van Somerset Maugham dat hem het idee gaf waar hij naar op zoek was geweest. Het ging over een man die op een middag in een stadje in de Midlands een pakje sigaretten nodig had. Hij wandelde door de straten op zoek naar een sigarenwinkel: hij liep zowat een hele kilometer eer hij er een vond. In plaats van verder te gaan en er niet meer aan te denken, zoals een gewoon mens, liep deze jongeman terug naar de plek waar hij eerst had gestaan. 'Hier ga ik een nieuwe sigarenwinkel openen,' zei hij tegen zichzelf, 'er is duidelijk vraag naar.' Zijn winkel was een doorslaand succes. 'Wat kinderlijk eenvoudig,' dacht de jongeman. De daaropvolgende twintig jaar reisde hij door Groot-Brittannië en wandelde door de straten op zoek naar sigaretten. Steeds als hij ver moest lopen, opende hij op die plek een nieuwe winkel. Hij was miljonair tegen de tijd dat hij vijfendertig was.

'Nou, Tedward,' zei Michael tegen zijn vriend Wallace, 'God zegen meneer Maugham.'

'Denk je niet,' zei Wallace, 'dat anderen dit al geprobeerd hebben?'

'Wat je moet begrijpen, Tedward, is dat "anderen" nooit iets proberen. Die laten het over aan mensen zoals wij.'

'Laat mij erbuiten, liefste,' zei Wallace. 'Het riekt naar werken.'

Anderhalf jaar later ontmoette Michael Lady Anne Bressingham, wat hem iets gaf om naartoe te werken. Ze was elf toen ze elkaar ontmoetten en Michael nog geen twintig, maar hij was er meer nog dan wie ook van overtuigd dat ze zou uitgroeien tot de vrouw voor hem.

Wallace schold hem uit voor perverseling.

'Nee, nee, Tedward, je begrijpt het niet. Het zit 'm in de glimlach. Ze heeft de goede glimlach. Op dit moment is ze een stakerig meisje, maar ik weet wat ze gaat worden. Het zit 'm nooit alleen in de ogen, of de schoonheid, of het figuur, het is altijd de glimlach. Toen ze glimlachte, wist ik het meteen. Zo simpel is het.'

Tegen 1955 kon Wallace met recht zeggen dat de Logan kiosk-sigarenwinkels net zo vertrouwd waren in het Engelse straatbeeld als hondendrollen en knipperbollen.

'Er komt binnenkort een einde aan de kledingrantsoenen,' zei Michael. 'Mensen willen goede kwaliteitskleren met felle kleuren en tegen een lage prijs. Die nieuwe tieners willen spijkerbroeken uit Amerika. Het is tijd dat we ons daar eens in gaan verdiepen.'

In 1959, tijdens een feestje om de publicatie van *Odes van toorn* van Edward Lennox Wallace te vieren, nam Logan de opkomende dichter even terzijde.

'Ik ga de uitgeverswereld in, Tedward. We hebben APC Magazines Ltd gekocht. Wat vind je daarvan?'

'Vrouwentijdschriften en kinderstrips.'

'Voornamelijk. Maar we hebben ook andere titels. *New Insights*, bijvoorbeeld.'

'*New Insights* is ouder dan God en al net zo dood.'

'Vertel me dan maar eens wie ik in dienst zou moeten nemen om hem weer nieuw leven in te blazen? Ze zeggen dat Mark Onions een aankomend talent is.'

'Stanley Matthews weet meer over poëzie en literatuur dan Mark Onions. Mark Onions zou nog geen zieke woelmuis nieuw leven in kunnen blazen.'

'Misschien moet ik mijn getuige vragen.'

'Je *wat*?'

'Anne en ik gaan trouwen. Ik had gehoopt dat de ring in jouw vestje zou passen.'

De daaropvolgende zestien jaar werd Logans verzameling

bedrijven getransformeerd tot een koninkrijk en daarna tot wat de wereld alleen maar een imperium kon noemen. Het geniale, daar was iedereen het over eens, lag in de beheersing van de details, in de flexibele strategie en in het meedogenloos verzamelen van uitgebreide en tot vervelens toe technische informatie. In de jaren vijftig had Michael de telefoon opgepakt om zijn zeer winstgevende productiebedrijf van gloeikathodebuizen te verkopen, nadat dat hij van een vriend in Amerika had gehoord over de ontwikkeling in de laboratoria van een voorwerp dat een transistor heette.

'Maar het duurt nog een hele tijd voordat ze op de markt komen,' had de vriend gewaarschuwd. 'Vacuümbuizen gaan nog jaren mee.'

'Dan kan ik nu dus een goede prijs krijgen voor de fabriek. Denk je dat ik er volgend jaar, als iedereen over die transistor van jou heeft gehoord, zo'n goede prijs voor zal krijgen?'

Begin jaren zestig kocht Logan zich in, in vinyl en kunstvezels, en deed dit vijf jaar later weer van de hand, vlak voordat wol en katoen en leer een triomfantelijke terugkeer in de mode maakten. De tienerdochter van een managementmedewerker had hem verteld dat nylon definitief uit, saai en nep was.

De verkooppunten in winkelstraten werden, tegen enorme kosten, opnieuw ontworpen, met gangpaden en winkelwagentjes, zodat klanten zichzelf konden bedienen van hun waren en konden betalen aan een kassa. Een onaangename maatregel, maar een waarvan Logan overtuigd was dat het de weg naar de toekomst was. De naam van deze nieuwe supermarkten werd veranderd van Logans naar Lomark Stores. Alle bedrijven die Michael verwierf, handelden trouwens onder hun originele naam, of onder een nieuwe naam die niets te maken had met de eigenaar. Het woord 'Logan' werd alleen door het moederbedrijf gebruikt op de effectenbeurslijsten. 'Niemand houdt van een wijsneus,' zei Michael. 'Als mijn klanten wisten dat de man die hen marshmallows en sigaretten verkocht dezelfde man was die hun tijdschriften uitgaf en hun televisies maakte, dan zouden ze me in de steek laten. Ze hebben tenslotte ook hun trots.'

De financiële wereld wist het natuurlijk wel en keek goedkeurend naar iets wat destijds een zeldzaam genoegen was voor de beurzen; een gevarieerde groep bedrijven, geleid door één moedermaatschappij; een maatschappij die niet bang was te lenen en uit te breiden, hier af te stoten en daar te herinvesteren. Van elke huid die Logan afwierp, bleven restjes over op de vloer van de effectenbeurs, elk bedrijfshuwelijk en elke bedrijfsverkrachting werd gezegend met winstgevende resultaten.

Maar Michaels familie van tweede- en derdegraads neven en nichten bleek een zware beproeving voor hem. Alleen de ouder wordende Richard toonde enig blijk van zakelijk talent: hij stierf in 1962, al gauw gevolgd door zijn broer Herbert. Hun kinderen waren niet geïnteresseerd in het imperium. Michael wilde hen heel graag helpen, zoals zijn vader hen had geholpen, maar zij deden dat liever zelf, verhuisden naar Londen, trouwden gegoede joodse families en baanden zich een rustiger weg door de wereld.

'Je bent onze vader niet,' had Danny tegen Michael gezegd, toen hij een aanbod van geld weigerde. 'Je bedoelt het goed, maar je blijft maar proberen alles en iedereen op te slokken.'

Michael was hierdoor gekwetst. Hij had een grote gave om werk te creëren voor duizenden, geld te verdienen voor duizenden. Het was toch zeker zijn plicht deze gave te gebruiken; er in elk geval met liefde en toegeeflijkheid gebruik van te maken. Niemand behandelde zijn werknemers beter. Geen magnaat met vergelijkbare macht en aanzien kon beweren de voornamen en familiegeschiedenissen van zoveel werknemers te kennen. Geen magnaat met vergelijkbare macht en aanzien verwelkomde met zoveel enthousiasme een Labourregering. Hij betaalde zijn extra inkomstenbelasting manmoedig, zonder openlijk te morren, hoe afschuwelijk hij het achter gesloten deuren misschien ook vond. Na de rampspoed van de devaluatie en de stijgende inflatie van de jaren '70 verloor hij voorgoed het respect voor partijpolitici en de interesse in hun kortetermijn-gekrakeel. Hij bewaarde zijn politieke energie voor wereldzaken en gaf de voorkeur aan staatslieden uit de Derde Wereld met hun vliegenmeppers en djellaba's, in plaats van aan de saaie deelraadsleden in Westminster. Zijn weldoende, paternalistische stijl werd door de binnenlandse politieke partijen met minachting aanschouwd, maar zijn onpartijdig verdeelde geld werd door iedereen met open armen ontvangen.

Michael verwachtte niet dat zijn zusje Rebecca zich in de zakenwereld zou mengen. Hij had gehoopt dat ze een perfecte tweede vrouw zou zijn voor zijn vriend Wallace, wiens dichtkunst Michael verre van begreep of leuk vond, maar wiens succesvolle redacteurschap van *New Insights* hem veel genoegen had gedaan. In plaats daarvan trouwde ze met Patrick Burrell, in Michaels ogen echt een vreselijke man die onophoudelijk en schaamteloos om geld bedelde, maar hem in elk geval voorzag van iemand die bijna als een dochter voor hem was, zijn nichtje Jane.

'Omdat je altijd beweert dat je geld voor haar nodig hebt,' zei Michael uiteindelijk tegen Burrell, 'zal ik voor eens en voor altijd geld voor haar vastzetten. Een miljoen pond, voor haar en haar alleen. Ik zal morgen een rekening openen. Ze mag het chequeboekje zelf beheren als ze eenentwintig is. Als er in de tussentijd schoolgeld of kleren voor haar betaald moeten worden, dan laat je het me wel weten, nietwaar, Patrick?'

Burrell vatte dit niet zo goed op en stuurde Rebecca enige jaren later vanuit New York een telegram waarin hij haar liet weten dat hij iemand anders had gevonden. Michael had het naar gevonden voor zijn zusje, maar was opgelucht geweest dat hij van deze relatie af was.

Een relatie die hij met veel spijt verbrak, vond iets meer dan een jaar na het huwelijk van Rebecca plaats. Het was onder Michaels aandacht gekomen dat Edward Wallace geld had gestolen van het tijdschrift; niet erg veel, dat was waar, maar wat Michael betrof ging het niet om de schaal van de verduistering. Het kostte veel tijd eer hij het zijn oude vriend kon vergeven. Hij keek wanhopig toe hoe de dichter daalde in creativiteit en charme, en toenam in omvang en dronken mensenhaat.

In 1966 knielde Michael voor de koningin en kwam geridderd weer overeind. In 1975 stond hij op om zijn eerste toespraak in het Hogerhuis te houden als Baron Logan van Swafford. Een jaar later, op de leeftijd van zesenveertig jaar, kwam hij tot het besluit dat hij het recht had verdiend zijn gezaghebbende concentratievermogen te verleggen naar het beginnen van een gezin. Hij begon met een zoon, Simon. Twee jaar later schonk Anne hem nog een jongen, David. Na deze geboorte haalde ze Michael ertoe over de frauduleuze praktijken van Wallace te begenadigen en te vergeven.

'Ik kan zien dat je hem mist, lieverd. Laten we hem vragen of hij Davids peetvader wil worden.'

Negen jaar later, op het moment dat een vrouw redelijkerwijze haar baarmoeder zou kunnen vergeven of zelfs bedanken voor het feit dat zij stilletjes in onbruik is vervallen, werd Anne opnieuw zwanger, dit keer van twee jongens tegelijk.

IV

In 1991, met de vijfde verjaardag van de tweeling op komst, liet Edward, vijftien minuten de jongere, tekenen zien van serieuze astmaproblemen. Dit bracht Lady Anne ertoe een nachtelijke patrouille op te zetten om zijn ademhaling te controleren.

Op een warme nacht, de lucht bol van de pollen en spore, konden de kreten van ontzetting gehoord worden van Sheila, de kinderjuffrouw van de tweeling. Ze rende door de gang van de kinderkamer en gilde luidkeels om Lady Anne.

Edward, zo jammerde ze, lag blauw en levenloos in zijn bedje. Dood, helemaal niet ademend. Helemaal dood. Afschuwelijk dood. Anne en Michael renden naar de trap, hun hart sloeg over in paniek en doodsangst.

Ondertussen waren de twee oudere jongens wakker geworden van hetzelfde geschreeuw en de commotie. Ze renden direct naar de slaapkamer van de tweeling. Simon wierp één blik op Edwards bewegingloze toestand en begon de levenloze armen en benen van het kind heen en weer te pompen, wellicht in een vaag herinnerde simulatie van eerstehulpinstructeurs op school, of meer waarschijnlijk, een imitatie van de procedure die dierenartsen op stikkende varkens uitvoeren.

'Nee!' had David geschreeuwd. 'Laat mij!'

Hij duwde zijn oudere broer opzij, die nu met enige kracht de ribben met zijn vuisten bewerkte. Anne en Michael kwamen net op tijd binnen om te zien dat Simon ruw aan de kant werd geduwd.

Toen zagen ze, zagen ze allemaal, hoe David naast het bed knielde en voorzichtig een hand op Edwards borst legde. Onmiddellijk, werkelijk meteen, daar waren ze het allemaal over eens, bewoog het kind en begon het naar adem te snakken en te hoesten. Michael en Anne waren aanvankelijk veel te aangeslagen, veel te druk met het bellen van de arts en het ervoor zorgen dat Edward naar het ziekenhuis werd gebracht om veel na te denken over dat wat ze hadden gezien. Maar Michael herinnerde zich dat, toen hij zijn oudere zoons even apart had genomen en had gezegd dat ze naar bed moesten gaan, de hand van David gloeiend heet was, terwijl die van Simon koud was.

Enige weken later nam Michael David apart.

'Davey, we moeten eens praten over je gave.'

'Mijn gave, pappie?'

'Je weet wel wat ik bedoel als ik dat woord gebruik. Jouw genezingskracht. Ik had er eerder over moeten beginnen.'

Michael vertelde David over die perioden in het leven van Albert Bienenstock, die hij eerder voor hem had verzwegen: de genezing en daarna de dood van Benko, de kwelling die volgde en de verdenking en de verbanning door de gemeenschap en haar rabbijnen.

'Zie je, jouw gave is niet iets wat de wereld zal verwelkomen.'

'Maar waarom kijkt mammie soms naar me alsof ik ziek ben, of alsof ik iets verkeerd heb gedaan?'

'Ze is in de war, Davey. Probeer het te begrijpen.'

David knikte. Vervolgens sprak Michael met zijn vrouw.

'Zeg eens eerlijk, wat vind je van Davids gave?'

'Gave?' Anne keek hem verbaasd aan.

'De gave die hij gebruikte om Edward weer tot leven te brengen.'

Anne wendde zich van hem af, maar Michael pakte haar bij haar schouders en draaide haar om totdat ze hem aankeek.

'Je weet wat we hebben gezien, Anne.'

'Ik weet het ...' zei ze.

'Het verwart je en baart je zorgen.'

Anne knikte.

'We moeten ervoor zorgen,' zei Michael, 'dat Daveys leven niet ontwricht wordt. Het mag niet bekend worden.'

Anne overwoog dit in stilte.

'Je denkt aan je vader, of niet?' zei ze.

'Ik denk aan Davey. Alleen aan Davey. Ik wil niet dat hij wordt behandeld als een eigenaardig buitenbeentje.'

'Maar lieverd, je kunt niet werkelijk ...'

'We hebben het er niet meer over.'

'Daar ben ik het mee eens,' zei Anne. 'Laten we er maar niets meer over zeggen.'

Maar het jaar daarop moest er toch meer over gezegd worden. Michaels nichtje Jane arriveerde halverwege de zomer van 1991 voor haar laatste verblijf in Swafford. Ze had vele maanden gevochten tegen de uitputtende wreedheid van haar ziekte en het was niet waarschijnlijk dat ze het nog veel langer zou kunnen redden. Het enige wat ze nu nog wilde, zei ze, was de rust van het platteland en de liefde van haar oom en tante en haar neefjes; dat zou ze mee terugnemen als herinnering, om haar laatste steriele dagen in het ziekenhuis te steunen.

Haar instorting bij de Royal Norfolk Show werd gezien als het begin van een terminale en onomkeerbare aftakeling. Simon had haar zelf naar Swafford terug moeten rijden, hoewel hij nog te jong was om een rijbewijs te hebben en vertrouwder was met tractors dan met de grillige BMW van Jane. Hij had haar bleke en zwakke gedaante met gemak de trap op gedragen, 'eigenlijk zo licht als een geplukte patrijs', en op het bed van de Landseer Kamer gelegd. De kamer, daar waren de artsen het over eens, waar ze spoedig zou sterven.

Gedurende de eerste week dat ze aan haar ziekbed was gekluisterd, konden David en Simon haar bezoeken. Simon kwam iedere morgen even langs met fruit, bloemen en verhalen over het leven op het landgoed, en 's middags kwam David langs met een boek, zat naast haar bed en las en kletste totdat het tijd was voor het diner. Nooit vond hij het erg als Jane zo nu en dan wegzakte, terwijl hij aan het vertellen was.

Op hun laatste ochtend in Swafford gingen de jongens samen naar de ziekenkamer om afscheid van haar te nemen, plechtig en elegant in hun schooluniform.

'Jullie lijken wel een stelletje vreselijke, bleke begrafenisondernemers,' zei ze. 'Dat is nergens voor nodig. Ik voel me stukken beter vandaag.'

De jongens gingen hoopvol weg. Een week later was Jane op en verklaarde niet alleen beter te zijn, maar ook waarlijk genezen. Niet alleen lichamelijk genezen, maar helemaal. Ze voelde zich beter dan ze zich ooit had gevoeld vóór de leukemie. Ze beweerde dat ze in haar vorige leven een larve was geweest en dat ze nu was herboren als een vrije en volmaakte vlinder.

Anne vroeg haar heel serieus en onder vier ogen of ze dacht dat er een tastbare oorzaak of kracht was die te maken had met deze genezing. Jane draaide eromheen en verschool zich achter een uitgebreid en verward taalkundig web. Haar woorden spraken van engelen en gratie en reinheid en bekoring. Anne ging verward en gealarmeerd weg.

Michaels bezoekje was onverbloemder.

'Mijn liefje, we zijn zo blij. Zo blij dat je weer beter bent. Hoe het ook gebeurd is, het is het beste, vind je ook niet, om dit in stilte te vieren als een vredig en wonderbaarlijk iets dat heeft plaatsgevonden in de beslotenheid van wat ik hoop dat je altijd zult beschouwen als jouw thuis?'

'Als u dat zegt, oom Michael.'

Logans vriend Max Clifford logeerde op dat moment bij hen en Michael wilde ook met hem over het onderwerp spreken.

'Het gaat om het volgende, Max. Je weet hoe vals journalisten kunnen zijn.'

'We hebben er bij elkaar genoeg ontslagen, nietwaar?'

'Jane gaat naar Londen voor onderzoek. Misschien heeft ze gelijk en heeft ze, zoals wel eens gebeurt bij leukemie, deze ziekte werkelijk verslagen. We willen geen, *echt* geen publiciteit. Kranten zijn zo hysterisch als het gaat om alles wat met kanker te maken heeft, en er zijn altijd religieuze of mystieke fanatici die iets te verkopen hebben. Jane beseft het zelf nog maar nauwelijks ...'

'Er gaan geruchten, Michael. Mary zei dat ze haar gisteren heeft horen bidden in de bossen.'

'Max,' zei Michael, 'dat is nou precies wat ik bedoel. Nu ze zo in de war is, is het cruciaal dat alles afgezwakt wordt.'

'Mm,' zei Max. 'Ze knielde op de grond. Een hoop druïdische onzin schijnbaar en een heleboel over David.'

'Als je mijn vriend bent, Max ...' Michael was nu erg scherp. '... dan rep je er verder met geen woord meer over. Niet tegen mij, tegen niemand.'

Maar het jaar daarop werd duidelijk dat het, ondanks de uitdrukkelijke bevelen van Logan, *toch* bekend was geworden. In de eerste plaats arriveerde Ted Wallace met het vreemde verhaal dat hij de officiële biografie van Michael wilde schrijven, een bewering die Michael eerlijk gezegd absurd en een staaltje typische Tedwardachtige, doorzichtige sluwheid vond. Anne had het idee in haar hoofd gekregen dat Wallace een 'bestendige invloed' op David zou kunnen blijken te zijn, maar het was voor Michael duidelijk dat hij er, zoals gewoonlijk, was om strepen door rekeningen te halen en een reusachtige knuppel in het hoenderhok te gooien. De Logans vonden het moeilijk om met elkaar over David te praten. Michael vroeg zich af of zijn vrouw misschien op een onderdrukte manier jaloers was op de genen die David had geërfd van Albert Bienenstock. Misschien vond ze Teds wereldlijke cynisme een welkome verademing. Misschien verwelkomde ze zelfs het idee dat Ted David zou kunnen corrumperen met alcohol, of hem zou kunnen introduceren tot de enkele trieste exemplaren van hoererij in Norfolk, alles om de delicate balans van de kwaliteiten van haar zoon, die zij zo verontrustend vond, maar te ontwrichten. Michael overwoog al deze mogelijkheden zorgvuldig. Om haar te sussen en omdat het beter was een man als Ted ín je kamp te hebben zodat hij naar buiten zeikt in plaats van buiten je kamp zodat hij naar binnen zeikt, hield Michael zijn twijfels verborgen en deed hij zijn best om te laten zien dat hij blij was dat de ouwe zuipschuit in Swafford was. Hij ging niet zover om hem te *vertrouwen*; dat zou waanzin zijn. In plaats daarvan vroeg hij aan Podmore een discreet oogje in het zeil te houden, en kwam er op die manier achter dat Ted in voortdurende schriftelijke communicatie stond met Jane. Podmore had het geen enkel probleem gevonden het op zich te nemen om rond de computer, die momenteel in de Landseer Kamer geïnstalleerd stond, te stoffen, en als resultaat van dit geestdriftige huishoudelijke werk had Michael tot zijn verrassing ontdekt dat de inhoud van Teds brieven, als het om Davey ging, een klaarblijkelijke onwetendheid onthulde van wat er gaande was.

Ondertussen had Oliver Mills zichzelf voor een paar weken uitgenodigd, daarna hadden Max en Mary Clifford gevraagd of ze mochten komen met hun dochter Clara, een meisje dat ze, als ze het even konden helpen, gewoonlijk nergens mee naartoe namen, beschaamd als ze waren voor haar ongelukkige uiterlijk. Janes beste vriendin Patricia Hardy was de volgende die arriveerde. Toen Rebecca haar broer belde om te zien of ze niet 'een weekje of zo langs kon wippen' begon Michael zich serieus zorgen te maken. Hij kreeg het gevoel dat het allemaal te snel ging. Hij wist, uit eigen ervaring in de zakenwereld, hoe moeilijk het was om iets geheim te houden. Je kunt een vulkaan niet afdekken. Het was waar dat het groepje dat zich nu in Swafford had verzameld alleen bestond uit hechte, zo niet betrouwbare vrienden, maar hoelang zou die stand van zaken gehandhaafd kunnen worden?

Aangemoedigd door zijn ontdekking van Teds onwetendheid en onschuld in de zaak, en zich plotseling scherp bewust van het feit dat een beste vriend een beste vriend is, hoe vaak hij ook tegen je liegt en van je steelt, besloot Michael toe te stemmen in het oorspronkelijke verzoek, en zijn levensverhaal te vertellen aan die ouwe bedrieger Edward Lennox Wallace. Het was mogelijkerwijs de beste en duidelijkste manier om Ted op de hoogte te stellen en aan zijn kant te krijgen.

Tijdens de tweede dag van hun gesprek, waar Michael enorm van genoot en waarop Ted een verrassend waarderende luisteraar bleek te zijn, werd het nieuws over Lilac bekend en werd de dringendheid en het belang van hun samenwerking steeds duidelijker voor Michael. Er was geen *bewijs* dat David verantwoordelijk was voor het herstel van Lilac, waarbij de dierenarts zich verbijsterd over zijn hoofd krabde, maar wat Michael betreft was er geen enkele twijfel mogelijk over de herkomst van dit wonder en ook niet, zo leek het, wat alle anderen in huis betreft. De commotie rond Lilac, juist op dat moment, vernietigde iedere illusie die Michael wellicht had dat hij de zaak in de hand had. Hij zette alle terughoudendheid aan de kant en vertelde Ted alles, hij liet niet eens zijn onenigheden met Lady Anne over de details van zijn smerige betrokkenheid bij het lezen van Teds brief aan Jane weg. Sinds de dag dat hij de brief van oom Amos uit Jeruzalem had gelezen waarin die hem vertelde van de dood van zijn vader, had hij zich nooit meer overgeleverd aan de goedheid van iemand anders. Hij deed het nu.

'Dat is het dan, Tedward. De ongekuiste waarheid. Wat moet ik doen? Is Daveys gave voor de hele wereld bedoeld? Schreeuw ik het van de daken? Of is het een vloek die vol schaamte weggemoffeld moet worden? Halen we er een priester bij? Een dokter? Een zielknijper? Jij bent de peetvader van de jongen. Geef raad.'

'Mmm,' zei Wallace. 'Ah.'

'Nou?'

'Ik heb wat tijd nodig. Ik heb wel wat ideeën. Voorlopig zou ik je aanraden niets te doen.'

'Niets te doen.'

'Vaak de verstandigste aanpak. Ikzelf, ik moet nadenken.'

'Nadenken? Nadenken? Wat valt er na te denken?'

'Nou, om je de waarheid te zeggen, Michael, houdt een man er niet van om op zijn zesenzestigste erachter te komen dat alles waar hij altijd in heeft geloofd helemaal niet meer blijkt te kloppen.'

'En waar heb jij dan ooit in geloofd, Edward Wallace?'

'Och, je weet wel, kleine dingetjes. Kleine dingetjes, zoals hoe moeilijk het is om een gedicht te schrijven.'

Zeven

12a Onslow Terr.
28 juli 1992

Lieve Ted,

Ik denk dat je eruit bent. Patricia zegt dat jij en oom Michael al enige tijd 'samen opgesloten zitten'.

Het wordt tijd dat ik kom. Je kunt me de vruchten van je gesprekken met oom Michael morgen geven als ik kom, na mijn laatste onderzoeken. Kun je nu begrijpen waarom ik zo opgewonden was? Ik ben zo blij dat je dit met me hebt gedeeld.

Je kunt nu met Patricia en mammie praten en ze laten weten waar je mee bezig bent geweest. Maar geen woord aan iemand buiten Swafford, natuurlijk.

Toen Davey me voor de eerste keer vertelde hoe hij Edward had genezen, wist ik dat mijn besluit om naar Swafford te komen een reden had. Was 'wonder' te sterk uitgedrukt? Ik geloof het niet. Jij kunt het nu vast en zeker ook zien. Zeg me niet dat dit je leven niet gaat veranderen, Ted, want dan noem ik je een leugenaar.

Heel veel liefs,

Jane

PS Mijn meest dringende en laatste 'proclamatie', zoals jij ze zo graag noemt, is dit: Lach! We worden omringd door liefde. Omringd door liefde. Alles wordt fantastisch. Alles glanst. Alles is zoals het alleen maar kan en hoort te zijn.

II

Uit het dagboek van Oliver Mills:
29 juli 1992, Swafford Hall

Alles heeft een kritiek punt bereikt, liefste Daisy Dagboek. Ik schrijf dit in tollende verwarring. Het is elf uur 's avonds en over drie uur zal ik ... nou ja, ik weet niet wat ik zal, maar het zal de verschrikking van de aarde zijn en dat is een feit.

Ik vertelde gisteren dat de Hartige Hetties van de huishouding allemaal erg somber waren vanwege een of ander paard, een jachtpaard, eigendom van en bereden door Michael zelf, zoals ze dat zeggen in de wedstrijdboekjes. De naam van het beest, Lilac, is niet alleen nichtiger dan een jamboree van Deense padvinders in synthetische slip, maar verraadt ook nog eens het Gea Geslacht. Lilac is een grote, bruine merrie en Logans ooggoudrenet. Gisteren, daar heb ik een bijzondere vermelding van gemaakt, begon ze symptomen te vertonen dat er iets mega mis was. Dorothea Dierenarts oordeelde dat het alle tekenen had van kruiskruidvergiftiging. Het gewone kruiskruid, akelig spul, bezit een of andere alkaloïde die de lever degenereert: een Tantedotum is bij de mens niet bekend. Paarden eten over het algemeen geen Karin Kruiskruid, aangezien het bitterder is dan een vergeten dichter, maar Lilac stond vorige week te grazen in het park, aan de voorkant van het huis, en heeft er misschien zonder het te merken aan geknabbeld. Gisteren bloedde ze aan haar mond als Chopin, liep alsmaar rondjes en leunde met haar hoofd tegen de muur met een trieste blik: dat betekent een leverstoornis, zo zeker als eieren ovaal zijn. Terminaal. Ongeneeslijk. Waarom paarden levers hebben, is me volslagen onduidelijk. Ik heb er nog nooit een gezien met een woddie en tonic. Maar goed, laat ik niet doorratelen, er is nog zoveel te schrijven voordat ik naar mijn bedje ga: o zeg, er is zoveel te schrijven en te doen. Leverstoornissen betekenen volgens Dorothea Dierenarts – echte naam Nigel Ogden, en toevallig nogal een uitgelezen geheel van amberkleurige ribbroek, nauwsluitend om het op één na uitdagendste kontje in Norfolk – gegarandeerd een enkeltje naar het Paardenparadijs. Nige zou Simon en Michael een dag bedenktijd geven om te beslissen wat ze met Lilac wilden doen, en morgen terugkomen (dat betekent vandaag) met een diervriendelijke slachter, voor het geval vernietiging – wat volgens Dorothea Dierenarts het beste was, zo prikkelend hardvochtig, zo waanzinnig wreed, zo aangrijpend ongevoelig dit plattelandsvolk – de beste Oprah Optie mocht zijn.

Het diner gisteravond was dientengevolge een nogal troosteloze affaire, Daisy. Simon zag natuurlijk een klap op het hoofd en een snelle verkoop aan de lijmfabriek wel zitten. Zou waarschijnlijk nog een pot opgeloste Lilac hebben gekocht en gebruikt om zijn laarzen mee te repareren, harteloos zwijn.

Ik zat te denken: 'Kom op, Davey, knul! Hier met die handoplegggerij. Zit daar niet zomaar ...' en Patricia en Rebecca volgens mij ook. Annie wierp ons allemaal en Davey in het bijzonder vernietigende blikken toe en dus hield hij zich stil. Als er zoiets bestaat als telepathie, dan hadden mijn stilletjes geschreeuwde smeekbeden zijn schattige binnenoor verdoofd. Er zat een fonkeling in dat fluwelen oog en een blos op die nectarinewangen die iets verraadden, dat weet ik zeker. Er kon geen duidelijkere door de hemel gezonden en naar engelen geurende kans bestaan om zijn krachten te testen dan de Slag om Lilacs Lever, en hij moet het hebben beseft.

Michael was erg stil, dat is hij het grootste deel van de week geweest. Hij ziet er uitgeput uit, arme kerel. Hij heeft de hele middag en het begin van de avond met Ted Wallace in beraad gezeten en dat, laten we eerlijk zijn, is genoeg om een Jack Russell uit te putten. Ik geef het op, met Ted. Als ik terugdenk aan het vrolijke varkentje dat ik in de jaren zestig en begin jaren zeventig kende, en vervolgens kijk naar de opgedroogde modderhoop die vandaag tegenover ons staat, dan kan ik wel janken. Hij laat niemand toe. De goedkope pose van ruzieachtige, ouwe griffioen is al erg genoeg bij die talentloze journalisten en leeglopers waar hij mee rondhangt, maar bij Ted, die ooit een echte portie had van wat men talent noemt, is het hartverscheurend. Je probeert met hem te praten, probeert hem alleen maar uit zijn eigen hel te halen en hij kan het niet verdragen, alsof emotionele openheid een walgelijke sociale flater is, zoals 'sorry' zeggen of zoals een chenille hoes over een toiletdeksel plaatsen. Ik wil hem alleen maar in zien storten. Oeps, dat klinkt wreed. Ik bedoel daarmee dat ik hem eens wil horen zeggen, *een keertje maar*, 'Ik weet het, Oliver. Het is vreselijk. Ik ben het kwijt en ik haat het, en vergeef me dat ik zo zwartgallig en nors kan zijn. Van binnen ben ik nog steeds de Hartelijke Hippo met het hartstochtelijk hart. Help me.' Is dat te veel gevraagd? Het zou een ander mens van hem maken, dat weet ik zeker. Maar je komt er niet binnen. De deur zit potdicht.

Bovendien is zijn houding aan het Daveyfront verre van sympathiek. Ik snap niet waarom Annie zijn belangstelling op dat gebied aanmoedigt. Als er iets is dat de magie kan verbreken, dan is het wel Teds mateloze *doet-me-niks*-scepticisme.

Met Ted die zijn ergste 'wat zijn jullie een saaie kinderen' gezicht op heeft, met Michael die aan de ene kant van de tafel dreigende blikken werpt, met Annie die zo nerveus als een sprinkhaan aan de andere kant zit en met de rest die in verscheidene stadia van elektrische spanning ertussenin zit, was het in alle opzichten een behoorlijk zwaarmoedig avondje. Ik vloog vroeg naar bed. Bianca Borst bonsde haar vreselijke taptoe, en ik had mijn pillen nodig en de zachte knuffel met Sandra Slaap.

Een vreemd wakker worden vanmorgen. Eerst dacht ik dat mijn Gerda Gezichtsvermogen zotte spelletjes met me speelde. 'Dit is het,' kreunde ik tegen mezelf. 'Zo meteen tintelende armen, daarna het beklemmende gevoel om mijn keel en ten slotte de grote cardiale knuppel die me voor eens en voor altijd velt.'

Ik staarde hulpeloos naar het visioen. Het was van een demonisch kind, of liever gezegd twee demonische kinderen, want ik zag dubbel, zoals de dronken beeldeffecten die ze vroeger gebruikten in van die absurde Tony Randall komedies. Volgens die traditie hoorde je óf naar je hoofd te grijpen en 'o-o, te veel martini's' te kreunen, óf te gorgelen, te hikken en de barman om nog een te vragen en nog een, allemaal omdat Daphne Dag je niet begrijpt.

Maar ik was niet dronken en wist zeker, zoals ik altijd zeker heb geweten, dat Daphne Dag mij prima begrijpt. Niets symptomatisch voor een coronaire onaangenaamheid, alleen de dubbele demonen.

Ik kneep mijn ogen dicht en opende ze weer. Nog steeds dezelfde identieke kind-beesten. De linker sprak.

'Hij is wakker.'

Het beeld rechts giechelde en ik realiseerde me dat Moeder als een hysterische, ouwe sufferd had gereageerd. Het was allemaal eenvoudig te verklaren.

'Jullie zijn de tweeling,' kras ik.

'Ja, dat zijn we zeker,' zegt de linker.

'Wie is wie?'

'Hij is Edward en hij is James,' tjirpen ze gelijktijdig, wat geen houvast biedt.

'Kunnen jullie geen button dragen met letters erop zodat we het weten?' stel ik voor.

'Ha, ha! Het is leuk als mensen het niet weten.'

Ik kijk ze een tijdje aan.

'Jij bent James,' besluit ik, terwijl ik naar de linker wijs.

'Hoe weet u dat?' zegt hij teleurgesteld.

'Ha, ha! Ik wist het gewoon.'

'Ah, toe nou, zeg het.'

'Nou,' zeg ik, 'jij haalt niet zo dramatisch adem als Edward, en ik weet toevallig dat Edward astma heeft.'

Ze staren elkaar met wederzijds beschuldigende blikken aan. James probeert Edwards schokkende ademhaling na te doen. Maar ik weet dat ik ze altijd uit elkaar zal kunnen houden, want nu ik erop let, is Edwards borstkas opvallend veel groter dan die van James, en zijn schouders staan rechter.

'Je hebt een behoorlijk slechte tijd gehad, vorig jaar, of niet?' vraag ik.

Edward antwoordt vol trots. 'Simon dacht dat hij naar de bliksem was. Zag er erg slecht uit. Blauw als een doodgeboren dwergrund.'

'Maar op de een of andere manier heb je het gered?'

James en Edward wisselen blikken. 'Mammie zegt dat we daar niet over mogen praten.'

'Maakt niet uit,' zeg ik. 'Ik ben trouwens Oliver.'

'Dat weten we. Hoe maakt u het?'

'Hoe maken jullie het?' antwoord ik, met gelijke formaliteit.

'Wilt u een goeie mop horen?' vraagt James.

'Ik wil altijd een goeie mop horen.'

Hij schraapt plechtstatig zijn keel alsof hij 'Gunga Din' gaat declameren.

'Zeg eens oen.'

'Zeg eens oen?' Ik bid dat dit niet zo'n vermoeiende nongrap is waar kinderen ons mee kwellen zonder dat ze hem zelf snappen.

'Oen, poep aan je schoen! Eugh!!' Ze kraaien het uit van verrukking. 'Poep aan je schoen! Poep aan je schoen!'

Zo aangenaam om eindelijk iemand van mijn eigen niveau hier in Swafford te hebben.

'Nou, laten jullie me nu maar eens aankleden. Enig idee hoe laat het is?'

Met het geoefende gemak van synchroonzwemmers kijken ze op hun horloge.

'Vijfentwintig minuten over negen,' roepen ze in koor.

'Nog iemand aan het ontbijt?'

'De anderen zijn allemaal bij de stallen. Wij mogen er niet komen want Edward krijgt het benauwd van de paarden.'

'De stallen?'

'Meneer Tubby kwam langs om te zeggen dat het stukken beter gaat met Lilac.'

Jippieee! Ik schiet in mijn kleren en vlieg naar het stalerf. Dorothea Dierenarts stapt net in zijn Volvo. Een groenige rib dit keer, niet echt zijn kleur, vind ik. Simon, Davey, Michael, Anne, Patricia, Rebecca, Ted en de Cliffords zijn er allemaal.

'Laat me weten als haar toestand verandert. Het is werkelijk buitengewoon ...' Hij schudt zijn bruine krullen. 'Ik heb wel eerder herstel gezien, maar nog nooit zo snel.'

We kijken hoe zijn auto verdwijnt. Michael keert zich naar Lilacs kennel of hoe ze dat dan ook noemen, waar Simon Lilac zelf staat te aaien: ze heeft in mijn onwetende ogen in elk geval de helderste ogen en de meest glanzende vacht die je je maar kunt wensen. Davey houdt zich bescheiden op de achtergrond en staat met de punt van zijn voet patronen in het zand te trekken. De Cliffords, Rebecca en Patricia staren hem aan.

'Waarom hangen we hier eigenlijk allemaal rond?' wil Michael weten. Hij klapt in zijn handen. 'Ze is een merrie, niet de Mona Lisa, verdorie. Laten we naar binnen gaan. Ted, zullen wij maar voorgaan?'

Michael en Ted lopen terug naar het huis. Simon geeft Lilac een klopje en loopt naar Tubby de stalknecht om een praatje met hem te maken. Ik neem mijn moed in beide handen en steel David, tot kokende woede van de anderen.

'Nou,' zeg ik opgewekt, 'er bestaat dus toch nog genade. Ik heb niets in het zwart. Als er een begrafenis was geweest, had ik er afschuwelijk feestelijk uitgezien.'

Annie slentert onze kant op. 'Nog plannen voor vandaag, Oliver?'

'Ach ...' zeg ik.

'Zin om het meer weer op te gaan?' stelt Davey met grote, schattige ogen voor.

Annie overweegt deze zet.

'Gaat regenen,' zegt ze, en ze tuurt naar de wolkeloze lucht. 'Dat was de voorspelling in elk geval. Vandaag of morgen. Waarom gaan jullie de stad niet in? Naar de film, of zo?'

Ik begrijp de hint. Ze wil zoonlief veilig in een stad, niet ergens op het gazon waar hij handen op gasten legt als Bernadette op een heilige dag.

'Goed idee,' zeg ik.

Wat er ook gebeurt, ik zal Davey over het paard vragen. Heeft hij zijn hand op haar flank gelegd, heeft hij een kristal in haar oor gestopt ... wat?

'O, goed dan.' Davey is niet echt enthousiast, maar hij wil wel mee. Misschien is het mijn beurt. Niks mis met Rebecca, voor zover ik kan zien, Patricia is razend omdat dat stuk Rebak-vreten haar gedumpt heeft en bij Clara moeten alleen haar schele ogen gecorrigeerd worden en haar tanden naar achteren geduwd. Dat zou ik zelf ook nog kunnen doen met genoeg doorzwaai. Wat mij en, hoop ik, Davey betreft geen twijfel mogelijk: Moeders angina is het eerst aan de beurt.

Klote ... ik heb geen woddie meer. Ik ga even een fles snaaien ...

... Beterheid. Veel beterheid. Niemand heeft me gezien, volle flacon Stollie naast me, nu kan ik me concentreren. Waar was ik? Het dagje uit van Moeder en Davey. *Veel* te vertellen.

We liepen de hoek om naar waar mijn Saab is gehuisvest.

'Wat draait er?' vroeg ik.

'Draait er?'

'In de bioscoop, sukkel.'

'O ...' Hij schopte tegen een steen. 'Kan mij het schelen.'

Ik begon de ondervraging zodra de auto de oprijlaan af was. 'Nou, Davey. Schat. Ik wil alles weten.'

Hij keek me met een glimlach aan. Een overweldigend verlangen om met mijn tong over en tussen zijn lippen te gaan, dreigt mijn verstand ten val te brengen. Vreselijk. Eenvoudigweg vreselijk. Ik ben tegenwoordig een Ezau-meisje. Geef mij maar een harige man, geen gladde, dat is mijn blije motto. Maar Davey heeft een macht, o Jessie, wat heeft hij een macht. Moeder wist dat ze heel, heel voorzichtig moest zijn.

'Luister,' zei ik. 'Tijd voor Wilma Waarheid en haar vriendinnetjes Eva Eerlijkheid en Olijfje Openheid. Ik weet het van Jane en jij weet het. Ik weet het van Edward en zijn astma en jij weet het. En dan is er nu Lilac en haar magische lever.'

David ademde diep uit en trommelde met zijn schoenen op de vloer.

'Ik moet het weten, Davey. Ik ben zelf ziek, zoals je weet. Ik moet weten wat hier gaande is.'

Er was een pauze terwijl hij worstelde met zijn ... ik weet het niet, geweten of trots, denk ik. 'Ik heb heel erg hete handen,' zei hij ten slotte. 'Voel maar.'

Hij gaf me zijn hand. Het was een warme dag dus zou ik geen hand verwachten die aanvoelde als een kouwe vis, maar Daveys hand ... erewoord, Daisy ... hij was verzengend. Niet een vochtige hitte, niks zweterigs, maar Here, veel heter dan 36,8 °C, dat zou ik durven zweren.

'Allejezus, lieverd! Dat is, dat is ...'

'Ik heb altijd al heel hete handen gehad, zie je. Toen ik Edward daar zo zag liggen, wist ik dat mijn hand op zijn borst zou helpen.'

'Dus dat is het? Dat is alles wat je moet doen?'

Davey schudde zijn hoofd. 'Nee. Ziet u, dat probeerde ik bij Jane toen ze hier vorige maand was en er gebeurde niets.'

'Niets?'

'Helemaal niets. De leukemie zit diep in de botten ziet u, de bloedplaatjes worden in het beenmerg aangemaakt. Ik wist dat ik ... helemaal in haar zou moeten.'

O mijn god, denkt Moeder. Hij heeft haar met zijn vuist geneukt. Het kleine schatje heeft haar met zijn vuist geneukt.

'Als je zegt ... helemaal in haar?'

Davey aarzelde. Hij heeft het nog nooit aan iemand verteld, denk ik bij mezelf. Hij staat op het punt zijn hart helemaal te luchten. Alle geheimen van zijn tovenarij.

'Zie je ... er is ...'

Hij doet zijn mond weer dicht.

Ik neem de volgende afslag door een smal laantje, in de richting van een bos. Stik maar met de bioscoop, we kunnen er wel achter komen wat er draait en doen alsof we hem hebben gezien.

Het geluid van het geratel van de handrem haalt hem uit zijn trance.

'Waar zijn we?' fluistert hij.

'Laten we een stukje wandelen en dan kun je me alles vertellen.'

Een bord op het hek rond het bos zegt 'Privé-terrein', maar ik denk niet dat we iemand zullen tegenkomen. David springt er als een antilope overheen, terwijl ik me onhandig schrijlings over het draad heen werk en een prima katoenen Ralph Lauren broek scheur.

Het bos is niet meer dan vijftien of zestien vierkante kilometer. Beuken, essen, eiken, dat soort ruwe materie. Heel stil op die gedempte manier die bossen eigen is.

'Je zei, Davey,' zeg ik, terwijl we het halfduister binnendringen, 'dat Janes leukemie niet voor aanraking alleen gevoelig was?'

'Ik heb altijd geweten, zie je ... en je zweert dat je dit allemaal voor je houdt?'

'Zweer, zweer en dubbel-zweer. Op mijn erewoord en alle haren op mijn hoofd.'

'Ik heb altijd geweten,' zegt hij, 'dat de gave – ik noem het *de* gave, niet *mijn* gave – ik heb altijd geweten dat de gave hiervandaan komt.'

Hij stopte, knielde en legde een hand op de aarde.

Ik knikte. Het leek erop dat David op de grond bleef zitten en dus liet ik me naast hem zakken.

'Het is de kracht van Alles. Het woord is *kanaliseren*. De kracht van Alles kan door mij worden gekanaliseerd. Maar ik moet sterk zijn, zie je. Ik moet ... rein zijn.'

'Zie je' waren zijn stopwoorden aan het worden. Hij wil dat ik het zie. Hij wil wanhopig graag dat ik het zie.

'Rein, Davey? Wat bedoel je met rein?'

'Ik ben zelf heel gezond, ziet u. Ik ben nooit ziek en ik heb nooit pukkels of infecties of zoiets. Dat komt doordat ik alleen rein voedsel eet. Niet het vlees van dieren of plantenmaterie die kunstmatig is getrokken. Mijn familie dacht vroeger dat ik zonderling was, toen ik nog jonger was. De meeste kinderen gaan door een vegetarische fase, maar ze zijn niet zo overtuigd als ik altijd ben geweest. Ik geloof dat ze het nu begrijpen. Ze praten er alleen nooit over.'

'Dus jij gelooft dat dit dieet op de een of andere manier je lichaam reiner maakt voor het kanaliseren?'

'Dat is er maar een deel van. Zie je, er zijn andere soorten reinheid. Mijn geest moet rein zijn. Het mag niet besmet worden met iets dat onrein is.'

'Dus jij denkt dat er geestelijke equivalenten zijn voor vlees en anorganische groenten?'

'Zo zou je het kunnen zeggen, denk ik.' Davey leunde achterover en keek omhoog naar het dak van het bos.

'Een reine geest in een rein lichaam, dus?'

'Ja. Maar zie je, ik ben een mens, of niet? Ik bedoel, ik ben een menselijk wezen.'

Ik was blij dat hij daarvan overtuigd was. Ik had het niet aangekund als hij had beweerd dat hij een engel was.

'En als mens,' ging hij verder, 'voel ik ook honger en kou en pijn, net als ieder ander. Alle soorten honger.'

Ah. Ik begon vaag te zien wat hij wilde zeggen. Hij had hier wat hulp nodig, voelde ik. Moeder kwam met gepolijst gemak tot de redding.

'Je bedoelt dat je je zorgen maakt over je andere verlangens? Zullen we ze vleselijke verlangens noemen?'

'Mmm, mmm.' Hij knikte. 'Toen ik voor het eerst een natte droom had ... dat was nog maar een jaar geleden, dat is laat, maar wat maakt het uit?'

Hij gooide dit beschamende feit eruit als een uitdaging, hij gaf me de indruk dat hij op school was gepest omdat hij qua ontwikkeling achterliep.

'Inderdaad, wat maakt het uit? Ik ontwikkelde op dat gebied pas toen ik zestien was,' loog ik behulpzaam.

Davey was niet geïnteresseerd in Moeders genitale ontwikkeling. 'Ik heb het in elk geval ingehaald,' mompelde hij. Moeder was zich hiervan bewust. Moeder weet hoe ze een bobbel in een broek moet inspecteren, mag ik hopen.

'Hoe dan ook,' zei Davey, 'ik had een van die dromen. Toen ik wakker werd, wist ik niet wat ik moest doen. Ik wist dat ik zo'n vreselijke verspilling niet mocht toestaan.'

'Eh...'

'Het zijn niet alleen mijn handen, zie je. Ik wist dat elk deel van mij kon genezen. Mijn bloed en mijn ... mijn ...' Hij zweeg, niet in staat een woord te vinden.

'Zaad?' stelde ik voor.

'Mmm. Mijn zaad. Dus kon ik niet toestaan het te verspillen aan goedkope ... je weet wel.'

Sodeju!

'Zeggen we dus misschien, Davey,' zei ik voorzichtig, alsof ik Socrates was die met Alcibiades een vooronderstelling onderzoekt, 'dat *de weg naar binnen* in iemands lichaam, waar je het eerder over had, in feite via je zaad zou kunnen zijn?'

'Natuurlijk,' zei David. 'Maar alleen zolang ik rein ben en de gratie ervan alleen gebruik om te genezen. Ik mag het nooit gebruiken om mezelf genot te geven.'

'Dus ...' Opnieuw leek uiterste fijngevoeligheid geboden. '... dus in Janes geval was de enige manier om haar te helpen ...'

David ging overeind zitten en keek me doordringend aan. Hypnotisch rotjong.

'We hebben er uitgebreid over gepraat,' zei hij. 'Jane begreep wat ik voorstelde. Ze besloot dat als de gave niet zou werken, het in elk geval iets ...'

'Het zou in elk geval een aardige en nuttige ervaring voor jou zijn, en troost en genot voor haar?'

'Precies!' Davey glimlachte. 'Ik was niet erg ... nou ja, dat doet er niet toe, het ging erom Jane te genezen, niet om *de liefde te bedrijven* in die zin.'

'En dus bracht jij je zaad bij haar naar binnen.'

'Dat was de laatste nacht, voordat ik weer naar school moest. We hadden het zo geregeld dat ik 's avonds laat naar haar slaapkamer zou komen.'

Ik was zo geboeid, Daisy, door het idee dat neef en nicht als beesten tekeer gingen in de stille uurtjes van de nacht, dat de andere overduidelijke gedachte niet in me was opgekomen.

Lilac ...

Hier zou ik heel voorzichtig te werk moeten gaan.

'En we weten,' zei ik, 'hoe prachtig die specifieke ... eh, behandeling ... werkte in het geval van Jane. Dus toen je Lilac wilde helpen, heb je ongetwijfeld ...?'

'... hetzelfde gedaan, inderdaad.'

Alle remmingen waren nu verdwenen. Zo nuchter gesproken als het maar kon. Toen ik reageerde, werd Vera Verbazing en Wia Walging de toegang tot mijn gezicht ontzegd. Ik moest reageren alsof hij me over niets opmerkelijkers had verteld dan een dagje uit aan de kust.

'Dus dat moet dan gisteravond zijn geweest,' zei ik.

'Ja. Gisteravond.'

Een smachtende grijns nu, de herinnering aan ware liefde.

'Ik weet dat sommige mensen het walgelijk zouden vinden,' ging hij verder. 'Een mens en een paard, bedoel ik. Maar ze begrijpen de band tussen leven en natuur en gratie niet. Het was echt het natuurlijkste van de wereld.'

Ik beaamde dit haastig en hij ging weer liggen, tevreden dat hij zijn geheim had gedeeld.

Waar bleef Moeder in dit alles, vraag je jezelf af, mijn Daisy. Welnu, Moeder werd heter en heter, als een melkpan in een oven. Als deze vijftienjarige bosgod met de opkrullende wimpers en de neem-me-nu-lippen de toekomst van de geneeskunde in Groot-Brittannië was, dan zouden er een hoop mensen in de rij staan voor een behandeling mocht dit ooit bekend worden.

'En Michael en Anne. Je ouders. Ze weten niets van deze ...' Ik zocht een neutrale uitdrukking. '... dit aspect van je genezing?'

Hij schudde zijn hoofd.

'Ze zouden zich alleen maar zorgen maken. Pappie is best wel trots op me, geloof ik. Maar mammie is bang, dat kan ik merken.'

Ze zou een hele hoeveelheid banger zijn als ze het wist, dacht ik bij mezelf.

Daar lag hij dan en daar zat ik dan. Al die kracht die rondzwom in zijn donzige balzak: al dat vettige aanzetsel dat mijn aorta bekleedde en erop lag te wachten om gereinigd te worden.

Ik heb altijd geprobeerd eerlijk tegen je te zijn, lieve Daisy. Ik heb je over de huiveringwekkende gebeurtenis in de nachtclub in Finsbury Park verteld. Ik was mans en eerlijk over het onderwerp van de sadomasochistische nicht die mijn tepels eraf wilde bijten in zijn flat in Hyde Park. Ik heb eerlijk opgebiecht dat ik me door een gorilla van een politieagent met een handdoek heb laten slaan en me zijn zeugslaaf heb laten noemen. Dan kan ik hier ook eerlijk zijn en toegeven dat ik er, zelfs als niet echt de diagnose van angina pectoris was gesteld, zonder een ogenblik te aarzelen direct aanspraak op zou hebben gemaakt.

God kan verbijsterend lief zijn, dat moet gezegd worden. Toen ik nog priester was – en ik zal de eerste zijn die toegeeft dat ik me alleen had aangesloten vanwege het pracht-en-praalaspect, de superplies, de wierookvaten en de gezongen beurtgebeden – vond ik dat God een wispelturige, verwaande kwast was. Hier was ik dan, hunkerend en verlangend om te dienen en daar was die akelige, akelige bijbel, nooit een boek dat ik hoog had gehouden, die me vertelde hoe godgeklaagd en afschuwelijk ik was. Kon niet blijer zijn dan toen ik mijn ontslag indiende en van de kansel wegstormde om nooit meer terug te keren.

Maar – en dat weet je, Daisy, beter dan wie ook, jij die mijn diepste gevoelens kent – er was iets wat we een leegte noemen in Moeders hart. Ik heb mijn godverdomde best gedaan, ik heb met mijn kleine vuistjes voor de onderdrukten en de gekwetsten van de wereld gevochten, ik heb mijn talenten gebruikt voor belangrijke zaken en – in tegenstelling tot Wallace – een poging gedaan een net leven te leiden. Ik weet dat een heleboel schoften vinden dat bezeken worden in New York of gekontlikt worden achter de struikjes op Hampstead Heath niet erg netjes is, maar jij en ik weten wat netjes betekent, Daisy.

Nu was hier Giselda God die me een kans gaf lichamelijk heel te worden op een manier die precies aansloot bij mijn passie die Bolle Bea Bijbel altijd onrein had gevonden. God weet het cirkeltje wel rond te breien, dat moet je Haar nageven.

'Ik ben ziek. Denk je ... denk je dat je *mij* zou kunnen helpen?' zei ik tegen David. Ik deed een klein schietgebedje dat angina niet het soort aandoening was dat door handoplegging genezen kon worden.

Davey glimlachte. 'Natuurlijk kan ik je helpen, Oliver. Daarom ben ik hier.'

Een enorme, prikkende golf bloed joeg naar mijn nek. Toen ik sprak, was mijn stem hees.

'Hier? Nu?'

David schudde zijn hoofd. 'Ik denk het niet. Ik kom vanavond bij je. Dat is beter.'

'Ik slaap in de Füssli Kamer vlak naast Ted Wallace. Ik kan zijn gesnurk duidelijk genoeg horen, dus ...'

'Goed, dan kom jij naar mijn kamer. Weet je waar het is?'

Ik knikte, ontstemd doordat zulke praktische zaken het rendez-vous een smerige sfeer gaven.

We liepen weer naar de auto, dronken thee in de Scole Inn en gingen terug naar Swafford, terwijl we onderweg *Unforgiven* ophemelden, die ik had gezien en waarvan ik de details met David doornam.

Welnu, Daisy. Dat was het dan. Het is kwart voor twee.

Godzijdank ga ik nooit zonder mijn mondspray en een reservetube glijmiddel op reis. Ik ga nu naar Daveys Hol. Wens me succes, mijn lieveling.

III

Het was verbazingwekkend om te zien dat Moeder Mills donderdagochtend na mij aan het ontbijt verscheen. Een man schept genoegen in het feit dat hij altijd als laatste beneden komt en ik vond het niet leuk dat ik verslagen was.

'Goedemorgen, Ted,' zong Oliver, terwijl hij de eetkamer binnenkwam.

'Wat ben jij walgelijk opgewekt,' zei ik, terwijl ik de *Telegraph* tegen de marmaladepot zette.

'Vind je? Vind je? Ja, dat ben ik geloof ik ook,' antwoordde hij giechelend, en huppelde bijna naar het buffet. 'Ik heb honger als een paard. En, laten we eerlijk zijn, lieverd, dat hadden we bijna moeten eten als de kleine Lilac gisteren niet zo verbazingwekkend was hersteld.'

Wel alle hel en drollen bij elkaar, dacht ik. Daar gaan we. 'Met de beste wil in de wereld, Oliver,' zei ik, met een ferme rochel, 'kunnen we het alsjeblieft over iets anders hebben dan die godvergeten wonderen?'

'Je kunt het nog steeds niet hebben, hè lieverdje. Het bewijs dat er zich werkelijk meer tussen hemel en aarde bevindt dan jouw miezerige, bekrompen, kleinzielige filosofie ooit had durven dromen.'

'Ik vraag me af of een man in jouw toestand zichzelf vol zou moeten proppen met zoveel gebakken eten,' zei ik, en ik oogde met afkeer naar de stapel niertjes en worst die hij op de tafel naast me neerkwakte.

'Ho-ho!' zei hij, terwijl hij terugliep naar het buffet. 'Een man in mijn toestand?' Hij begon een tweede bord vol te scheppen en zwaaide met de opscheplepel als een cocktailjuffrouw. 'Ik weet werkelijk niet waar je het over hebt, "een man in mijn toestand". Welke toestand?'

Ik staarde naar hem op, niet in staat mijn ontzetting te verbergen. 'O, nee ...'

Hij keek me stralend aan, met wat hij ongetwijfeld een innerlijke glans en ik een walgelijk aanstellerig lachje zou willen noemen.

'O ja. O ja-ja-ja-ja-ja.'

'Ga me niet vertellen dat *jij* de godvergeten handoplegging-behandeling hebt ondergaan?'

'Ik ben genezen, Ted. Zo gezond als dit spek en twee keer zo heet en knisperend.'

'Nou, nou.' Ik wierp hem een norse blik toe, toen hij met een huivering naast me kwam zitten. 'De kleine Wonderdoener heeft anders niet de goedheid in zich gehad *al* je kwaaltjes te genezen, of wel?'

'Wat bedoel je daarmee?'

'Je hebt de aambeien die ons allen kwellen, zie ik.'

'O, *die*,' zei hij met een glimlach, 'die gaan ongetwijfeld mettertijd wel weg.'

'Pff. Ik ben zelf meer geneigd die ouwe getrouwe tube Sperti te gebruiken.'

Hij begon zich een weg door zijn gigantische ontbijt te worstelen. Ondanks mijn irritatie was ik onder de indruk van zijn zelfverzekerde houding en de, zonder meer, echte glinstering in zijn ogen.

'Even serieus, Oliver,' zei ik. 'Geloof je nou werkelijk dat je genezen bent? Volledig genezen?'

'Ik heb mijn pillen weggegooid, Ted. Ik voel me ... o, het is gewoon niet in woorden uit te drukken hoe ik me voel. Davey is een godsgeschenk. Een geschenk van Giselda zelf.'

'En zijn aanraking ... voelde je die warmte waar iedereen het over heeft?'

'Lieverd,' zei Oliver, met een vork vol niertjes zwevend bij zijn mond, 'het is gewoon het heetste wat ik ooit van mijn leven heb gevoeld. Het brandt als een soldeerbout. Mijn hemel, het brandt. Tot in het binnenste binnenste brandt het.'

Ik wist nu dat ik dat ene moest doen waar ik zo'n hekel aan heb. Ik moest nadenken. Ik moest zitten, mijn ogen dichtdoen, mijn handen over mijn oren leggen en analyseren, zoals een schaakspeler of een decodeur. De meest gevreesde activiteit die een man kan ondernemen. Ik had het niet meer gedaan sinds ik voor het laatst een fatsoenlijk gedicht had geschreven.

Ik besloot dat de Villa Rotunda de ideale overdenkplaats zou zijn, maar dat het waanzin was om daar zonder hartversterking naartoe te gaan. Ik liet Oliver badend in het overvloedige vet van zijn ontbijt en zijn zelfgenoegzaamheid achter en begaf me naar de bibliotheek.

Drankmomenten vóór het middaguur zijn een onderwerp van felle discussie. De drempel verschuift onverbiddelijk naarmate meer alcohol de gewoonte wordt. Ik kan me een tijd herinneren dat ik dacht dat het onmogelijk was om voor twaalf uur een luidruchtige slok van iets sterkers te nemen dan tomatensap. Twaalf uur werd halftwaalf, werd elf uur, werd halfelf, werd tien uur, enzovoort. Dat was natuurlijk vóór het grote, puriteinse verzet dat van drinken in stilte een zonde heeft gemaakt die het daglicht van de lunch niet kan verdragen. Alcohol is het grote geheim van onze tijd. Als de mensen wisten, als ze ook maar een vaag vermoeden hadden van de hoeveelheden alcohol die door onze politici en leiders wordt geconsumeerd, dan zouden hun boxershorts ervan afzakken. Gelukkig zijn journalisten, dat is beter bekend, net zulke zuipschuiten en hebben ze er dus belang bij dit niet te laten uitlekken. Het aantal parlementsleden dat door een arts niet functioneel alcoholist zou worden genoemd is verbijsterend klein. Alan Beith is geheelonthouder, meen ik me te herinneren en Tony Benn redt het met thee en pijptabak; zij zijn de enige droge parlementariërs die ik vooralsnog kan bedenken. Alle anderen zijn ongetwijfeld matigend, omdat hun artsen hun hebben verteld dat nog één vleugje cognac hun dood zal betekenen. Ik heb ministers en ministers-presidenten zo dronken als torren gezien, rechters ook en nieuwslezers en voorzitters van transnationale giganten. Een bekende politieke televisiecommentator heeft me een keer in de Harpo verteld dat de oorlog in Bosnië, waar hij net vandaan kwam, uitsluitend op alcohol liep. Schermutselingen en strategieën worden geheel afgestemd op de voorraden slivovitsj en wodka.

Alcohol is de voornaamste bepalende factor van de geschiedenis van de mens: de afzetting van Britse ministers-presidenten, sociale onrust in Rusland en het te gronde gaan van financiële structuren kunnen naar het glas worden herleid. Men laat ons geloven dat alleen voetbalvandalen het niet aankunnen; feit is dat het een te grote kwestie is om zelfs maar te overwegen het hoofd te bieden. Godzijdank. Want ik heb dit allemaal wel gezegd, maar we redden het mét veel beter dan zonder. Geheelonthouders zijn waardeloze leiders en ongeschikte echtgenoten, minnaars en vaders. Zuipschuiten hikken, boeren, scheten, kotsen en bevlekken de voorkant van hun broek met pis. Puriteinen laten hun kwaliteiten eigenlijk nooit zien en ontzeg je de wereld de toegang tot je eigen primitieve lichamelijkheid, dan is het nog maar een kleine stap om anderen het recht te ontzeggen hun eigen primitieve lichamelijkheid te hebben.

Bijzondere smeekbede van mijn kant, ongetwijfeld. Wellicht horen we nogmaals de lichte tred van Pudoria, Godin van de Schuld. Ik denk dat ik met name nijdig was op mezelf vanwege zo'n opvallende daling in mijn drankconsumptie sinds ik in Swafford was. Niet nijdig op mezelf, maar meer woedend vanwege de vriendelijke goedkeuring van de rest.

'Ted, wat zie je er goed uit!'

'Het lijkt wel een beetje een rustkuur voor je, Ted.'

'Wendy Whisky raakt beledigd door je inattentie, liefje.'

Dat soort bagger. Het kostte aanzienlijk veel moeite om eraan te denken zo nu en dan een opzichtig glas te nuttigen, al was het alleen maar om ervoor te zorgen dat ze geen rozenblaadjes op mijn pad gingen strooien en niet nog een genezing aan Davey toe zouden schrijven.

Ik begaf me daarom naar de bibliotheek om te kijken of ik er niet een paar door mijn keel kon gieten voordat ik mezelf overgaf aan denken.

Ik dacht dat ik de ruimte voor mij alleen had, maar gesnotter uit een diepe oorfauteuil in de hoek zei me dat ik vrouwelijk gezelschap had.

'Alles goed, Patricia?' zei ik, terwijl ik achter haar ging staan. Had mijn komst aan moeten kuchen, vermoed ik, want ik liet haar verschrikkelijk schrikken.

'Alsjeblieft, Ted! Je moet zo niet aan komen sluipen.'

Ze had al enige tijd gestadig zitten huilen.

'Sorry,' zei ik. 'Alles in orde, Patricia?'

'Nou, waar ziet het naar uit, jij vette idioot?'

'In tegenstelling tot de volksopinie,' zei ik, 'maak je het alleen maar erger door je op iemand anders af te reageren. Ik denk dat je zult merken dat mij beledigen niet erg helpt.'

'Is dat je poging tot medeleven?'

'Het is praktisch, dat is veel attenter dan medeleven.'

Ze veegde haar neus af. 'Nou, ik heb absoluut geen kruising tussen G.K. Chesterton en een kalenderspreuk nodig.'

'Denk je nog steeds aan die Martin Rebak?' Hij was de loopjongen van Michael die Patricia had gedumpt.

Ze knikte. 'Kreeg vanmorgen een brief van hem. Ik dacht dat hij misschien wel genoeg had van zijn nieuwe vlam. Hij is net met haar getrouwd.'

'Dan heeft hij duidelijk genoeg van haar,' zei ik.

'O, hou toch op, Ted.'

'Ja, wat moet ik anders zeggen? Dat hij je tranen niet waard is? Dat je er wel overheen komt? Dat het altijd het donkerst is vlak voor zonsopgang en dat de tijd alle wonden heelt?'

'Ik heb David nodig, dat is wat ik nodig heb.'

'En wat denk je dat hij je kan geven?'

'Hoop,' zei ze. 'Een gevoel van waarde.'

Dat is dan de moderne Brit. Ik krijg een schuimbekkende woedeaanval als politici uit binnensteden zeggen: 'Wat de mensen in deze stad nodig hebben is Hoop,' alsof we allemaal zouden kunnen reageren met een blijde uitroep: 'Zo gezegd, zo gedaan, ouwe jongen,' terwijl we een handvol Hoop van het buffet pakken, het in een envelop stoppen en het per post naar Liverpool sturen. Wat deze bloedende harten bedoelen is Geld, maar ze zijn te geslepen om dat te zeggen. Hoop doet dan misschien wel leven in de menselijke borst, maar je kunt het niet uit andermans tieten zuigen, het moet in je eigen borst lacteren. Een boodschap van het soort dat je maar beter niet aan een meisje in Patricia's gemoedstoestand kunt geven, vermoedde ik. En wat het gevoel van waarde betreft ...

'De beste manier om jezelf op te beuren,' bood ik in plaats daarvan aan, 'is iets voor iemand anders te doen.'

'En daarmee bedoel je ...?' vroeg ze kil.

'Daarmee bedoel ik, waarom doe je niet iets voor mij?'

'Zoals?'

'Zoals, waarom gun je me de lol niet je mee uit eten te nemen, als dit vreemde vakantietje voorbij is en we weer in Londen zijn? Le Caprice ligt op olijfworp afstand van mijn flat. We zouden een goede maaltijd kunnen genieten en dan zou ik je op een draagbaar kunnen leggen en je likken als een lolly.'

Ze staarde me aan. 'Ik ben jong genoeg om je dochter te zijn.'

'Ik ben niet kieskeurig.'

'En dat is dan jouw idee voor rouwtherapie, Ted? Me als een geile geit versieren?'

'Ik zal je er even over na laten denken. Mijn avonden zijn vaak volgeboekt, dus je moet wel snel zijn.'

'Je meent het echt, hè?' zei ze, en ze hield me tegen met haar hand, die ik in de mijne nam.

'Ik ben een dikke, ouwe man, Patricia. Het is al moeilijk genoeg om vrouwen van mijn eigen leeftijd te vinden die geen prostituees zijn, maar een jong ding zoals jij ... nou ja, dat zou een zeldzame traktatie zijn. Mogelijk mijn allerlaatste. Dijen zonder putjes van de cellulitis, borsten die als bedelende hondjes rechtop staan. Hoe vaak denk je dat dat soort geneugten me tegenwoordig nog gegund zijn?'

'En waarom denk je dat ik door jou afgelebberd wil worden?' vroeg ze, terwijl ze haar hand terugtrok.

'Je vriendelijke aard,' zei ik, en ik liep weg om mezelf een groot glas sherry in te schenken. 'De wetenschap dat je me gewoon stompzinnig gelukkig zou maken.'

'Je vraagt me nogal wat.'

'Ha ha!' zei ik triomfantelijk. 'En waarom is dat nogal wat?'

'Wat bedoel je?'

'Je zei dat ik je nogal wat vraag. Waarom denk je dat?'

'Nou ja, mijn lichaam is toevallig niet iets waar ik als een schaal hors d'oeuvres mee rondga.'

'En waarom niet?'

'Waarom niet? Waarom niet? Omdat ik er nogal aan gehecht ben.'

'Waarom,' tetterde ik, 'heb je Davey dan nodig om je een gevoel van eigenwaarde te geven. Je hebt het toch al?'

'O, alsjeblieft zeg. Wat een goedkope ...'

'Je heb het buitengewoon duidelijk gemaakt dat mijn aanbod van liefde en gezelschap een veel ordinairder aanbod is dan waar jij denkt recht op te hebben. Je hecht veel meer waarde aan je eigen lichaam en gunsten dan aan die van mij.'

'Waarde hechten aan mijn lichaam is heel wat anders dan waarde hechten aan mezelf. Je bood me geen liefde en gezelschap, je wilde dat ik plat ging en me liet aflikken.'

'En dat is de onhandige manier van een man die om liefde vraagt, dat hoor je toch te weten. Als ik had gezegd dat je de mooiste vrouw was die ik in jaren had gezien en je wanhopig graag dichtbij me wilde hebben, zou je denken dat ik medelijden met je had. Donderdag is een goeie dag voor mij,' zei ik. Ik smeerde hem en liet haar gefrustreerd achter.

Ik ging op weg naar de Villa Rotunda, kladblok en potlood in de ene hand, sherryglas in de andere. Wolken verzamelden zich aan de horizon en het lang beloofde slechte weer leek eindelijk te naderen. Er kolkten ook wolken in mij en het gerommel van de donder weerklonk in mijn hoofd.

Het was donker en koel in het zomerhuisje. Ik zat op de houten kist met croquethamers en stak een Rothie op. De afgelopen twee dagen, ik zal er niet moeilijk over doen, hadden me verward en eenzaam gemaakt. Op het eerste vel van mijn kladblok begon ik een lijst te maken van de tegenstrijdigheden die zulke harde spijkers in mijn hoofd sloegen.

Ze zeggen wel eens dat lijstjes maken anaal is, het teken van een 'anaal vasthoudend' type. Ik weet bijna zeker dat niemand die zo'n debiele uitdrukking gebruikt, in de verste verte weet wat het betekent. De recensent Edward Wilson beschreef Charles Dickens ooit als een 'anale dandy'. Hij had waarschijnlijk ook geen godvergeten idee waar hij het over had. Lijstjes maken, zoals ik bijvoorbeeld doe als ik een gedicht voorbereid, lijkt volgens mij in de verste verte niet op het dwangmatige verlangen dingen in mijn reet te stoppen. Laatst nog stonden Oliver en ik het nieuwe Swafford Hall briefpapier te bewonderen dat Michael bij Smythson in Bond Street had besteld en dat Podmore op de bureaus en tafels in de slaapkamers, bibliotheken en salons van het huis had verspreid.

'Ooo, ik vind schrijfgerei toch zo verrukkelijk anaal!' had hij gepiept, Oliver, niet Podmore.

'Waarom *anaal*?' had ik geïrriteerd gevraagd. 'Waarom niet renaal, of craniaal, of pulmonaal, of nasaal, of testiculair? Ik bedoel, wat heeft het in vredesnaam met een kont te maken? Het slaat nergens op.'

'Doe nou niet zo moeilijk, lieverd. Iedereen weet dat schrijfgerei anaal is. Het is een bewezen feit.'

Er wordt ons verteld dat we kinderlijke fasen doormaken waarin we dingen in onze mond of kont willen stoppen. We ontwikkelen ons tot oraal of anaal vasthoudende types. Als roker, drinker, brasser en pennenkauwer kan ik wellicht worden gezien als oraal. Dat kan ik begrijpen: de hierboven vermelde zaken gaan door de mond. Maar kennelijk ben ik als lijstjesmaker en liefhebber van kwaliteitspapier ook anaal. Slaat dat ergens op? Natuurlijk niet. Wat voor mogelijk nut hebben zulke categorisaties, behalve dan dat ze mensen als Oliver van de mogelijkheid voorzien ongepaste dineropmerkingen te maken.

Anaal, m'n reet. Ik houd van mijn lijstjes. Dit specifieke lijstje was erg belangrijk. Een lijst samenstellen is voor mij als het aanleggen van een formele tuin in de onzinnige wildernis van mijn geest.

Ik kauwde op het eind van het potlood, hield oraal meerdere cederhoutsplinters vast en begon toen te schrijven.

1 Edward, Jane, Lilac en mogelijk nu ook Oliver zijn kennelijk genezen doordat David zijn hand op hen heeft gelegd.

2 Een hete hand op het menselijk lichaam verschilt toch zeker niet van een heet kompres, een heet washandje of een heet roombotercakeje op een menselijk lichaam. Als zuivere hitte kanker en astma en hartkwalen zou kunnen genezen, dan zou de medische wereld ons dat verteld hebben.

3 Dus stralen Davids handen een andere kracht uit dan warmte.

4 Voor zover ik begrepen heb zijn elektriciteit, magnetisme en zwaartekracht de enige fysische krachtvelden in de wereld. Een molecuul of atoom, of hoe ze ook heten, kan niet door een andere kracht worden verwijderd. Nou ja, er zijn nog een paar andere, maar die bestaan alleen op papier.

5 De enige andere kracht die het overwegen waard is, is de creatieve kracht in de mens, die bijvoorbeeld een gedicht op papier of iets recht kan zetten.

6 Maar er bestaat wel zoiets als de kracht van suggestie. De ene menselijke geest kan door een andere gehypnotiseerd of overgehaald worden. Zo heb je vertrouwen, zo heb je Hitler, zo heb je reclame. Maar vertrouwen dat *geneest*? Ga toch weg. Pijn is dan misschien een geestelijke illusie, maar tumoren en dichtgeslibde aderen niet. En trouwens, dan heb je nog de dierenarts en, naar het schijnt, Janes artsen.

7 Als dit alles waar is, als David in staat is de moleculaire structuur te veranderen – want daar hebben we het over – dan zou de wereld dat moeten weten.

8 Ik ben de peetvader van David. Wat vind ik er moreel gezien van als hij (a) door het slijk van alle kranten wordt gehaald (b) heen en weer geslingerd wordt tussen wetenschappers en fanaten die vastbesloten zijn te bewijzen dat hij een bedrieger is, of hem overstelpen met cadeaus?

9 Wat bedoel ik met 'cadeaus'? Cadeaus zijn dingen die worden gegeven. Daar heb je een gever voor nodig. Waarom zou God zijn tijd verspillen door de gave om te genezen te geven? Hoe zit het met vrije wil en de plicht van de mens te leven zonder de impertinente bemoeienis van zijn schepper? En hoe zit het met de miljoenen die elk jaar sterven, zonder ooit de kans te hebben gehad door David genezen te worden? Kinderen in Afrika met weggegeten gezichten? Verlamden in Venezuela? Lepralijders in Libië? De blinden op Bali en de doven in Delhi? Het is zinloos, zinloos, volkomen zinloos. Zelfs die feilba-

re en wraakzuchtige God van ons zou niet zo wreed zijn om zijn kinderen maar een handjevol genezers te geven voor vier miljard mensen.

10 En als God ons wel een genezer zou geven, dan zou hij er verdomd goed voor zorgen dat de verkozenen meer zouden doen dan genezen. Ze zouden daarbij over onthouding en verlossing en het vagevuur preken, of zulk soort verdomde dingen. Terwijl David alleen maar wauwelt over halfretige, zoetsappige Groene bagger, en een hoop brabbelende pantheïstische lulkoek over Natuur en Reinheid uitkraamt.

11 Aan de andere kant. Muziek is een gave. Schilderen is een gave. Zelfs dichtkunst is een gave. Er bestaan genoeg tastbare talenten en charisma's die het lot van de mens op aarde verbeteren, dus waarom niet genezing? Het kan zijn dat de gever niet God is, maar genetica en evolutie. Er bestaat tenslotte bewijs dat Davids kracht is aangeboren, geërfd zelfs, zoals ook de gave van vele musici.

12 Maar. Maar, maar, maar. Om een groot musicus te zijn, is alleen een gave niet genoeg. Je moet onder de mensen leven, lijden en ze begrijpen. Boven alles, je moet WERKEN. Niets van enige waarde dat ik iemand heb zien bereiken, kwam ooit zonder werk tot stand.

13 O ja? Waarom vecht je er zo tegen, Ted? Wat heb je toch? Je hebt het bewijs toch zelf gezien?

14 Zelf gezien? Wat heb ik eigenlijk gezien?

15 O, kom op, zeg. Zelf gehoord, dan.

16 Horen zeggen.

17 Je hebt van 'horen zeggen' dat Marokko bestaat. Maar twijfel je er ook echt aan?

18 Oké. Oké. Maar dan blijft het probleem David. Ik heb een eed gezworen bij de vont. Zijn vader, mijn vriend, komt naar mij om raad. Eén keer in zijn leven weet hij niet wat hij moet doen. Ik kan helpen.

19 Inderdaad, jij kunt helpen. Jij kunt...

Ik zweeg. Het geluid van stemmen kwam dichterbij. Twee mensen, diep in gesprek. Ze stopten onder het raam van de Villa, het raam aan de achterkant, dat uitkijkt over het meer.

'Dit is denk ik wel een rustig plekje.' De stem van Max Clifford.

'Heel rustig.' De stem van Davey.

Ik dook in elkaar in een soort gapende onbeweeglijkheid, als een ongecoördineerd kind dat standbeeldje speelt. Ze zaten maar een paar meter bij me vandaan, en het minste geluid vanuit het zomerhuisje zou voor hen net zo hoorbaar zijn als hun stemmen voor mij.

'Zo dan. Ik zal gelijk ter zake komen, David. Ik heb Oliver vanmorgen gesproken.'

Geen reactie.

'Hij wilde niet zeggen wat er was gebeurd, maar het is wel duidelijk dat er iets is gebeurd. Iets soortgelijks als het buitengewone herstel van ons nichtje Jane, waarvan Mary en ik eerder dit jaar getuige waren.'

'Het is echt waar. Olivers hart is nu genezen.'

Clifford lachte bewonderend.

'Verbazingwekkend. Echt verbazingwekkend.'

'Niet echt verbazingwekkend, hoor. Niet voor mij.'

'Dat soort activiteiten zullen wel heel wat van je vergen, of niet?'

'Ja. Inderdaad, ze vergen veel van me.'

'Het is alleen ... ik voel me nogal stom om dit te vragen. Ik snap wel dat het niet hetzelfde is als iemand vragen om een boek uit te lenen of een avondje op te passen.'

'Je kunt me alles vragen, Max.'

'Mijn dochter Clara is ... niet helemaal in orde.'

'Ik kan haar vast en zeker helpen, Max.'

'Ze is niet echt *ziek*, maar ze is, nou ja, eigenaardig. Ze is zo onbeholpen en onhandig en ...'

'En ongelukkig.'

'Heel moeilijk om haar ergens mee naartoe te nemen. Mensen staren, weet je. De scheelheid en de vooruitstekende tanden zijn al erg genoeg. Maar ze doet absoluut geen poging om elegant te zijn of ...'

'Ja, ik weet het. Ik wil met alle plezier met haar afspreken en doen wat ik kan.'

'Ik weet niet precies hoe je te werk gaat. Als Mary en ik kunnen helpen?'

'Nou, weet je, Max. Je moet me vertrouwen, zie je. Ik heb liever dat jullie er niet bij zijn, als ik met haar bezig ben.'

'Natuurlijk, natuurlijk. Je zegt het maar. Maar je bent weer helemaal op krachten? Ik bedoel, je ziet er niet uit als een bijzonder sterke jongen. We willen je niet uitputten.'

'Ik ben eigenlijk heel sterk. Mijn energie is heel snel weer aangevuld. Zolang ik het maar niet verspil.'

'Schitterend.'

Het werd stil. Ik strekte mijn verkrampte been zo geluidloos mogelijk. Misschien waren ze weg. Ik overwoog om overeind te komen en naar het raam te lopen om naar buiten te spieden. Toen hoorde ik het geluid van een kiezelsteentje dat in het meer plonsde en besloot dat ze er nog steeds zaten. Nog een paar kiezelsteentjes werden gegooid voordat David sprak.

'Wat heb je over me verteld aan Clara?'

'Nou, we hebben wel gezegd dat het mogelijk was dat je haar wilde helpen.'

'En wat vindt ze daarvan?'

'Clara is veertien jaar en doet wat haar gezegd wordt,' zei Max scherp. Hij moet zich gerealiseerd hebben hoe hardvochtig dat klonk, want hij voegde er snel aan toe: 'Niet dat het haar gezegd *moet* worden, natuurlijk. Nee, ze wil het heel graag. Haar scheelheid en haar tanden en haar verdomde ongecoördineerde gegaap. Het is een enorme bezoeking voor haar. Voor ons allemaal.'

'Waar is ze nu?'

'Met Simon ergens, volgens haar moeder. Aan het rotzooien

in de stallen. Figuurlijk, waarschijnlijk. Wil je dat ik haar naar je toe stuur?'

'Vanmiddag, als het goed is. Na de lunch.'

'Ja. Ja, je moet zeker eerst eten. Eh, waar wil je het precies doen?'

'Dat weet ik nog niet precies, Max. Misschien dat we een stukje gaan wandelen. Maar het moet echt vertrouwelijk zijn. We moeten absoluut alleen zijn.'

'Wat je maar zegt, wat je maar zegt ... ik ben je heel dankbaar. Mary en ik zijn je allebei heel erg ...'

De stem van Max stierf weg en ik was weer alleen.

Ik keerde terug naar mijn kladblok en voltooide voorlopig mijn lijstje.

20 Ik zie misschien binnenkort het bewijs met mijn eigen ogen.
Beter denk ik om mijn oordeel tot die tijd uit te stellen.

Ik ging voor de lunch even bij Michael langs. Hij was een brief aan het dicteren. Zag er rustiger en zekerder uit dan toen we de laatste keer praatten. Zijn zakengezicht zeker. Hij leek blij me te zien. Maar ja, hij had ook blij geleken toen hij me de week ervoor zag, toen hij, zoals ik inmiddels wist, eigenlijk buitengewoon van zijn stuk was gebracht door mijn aanwezigheid. Voorzover ik weet, is nog nooit iemand blij geweest me te zien, maar sommigen kunnen het beter verbergen dan anderen.

'Ahoi, Tedward! En hoe gaat de ochtend voor jou?'

'Wilde je even spreken, Michael.'

'Dank je, Valerie. Ik wil nu even met meneer Wallace praten.'

'Jazeker, Lord Logan.'

Valerie glipte naar buiten en sloot de deur achter zich.

'Zo, hoe staat-ie, hoe gaat-ie?'

Ik ging in de stoel tegenover het bureau zitten. 'Heb je het gehoord van Oliver?'

Michael zuchtte en trommelde met zijn vingers tegen de zijkant van zijn hoofd.

'Anne was hier. Erg overstuur. Zei dat ze gisteren tegen David had gezegd dat hij niemand meer mocht zien voordat hij het eerst tegen haar had gezegd. Ze is woedend dat hij niet naar haar heeft geluisterd. "Natuurlijk heeft hij niet naar je geluisterd!" zei ik tegen haar. "Als mijn ooms tegen mij hadden gezegd, toen ik zo oud was als hij, 'Je mag niet meer aan de winkel werken, Michael. Ga maar naar de radio luisteren of een boek lezen, maar niet meer over zaken en klanten en geld nadenken,' denk je dat ik me daar iets van zou hebben aangetrokken? Van mijn leven niet." Maar Annie was niet tevreden.' Michael zuchtte weer en wikkelde een nieuwe sigaar uit het cellofaan. 'Zeg, vertel me eens, Tedward, wat denk jij er nu van?'

'Wat ik ervan denk? Ik weet het niet. Maar ...' Ik lachte een samenzweerderige glimlach. '... ik weet het misschien later op de dag.'

Hij fronste zijn wenkbrauwen. 'Later op de dag? Wat gebeurt er dan later op de dag?'

'Michael, vind je het erg als ik dat nog even voor me houd? Ik zal ervoor zorgen dat er niets gebeurt dat niet hoort te gebeuren, dat beloof ik je.'

'En beloof je me dat je belofte iets waard is?'

'Ik vind dat het in elk geval de lucht waard is waarmee hij is gesproken.'

Logan gromde zijn toestemming.

'Je gaat dus met Davey praten?' vroeg hij.

'Misschien,' zei ik. 'Ik zal het je vanavond laten weten.'

'Dan is Jane er ook. Ze komt vanmiddag hiernaartoe.'

'Ja, ik weet het,' zei ik. 'Dan hebben we een full house: dames en boeren.'

Logan kwam overeind en we begaven ons naar de bibliotheek voor een pre-lunch slokje, waar ik door Olivers speelsheid en buitensporige vertoning van goede gezondheid helemaal geen zin meer had in mijn grote glas sherry.

IV

Maaltijden op Swafford worden formeler naarmate de dag vordert. Dat is heel normaal in de voornamere huizen van het koninkrijk. Ik vermoed dat Lévi Strauss of Margaret Mead, als ze nog hadden geleefd, dit fenomeen zouden kunnen verklaren door de laag vernis van de landhuistraditie af te schrapen, om daaronder een ware antropologische, teakhouten klassentaboe te onthullen – vandaag de dag zullen we ons voor uitleg ongetwijfeld tot retebijdehante zondagkrantjournalisten moeten wenden. Het ontbijt is, tot groot genoegen van mijn traditionele zelf, zoals het hoort een min of meer bedieningloze affaire, waarbij Podmore alleen binnenkomt met verse koffie en toast als hij door schreeuwen of bellen ontboden wordt. Het buffet staat helemaal vol met een rij glimmende terrines die naast het spek, de eieren, worst, champignons en rimpelige, gebakken tomaten die we zouden mogen verwachten, ook nog drie geweldige onderdelen van het Engelse ontbijt van weleer kent: kedgeree, gerookte haring en niertjes (pittig gekruid). Over de gehele lengte van de eettafel staan ritmisch geplaatste schaaltjes marmelade, potten koffie en thee, zilveren toastrekjes en kannen die tot hun kristallen randen gevuld zijn met het sap van sinaasappels, tomaten en grapefruits. Een satijnhouten zijtafel van Hepplewhite is door Podmore matineus bedekt met een waaier van landelijke en plaatselijke kranten. Tijdschriften worden ook geleverd: *The Spectator*, *Private Eye*, *The Oldie*, *Country Life*, *The Field*, *Norfolk Fair*, *The Illustrated London News*, *The Economist*, *Investors Chronicle*, en *Beano* voor de tweeling. Het is zoals ik al heb gezegd mijn gewoonte om ervoor te zorgen als laatste binnen te komen en de kamer voor mij alleen te hebben. Ik blijf een uurtje of zo zitten, totdat de eerste dalende darmgassen van halverwege de morgen me naar het toilet dwingen. Als Petrus me zou vragen op welke plaats of tijd ik voor eeuwig gedurende de oneindige tijd van mijn hemelse carrière zou willen zweven, zou ik zeker halftien 's morgens op een zomerse dag in de eetkamer van Swafford Hall kunnen kiezen.

Als er gasten van buiten worden uitgenodigd, dan is het diner een formeel banket, avondkleding vereist. De dames in jurken onder de schouders en het personeel met het eten boven de schouders – witte handschoenen, uitmuntende bediening, schitterende servetten rond flessenhalzen gewikkeld. De wijn en de conversatie vloeien, wangen en kaarsen gloeien. Zelfs als alleen de bewoners en logés aanwezig zijn, wordt er een zeker protocol van elegantie gehandhaafd. De vrouwen worden om acht uur aan de arm van hun mannen gedrapeerd naar binnen gebracht, en om een uur of elf smeren ze hem *en masse* voor koffie in de salon en laten ze het harige element achter om boven de port noten en moppen te kraken. Deze zeer belastende procedure, zo vertelde Simon me laatst, komt oorspronkelijk uit Victoriaanse tijden, toen vrouwen nog angstvallig voor hun mannen, broers en zonen verborgen wilden houden dat ze een blaas en urinekanaal hadden. Waar het ook op gebaseerd is, ik vind het een buitengewoon bevredigende traditie. Als Anne vindt dat de seksen lang genoeg gescheiden zijn geweest, heeft ze de kostelijke gewoonte om ons allemaal in de salon te roepen, door vredige sonates van Schumann op de piano te spelen. Het is heerlijk om beschaafd te doen, maar je hebt wel rijke vrienden nodig om de stijgende kosten van zo'n oefening te dekken. Beschaving is tenslotte niet het gedrag van de geest, maar het gedrag van rijkdom. Het diner in Swafford is naar mijn mening bijna net zo voortreffelijk als het ontbijt.

De lunch ligt, wat ceremonie en chronologie betreft, tussen deze twee in. De bibliotheek dient als verzamelpunt en premaaltijd slobbervoorraad naar keuze; daarna worden we de eetkamer binnengegongd voor het vaste voedsel. Podmore brengt de gerechten binnen en dumpt ze bij Anne aan het eind van de tafel, zodat zij ze aan de rest van de tafel kan uitdelen. Het is de snelste maaltijd, het dessert wordt vaak onaangeroerd teruggestuurd, drankgebruik sterker dan ijswater is ongewoon en het gesprek is vaak wat stijf. De Britten doen ongemakkelijk over huiselijke lunches door de week; het werkethos zit zo diep in ons geworteld dat zelfs de bevoorrechte klassen graag doen alsof 's middags eten een vervelende inbreuk is op een leven van noeste arbeid en eerlijke toewijding.

Terwijl we naar de eetkamer liepen, mijn eetlust al bedorven door de brutale gezondheid van Oliver en de radeloze houding van Anne, was de sfeer binnenskamers al te snijden door dezelfde soort knetterende spanning die buiten heerste. Het is een teken, is me vaak opgevallen, van Gods goedkope gevoel voor literaire clichés dat hij er zo vaak voor kiest klimatologische omstandigheden te leveren die onze diepste gevoelens weerspiegelen. De dag van Janes doop was bijvoorbeeld een kletsnatte, doorweekte dag, die paste bij het gejank dat ermee gepaard ging. Het weer dat de scène van het vertrek van Helen uit mijn huis en mijn leven begeleidde, met een krijsende Roman en een koeltjes sniffelende Leonora, was koud tot op het bot en verschafte een ijselijke gevoelloosheid die bij mijn stemming paste. En als we terugdenken aan al die pagina's geleden, was de dag die getuige was van mijn verbanning bij de *Sunday Shite*, helder en warm en vrij en stralend. De statische dreiging die vandaag te snijden was kon, hoewel het overdreven was zoals al Gods invloeden, niet ongepast genoemd worden.

Michael was stil, Anne praterig en lichtgeraakt. Ik keek naar Clara, die op haar beurt snelle, steelse blikken wierp in de richting van een blozende en afwachtende David. Simon was uitzonderlijk humeurig en koel. Max beperkte zich tot beleefde antwoorden op Annes gebabbel. Patricia, Rebecca en Oliver kwetterden over Londense zaken. De tweeling, die wellicht wat leven in de brouwerij had kunnen brengen, at in de kinderkamer. Mary Clifford zei niets tot aan het eind van de maaltijd, toen ze Clara een dessert wilde opdringen.

'Je zou echt wat moeten nemen, lieverd.'

'Ik heb niet zo'n honger, mammie.'

'Nee, maar ik denk dat een stuk strooptaart een goed idee is. Denk je ook niet, Davey?'

Max beet bij het horen van deze megalithisch domme opmerking op zijn lip en Oliver fronste zijn wenkbrauwen. Davey wilde net antwoorden toen Simon zich ermee ging bemoeien.

'Het is toevallig wel heel lekkere taart, Clara. Als jij jouw stuk niet opeet dan neem ik het wel, maak je daar maar niet druk om.'

'Simon is zo iemand die zichzelf kan volproppen als een varken en nog geen grammetje vlees ervoor terugkrijgt,' zei Anne, terwijl ze een stuk voor Clara afsneed. 'Hij heeft al drie porties gehad.'

'Twee toevallig, hoor mam,' zei Simon, terwijl hij zijn bord voor de derde keer doorstuurde. 'Moet op krachten blijven, we gaan de varkens vanmiddag naar de velden brengen om aren te lezen. Heb je zin om mee te gaan, Clara?'

Clara keek hulpeloos naar Simon, haar ogen opgezwollen en waterig vanachter haar dikke lenzen.

'Clara en ik dachten erover een stukje te gaan wandelen vanmiddag, Simon,' zei Max. 'Als je "aren lezen" zegt,' ging hij in één moeite verder, 'bedoel je dan dat ze echt genoeg hebben aan foerageren, of vul je hun voeding aan? Dat heb ik nou altijd willen weten.'

Terwijl Simon het uitlegde, zag ik hoe Clara met gebogen hoofd zich weer naar haar kommetje wendde en mismoedig in haar taart prikte. Ik had het idee, even afgezien van dit troosteloze ogenblik, dat ze er eigenlijk een beetje beter uitzag dan bij haar aankomst in Swafford een week geleden. Volgens mij zou moeder natuur Clara's onvolkomenheden mettertijd wel rechtzetten zonder de mystieke tussenkomst van Davey. Kijk maar naar Amerikaanse meisjes. Op hun veertiende zien ze eruit alsof ze herstellende zijn van een verkeersongeval: hun mond is in ijzerdraad gekooid, hun benen en rug worstelen met corrigerende kousen en spalken, hun huid is pokdalig van de acne, hun bovenlip is pluizig van het dons, hun trieste kleine behatjes zijn volgepropt met Kleenex en hun ogen zwabberen onafhankelijk van elkaar alle kanten op, behalve naar voren. Maar tegen de tijd dat ze achttien worden, zijn ze bijna ondraaglijk mooi, met tanden als maagtabletten, ogen om in te verdrinken, een huid die je overal wilt likken, rijpe borsten en nieuw postuur. Alleen geen okselhaar en dat vind ik een rampzalige vergissing. Heb je ooit de honing uit de kamperfoelie gezogen? Als je de bloem neemt en aan de meeldraad trekt, zwelt er een verfijnde, glinsterende druppel nectar op uit de kroon. Een zweetdruppel die opzwelt aan de puntjes van het okselhaar van een vrouw is net zo mooi. De ware connaisseur van vrouwelijke geneugten in de geweldige lijvige geur van het vrouwelijke parfum en niet de steriele vleugjes citroen van deodoranten en crèmes. De Fransen begrijpen het, zo'n beetje het enige dat ze begrijpen – behalve Frans natuurlijk. Denk maar eens aan die *amants* à la Baudelaire die hun hoofden begraven in de met zweet doorweekte onbespreekbare delen van komedieactrices. Haaa ...

Pardon. Laat ons terugkeren naar de lunch.

Michael stond op. 'Neem me niet kwalijk dat ik ervandoor ga,' zei hij. 'Ik moet vanmiddag werken. Maar ik neem aan dat we er straks allemaal zijn als Jane komt?'

Iedereen knikte.

Ik ging zo snel mogelijk weg, om in alle geniep mijn surveillance te beginnen. Het was een lastige onderneming om de Villa Rotunda ongezien te bereiken. Ik wist dat een aantal gasten in de salon zou zitten, die uitkeek over het zuidelijke gazon waarvan aan het eind de Villa Rotunda stond. Ik moest daarom om het hele gazon heenlopen en het zomerhuisje vanaf de achterkant zien te bereiken. Hiervoor moest ik me een weg door een hoop dichtbegroeide vegetatie zien te banen. Ik ondervond al gauw dat de struiken en bosjes zichzelf de vrolijke middagtaak hadden gegeven om, door middel van het gebruik van doortrapt omhooggeduwde wortels en uitstekende twijgen, hun best te doen de kop koffie die ik stom genoeg had meegenomen op mijn reis, uit mijn handen te slaan. Tegen de tijd dat ik mezelf door het raam aan de achterkant van de Villa Rotunda had gemopperd, was er niet meer dan een duim koffie over, uitgebreid aangevuld met tuinafval. Ik bedacht dat een duim après-lunch koffie beter is dan een centimeter, en dankbaar dronk ik het op met bladresten, dondervliegjes, schors en al. Niettemin zou ik tot de ontdekking komen dat de verspilling van zoveel, binnen afzienbare tijd een ogenblik van paniek zou veroorzaken.

Ik ging lekker op de croquetkist zitten en keek naar een spin die aan het plafond hing en overpeinsde, zoals Robert the Bruce vóór mij, het probleem van moeite. Opstaan kost moeite, rondlopen kost moeite: gewoon stilzitten, niet meer dan ondergaan, zelfs dát kost moeite. Moeite is bestede kracht. Kracht komt uit voedsel. We gaan door omdat we eten. Maar *creatieve* moeite? Hoe wordt die besteding aangevuld? Waar komt creatieve kracht *vandaan*? Ook uit voedsel? Maar hoe kan het dan dat bijvoorbeeld een dichter die eens kon schrijven, plotseling niet meer kan schrijven? Toch zeker niet omdat hij geen spinazie meer eet? David denkt dat hij creatieve energie heeft, die komt uit ... uit god mag het weten. Uit de natuur, uit een of ander complex samenhangend web, een ononderbroken krachtveld waar ze het wel eens over hebben in dat absurde sciencefictionverhaal met Alec Guinness, dat Roman tot mijn stomme verbazing een 'ouwe' film noemde ... *may the force be with you* ... Als dat volgens Roman een ouwe film is – *Star Trek*, heette hij? Zoiets – wat was *Duck Soup* dan wel niet? ...

'Hij brandt! Hij brandt!'

Een opgewonden stem onder het raam. Ik sprong op. Het koffiekopje viel van mijn schoot en sloeg tegen de vloer.

Niet Davids stem. Ook niet die van Clara.

Ik ging naar het raam en keek naar buiten.

Daar onder mij zat de tweeling gehurkt op het pad tussen de achterkant van de Villa Rotunda en de rand van het meer. Een van hen had een vergrootglas in zijn hand, de ander een slak. Een sissende stoomwolk steeg op uit het kleine gaatje in het huisje van de slak.

'Hé!' schreeuwde ik.

Ze draaiden zich in schuldige paniek om en glimlachten toen ze zagen wie het was.

'Hallo, oom Ted.'

'We zijn aan het experimenteren.'

'Nou, je mag hier niet experimenteren,' zei ik.

De tweelingbroer met het vergrootglas fronste zijn wenkbrauwen.

'Waarom niet?'

'Omdat ...' Ik zocht een reden. 'Stel dat je broer David je hier zou zien. Je weet hoe hij over dierenmishandeling denkt.'

'Dat geeft niet.'

'Davey is het bos in gegaan.'

'Met Clara.'

'Eeuwen geleden al.'

Eeuwen geleden al? *Eeuwen* geleden al? Ik keek op mijn horloge. Tien over drie.

Verdomme, Ted, jij vette buffel. Verdomme, jij grote, slijkzwelgende klerelijer. Je hebt veertig minuten geslapen. Als je een hele, volle kop sterke koffie had gehad, misschien ...

Ik gooide mezelf van de treden van de Villa Rotunda en draaide me om naar de tweeling.

'Waar?'

'Waar wat?'

'Davey en Clara. Waar zijn ze in het bos naartoe gegaan?'

Ze haalden hun schouders op.

'Dat weten *wij* toch niet.'

Ze wezen naar de overkant van het meer.

'Daar ergens.'

'Zullen we verstoppertje met ze spelen?'

'Nee, nee. Jullie blijven hier. Ik wil alleen maar ... naar ze toe. Even met ze praten.'

'Oké.'

'We blijven wel hier.'

'Absoluut. Op deze plek.'

'Gewoon hier.'

'Precies hier.'

Ik liep met vastberaden tred rond het meer en vervloekte ondertussen mijn luie, ouwe lijf. Dat was nou precies wat ik bedoelde. Energie. Moeite. Waar gaat het naartoe?

Ik stampte door de vochtige stank langs de rand van het meer, mijn voeten vertrapten het loogkruid, de dotterbloemen, de maluwe en de boterbloemen eronder. Voor me lag het kleine bos waar David en ik de eerste dag hadden gewandeld. Het was vochtiger nu, de lucht barstte van de damp, en daarboven kleurden de wolken donkerder tot de kleur van de inkt van een inktvis.

Ik stond in dit struikgewas en luisterde. Leeuweriken, vinken, lijsters en vliegen piepten, tjilpten, floten en zoemden. Kleine zwermen muggen wervelden en stuiterden in het donkerdere struikgewas. Ik liep zo zachtjes mogelijk naar het donkerste, dichtstbegroeide deel van het bos, voor zover dat mogelijk is voor een zware man, als de grond onder hem bedekt is met droge takken en knisperend schors.

Ergens voor me hoorde ik de stem van David, laag en omfloerst. Voorovergebogen bewoog ik me voorzichtig in de richting van het geluid, tilde iedere keer mijn voeten hoog van de grond en zette ze met alle ingespannen subtiliteit die ik maar kon opbrengen weer neer. Ik hijgde en pufte als een stoomwals van de inspanning. Zweet verzamelde zich op mijn voorhoofd.

'Dus, zie je, de energie moet een manier naar binnen zien te vinden,' hoorde ik Davids stem uitleggen.

'Energie, zoals van de zon?' vroeg Clara.

Ik kwam tot stilstand achter een doornstruik en tuurde erdoorheen. Op een kleine open plek, minder dan de lengte van een lange cocktailbar van mijn schuilplaats verwijderd, kon ik Clara en David op de grond zien zitten. Clara zag ik alleen van opzij, maar Davids gezicht kon ik duidelijk zien. Hij had een steenkoolkleurige spijkerbroek en een wit T-shirt aan. Hij had zijn knieën een beetje opgetrokken en een hand op Clara's schouder gelegd. Ik ademde zo zachtjes mogelijk.

'Nee, niet precies zoals van de zon. Je kent de energie van de man toch wel? De energie die leven maakt.'

Clara giechelde. 'Wat, je bedoelt ... *sperma*?'

Een druppel zweet rolde naar beneden en prikte in mijn ogen. Het licht werd minder en de lucht was zó geladen dat de huid prikte.

'Het is geen grapje, Clara. Als die energie heel erg rein is en heel erg heilig, dan kan het de persoon die het ontvangt ook heel erg heilig en rein maken.'

Clara staarde hem aan. 'Je gaat toch niet ...'

Ik slikte. Dit was niet wat ik had verwacht. Helemaal niet wat ik had verwacht.

'Ik heb zitten denken. Zie je, de problemen waarbij je wilt dat ik je help, zitten allemaal hierboven.'

David trok een spoor over haar gezicht.

'Normaal, zie je, zou ik de energie diep in je brengen ...'

Plotseling schoten de aambeien van Oliver aan het ontbijt door mijn hoofd en ik kreeg braakneigingen. Een warme, vette druppel viel met een klets op mijn hoofd. Godver, dacht ik. Een of andere klote houtduif. Nog een druppel belandde op mijn arm. Regen.

'... maar ik denk dat het in jouw geval het beste is,' ging David verder, 'om de energie hier naar binnen te brengen.'

Hij bewoog een duim tussen Clara's lippen.

'Je bedoelt dat ik het moet *drinken*?'

David zuchtte. Het was wel duidelijk dat hij de onnozelheid van Clara's reactie absoluut niet kon waarderen.

'Je vader heeft het toch uitgelegd? Hij heeft je verteld dat ik de kracht heb om mensen te helpen. Hij heeft je gezegd dat je me moet vertrouwen en dat je moet doen wat ik zeg, of niet?'

Clara knikte. Ze leek niet gelukkig.

'De beste manier om de energie op te nemen, is om je te zogen zoals een liefhebbende moeder haar jong zoogt.'

Clara gaf geen antwoord.

'Je moet je voorstellen hoe de reine, levende energie bij je binnenkomt en je heel maakt. Het zal je ogen genezen, en je tanden. Het zal je vullen met kracht en schoonheid.'

'Hoe smaakt het?'

Geweldig kind. Ik begon haar te waarderen. Poëzie ligt in praktische details.

'Het smaakt naar alles waar je van houdt. Naar honing en zoete, warme melk.'

'Anijs?'

'Als je van anijs houdt, dan smaakt het naar anijs.'

'Ik heb een *hekel* aan anijs.'

'Nou, dan smaakt het niet naar anijs. Wat is je favoriete smaak?'

'Worcestersaus.'

'Mm ...' David pauzeerde. Ik kon me voorstellen dat hij zich afvroeg hoeveel overtuiging ervoor nodig was om te beweren dat zijn reine, heilige rivier van energie inderdaad naar worcestersaus zou smaken. 'Je geest creëert welke smaak hij maar verlangt,' was het beste wat hij kon verzinnen.

'Ziet het er dan ook *uit* als worcestersaus?'

'Het doet er helemaal niet toe hoe het eruitziet!' David raakte geïrriteerd.

'Het begint te regenen.'

'De regen is goed. Hij is zuiver en rein en best warm.'

Ik begaf me verder naar voren om te schuilen in de struik; de bramenstruiken om me heen kamden mijn haar met gewelddadige krassen.

David had zijn irritatie onder controle en sprak nu met een kalm, hypnotisch gekir.

'Clara. Er is je gezegd dat je me moet vertrouwen en je vertrouwt me. Er is je gezegd dat ik je zal helpen en ik zal je helpen. Ik zal hier zo gaan liggen, goed? Dan neem ik nu je hand en leg hem hier op mijn spijkerbroek.'

'Wat is dat?'

'Je weet wat dat is. Dat weet je toch zeker wel? Voel maar gewoon even. Voel eens hoe warm en hoe stevig hij is. Daar komt de energie vandaan. Heel goed.'

Clara's lichaam belemmerde mijn uitzicht op de details van deze bosscène. Ik kon zien dat David omhoogkeek naar de bomen en dat zijn tenen zich in hun schoenen kromden. Ik kon Clara's schouders en de achterkant van haar arm zien. Het rommelende geluid van de donder klonk in de verte en de regen begon op de bladeren te tikken.

'Nu dan,' zei hij. 'Maak hier maar open en ... zo ja. Wel voorzichtig zijn.'

'Zien ze er allemaal zo uit?'

'Je hebt er toch wel eens eerder een gezien?'

'Een meisje van school heeft me een keer een tijdschrift laten zien. Maar hij had niet al deze losse huid.'

'AUW! VOORZICHTIG!'

'Wat heb ik gedaan? Wat heb ik gedaan?'

'Nee, nee. Het is al goed. Maar je moet voorzichtiger zijn. Hij is heel erg gevoelig, zie je. Zo, zachtjes en rustig.'

'Hij is erg heet.'

'Ja, dat klopt. Dat is zo. Heel heet. De hitte komt van de energie die je heel en gezond gaat maken. Nu dan, ik wil dat je je vooroverbuigt.'

'Ik wil niet ...'

'Clara ... het is heel eenvoudig.'

'Maar daar doe je ...'

'Wat?'

'Daar doe je ook je plasje mee.'

'Clara, alsjeblieft! Hij is helemaal schoon. Zo schoon dat hij je hele lichaam rein kan maken. Je moet me vertrouwen. Wat zou je vader ervan vinden als ik hem zeg dat je me niet vertrouwt?'

'O, goed dan ...'

Door de weelderige hoeveelheid bramen zag ik haar hoofd omlaaggaan en Davids hand tegen haar nek duwen.

'Rustig,' zei David. Hij was waarschijnlijk blij dat de tanden van het meisje naar buiten staken en niet naar binnen.

'Wimbledon,' antwoordde ze, zo klonk het tenminste in mijn oren. Misschien zei ze wel iets anders. Ik had zo'n vermoeden dat elk woord dat onder die omstandigheden wordt gesproken er als Wimbledon uit komt.

'Birmingham!' zei ze, waarmee ze bewees dat ik het bij het verkeerde eind had.

'Zuig de energie op,' zei David. De palm van zijn vrije hand graaide in het puin op de bosgrond en liet het weer los. De regen viel nu hard naar beneden en spatte op van een boomstronk naast zijn hoofd. 'Ja. Niet stoppen. Ga door. Ja. Zo meteen ... zo meteen zul je de energie voelen ...'

Zo meteen? Christus, wat is de jeugd opmerkelijk. Ik zou daar minstens een halfuur moeten hebben liggen, alleen om mezelf op te warmen.

'Ja ... ja ... ja ... *ja*! Davids stem rees omhoog tot een lied. Maar plotseling, met een geweld dat krachtiger was dan welk gerommel van donder in de verte dan ook, bulderde een zware stem in de duisternis achter hen.

'NEE!! NEE!! LAAT HAAR GAAN!!'

Vier dingen gebeurden op hetzelfde moment.

Ted Wallace viel van verbazing voorover in de bramenstruik en haalde zijn pols open aan de doornstruik.

David krijste van pijn.

Clara rukte haar gezicht uit Davids schoot, een rode en crèmekleurige stroom bubbelde in haar mond.

Simon stormde door de struiken en wierp zichzelf witheet van woede in de open plek.

Ik trok mezelf los van de doornen en zag hoe Clara zich strompelend in Simons armen stortte, kokhalzend en snikkend. David ging rechtop zitten en staarde naar de kapotgetrokken en bloedende puinhoop in zijn schoot. Zijn magische piemel leek gelukkig nog heel te zijn, maar Clara's ondertanden hadden de onderkant opengehaald en een stuk vlees weggetrokken.

Simon, die met één hand Clara's hoofd tegen zijn schouder hield, keek naar zijn broer. Zijn schouders gingen op en neer en zijn tong schoot over zijn lippen, terwijl hij naar woorden zocht. De regen stroomde tussen hen in naar beneden en de elektrische geur van vers doordrenkt bos steeg van de grond omhoog.

Ten slotte vond Simon woorden.

'Geneesman ...' schreeuwde hij, '... genees uzelf.'

Arme Simon, ongeletterd als altijd.

Hij draaide zich om en zei iets in Clara's oor, terwijl de naderende donder het bos opschudde.

'Je kunt zo niet naar binnen. Kom maar, dan neem ik je mee naar het huisje van Jarrold. Kun je je daar opknappen.'

Clara klampte zich aan hem vast toen ze de open plek verlieten. De voorkant van haar jurk was doorweekt en bevlekt met regen, bloed, sperma en brokken versgebraakte strooptaart.

'Je kunt me hier zo niet achterlaten!' schreeuwde Davey hen achterna. 'Simon! Kom terug!'

Ze verdwenen in het bos. David wiegde zichzelf heen en weer, de regen plakte zijn haar plat tegen zijn schedel.

Daar zat een kind dat dringend een peetvader nodig had, dacht ik. Zuchtend nam ik een zakdoek uit mijn zak en stond op. Hij keek stilletjes hoe ik op hem afkwam, trillend als een konijn in het nauw. Zijn adem raakte het bovenste register van zijn stembanden terwijl hij naar adem snakte.

'Heb je het gezien?' wist hij uit te brengen.

'Niets zeggen,' zei ik. 'Geen godvergeten woord. Begrepen?'

Hij pakte mijn arm en worstelde zich, huiverend als de duivel zelf, omhoog. Arme rukker.

Acht

Toen Gordon Fell in 1987 geridderd werd, hield hij na afloop een feestelijke braspartij in het Savoy. Natuurlijk niet in de Dominion Club, zoals eigenlijk had gemoeten, maar in het Savoy. Nou ja, doet er niet toe. Tijdens het feest beschreef hij de ceremonie op Buckingham Palace. Gordie was natuurlijk niet de enige die die ochtend was geridderd. De koningin weet het altijd zo te regelen dat ze tientallen kandidaten in één klap verwerkt. Naar het schijnt worden ze gerangschikt op rijen stoelen, net als bij een lezing, terwijl een band van de Guards op de achtergrond anushuiverend misplaatste deuntjes speelt, zoals 'A spoonful of sugar' en 'Chitty chitty bang bang'. Gordon was na de opgeblazen sukkel die naast hem zat aan de beurt om te knielen en geridderd te worden. Deze pompeuze, kleine niksnut had zichzelf opgewurmd tot voorzitter van een of andere grote liefdadigheidsinstelling en kwam nu innen wat hij zag als zijn beloning.

De persoon had zichzelf met trots voorgesteld en had, nadat Gordon hem zijn naam had gezegd, gefluisterd: 'En wat doet u dan zoal? De diplomatieke dienst, zeker?'

'Ik ben schilder,' zei Gordie.

'Werkelijk?' zei de kerel. 'Toch niet een van die afschuwelijke modernen, hoop ik.'

'O nee,' zei Gordon. 'Natuurlijk ben ik geen moderne schilder. Ik ben geboren in de zestiende godvergeten eeuw, hoor. Ik ben een Oude Meester, ikke.'

Niet direct Buckhuizige taal wellicht, maar wel gerechtvaardigd gezien de omstandigheden. De kerel keerde Gordie de rug toe, vol afkeer dat hij een onderscheiding moest delen met zo'n beest. Gordon krabde nadrukkelijk aan zijn kruis en gaapte.

Hoe dan ook, het werd de beurt van de liefdadigheidsgluiperd om te knielen en een beurt te krijgen. Het feit wilde dat zijn inhuldiging tot Commandeur in de Orde van Kruiperige Ratten, of welke orde het dan ook was waarvoor hij kandidaat was, plaatsvond zonder melodie, omdat de band bezig was de bladmuziek van 'Consider yourself' van hun standaarden te halen en het te vervangen door die van 'Born free'. Het zwaard van Hare Maje sloeg de schouders van de man in alle stilte en hij kwam overeind met gepaste waardigheid, boog zijn hoofd met een snelle knik waarvoor een stalmeester zich nog zou schamen. Terwijl hij dit deed, ontdeed zijn zenuwachtige, gespannen en opgewonden gestel zich van een verbijsteringwekkend aanhoudende en bijzonder harde scheet. De monarch deed een stap naar achteren, wat toevallig allemaal onderdeel van het programma was, maar wat op iedereen overkwam als een onwillekeurige reactie op de enorme ruft van de man. De uitdrukking op zijn gezicht toen hij mistroostig het gangpad afstrompelde was er een van intense smart. Iedereen in de ruimte staarde hem aan, of, nog erger, wachtte tot hij langs hen liep en wendde dan zijn ogen af. Gordon die hem in het gangpad passeerde toen hij zichzelf naar de troon begaf, mompelde met een grom die voor iedereen hoorbaar was: 'Geeft niks, ouwe jongen. Ze is eraan gewend. Heeft immers allemaal honden en paarden.'

De lippen van de koningin krulden hierna, volgens Gordie, lichtelijk tot een glimlach en ze bleef langer met hem in gesprek dan met alle anderen. Toen hij terugkeerde naar zijn stoel naast de nog steeds knalrode scheter, kraste Sir Gordon, in de maat met de band die weer werkzaam was, '*Bo-orn free, a-free as the* WIND BLOWS.'

Aangezien Gordie een wraakzuchtige hufter is, liet hij het daar uiteraard niet bij. In het strijdgewoel van de pers, die zich buiten het paleis en in het bijzonder om hem heen had verzameld, werd hem gevraagd hoe de gelegenheid was verlopen.

'Die man daarginds,' zei Gordon, terwijl hij naar de kerel wees, die daar met zijn vrouw en verder alleen maar een fotograaf van het plaatselijke krantje van Hampshire stond om zijn ego wat op te vijzelen, 'liet een enorme scheet, zowat recht in het gezicht van de soeverein. Verbijsterend. Zeker een of andere anarchist.'

De horde vloog er als vliegen op een koeienvlaai op af en het kansloze wezen werd voor het laatst gezien toen hij over de Mall schoot, met zijn zijden hoge hoed die op de stoep achter hem aan stuiterde. Hij verloor zijn hoed, zijn reputatie en naar alle waarschijnlijkheid zijn vrouw in één Gordon Fell-slag. Beledig nooit een schilder. Het is het niet waard.

Ik had altijd gedacht dat de ervaringen van deze man de meest gênante waren die een mens kon meemaken. Maar ik wist toen niet wat God op een stormachtige middag in Norfolk voor me in petto had.

Terwijl de regen op ons neer kletterde, liep ik met een bevende David naar de rand van de westelijke oprit. We kwamen langzaam vooruit: hij liep voorovergebogen, zakdoek tegen zijn kruis gedrukt en alleen in staat geriatrische stapjes te schuifelen. We wisten er uiteindelijk te komen en ik zei tegen hem dat hij moest schuilen onder een boom totdat ik terugkwam. Eenmaal bij het huis was Rebecca de eerste die ik tegen het lijf liep.

'Ted, hemeltjelief!' riep ze. 'Je ziet eruit alsof je net uit een moeras bent gekomen.'

'Heb geen tijd om te praten, Rebecca,' zei ik. 'Kun je een leven redden en me je auto lenen?'

'Waarom?'

'Leg ik straks wel uit. Verdomd dringend. Alsjeblieft.'

Ze haalde haar schouders op. 'Ga je gang, lieverd. Hij staat achter.'

'Je bent geweldig. En, Rebecca? Nog een verzoek. Simon komt binnen nu en een halfuur binnen. Zou je hem een briefje willen geven?'

Ik pakte een vel van het huisbriefpapier, krabbelde er een boodschap voor Simon op en verzegelde het in een envelop.

'Duistere, duistere mysteriën,' zei Rebecca.

'Vreselijk belangrijk, mijn worteltje. Zul je het niet vergeten? Beloofd?'

Ze beloofde het.

'En de autosleutels?'

'Onder de zonneklep.'

Ik had sinds mijn diensttijd niet meer gereden en zelfs toen deed ik het maar mondjesmaat. In die tijd haalde je je rijbewijs door naar de adjudant te gaan en een handtekening te zetten op een stukje papier dat je het recht gaf elk willekeurig voertuig te bedienen, van een motorfiets tot een drietonner. Maar ik twijfelde er niet aan dat ik het kon. Als ik eraan dacht hoeveel imbecielen prima in staat leken een auto te besturen, Simon bijvoorbeeld, dan kon ik me niet voorstellen dat het boven mijn pet ging.

De Mercedes van Rebecca stond beschut in de garage achter het stalerf, een cabriolet met het dak verdomme naar beneden. Elektrisch dak ook nog. Na vijf minuten hopeloos met de sleuteltjes te hebben geklooid – ik kreeg het rotding niet eens *omgedraaid* – rende ik weg, op zoek naar Tubby. In een drolomdraai kreeg hij de auto aan de praat en het dak omhoog.

Ik slaagde er met groot ongemak in om mijn buik onder het stuur te krijgen waarna ik met het eerste probleem werd geconfronteerd.

'Dat kloteding heeft maar twee pedalen!' gilde ik.

'Het is een automaat,' zei Tubby.

Hij verspilde tien waardevolle minuten door me uitgebreid uit te leggen hoe hij werkte en daarna reed ik heel voorzichtig de garage uit en ging zo snel als ik kon op weg naar de westelijke oprit. Die bereikte ik zonder daadwerkelijk te botsen, ook al scheelde het niet veel, aangezien de rand van het park royaal is voorzien van stenen Portland-vazen en ouderwetse, rustieke bankjes. Ik kon nauwelijks zien: de regen stroomde nog steeds en ik had geen flauw idee waar het knopje van de ruitenwissers verborgen zou kunnen zitten.

Aan het einde van de oprit kwam ik met een draai tot stilstand, modder spatte op toen de auto over het gras van het park gleed.

Davey lag bewegingloos onder een cederboom.

Godver, dacht ik. Hij is door de bliksem geraakt. Had hem nooit moeten zeggen dat hij onder een boom moest schuilen.

Zo erg was het niet. Hij was flauwgevallen, maar niet door bloedverlies, besloot ik. De zakdoek was bevlekt, maar niet doordrenkt. Ik boog voorover en probeerde hem op te tillen. Geen zware jongen, maar te zwaar voor mij. Hernia's en vastzittende gewrichten zouden de zaak niet ten goede komen.

'Davey!' riep ik in zijn oor. 'Wakker worden. Wakker worden, Davey, word wakker.'

Zijn ogen knipperden open en hij staarde me aan.

'Kom op, jongen. Je moet proberen te staan. Ik heb een auto geregeld en we gaan naar het ziekenhuis. Om je op te lappen.'

Hij probeerde te snel overeind te komen, alsof er niks met hem aan de hand was. De pijn haalde hem met een scherpe manoeuvre in en hij viel jammerend tegen me aan. In die halfstaande positie was ik in elk geval in staat hem naar de auto te sleuren en hem voorin te duwen, te wrikken en te proppen.

'O, oom Ted,' zei hij steeds. 'Oom Ted, oom Ted.'

'Sst! Ik moet me op die klote-auto concentreren.'

'Op de zuurkom,' lalde hij als een dronken tor.

'Wat?'

'Op de ... stuur ... kolom. De ruitenwissers. Daar.'

De wissers hielpen, maar de rit was nog steeds een nachtmerrie. De weg wierp de vreselijkste waternevel op, en door een diepgewortelde herinnering bleef mijn linkervoet proberen een schakelbeweging uit te voeren als ik langzamer wilde. De enige pedaal die hij tegenkwam was de rem, waar hij dan met grote kracht op stampte, waardoor we over het opstuivende water planeerden tot de toeterende angst van het overige verkeer.

David leek mijn gevloek en gegrom leuk te vinden en bleef helder genoeg om me de weg te wijzen naar het Norfolk and Norwich.

Pas toen we met piepende banden bij de deuren van de spoedeisende hulp tot stilstand kwamen, werd ik me daadwerkelijk bewust van de beladen aard van dit bezoek. Michael zou van me verwachten dat ik dit regelde zonder hem of zijn familie in de publiciteit te trekken. Ik wendde me tot David.

'Wat ik daarbinnen ook zeg, Davey, onthoud het en vertel het na. Begrijp je me?'

Hij keek me wezenloos aan.

'Wat?'

'Ik vertel ze wie je bent en hoe dit ongeluk is gebeurd. Je wijkt met geen lettergreep af van wat ik zeg. Heb je dat begrepen? We willen niet dat Clara hierbij betrokken wordt. En je ouders ook niet als we dat kunnen helpen.'

'Wat ga je zeggen?'

'Dat weet ik godverdomme nog niet, hè lieverd? O, wat nu weer?'

Een man in een felgeel, plastic hesje roffelde met een vuist tegen het glas, aan mijn kant van de auto. Niet in staat een manier te vinden om het raampje naar beneden te draaien, deed ik de deur open waardoor de man zijn evenwicht verloor en achterover in een plas viel. Ik zeulde mezelf de auto uit en schoot hem te hulp.

'Het spijt me verschrikkelijk ... verschrikkelijk. O, jeetje, o, god. U bent helemaal nat.'

'U mag hier niet parkeren,' zei hij, en hij negeerde deze ijdele bijkomstigheid. 'Alleen ambulances.'

'Dit is een spoedgeval,' zei ik. 'En trouwens, ik weet niet hoe ik moet parkeren. Als ik de auto hier laat, zou u dan niet zo vriendelijk willen zijn om hem ergens anders te zetten?'

'*Pardon?*'

Ik liep om de motorkap heen en hielp Davey uit de auto.

'Hé!' schreeuwde de kerel. 'Ik ga niet ...' Hij kreeg de bloedrode zakdoek in het oog die tegen het kruis van Davids spijkerbroek was geduwd en de beschuldigende woorden bestierven op zijn lippen. 'Ga maar gauw,' zei hij. 'Ik zet de auto achter. U kunt de sleutels in mijn cabine ophalen.'

Je hoort regelmatig een heleboel liberaal gewauwel over de afschuwelijke toestand waarin de nationale gezondheidszorg verkeert. Wachtlijsten, bezuinigingen, slecht moreel: ongewild worden we overspoeld met het debiele gezever dat we iedere dag van die beroepsontgoochelden en humorloos intolerante, linkse rukkers moeten verduren. Zelfs een sceptische, ouwe reactionair als ik wordt tegen wil en dank door dat soort taal beïnvloed om te geloven dat alle nationale gezondheidsinstellingen overbevolkt zijn met doodzieke mensen die op strozakken in gangen liggen te wachten op de enige beschikbare overwerkte, niet uitgeruste tienerdokter van de gezondheidsdienst die ze vertelt dat ze zich niet zo moeten aanstellen.

Niks van waar. Helemaal godvergeten niks van waar. Misschien is het Norfolk and Norwich een uitzondering – East Anglia, dat moet toegegeven worden, kan niet gekenschetst worden als een gebied dat de immense problematiek van de binnenstad kent; vermoedelijk heeft het gemiddelde medische spoedgeval te maken met lomperiken die zijn gebeten door beverratten, of toeristen die een overdosis cake en kerken tot zich hebben genomen. Ik verwachtte niettemin enige mate van ellende en overwerkte hysterie aan te treffen. Maar toen Davey en ik door de automatisch openende, elektrische deuren liepen en ons meldden bij de balie van de receptie, voelde ik me niet zozeer een soldaat die zijn gewonde kameraad het vieze veldhospitaal aan de Krim van de populaire linkse verbeelding binnensleepte, maar meer als Richard Burton die zich in een vijfsterrenhotel in Gstaad inschrijft met een aangeschoten Elizabeth Taylor aan zijn arm.

'Och jeetje, och jeetje,' kloekte het omaatje achter de balie. 'Iemand heeft zich flink pijn gedaan, of niet?'

'Deze jongeman heeft een ongelukje gehad,' zei ik met een joviale knipoog. 'U kent het wel. De pielemans tussen zijn rits gehad, arm joch.'

'Oeps!' zei ze. 'Dan kan ik maar beter uw namen even noteren.'

'Ah, Edward Lennox.'

Davids wenkbrauw schoot omhoog.

'En de naam van uw zoon?'

'David,' zei ik. 'Hij heet David.'

'Hebt u toevallig het nummer van Davids verzekering bij u?'

'O hemel, direct gekomen, niet aan gedacht, ben ik bang.'

'Dat geeft niet, hoor. U kunt het formulier ook straks invullen. Als u ondertussen plaats wilt nemen, dan komt er zo snel mogelijk een arts bij u.'

'Heb je het gehoord?' siste ik tegen David, toen we gingen zitten. 'David Lennox. Ongelukje bij het plassen.'

Hij knikte. Hij zag erg bleek, zijn haar was nog steeds vochtig en uit zijn onderlip stroomde het bloed omdat hij er van de pijn op had zitten bijten.

Hij zat daar maar stilletjes wezenloos naar de klok aan de wand te staren.

'Het komt wel goed,' zei ik, omdat ik zijn zwijgen als angst interpreteerde. 'Ze weten wat ze doen. Maken ze waarschijnlijk elke dag mee.'

'Maar ...' zei David.
'Ja?'
'Deze spijkerbroek. Het is een 501.'
'501? Ik begrijp het niet.'
Een verpleegkundige die op ons afkwam straalde hartelijkheid, vertrouwen en ontsmettingsmiddel uit.
'David Lennox?'
'Een 501,' fluisterde David dringend in mijn oor, 'heeft knopen in plaats van een rits.'
Hij werd weggeleid en ik zat mezelf daar met een kwaaie vuist op mijn dijen te slaan.
Verdomde Amerikaanse mode. Klote. Klote. Klote. *Knopen?* Hoe verzin je het? Knopen waren voor een burgerkloffie en ouwe trouwbroeken. *Knopen?* Flikkerende klotekut, dit was echt geweldig. Knopen. Belachelijk.
Na twintig minuten van dezelfde eenzame razernij, kwam een lange witgejaste vrouw met staalgrijs haar in een weerspannig knotje op me af, een vervaarlijk schijnsel in haar kille, blauwe ogen.
'Meneer Lennox?'
'Ja, dat ben ik.'
'Dr. Fraser. Kan ik u misschien even spreken?'
'Ja, ja. Uiteraard. Uiteraard. Hoe gaat het met Davey?'
'Deze kant op, alstublieft. Ik heb een klein kantoortje.'
Ik volgde gehoorzaam, verdreef de tijd van de korte wandeling door vermakelijke opmerkingen over het weer en de slechte toestand van het verkeer te maken, net als een echte, volwassen pappie.
Dr. Fraser – Margaret Fraser, als je het identiteitsplaatje op haar jas mocht geloven – sloot de deur van het kantoortje achter zich en wees naar een stoel.
'Meneer Lennox,' zei ze, terwijl ik ging zitten, 'zou u misschien zo goed willen zijn me de aard van uw relatie met David uit te leggen?'
'Ach,' zei ik opgewekt, 'sommige dagen goed, sommige dagen slecht. U weet hoe adolescenten zijn.'
'Dat is niet precies wat ik bedoel, meneer Lennox,' zei ze, en ze liep om het bureau heen om te gaan zitten. 'U bent de vader van de jongen, klopt dat?'

'Dat moet ik toegeven.'
'Misschien kunt u me dan vertellen ...' Ze haalde een pen uit haar borstzakje. '... waarom David tegen me zei: "De pijn werd in de auto erger, ook omdat oom Ted zo beroerd rijdt." Dat waren zijn woorden, meneer Lennox. "Oom Ted".'
'Werkelijk?'
'Werkelijk. Dus waarom zou een zoon zijn vader "oom" noemen, vraag ik me af?'
'Nou ja, ik *zeg* vader, maar ik bedoel natuurlijk *peet*vader.'
'Peetvader?'
'Peetvader.' Mijn stem klonk droog en onbeholpen schril. 'U weet wel, net als een *soort* vader, hè?'
'U bent geen familie van David?'
'Niet echt.'
'Niet echt. Ik begrijp het.'
Alsof ze een recept uitschreef, pakte ze een klein blocnoteje uit een la van haar bureau en begon erop te schrijven.
'Waarom,' vroeg ze, terwijl ze schreef, 'natuurlijk?'
'Pardon?'
'U zei net dat u, toen u vader zei, "natuurlijk" peetvader bedoelde. Waarom natuurlijk?'
'Nou ...' Ik begon naar een Rothie te snakken. 'Zo natuurlijk is het denk ik ook niet, als u het zo brengt. U bent geen familie, dus is niets natuurlijk voor u, nietwaar? Ik bedoel, andermans leven ... een mysterie. Een onbeschreven mysterie. Zou u dat ook niet zo zeggen?'
'Maar *u* bent ook geen familie, naar het schijnt.'
'Ach, nou ja ... ja. In die zin. Mmm.'
'David liep zijn verwonding, volgens de papieren van de balie, op toen zijn penis tussen een rits kwam.'
Penis, wat een afschuwelijk woord. Klonk fout uit de mond van een lange vrouw met kille ogen en stevige borsten.
'Ja, een rits, dat klopt.'
'Ook al draagt hij een spijkerbroek ...'
'Met knopen. Ja, nou, hij heeft natuurlijk een andere broek aangetrokken.'
'Weer natuurlijk?'
'Nou ja, daar staat-ie, weet u. Te plassen, pielemans tussen

de rits. *Ik* wist niet wat ik moest doen. Dus pakte ik snel een andere broek voor hem en toen ...'

'U was erbij toen hij aan het urineren was?'

'Nee, nou natu ... *uiteraard* gilde hij het uit, of niet dan? Ik rende naar boven ...'

'*Boven*?'

'Naar de badkamer ...'

'Dit gebeurde allemaal in een badkamer?'

'Ja! In een badkamer. Waar dacht u anders, een bakkerij? Een kapsalon?'

Ze schreef een paar woorden op.

Haar zwijgen en haar geduld waren buitengewoon irritant. Ik bewoog een hand naar de zak van mijn jasje.

'Ik hoop niet dat u overweegt te roken, meneer Lennox?' zei ze, zonder op te kijken. 'Dit is een ziekenhuis.'

Ik zuchtte. Ze sprak opnieuw, terwijl ze doorging met schrijven.

'Waarom zijn Davids kleren helemaal doorweekt?'

'Het heeft geregend, dr. Fraser. Het heeft het grootste deel van de middag geregend. Of was u dat nog niet opgevallen?'

'Ja, meneer Lennox. Het was me inderdaad opgevallen. Door dit soort weer hebben we het erg druk met ernstige ongelukken, meneer Lennox.' Ik begon een hekel te krijgen aan de manier waarop ze mijn naam steeds herhaalde. 'Maar om op ons verhaal terug te komen. Als ik het goed begrijp, vond Davids kleine ongelukje plaats in een badkamer? Ik kan me, zo nodig, voorstellen dat hij na zijn ongeluk een andere broek aantrok, maar waarom hij vervolgens buiten in de regen moest staan ...'

'Ik moest toch de auto halen? Hoor eens, waarom al die vragen? Dit zal toch zeker wel vaker voorkomen ...'

'Ik kan u gelukkig melden, meneer Lennox, dat het aangenaam zeldzaam is dat een kind wordt opgenomen in het ziekenhuis met menselijke tandafdrukken in zijn penis.'

'Ah.'

'Ja. Het is nog zeldzamer dat een drukbezette spoedeisendehulparts verhalen over badkamers, urineren, ritsen en andere broeken moet aanhoren, terwijl het zelfs voor een persoon met beperkte verstandelijke capaciteiten overduidelijk is dat de modder-, sperma- en bloedvlekken op de spijkerbroek en de hysterische toestand van de jongen in kwestie een heel ander verhaal vertellen.

'Ah,' zei ik, 'tja ...'

'Wat deze zaak nog zeldzamer maakt, is het feit dat het kind de spoedeisende hulp wordt binnengebracht door een man die ik onmiddellijk herkende als de dichter E.L. Wallace, maar die zegt dat hij gewoon Edward Lennox heet.'

'Nou ja zeg, alstublieft, als u toch al wist wie ik was ...'

'Deze E.L. Wallace beweert de vader van de jongen te zijn,' ging ze verder, 'en als dit ontmaskerd wordt als een volslagen leugen, dan vraagt hij me te geloven dat hij "natuurlijk" bedoelde dat hij alleen maar de peetvader is.'

'Dat ben ik ook.'

'Ik denk, meneer Wallace,' zei ze, en ze legde haar kin op haar handen, 'dat u me maar eens de naam van de echte ouders van het kind moet vertellen, vindt u ook niet?'

Ik negeerde deze vraag. 'Ik wil Davey graag even spreken, alstublieft.'

'Ik weet zeker dat de politie, als ik ze bel, dat niet goed zou keuren.'

'De politie? Bent u nou helemaal gek geworden? Wat heeft de politie hier in vredesnaam mee te maken?'

'Wilt u alstublieft niet schreeuwen, meneer Wallace?'

'Het spijt me, maar hoor eens ...' Ik leunde voorover en liet mijn stem zakken. 'Oké. Laten we als volwassenen en mensen van de wereld met elkaar praten, goed? Ik geef toe dat het verhaal over de rits een beetje een leugentje om bestwil was. Maar alleen omdat twee minnaars een ongelukkig ongelukje hebben ...'

'David is vijftien jaar, meneer Wallace. Het is ongetwijfeld in het bohème wereldje dat u bewoont zo dat ...'

'Ja, ja, ja. Bespaar me uw ranzige, tweedehands meningen over de kunstenaarswereld. Jongeren moeten toch zeker kunnen experimenteren? Ik bedoel ...'

'Ik heb zelf een zoon van Davids leeftijd, meneer Wallace!'

'Nou, als het daar om gaat, dr. Fraser, ik ook.'

Ze keek me ontsteld aan. 'Echt waar?'

'Jazeker. En als hem hetzelfde zou overkomen, denkt u dan dat ik er zo'n toestand van zou maken? Natuurlijk niet. Maak er ophef over en het wordt helemaal opgeblazen. U weet hoe de jeugd is. Schuldgevoel, verwijten, woede, agressie. Nee, nee. Er een enorme ophef over maken is wel het laatste wat je moet doen. Dat is helemaal niet artistiek, dat is gewoon gezond verstand. Ik verbied u absoluut om de politie hierbij te betrekken. En houd de ouders er ook buiten, dat is mijn advies. Ik ga nu naar hem toe als u dat goedvindt.'

Ze staarde me met ronde ogen aan, blocnote vergeten.

'Nou, ja!' zei ze ten slotte. 'Ik moet zeggen dat u de eerste prijs wint als het om pure godvergeten brutaliteit gaat, meneer Wallace. Is dat nou wat wordt bedoeld met "dichterlijke vrijheid"?'

'O, godverdomme!' Ik had het eerlijk gezegd wel gehad met dit stijfboezemige, preutse mens. 'U bent arts, geen sociaal werkster. Hebt u niet een of andere eed afgelegd die u verbiedt te roddelen over de privé-levens van uw patiënten? Ik bedoel, jezus, mens, wat is er toch met dit land? Waarom steken bazige wezens zoals u toch altijd hun nieuwsgierige neuzen in de zaken van anderen? Stop wat hechtingen in de piemel van die jongen, geef hem wat pillen en stuur hem naar huis. Het zijn verdomme uw zaken niet hoe hij aan zijn verwondingen is gekomen en met wie. Laat ons gewoon met rust, goed?'

'Misschien vindt u het interessant om te weten, meneer Wallace, dat ik magistraat ben. Lekenrechter.'

'En lid van Calvinisten Tegen Pijpen en Huisvrouwen Tegen Fellatio, ongetwijfeld. Wat u doet in uw privé-leven interesseert me absoluut niet. En wat een jonge knul doet in het zijne zou voor u net zo onbelangrijk moeten zijn. U bent arts, uw taak is genezen, niet preken.'

Ze wierp nog een vijandige blik in mijn richting en strekte haar hand naar de telefoon. 'Als u niet onmiddellijk de naam en het adres van Davids ouders geeft, meneer Wallace, dan bel ik de politie.'

Ik zuchtte. 'O, goed dan. En dan wilt u zeker ook de naam van de ouders van het meisje, dan kunt u twee families naar de klote helpen, is dat de bedoeling?'

'Meisje? Welk meisje?' Ze staarde me verbijsterd aan.

'Welk meisje, welk meisje? Wat bedoelt u "welk meisje"? Allejezus, dacht u dat hij werd gepijpt door een giraffe?'

'Nee, meneer Wallace. Ik nam aan dat *u* de andere participant was.'

Het was mijn beurt om met uitpuilende ogen van verbazing te kijken.

'WAT? *Wat* dacht u?'

'Alstublieft, meneer Wallace, niet zo hard.'

'U dacht dat *ik* ...'

Ik heb me een leven lang door mensen zoals dr. Fraser laten bestempelen met het woord 'bohémien', maar ik dacht toch werkelijk dat mijn fout, als ik die al heb, is dat ik niet zo vunzig ben als de meesten. Ze noemen me ook een cynicus en een scepticus, maar dat is omdat ik zeg wat ik zie en niet wat ik wíl zien. Als je je hele leven op een ethische heuveltop zit, zie je beneden niets dan modder. Als je, zoals ik, in de modder zelf leeft, dan krijg je een verdomd goed beeld van de heldere, blauwe lucht en de onvervuilde, groene heuvels erboven. Er is niemand zo kwaadaardig als iemand met een ethische missie, en niemand zo rein van hart als de verdorvene. Niettemin was het waarschijnlijk stom van me dat ik niet had gezien waar ze op aanstuurde.

'Als er een vergissing in het spel is, meneer Wallace,' zei ze, 'dan kan ik u verzekeren dat het me spijt, maar u moet begrijpen dat het mijn plicht is de feiten in zaken als deze te achterhalen. De ouders zijn ...'

'Als ik u dat zeg,' zei ik, 'dan zult u begrijpen waarom ik me zorgen maak over de betrokkenheid van de politie en de daaropvolgende publiciteit. De ouders van de jongen ...' ik laste een dramatische pauze in, '... zijn Michael en Anne Logan.'

Haar mond viel open.

Ik knikte heftig. 'Precies.'

'Weet u, meneer Wallace,' zei ze, 'ik had direct al het idee dat David me bekend voorkwam. Ik heb hem wel eens ontmoet. Lady Anne en ik hebben zitting in dezelfde rechtbank.'

'Werkelijk.' Godverdomme, wat een verrassing. Ik zag haar al met veel plezier stropers en potloodventers tot de doodstraf veroordelen. 'Nou, toevallig logeert er op het ogenblik een jong meisje in Swafford, Clara Clifford. Ze is de dochter van Max Clifford, die kent u misschien ook wel?'

'Ik heb van hem *gehoord*, natuurlijk ... ik wist niet dat hij een dochter had.'

'Ze is veertien. Welnu, om een lang verhaal kort te maken, ik liep vanmiddag in de bossen van Swafford te wandelen toen ik ontdekte dat jeugdig enthousiasme en onervarenheid Davey tot de hachelijke toestand hadden gebracht die u hebt gezien. Ongelukkig en gênant, maar amper een zaak voor de politie.'

Ze keek me nog eens lang aan.

'En u bent echt Davids peetvader?'

Ik stak mijn rechterhand in de lucht. 'Erewoord van een dichter.'

Ze glimlachte en voor het eerst zag ik een zweem van iets aantrekkelijks en zelfs erotisch achter haar priemend blauwe ogen.

'Als u wilt,' bood ik aan, 'kunt u een afdruk van mijn gebit maken. Is dat niet de gebruikelijke, gerechtelijke procedure?'

'Ik denk,' zei ze, terwijl ze opstond, 'dat ik nog maar eens met David ga praten. Vindt u het vervelend om even hier te wachten?'

'Nee, nee. Kan ik uw brieven lezen.'

'Er zit niets interessants bij,' zei ze met een lach. 'Maar in de middelste la kunt u een asbak vinden.'

Ik schreef een klein cadeautje voor haar op de blocnote.

Wil je een beeldschone dame bedaren
Ken dan heel goed de gevaren;
Met ogen als een laser
Kan dr Fraser
Je de prijs van een scheermes besparen

Daaronder schreef ik, 'Limericks zijn vandaag de dag het beste wat ik kan verzinnen. Het spijt me dat er geen goede rijmwoorden voor "Margaret" zijn ... Liefs, Ted Wallace.'

Onder die dikke laag ijs, dacht ik, lagen de perfect bewaard gebleven overblijfselen van een hart vol passie. Ik dacht dat ik precies wist welk soort geluiden ze zou maken tijdens een orgasme. Iets tussen een krakend hek en een jaguar in de aanval. Hé, hé. Ik zou nooit de kans krijgen om te bewijzen dat ik gelijk had.

Davey stond een beetje schaapachtig bij de balie van de receptie, terwijl zij zich belastte met de administratie. Een attente verpleegkundige, of misschien dr. Margaret zelf, had hem een handvol tijdschriften gegeven om voor zijn kruis te houden. Daarachter stak een dik, wit verband uit.

'Ik heb hechtingen gebruikt,' vertelde ze. 'Die lossen met een dag of twee op.'

'Geen blijvende schade?'

'Het zal een tijdje pijnlijk voor hem zijn om te plassen en nog pijnlijker om ...'

'Juist.'

'Verder is hij helemaal in orde. Ik ben ervan overtuigd dat hij goed geneest.'

'Beter nog dan u beseft,' zei ik, onder een donderende blik van David.

'Ik heb hem ook een tetanusinjectie gegeven en een antibioticum.'

'En hij kan na het plassen zelf het verband opnieuw aanleggen?'

'O, dat zal geen probleem zijn, hè Davey?' zei ze, en ze legde een hand op zijn schouders.

'Dat komt wel goed,' mompelde hij, kronkelend als een emmer levend aas vanwege het gênante feit dat er over zijn hoofd heen werd gesproken alsof hij vijf was.

Het vertrek uit Norwich verliep in stilte. Ik moest me te veel concentreren op verkeerszuilen en vrachtwagens om te praten, en David had zo zijn eigen gedachten om zich mee bezig te houden. Toen we eenmaal de stadsgrens gepasseerd waren en ons achter een aangenaam langzaam voortbewegend busje hadden geïnstalleerd, was ik ontspannen genoeg om te praten.

'Gelukkig maar,' zei ik, 'dat de dokter een vriendin van je moeder is.'

'Dat zei ze. Zal ze het aan mammie vertellen?'

'Nee,' zei ik. 'Dat denk ik niet.'

'Ik misschien wel,' zei Davey, tot mijn stomme verbazing.

'Nou ja, als je denkt dat dat een goed idee is.'

Hij verschoof ongemakkelijk in zijn stoel. 'Ze moet weten wat Simon heeft gedaan. Het was gemeen. Het was slecht.'

'Zeg, ho eens eventjes.' Ik haalde een ogenblik mijn ogen van de weg om hem aan te kijken. 'Wat had je dan van Simon verwacht? Ik bedoel, hij loopt tegen zo'n situatie aan ...'

'Hij wist het. Hij wist heel goed wat er aan de hand was. Hij wist het en hij was jaloers. Hij wilde me vernederen en me kapotmaken. Hij is altijd al jaloers geweest, zie je. Hij is net als de broer uit de parabel van de Verloren Zoon. Hij kan het niet hebben dat hij gewoon is, en hij kan het niet hebben dat mammie en pappie vinden dat ik anders ben en speciaal.'

'En dat ben jij? Anders en speciaal?' Het stuitte me nog steeds tegen de borst om dat afschuwelijke woord te herhalen.

'Dat weet je, oom Ted.'

'Ik wil niet al te voor de hand liggend zijn, maar is niet iedereen dat?'

'Dat is ook weer waar. Ik vind trouwens ook niet dat wat ik doe zo bijzonder is. Volgens mij zou iedereen de kracht kunnen hebben als ze echt zouden willen.'

'Zelfs ik?'

'Vooral jij! Jij hebt die kracht al gehad toen je dichter was. Je hebt "Waar de rivier eindigt" geschreven, of niet soms?'

'Ik heb altijd gedacht dat mijn kracht als dichter kwam door het bestuderen van vorm en metrum en natuurlijk de gedichten van anderen, niet door een mystieke bron aan te boren. En...' Ik vond het zo langzamerhand wel eens tijd om hem de waarheid te vertellen. '... ik wil je niet teleurstellen, maar "Waar de rivier eindigt" gaat niet over de reinheid van de natuur en de verontreiniging door de mens.'

'Jawel. Het gaat over vervuiling.'

'Het gaat over het feit dat de poëzie van Lawrence Ferlinghetti en Gregory Corso in het lesprogramma van school werd opgenomen.'

'Wat?' Hij staarde me aan alsof ik gek was geworden.

'Gedichten zijn geïnspireerd op echte dingen, op echte, lullige, concrete dingen. Ik maakte een bittere grap over hoe de heldere bronnen van de dichtkunst werden bevuild door mensen die ik slechte en talentloze nullen vond. Ik gebruikte met opzet de afgezaagde, oude metafoor van rivieren die naar de zee lopen, alleen om mijn eigen verlangen te bevredigen om die arme onschuldige Amerikaanse dichters als drijvende drollen te beschrijven.'

'Nou,' zei David, terwijl hij weer verschoof, 'ik zie niet in wat het uitmaakt. Jouw gedicht heeft nog steeds mijn betekenis, of niet? De rivier begint rein en daarna, naarmate hij door elk dorp stroomt en door iedere stad en naar de zee, wordt hij steeds donkerder en smeriger en walgelijker. Jouw gedicht zegt dat nog steeds. Het *gaat* om reinheid.'

'Ja, maar het punt is dat je een gedicht niet kunt beginnen door te willen schrijven over een of ander levensvraagstuk als Reinheid, of Liefde, of Schoonheid. Een gedicht bestaat uit echte woorden en echte dingen. Je begint met de fundamentele, tastbare wereld en je eigen fundamentele, tastbare zelf. Als er iets van betekenis of schoonheid uit voortkomt dan is dat, denk ik, het wonder en de verhevenheid van de kunst. Als je goud wilt hebben, dan moet je de mijn in om het uit de grond te hakken, je moet je een ongeluk zweten in een vieze smelterij om het te smelten: het valt niet in glimmende velletjes van een staaf uit de hemel. Als je poëzie wilt creëren moet je eerst met de mensheid meeploeteren, je moet weken en weken vechten met pen en papier totdat je hoofd bloedt: versregels worden niet door engelen of muzen of boselfjes in je hoofd gekanaliseerd. Nee, ik vind helemaal niet dat mijn "gave", als dat het ooit al was, op die van jou lijkt, Davey.'

David dacht hier een tijdje over na. 'Wat wil je nou eigenlijk zeggen?'

'Ik weet het niet, mijn ouwe schat. Dat is nou juist zo klote. Ik weet het niet.'

Een auto achter me toeterde, en ik merkte dat ik was afgezakt tot minder dan vijftig kilometer per uur. Ik bedacht dat je met slimme snufjes heel gemakkelijk aan de hand van veranderingen in snelheid en agressie achter het stuur de emotionele toestand van een chauffeur in kaart zou kunnen brengen. Ik dacht over het installeren van sensoren in auto's, die onregelmatigheden in het rijgedrag zouden kunnen oppikken en hun oorzaak zouden kunnen berekenen door te verwijzen naar een door kundige psychologen samengesteld elektronisch paneel. De data die van dit paneel geselecteerd worden, zouden dan signalen kunnen sturen naar een beeldscherm op het dak. 'Attentie! De chauffeur van deze auto heeft zojuist enorme ruzie met zijn vrouw gehad.' 'Deze chauffeur is gek op zijn nieuwe maîtresse.' 'Deze chauffeur is woest omdat hij vanmorgen zijn bril niet kon vinden.' 'Deze chauffeur heeft een gelijkmatig, evenwichtig humeur.' Ik was ervan overtuigd dat dit, zoals die gepensioneerde politiecommissaris altijd zei, een geweldige bijdrage voor de verkeersveiligheid zou betekenen. Het enige nadeel, dacht ik, lag in de mogelijkheid dat ervaren chauffeurs beter in staat waren op constante wijze te rijden dan ik, ongeacht hun stemming.

We kwamen weer op gelijke hoogte met het busje voor ons, en ik schudde mezelf uit deze zinloze mijmerij. Dat is het ergste van autorijden, je gedachten worden opgezogen in lange tunnels, net als bij het slapen. Je worstelt als het ware niet met de gedachtegolven, je wordt door ze meegespoeld en je eindigt stuurloos.

Ik wierp een vluchtige blik op Davey. Hij zat onderuitgezakt in zijn stoel met die hangende kaken, glazige ogen en lummelende lethargie waar tieners in uitmunten.

'Misschien help het,' zei ik, 'als je me iets meer vertelt over de precieze aard van je krachten. Ik heb, geloof ik, wel een redelijk goed idee, maar je kunt de gaten opvullen.'

'Goed.'

Tegen de tijd dat de heggen langs de weg opdoemden en de gevelspitsen van het herenhuis achter de bomen van het parkland zichtbaar werden, dacht ik dat ik min of meer, zoals Max zou zeggen, 'bij' was, over Lilac en de hele rest.

Voordat ik de auto weer stalde, zette ik Davey aan de achterkant van het huis af. Hij moest, als het enigszins kon, ongezien naar boven sluipen, terwijl ik de huishouding zou uitleggen dat de arme, engelachtige stakker helemaal uitgeput was na een dag intensief vleugeltjes van hommels helen, gekneusde boterbloempjes genezen, lief glimlachen naar de regendruppels en gewoon David zijn. Als hij eenmaal veilig tussen de lakens lag, kon hij bezoek ontvangen zonder dat iemand iets hoefde te weten over de plaatselijke details van zijn verwondingen.

Simon stond op de binnenplaats bij de garages op me te wachten. Ik zette de auto stil en hees mezelf naar buiten, terwijl ik de motor liet lopen.

'Het is bijna zeven uur,' merkte hij op, een hint van een klacht in zijn stem. Ik had in mijn briefje met hem afgesproken dat we om halfzes hier zouden samenkomen.

'Dat doet er nu even niet toe,' zei ik. 'Manoeuvreer jij dat ellendige ding eens in zijn hangar. Mijn dagen achter het stuur zijn voorbij.'

Zijn enthousiasme voor auto's won het van zijn mopperige bui. Hij klom naar binnen, reed de Mercedes de garage in en zette de motor af. Ik stond op de binnenplaats op hem te wachten. De regen was gestopt en alles glansde en droop, fris als een gewassen salade.

Simon bleef onvergeeflijk lang in het halfduister van de garage.

'Wat doe je daar allemaal?' riep ik in de duisternis. 'Zing je dat rotding in slaap, of zo?'

Hij kwam twee of drie minuten later tevoorschijn, liep om de auto heen en sloot de dubbele deuren van de garage.

'Er zat bloed op de stoel,' zei hij. 'Ik heb het weggeveegd.'

'Ah. Goed gedaan. Nu dan, als het al zeven uur is, kan ik maar beter naar mijn kamer gaan om me te verkleden.'

We liepen terug naar het huis.

'Ik heb uw briefje gekregen, oom Ted. Ik heb het aan niemand verteld. Dat had ik tóch niet gedaan.'

'*Zou* je toch niet hebben gedaan,' pruttelde ik.

'O, sorry. Dat doe ik altijd fout.'

'Nou, ga daar niet je *excuses* voor aanbieden, alsjeblieft zeg.'

Simon had een eigenschap die de mentale treiteraar in me naar boven leek te halen. Een treiteraar raakt meer en meer geïrriteerd door de berusting van zijn slachtoffer waarmee die zich laat treiteren, waardoor de treiteraar nog meer geneigd is te treiteren.

'Bent u boos op me?' vroeg Simon.

'Het geval wil dat ik buitengewoon boos ben op mezelf,' zei

ik. 'Boos op mezelf omdat ik geïrriteerd raak door jou, boos op jou omdat je me door jou geïrriteerd laat raken, boos op mezelf omdat ik mezelf geïrriteerd laat zijn en vooral boos op mezelf omdat ik zo stom ben.'

Er zat te veel 'boos' en 'geïrriteerd' in die zin voor Simon om de betekenis te ontcijferen en dus veranderde hij van onderwerp.

'Is alles goed met Davey?'

'Die overleeft het wel. Ik heb hem naar zijn slaapkamer verbannen. En Clara?'

'Daar komt het ook wel goed mee. Ik heb haar naar bed gestuurd.' Hij boog zich voorover en trok een stuk onkruid van onder de dwergmispel die langs de zijkant van het huis tegen de muur groeide. 'Davey is zeker woedend op me?'

'Hij denkt dat je jaloers bent op zijn krachten. Hij denkt dat je het moment om door het bos te stormen met opzet had gekozen om hem te vernederen. Hij denkt dat je slecht bent.'

Simons mond viel open. 'Dat is belachelijk.'

'Ja, misschien. En hoe denk jij erover? Wat vind jij van Davey?'

Hier dacht hij over na.

'Hij is mijn broer.'

'Ja, ja. Maar wat vind je van hem? *Hoe* is het om hem als broer te hebben?'

'Ik kan me niet echt herinneren hoe het is om hem *niet* als broer te hebben. Hij kan onuitstaanbaar zijn. Ik bedoel, zeg nou eerlijk, hij is een beetje vreemd. En ik word niet goed van al zijn anti-jacht gedoe. Ik bedoel, hij beweert dat hij zo van de natuur houdt, maar hij kan toch zeker ook zien dat we al deze bossen en struikgewassen niet zouden hebben als de fazanten er niet waren. Alles zou duizenden vierkante kilometers vlak veld zijn. Het bos houdt niet alleen vogels voor de jacht in stand, hoor. Er zijn wilde bloemen en wilde zoogdieren en insecten die volledig afhankelijk zijn van de jacht.'

'Natuurlijk, natuurlijk, natuurlijk.' Ik was niet in de stemming voor een preek over doden. 'Ik heb het over de andere kant van Davey.'

'Kijk, daar is Max,' zei Simon, en ik kreeg de indruk dat hij opgelucht was dat de noodzaak om antwoord te geven hem bespaard was gebleven.

Max stond in een donker pak gekleed bij de voordeur en keek met welwillende goedkeuring omhoog naar de lucht, alsof het een ondergeschikte uit het managementkader was die met succes in het personeel had gesnoeid zonder een staking te veroorzaken.

'Ted. Simon. Schitterend,' zei hij, toen we hem naderden. 'Gestopt met regenen. Prachtige avond.'

'Nou, er is anders nog meer onderweg,' zei Simon.

'Wat ben je opgewekt, Max,' merkte ik op.

'En wat zie jij er beroerd uit, ouwe jongen.' Iets wat waar was, vermoed ik. Mijn huid en hoofd waren gekrast door de bramen en mijn kleren waren geruïneerd door regen, zweet en modder.

'Ik ga naar binnen,' zei Simon. 'Tot straks bij het diner.'

Max pakte me bij mijn arm en liep met me naar het gazon. 'Toevallig, Tedward, ben ik *inderdaad* opgewekt.'

'Werkelijk?' zei ik ijzig. Ik had er een hekel aan als Max Michaels koosnaam voor mij gebruikte.

'Ik kan het je ook wel vertellen, als je het niet al had geraden. Ik heb aan Davey gevraagd om eens te zien wat hij aan Clara kon doen.'

'Is ze ziek geweest?'

'Och, schei toch uit, Tedward, je weet heel goed waar ik het over heb. Hoe dan ook, David heeft een sessie met haar gehad. Heb de jongen altijd een onverdraaglijk lulletje gevonden, als je het wilt weten. Vond het afschuwelijk hem een gunst te moeten vragen. Zo braaf. Niets in deze wereld is zo onuitstaanbaar als een antizakensnob. Die smijt het vieze geld van zijn vader wel over de balk, als de tijd daar is, maak je daar maar geen zorgen over. Maar goed ... ik kan zijn kunde niet ontkennen. Ik weet niet wat hij heeft gedaan. Het moet wel heel erg intens zijn geweest. Clara is er echt helemaal uitgeput van.'

'En heeft het gewerkt?' Ik staarde hem aan. Het was niet in me opgekomen dat, na Simons tussenkomst, Davids genezing nog echt effectief zou kunnen zijn geweest. Het leek er in botte lichamelijke termen op dat ze, vanuit mijn blikveld gezien, minder van het medicijn had doorgeslikt dan dat ze op haar voorkant had gespuugd.

'Ik heb net een halfuur bij haar op haar kamer gezeten.'

'Je bedoelt dat haar tanden recht staan en dat haar ogen weer dezelfde kant op kijken?'

'Nou, nee. Natuurlijk kan hij haar uiterlijk niet zo maar even veranderen. Maar *van binnen*, Tedward! Ik heb haar nog nooit zo vrolijk gezien en zo ... zelfverzekerd. Het is echt wonderbaarlijk. We hebben die meid naar psychiaters en nonnen en zomerkampen en god weet wat gestuurd. Het is ongelooflijk.'

Ik stemde in en knikte enthousiast terwijl hij verder bazelde.

'Ze wilde me niet vertellen wat hij had gedaan, maar al heeft hij haar watersalamanderogen en vleermuisoren gevoerd, het kan me niet schelen. Het scheelkijken, zal zichzelf schijnbaar wel corrigeren en de tanden ook. En ze is gewoon zo ... o, je zult het wel zien. Je zult het wel zien.'

'Prachtig,' zei ik. 'Verdomd fantastisch. Maar hoor eens, ik moet nu echt een bad nemen en me verkleden als ik niet te laat voor het diner wil zijn. Ik zie je wel bij het wijnrek.'

Oliver liep net de trap op toen ik de hal binnenkwam.

'Toe maar!' zei hij, terwijl hij zich omdraaide bij het horen van de deur. 'Alweer een vrolijke bijeenkomst van de Vereniging van de Reënscenering van de Slag aan de Somme, zie ik.'

'Ja hoor, heel leuk. Ik ben door de storm overvallen, mocht het je interesseren.'

'Volgens mij is de storm door jou overvallen, lieverd.'

Ik liep de trap op naar hem toe. 'Trouwens,' zei ik, 'heeft Jane nog naar me gevraagd?'

'Nee, hartje. Er was een boodschap dat ze morgen pas kan komen.'

'Waarom?'

'Meer onderzoeken. Dolly Dokter weigert het te geloven. Ze willen haar vast tentoonstellen bij de Vereniging van Heelkunde. Zullen we opschieten? Anders zijn we te laat voor de hapjes.'

Ik zwolg in mijn bad, starend naar de lucht en de wolken die op het plafond waren geschilderd, een tuimelglas tien jaar oud vocht in mijn vuist geklemd. Ik wou dat ik alles van me af kon wassen. Ik wou dat Jane er was. Ik wou dat ik weer in Londen was. Ik wou dat ik niet zo oud was, zo in de war en zo boos. Ik had in elk geval mijn whisky nog. Een fles, meer vraag ik niet, een volle fles ...

Terwijl ik door de mist van de stoom naar de engelen tuurde die op me neerkeken vanuit hun *trompe l'oeil*-hemel, steeg ergens diep in mijn geest een gedachte op, als een belletje moerasgas. Van verbazing liet ik mijn glas whisky vallen. Andere gedachten begonnen naar de oppervlakte te bubbelen, die elk weer een volgende verlichtten, tot ze een verlicht pad vormden, zoals een dwaallicht. Was het mogelijk, vroeg ik me af? Hadden deze plotselinge zigzagbewegingen van licht een doel, of was de vergelijking met dwaallicht toepasselijk, en was het niet meer dan een vals spoor het moeras in? Mmm...

Ik stak mijn arm uit naar de telefoon die handig in een nis naast het bad geplaatst was.

Negen

De vilten hamer van Podmore gongde de conversatie tot een einde. Ik legde de hoorn op de haak en hees mezelf uit bad. Jaren geleden heb ik een truc ontdekt, misschien heb je er wat aan, waardoor je je na een bad sneller kunt aankleden. Het probleem bij het aankleden is dat als je nog niet helemaal droog bent, je overhemd en vooral je sokken vervelend tegen je huid wrijven en schuren. Je kunt er niet gemakkelijk in glijden: een mens kan zijn schouder verrekken of zijn nek verdraaien bij het worstelen met kleren in een vochtig postbadstadium. Mijn ontdekking is dat het gebruik van een goede, ouderwetse badolie dit probleem kan verhelpen. De huid wordt zacht en glad als die van een zeehond en de overhemdstof en sokken van meneer springen praktisch van de vloer en wikkelen zich in een blijde oogwenk om hem heen.

Ik was daarom in staat sereen in mijn ondergoed te glijden en voor de spiegel te staan en me op mijn ronde buikje te kloppen, terwijl ik de kleine dingetjes overpeinsde die voor het eten nog even moesten gebeuren. Slechts twee vitale bezoekjes zouden ...

Ik werd afgeleid door het geluid van gekreun en gehijg dat door de muur van de aangrenzende Füssli Kamer heen zweefde, waar Oliver was ingekwartierd. Ik kleedde me aan, kamde mijn haar en liep de gang op. Oliver kwam op hetzelfde moment naar buiten. Hij keek met een schuldbewuste blik naar de deur van zijn kamer.

'Ted, jij tweevoudig beest. Heb je net staan luisteren?'

'Luisteren? Waarnaar?'

'Ik ben bang dat Moeder even een snelle ruk van de pols genoot. Ik ben een luidruchtige minnaar als het om mezelf gaat.'

'Mijn lieve, oude Oliver,' zei ik. 'Als mijn leven zo armoedig is geworden dat ik niets beters te doen heb dan te luisteren naar een oude man die zichzelf aftrekt, dan schiet ik een kogel door mijn hoofd.'

Maar ik had wel staan luisteren. Dat doe je gewoon. Ik liet Oliver boven aan de trap alleen.

'Moet nog even iets controleren,' zei ik. 'Heb geloof ik een pakje Rothies in mijn kamer laten liggen.'

Ik haastte me weer over de galerij in de richting van de gang waar de kinderen sliepen. Nadat ik mijn opwachting had gemaakt bij Clara, een vruchtbaar gesprek, sloop ik de trap af en de voordeur uit. Ik scheerde over de oprijlaan, hijgend als een hond op een warme dag, stak het gazon over, liep langs de westelijke oprijlaan en bereikte het park vanaf de zijkant. Ik wilde tenslotte niet in en uit die verdomde singel klimmen. De lucht verkleurde tot een steenkoolgrijs toen nieuwe donderwolken zich verzamelden, maar ook al was het erg somber voor een avond in juli, er was licht genoeg om te kunnen zien. Ik baande me zorgvuldig een weg door de verspreid liggende hopen paardenmest, er zeker van dat Tubby de paarden wel in de stal zou hebben gezet vanwege het slechte weer, zodat ik niet zou worden verkracht of onder de voet zou worden gelopen door een loslopende hengst. Ik vond wat ik zocht en hurkte om het beter te bekijken. Ik strekte mezelf met een tevreden grom en liep terug naar het huis.

Alleen Max, Mary, Michael en Oliver zaten in de kleine salon toen ik arriveerde. Michael en Mary zaten op de sofa in de hoek stilletjes te praten, terwijl Oliver de leiding had over de tafel met drank.

Max stond uit het raam te turen. Het keek uit op de Villa Rotunda en het meer daarachter, dus wist ik dat hij me niet had kunnen zien toen ik het gazon overstak.

'Simon had gelijk,' sprak hij tegen de kamer. 'Er komen meer buien aan.'

'Argh, dit plattelandsvolk, die ken 't weten,' kraste Oliver.

'Dat is wel het slechtste accent van iemand uit Norfolk dat ik ooit heb gehoord,' zei ik.

'Dan heb je nog nooit echt mensen uit Norfolk horen praten, lieverd. Hun accent is *veel* minder overtuigend dan het mijne, dat kan ik je verzekeren. Zal ik een whisky voor je inschenken?'

'Hoe groter, hoe beter,' zei ik.

Ik liep naar de sofa waar Michael en Mary zaten.

'Maar Michael, *iedereen* zou het moeten weten,' hoorde ik haar zeggen.

'Mary, geloof me, ik ben dolgelukkig. Dolgelukkig. Laten we het daarbij laten.'

'Maar Michael, vind je niet dat het je plicht is? Ik bedoel, deze gave is zó bijzonder, iets dat *gebruikt* moet worden.'

Ik hing achter de sofa, wilde ze niet onderbreken.

'Ik weet het niet, Mary. Ik weet het gewoon niet. Weet je, Annie wil niet ...'

'Wat wil Annie niet?' sprak de dame zelf vanuit de deuropening. Het scherpste verdomde gehoor dat je je maar kunt voorstellen.

Een fractie van een seconde bleef het stil – te kort voor een rechtbank om er iets achter te zoeken, maar lang genoeg om Michael van zijn stuk te brengen – alvorens Oliver te hulp schoot.

'Woddie, liefje, dat is wat jij niet wilt. Jij bent meer een ginmeisje. Woddie maakt je humeurig. Dus schenk ik je een Bella Bel Jenny Gin in.'

'Dank je, Oliver.'

Ik ving Annies blik op die een smekende uitdrukking had die ik niet kon verklaren. Ze gebaarde naar de verste hoek van de kamer, bij de anderen uit de buurt. Ik ging naar haar toe en we deden alsof we een Oakshett acrylverf portret van de Loganfamilie inspecteerden.

'Ik zag Davey zonet,' zei ze met zachte stem. 'Wat is er met hem?'

'Ah,' zei ik. 'Beetje gesloopt, dat is alles. Je moet weten dat hij vanmiddag ... een sessie met Clara heeft gehad.'

'O, nee ...'

'Ze werden door de regen overvallen. Allebei in orde verder. Alleen een beetje moe. Om je de waarheid te zeggen, Max vindt dat Clara fantastisch is opgeknapt.'

'Echt waar?' Annie schudde bedroefd haar hoofd. 'Davey zei iets over een ruzie met Simon, maar hij wilde er niet op ingaan. Wat is er gebeurd?'

'Je kunt het maar beter onder ogen zien, Anne. Ertegen vechten heeft geen zin. Die jongen doet wonderen. Daar is geen twijfel over mogelijk. Vind je ook niet?'

Ze wilde wat zeggen.

'Vind je ook niet?' herhaalde ik langzaam.

Ze keek me aan en hield haar adem in.

'O, Ted!' fluisterde ze. 'O, Ted, jij fantastische man!' Als een klein kind trok ze aan mijn mouw. 'Ik *wist* dat ik op je kon rekenen. Ik *wist* het!'

'Op Ted rekenen?' Olivers stem onderbrak ons ruw. 'Dat kan ik maar moeilijk geloven,' zei hij, en hij gaf Anne haar gin.

'Ted is een engel geweest en heeft beloofd dat hij de tweeling morgen meeneemt om te ballonvaren in Brockdish,' zei Annie opgewekt. 'Zo lief van hem.'

'Ballonvaarders in Brockdish? Naaien ze de uiteinden van een onderbroek van Ted aan elkaar die ze dan met hete lucht vullen, of zo?'

'Nee, Oliver,' zei ik. 'Ze nemen een levensgrote nylon replica van jouw ego en vragen je om er, over een willekeurig onderwerp naar keuze, in te praten. Zo doen ze dat.'

'Geestig zijn is niet je sterkste punt, mijn liefje,' zei Oliver. 'Iets te hoog gegrepen voor je, begrijp je wel?'

Rebecca, Patricia en Simon waren de laatsten die binnenkwamen, Patricia gaf me een stiekem lachje toen ze binnenkwam. Ze heeft mijn voorstel overwogen, dacht ik. Wat verrukkelijk.

II

'We hadden eigenlijk met z'n twaalven aan tafel zullen zitten vanavond,' kondigde Annie aan, toen we achter elkaar de eetkamer binnenliepen. 'Maar Jane is er nog niet, en Davey en Clara zijn vroeg naar bed gegaan. Dus hebben we Max, Oliver, Mary en Simon aan die kant en Rebecca, Ted en Patricia aan deze kant.'

'Het lijkt wel winter, zo donker is het,' zei Michael, en hij deed de luiken dicht.

'Gezellig,' zei Oliver.

'Mistroostig,' zei ik.

De eerste gang bestond uit gerookte ganzenborst, en conversatiegewijs verliep alles prima, totdat Patricia vroeg of alles nog steeds in orde was met Lilac.

'Gaat prima,' zei Simon. 'Helemaal in orde.'

'Het is toch wonderlijk,' zei Patricia. 'Ik bedoel, die dierenarts was zo zeker van zijn zaak, hè? Kruiskruidvergiftiging. Ik heb het opgezocht in de bibliotheek. Het is een chronische aandoening die de lever onherroepelijk beschadigt. Hoe *kan* Lilac nu weer beter zijn?'

Simon mompelde iets over dierenartsen die ook wel eens een steekje laten vallen.

'We moeten de feiten onder ogen zien, Anne,' zei Mary. 'Ik weet dat je er liever niet over praat, maar het moet toch gezegd worden? Alles terzijde, Max en ik zijn Davey gewoon zo *dankbaar*.'

Simon viel met een wilde kras over zijn bord aan op een stuk ganzenborst.

'Ik vind het fijn dat je zo gelukkig bent,' zei Anne. 'En ik vind het fijn dat Clara gelukkig is.'

'En Oliver,' zei Max. 'Oliver is ook gelukkig.'

'O ja,' zei Oliver. 'Ik ben gelukkig. Ik kan weer zonder angst walgelijk voedsel eten en woddie naar binnen slaan.'

'En ik ben gelukkig,' zei Rebecca. 'Gelukkig vanwege mijn dochter.'

'En jullie zijn vast ook gelukkig, Anne en Michael? Jullie zullen wel gelukkig zijn vanwege Edward,' zei Patricia.

'En Simon is gelukkig vanwege Lilac,' zei Mary.

Simon knikte ongemakkelijk.

'Het is zo *mal* om er niet over te praten!' ging Mary verder. Haar ogen glansden. 'Alsof het een vreselijk groot geheim is in plaats van een fantastisch, fantastisch wonder dat iedereen gelukkig heeft gemaakt.'

Ik legde met een gekletter mijn mes en vork neer. Nu. Het kon ook net zo goed nu.

'Nou, het spijt me dat ik dit eerbetoon aanrand,' zei ik, 'maar ik ben goddomme niet gelukkig. Ik ben goddomme helemaal niet gelukkig. Sterker nog, ik voel me allerbelabberdst.'

'Natuurlijk, jij beroerde, oude drol,' snauwde Oliver. 'En je verdient het ook. Jezus christus, wat ben jij een walgelijke kerel.'

'Ho even! Ho even!' Michael timmerde met zijn hand op tafel. 'Wat gebeurt hier allemaal? We zijn aan het eten. Alsjeblieft!'

'Het spijt me, Michael. Jij bent de gastheer en wat jij zegt gebeurt, maar ik vind dat Edward Zeikerd Wallace het verdient.'

'Bravo!' zei Rebecca, aan mijn linkerkant.

Oliver wees met zijn lepel naar me. 'Je gelooft nog steeds niet in Daveys krachten, hè Ted?'

Ik keek over de tafel naar Anne en haalde mijn schouders op. 'Als je het per se wilt weten, dan zal ik het je zeggen. Nee, ik geloof niet in Daveys krachten.'

'Zie je nou! Hij kan het niet hebben.' Olivers stem schoot omhoog. 'Hij heeft een kans gekregen, net als wij allemaal, een kans die de meeste mensen in geen duizend levens gegund is, hij heeft deze *ene* kans gekregen om zichzelf op te werken, deze ene kans om zichzelf uit het moeras waar hij al jaren in vastzit los te trekken, deze ene kans om zijn ogen op te slaan en de schoonheid van de dingen te zien en wat is zijn reactie? "Ik ben goddomme niet gelukkig. Ik voel me allerbelabberdst." Natuurlijk is hij niet gelukkig. Wat wij de afgelopen week hebben ervaren is niets minder dan een goddelijke openbaring. Een godvergeten goddelijke openbaring en we kunnen het allemaal zien, we kunnen het allemaal zien en vieren. Wij hebben tenminste dat kleine beetje nederigheid waardoor we kunnen schreeuwen en huilen van onverdeelde vreugde. Wij allemaal, behalve die stijfkoppige, eigenwijze, stekeblinde, stokdove, Twijfelende Ted.'

Hij had tranen in zijn ogen. Ik keek beschaamd naar mijn bord.

'Het spijt me,' zei Oliver. 'Het spijt me, Ted. Maar het feit is dat ik van je houd, jij stomme drol. Je bent een vriend van wie ik houd. We houden allemaal van je. Maar je bent zo'n ... zo'n ...'

'Het is al goed, Oliver,' zei Rebecca, 'we weten allemaal wat hij is. Maar wat we bedoelen, lieverd, is het volgende,' zei Rebecca en wendde zich tot mij. 'Waarom accepteer je niet wat je kunt zien? Waarom doet het je zo'n pijn om alleen maar de waarheid onder ogen te zien?'

'Welke waarheid?' vroeg ik.

'De waarheid,' zei Oliver, 'dat er echt zoiets bestaat als een genadecampagne.'

'De waarheid,' zei Rebecca, 'dat er meer is tussen hemel en aarde.'

'Ik ben niet geïnteresseerd in wat er tussen hemel en aarde is,' zei ik. 'Ik ben geïnteresseerd in wat er hier vanbinnen is.' Ik sloeg op mijn borst.

'*Christus!*' Oliver smeet zijn vork neer. 'Waarom moet je zo nodig zulke dingen zeggen? Waarom moet je zo nodig zulke dingen zeggen? Dit is goddomme geen debat op de middelbare school. Er vallen hier geen prijzen te verdienen met gewiekste opmerkingen.'

'Ik moet zeggen,' zei Max, 'dat het een beetje vreemd is dat juist een dichter de enige is die niet overtuigd is. Wat is er met je gevoel voor mysterie, je verbeeldingskracht gebeurd?'

'Nee,' zei ik, 'het is helemaal niet vreemd. Als ik geïnteresseerd was geweest in mysteriën en in de verbeelding, dan zou ik wel natuurkundige zijn geworden. Ik ben dichter omdat ik heel gewoon ben. Ik ben alleen maar goed met wat ik kan proeven en zien en horen en ruiken en voelen.'

'O, daar gaan we godverdomme weer, Pamela Godvergeten Paradox ...'

'Het is helemaal geen paradox, Oliver.'

'Dus daarom ben je hier? Alleen om het voor ons te verpesten? Alleen om hatelijk in je vieze vuistje te lachen? Als je het niet serieus kunt nemen, waarom probeer je ons geluk dan te ruïneren?'

'Natuurlijk neem ik het wel serieus. Ik neem het heel serieus. Jane is mijn peetdochter en Davey is mijn peetzoon. Of je het nou gelooft of niet, dat neem ik erg serieus. Heel erg serieus.'

'Maar waarom ...' begon Rebecca, maar ze werd door Anne onderbroken.

'Ik trek nu aan de bel om Podmore te laten komen,' zei ze. 'Ik heb liever dat we niets zeggen zolang hij in de kamer is.'

We zaten in stijve en gespannen stilte, terwijl Podmore de borden weghaalde en de hoofdmaaltijd opdiende. Ik dronk twee grote glazen wijn in één teug leeg. Ik had het warm en voelde me ongemakkelijk. Oliver, die tegenover me zat, keek me beurtelings dreigend en meewarig hoofdschuddend aan. Het had me ontroerd toen hij zei dat hij van me hield.

Michael zat met de steel van zijn wijnglas te draaien en fronste zijn wenkbrauwen. Hij wierp zo nu en dan lichtelijk verwarde blikken in mijn richting. Simon was knalrood en voelde zich buitengewoon ongemakkelijk. Max, Mary, Rebecca en Patricia hadden een hechte band gevormd en kwetterden luidkeels over het weer en de politiek. Iedere idiote bewering leek opzettelijk tegen mij gericht te zijn, alsof ze me wilden uitdagen hun verenigd front aan te vechten. Het was net als op school, wanneer ze je links laten liggen.

Eindelijk trok Podmore zich terug.

'Nog een paar seconden te gaan,' zei Oliver. 'De Tweede Ronde.'

'Tedward,' zei Michael, terwijl hij een gepofte aardappel doorsneed. 'Ik begrijp het niet. Je ontkent alles? Alles wat ik je heb verteld?'

'Het is geen kwestie van ontkennen, Michael. Ik ontken niets van wat je over je vader hebt verteld, ik ontken niets van wat je ...'

'Ho, ho!' zei Oliver. 'Wacht eens even een Molly Momentje. Michaels *vader*?'

Ik keek naar Michael, die zijn schouders ophaalde en toestemmend knikte. Ik vertelde het verhaal van Albert Bienenstock en zijn paarden en Benko, zijn batman. Natuurlijk niets nieuws voor Rebecca en Anne, maar alle anderen, zelfs Simon, waren verbaasd.

'Zie je nou wel!' zei Patricia, en gaf me een por. 'Het is erfelijk. Een generatie overgeslagen. Het is helemaal geërfd.'

'O, daar twijfel ik niet aan,' zei ik. 'Sterker nog, ik weet het wel zeker.'

'Waar twijfel je dan wel aan, in godsnaam?' wilde Oliver weten, die zich nu volledig in het harnas gejaagd voelde.

'Luister,' zei ik, 'jullie mogen de reden waarom ik hier ben ook wel weten. Ik was gevraagd.'

'Gevraagd?'

'Door Jane. Ik liep haar een paar weken geleden in Londen tegen het lijf. Ze vertelde me ... nou ja, eigenlijk vertelde ze me niet veel. Ze vertelde me dat haar leukemie was verdwenen en dat er vorige maand, toen ze hier in Swafford logeerde, een soort wonder had plaatsgevonden. Ze wilde dat ik er verder zelf achterkwam.'

'En dat is gebeurd.'

'En dat is gebeurd.'

'Wat is dan het probleem?' vroeg Michael.

'Er is geen probleem,' zei ik. 'Geen enkel probleem.'

'Maar Davey dan?' zei Oliver. 'Wat vind je dan van Davey?'

'Wil je dat echt weten?'

'*Ja!*' krijste Oliver.

'Kalm aan, Oliver,' zei Michael.

Ik kon me de hysterische toon in Olivers stem heel goed voorstellen. Ik probeerde zo neutraal en objectief mogelijk te klinken. Ik had echt geen idee hoe iedereen zou reageren op wat ik had te zeggen.

'Ik denk dat Davey ...'

De deur ging open.

'Wat is er, Podmore?' vroeg Annie, op een toon die voor haar doen onmiskenbaar scherp was.

'Neemt u me niet kwalijk, Lady Anne. Er is telefoon voor Lord Logan in zijn studeerkamer.'

De irritatie van iedereen in de kamer was enorm. Ik was opgelucht. De afleiding gaf me een paar minuten om mijn gedachten op een rijtje te zetten en datgene wat ik te zeggen had in een samenhangende volgorde te ordenen. Als ik een vel papier en een potlood had gehad, zou ik waarschijnlijk een lijstje gemaakt hebben. Anale, ouwe Ted.

Michael stond op. 'Verdomme,' zei hij. 'Het spijt me. Als het op de lijn in mijn studeerkamer is, dan is het Amerika en dan is het dringend. Ik zal zo snel mogelijk zijn. Wacht alsjeblieft even op mij, Ted. Ik wil alles horen wat je te zeggen hebt.'

Drie beladen minuten gingen in stilte voorbij. Onder beschuldigende blikken van iedereen dronk ik nog een glas wijn.

Michael keerde terug en sloot de deur achter zich.

'Excuses daarvoor,' zei hij, terwijl hij weer ging zitten. 'Ted, ga alsjeblieft verder.'

'Waar was ik ook alweer?'

'O, god sta ons bij, nou is hij dronken,' zei Oliver. 'Je zou ons net begenadigen met je kundige mening over Davey, Teddybeer.'

'Dat is waar ook,' zei ik. 'Nou, ik denk dat de belangrijkste factor het volgende is. David is een gevoelige jongen en een trotse jongen.'

Max begon te lachen en de anderen deden mee. Oliver snoof verachtelijk.

'Dat is het? "David is een gevoelige jongen en een trotse jongen." Einde analyse. Je hebt wel genoeg gezegd volgens mij, lieverd. Als er iemand is die trots en gevoelig is, dan is het Edward Wallace wel. Te trots en te gevoelig om te geloven wat in strijd is met zijn lompe theorieën, of om het toe te geven, zelfs als hij zelf kan zien dat hij het mis heeft.'

'Hou op, Oliver!' zei Michael, op zo'n felle toon dat iedereen opschrok. 'Ik wil horen wat Ted te zeggen heeft. Nu meer dan ooit moet ik het horen. Waarom, dat horen jullie nog wel. Wees nu voorlopig stil.'

Ik staarde hem in verwarring aan. Hij keek me aan met een uitdrukking van sterke intensiteit en – ik geloof dat ik het toen al herkende – angst. Met het profijt van wijsheid achteraf, moet het zeker angst zijn geweest. Op het moment zelf begreep ik de blik absoluut niet.

'Tja,' zei ik langzaam, 'David is trots en gevoelig. Hij houdt van poëzie en hij houdt van alles wat hij ziet als Natuur met een hoofdletter "N". Hij is niet zo intelligent als hij zou willen, maar wie van ons is dat wel? Hij is niet onintelligent, begrijp me goed, hij is intelligent genoeg om een glimp op te vangen van waardevolle en serieuze ideeën, en om boos te worden om het feit dat ze buiten zijn bereik liggen. Omdat zoveel van wat hij hoogschat buiten zijn intellectuele bereik ligt, verbeeldt hij zich dat hij met een sprong de waarheid van zaken kan bereiken door intuïtie, of met behulp van een dieperliggende werking, een geest van de natuur. Hij kan niet geloven dat God hem de gevoeligheid geschonken zou kunnen hebben om schoonheid en ideeën te beantwoorden, zonder hem ook de geestelijke capaciteit of het artistieke talent te schenken om er actief wat mee te doen. Ik denk niet dat dit allemaal ongewoon is voor een vijftienjarige. Het zou bizar en verschrikkelijk ongepast zijn als David werkelijk zo intelligent en vroegwijs was als hij zou willen zijn. Intellect groeit, net zoals elk ander deel van de geest of het lichaam. Davey is anders dan de meeste andere kinderen omdat hij zo buitengewoon gevoelig is. Sommige gevoelige kinderen lijden in stilte. Maar David is buitengewoon trots, evenals buitengewoon gevoelig. Hij haat zijn onvolkomenheid. Hij kan het niet verdragen. Het heeft hem gedreven tot een ellendige en gevaarlijke hysterie. Sommige trotse en gevoelige kinderen in soortgelijke situaties fantaseren dat hun ouders miljonair zijn. Daveys vader is dat al, dus daar heeft hij weinig aan. Sommigen fantaseren dat ze vondelingen zijn, buitenaardse wezens of geheim agenten, of dat ze in staat zijn om zonder materiële hulp te vliegen, of dat ze onzichtbaar zijn, of bezeten, of dat ze bovennatuurlijke krachten hebben. En dat is wat David heeft gekozen. Bovennatuurlijke krachten. Normaal gesproken zou het niet uitmaken, omdat onder normale omstandigheden iedereen zo'n kind zou plagen of zijn waanbeelden zou verdrijven. Maar jullie hebben ze allemaal gevoed, wat absurd en onverantwoordelijk is en, naar mijn mening, enorm gevaarlijk. Daveys hysterie is gegroeid en gegroeid en heeft de hele huishouding overgenomen.'

Ik nam een gigantische teug van mijn glas rode wijn.

Het was uiteraard Oliver die de stilte verbrak. Hij staarde me vol ongeloof aan. 'Hoe kun je hier zitten en dat allemaal zeggen? Wij weten wat we hebben gezien.'

'Nee, dat weet je niet,' zei ik. 'Je hebt geen flauw benul van wat je hebt gezien. Geloof me als ik dat zeg. David heeft helemaal geen buitengewone krachten. Wat hij heeft gedaan of kan doen, heeft niets wonderbaarlijks. Hij is een heel, heel, heel gewoon kind met, zoals ik al zei, een meer dan gewone dosis trots en gevoeligheid ...'

Er klonk een geluid bij de deur en we gingen allemaal weer stil rechtop zitten.

De deur bewoog niet.

'Binnen!' riep Michael.

Nog steeds geen reactie. Michael klikte geïrriteerd met zijn tong tegen zijn verhemelte, liep met grote stappen naar de deur en opende hem. Michael keek links en rechts de hal door. Er was niemand te zien.

'Och, jeetje,' zei Anne, 'denk je dat Podmore heeft staan luisteren?'

'Waarschijnlijk alleen de wind,' zei Michael, die de deur weer dichtdeed en naar de tafel terugkeerde. 'Er is weer storm op komst.'

Het was waar dat de wind rond de ramen en in de schoorstenen was gaan huilen.

'Ga verder, Ted,' zei Oliver met een wilde grom. 'Ik meen dat je zei dat we allemaal erg onverantwoordelijk en absurd zijn, en dat Davey een heel, heel, heel gewoon kind is.'

'Een heel gewoon kind dat een heleboel liefde en begrip nodig heeft om niet in een toestand van hysterische chaos weg te zakken.'

'Maar je bent een vat vol tegenstrijdigheden,' zei Max. 'Je hebt zojuist toegegeven dat de krachten van Michaels vader geërfd zouden kunnen zijn en nu zeg je dat die krachten niet bestaan.'

'Dat heb ik helemaal niet gezegd.'

'Hij is dronken,' zei Patricia. 'Als er iemand is die liefde en begrip nodig heeft, dan ben *jij* het wel, Ted.'

'Ik heb mijn deel nodig, dat is absoluut waar,' zei ik.

'We kunnen allemaal wel amateur-psychiater spelen, of niet, Ted?' zei Rebecca. 'We zouden, bijvoorbeeld, de geest van de ouder wordende dichter kunnen onderzoeken.'

'Inderdaad,' zei Oliver, 'de man die gelooft dat geestelijkheid *zijn* domein is en alleen het zijne. De man die denkt dat een glimp van kunst en oneindigheid alléén gegund is aan kontbehaarde zuurpruimen die sterke drank drinken en Ezra Pound begrijpen. De man die zo worstelt voor zijn eigen poëzie dat hij een theorie heeft ontwikkeld die de mogelijkheid tot inspiratie bij anderen ontkent. "Als ik in de modder moet ploeteren, al zwetend en zwoegend, dan moet het waar zijn dat alle anderen op aarde dat ook moeten." Dat is toch jouw verheven "filosofie", hè? De aanblik van een onschuldig kind dat genade gegeven is als een goddelijke gratis gave, daar stik je in, of niet?'

'Je vindt misschien dat ik heel vulgair overkom,' zei ik. 'Maar je moet ...'

'Vulgair, lieverd? Waarom zouden we dat toch denken? Je eigen inspiratie is al jaren opgedroogd en je hebt sindsdien op vergaan krediet geleefd. Omdat je zelf een lelijke, ouwe bedrieger bent, moet alles wat enige schoonheid of echtheid heeft belachelijk gemaakt en afgewezen worden. Vulgair? Hemeltjelief, welnee.'

'Laten we karakter er even buiten houden,' zei Max, met vergaderzaal-kernachtigheid, 'en ons concentreren op de feiten. Ontken je, Ted, dat Edwards leven is gered?'

'Nee,' zei ik. 'Ik moet toegeven dat ik dat niet kan ontkennen.'

'En Lilac?' zei Oliver. 'En Jane? En ik? En Clara? Kun je ons ontkennen? Kijk nou eens naar wat er voor je grote, vette neus ligt, man!'

'Al goed, Oliver, rustig maar,' zei Michael. 'Laten we hier duidelijk over zijn, Ted. Wil je zeggen dat mijn zoon absoluut geen krachten heeft?'

'*Nee!*' riep ik. 'Nee, dat zeg ik *helemaal* niet! Ik vind hem een opmerkelijke en fantastische jongen. Ik vind hem, op zijn eigen manier, een wonder. Niet magisch, maar ongewoon genoeg om in deze wereld een wonder te zijn. Ik geloof dat hij krachten heeft die net zo zeldzaam als prachtig zijn.'

'Ik word gek!' zei Patricia, en greep met haar handen in het haar. 'Net zei je nog: "David heeft helemaal geen buitengewone krachten. Hij is een heel, heel, heel gewoon kind." Jouw precieze woorden. En nog geen halve minuut later ...'

'Ik blijf bij alles wat ik heb gezegd,' zei ik.

Er was een bijna unanieme schreeuw van woede bij deze perversiteit. Een schreeuw die door Anne tot een geschokte stilte werd gebracht.

'O, wees toch eens stil allemaal!' ging ze tekeer. 'Jullie zien het gewoon niet, hè? Jullie zien het gewoon niet! Jullie zeiden dat Ted de waarheid niet kon zien, terwijl het recht onder zijn neus lag, maar het is niet Ted. Jullie zijn het. Jullie allemaal. Ted heeft absoluut gelijk. Alles wat hij heeft gezegd, is helemaal waar en het klopt en jullie zien het gewoon niet.'

'Annie! Mijn schat, ik begrijp het niet!' Michael staarde verbijsterd naar zijn vrouw.

'Het spijt me, Michael,' zei ik. 'Ik heb een spelletje met jullie gespeeld.'

'Een spelletje? Je hebt een spelletje gespeeld?'

'Nou ja, niet precies een spelletje. Misschien een beetje wraak genomen. Het jullie verkeerd *laten* begrijpen. Je vroeg me of ik dacht dat je zoon enige krachten had en ik zei ja. Ik zei dat hij een opmerkelijke en fantastische jongen was. Wat je niet begrijpt, wat alleen Annie begrijpt, is dat *ik het niet over Davey had*.'

Nog steeds kon hij het niet zien. Geen van allen konden ze het zien.

'Niet over Davey?'

'Nee,' zei ik. 'Ik had het over *Simon*.'

'Wat?' Oliver draaide zich razendsnel om naar Simon, die daar met zijn vork voor zijn gezicht zat, zijn mond open van consternatie en schrik.

'O, hoor eens ...' zei hij. 'Kom op, oom Ted ... ik bedoel ...'

'Het spijt me, Simon,' zei ik, 'maar de waarheid moet gezegd worden.'

Anne leunde naar voren en legde haar hand op Simons arm.

'Ted! Annie! Leg uit ... alsjeblieft, zeg me wat er aan de hand is,' zei Michael.

'Je hebt zelf gezien hoe het twee jaar geleden allemaal begon, Michael,' zei ik. 'Laten we het voorlopig het eerste wonder noemen. Je kwam de kamer binnen toen Edward er half gestikt en bijna bewusteloos bij lag vanwege zijn astma. Simon deed wat ieder verstandig mens zou doen. Hij pompte de armen van de jongen heen en weer en probeerde de ademhaling weer op gang te krijgen. Hij bewerkte de ribben met zijn vuisten. Een paar seconden later duwt sentimentele, hysterische David hem uit de weg, bang van zulk geweld en volledig onbekend met de noodzaak ervoor. Hij heeft net een hand op zijn borst gelegd als jij en Anne binnenkomen, op precies hetzelfde moment dat de resultaten van Simons prijzenswaardige eerste hulp duidelijk worden en Edward begint te hoesten en te sputteren. Je ziet de hand op de borst en denkt onmiddellijk aan je vader, die er, ondanks zijn eigen overduidelijke gezond verstand, bijna toe werd gebracht te denken dat hij iets buitengewoons had gedaan met de pijnlijke voet van zijn batman. Enige tijd later vertel je Davey dit verhaal en de domme jongen, die waarschijnlijk alleen maar zijn hand op de borst had gelegd om de hartslag van de jongen te voelen of iets soortgelijk nutteloos, denkt dat hij een mystieke kracht heeft geërfd van zijn grootvader.'

'Maar ... op die manier kun je *alles* wel rationaliseren,' zei Patricia. Toch lag er een zweem van vertwijfeling in haar stem.

'Een zonsopgang rationaliseren maakt hem niet minder mooi,' zei ik. 'En dat is ook de bedoeling niet. Simon is attent, praktisch, onsentimenteel en vriendelijk. Hij is ook volledig vrij van trots. Het kwam niet in hem op om de eer op te strijken of dankbaarheid te eisen voor wat hij had gedaan. Davey daarentegen ... nou ja, denk maar eens na. Denk gewoon eens aan het vervolg. Michael en Annie besluiten dat Daveys wonderbaarlijke genezing van Edward een geheim moet blijven. Michael omdat hij niet wilde dat zijn zoon opgejaagd en gevreesd zou worden zoals Albert, Annie omdat ze zag wat Michael geloofde en hoezeer het zijn gevoel voor onderscheiden familietrots streelde. Ze was ook bang dat Michael zou denken dat ze op een bepaalde manier jaloers was op Daveys schijnbare gaven. En dat is nou precies wat je *wel* dacht, of niet, Michael?'

Michael knikte.

'En het punt is dit. Ondanks de geheimhouding en het stilzwijgen deed het nieuws over Daveys krachten toch de ronde. Hoe? Dat zal ik je vertellen. Davey zorgde er verdomd goed voor dat het nieuws de ronde deed, zo gebeurde het. Het stond in een brief van Jane, laatst. "Toen Davey me voor het eerst vertelde hoe hij Edward had genezen," schreef ze. Het hoorde niet bij Daveys plan dat zijn magische gaven niet erkend zouden worden. Jane vertelde het aan Patricia en Rebecca, die vertelden het weer aan Max en Mary en Oliver. Davey verkondigde zijn status als genezer en wonderdoener aan de hele godvergeten wereld.'

'Ik geloof dat ik nu maar ga, als dat goed is, alsjeblieft,' zei Simon, en hij stond al half op. Hij had met acute ontzetting en onbehagen zitten luisteren.

'Nee, Simon ... ik verzoek je,' zei Michael. 'Ik verzoek je, blijf.'

Simon liet zich tegen zijn zin weer in zijn stoel vallen. Iedereen keek naar hem, en hij vond het afschuwelijk.

'Dus je bedoelt dat het in werkelijkheid *Simon* is die al het genezen heeft gedaan?' zei Patricia. 'Hij is degene die de gaven van zijn grootvader heeft geërfd?'

'Simon heeft zeker de krachten van Albert Bienenstock geërfd,' zei ik.

'Simon. Een genezer ...' zei Michael hoofdschuddend.

Simon zelf zat daar maar en kon wel door de grond zakken van schaamte, de arme jongen.

'Michael, begrijp je dan niet wat ik zeg?' zei ik. 'Jouw vader was geen genezer. Zijn krachten waren die van een rustige, opgewekte aard. Vriendelijk, fatsoenlijk, onbaatzuchtig, moedig, bescheiden en verstandig. Prozaïsch misschien, maar wat is poëzie als het niet de samenpakking van het prozaïsche is? De kwaliteiten die Albert Bienenstock bezat leken misschien oersaai, maar allemaal bij elkaar, geconcentreerd in één man, verfijnden ze zichzelf tot een diamant. Dat is wat Simon heeft geërfd. Is dat niet genoeg voor je?'

Het was niet genoeg voor ze.

'Het spijt me dat ik hier zo over doorzeur,' zei Patricia, 'maar je negeert de voor de hand liggende kwestie, Ted. Hoe zit het met Jane en Lilac en Oliver en Clara?'

'Precies,' zei Oliver. 'Als een bescheiden en rustige, opgewekte aard leukemie en leverinsufficiëntie kan genezen, dan vind ik dat de wereld dat moet weten, of niet?'

Ik schonk mezelf nog een glas wijn in. Het spul gleed met liters tegelijk naar binnen en zat te klotsen in mijn buik. Door de wijn, samen met de onverklaarbare nervositeit die ik voelde, en de adrenaline die door me heen pompte, begonnen mijn ingewanden te bubbelen en te soppen vanwege de lucht.

'Davey was er echt van overtuigd dat hij ziekte kon genezen,' zei ik, en ik onderdrukte een kleffe scheet. 'Ik denk dat we dat met zekerheid kunnen stellen. Hij draaide een vreemde fantasie in elkaar over rein zijn teneinde zijn mysterieuze kracht te kunnen kanaliseren.'

'Rein?' vroeg Michael.

Dit zou heel erg moeilijk worden.

'Ik denk dat hij op de een of andere manier had ontdekt, misschien bij gewonde dieren, dat hij niet altijd door hand opleggen een genezing kon bewerkstelligen. Hij ontwikkelde een bizarre theorie. Rein en natuurlijk waren de sleutelwoorden. Wat hij daarmee bedoelde, god mag het weten. Net zo samenhangend en overtuigend als wat een reclametekstschrijver ermee bedoelt, vermoed ik. Davey besloot dat hij zo rein en natuurlijk moest zijn als een dier. Rein en natuurlijk als een lieveheersbeestje, niet rein en natuurlijk als het neefje van het lieveheersbeestje, de mestkever. Rein en natuurlijk als een gazelle, niet rein en natuurlijk als de hyena's die in de ogen van de gazelle bijten en zich te goed doen aan diens darmen. Zijn ideeën over reinheid en natuurlijkheid lijken meer gemeen te hebben met een Victoriaans gezangenboek voor kinderen, dan met enig werkelijk inzicht in de natuurkundige wereld. Al wat geliefd is en vertrouwd, en niets duisters en smerigs. Maar vergeet niet dat Davey tegelijkertijd in de puberteit zat, een gebeurtenis die in de Victoriaanse gezangenboeken niet besproken wordt, een gebeurtenis die zo duister en smerig is als je je maar voor kunt stellen. Davey is toevallig een gulzig sensueel kind. De mannen onder ons kunnen zich vast nog wel herinneren waar onze gonaden en gameten mee bezig waren toen we vijftien waren. In mijn geval zijn ze nog steeds bezig, alleen zonder de opspringende heftigheid van weleer. Davey vond het afschuwelijk toen hij op een morgen ontdekte dat hij zich had overgegeven aan een natte droom. Dat leverde een probleem op. Waarom hadden God en de Natuur dit smerige vocht in zijn lichaam gestopt? Hoe kon hij een rein, mooi boterbloempje blijven, terwijl een spuitende verschrikking zich in hem ophield? Hij bracht het op deze manier in overeenstemming. Sperma was een levenschenkende energie, dat wist hij. Zolang hij de wellustige uitstroming van deze energie vermeed zou het rein blijven, sterker nog, zou het het reinste, het krachtigste extract zijn dat je je maar kon voorstellen. Hij besloot dat zijn sperma ... ik hoop dat je er klaar voor bent, Annie ... het ideale kanaal was voor zijn genezingen. Toen zijn nicht Jane arriveerde voor haar verblijf in Swafford werd hem de ideale testcase voor deze opvatting in de schoot geworpen. Hij overtuigde Jane van het feit dat hand opleggen niet voldoende zou zijn en dat hij haar moest doordrenken met zijn energie. Het is een techniek die menig religieuze cultleider van onschatbare waarde heeft bevonden. In Daveys geval werden verlangen en begeerte onderdrukt, en ik ben er zeker van dat hij oprecht geloofde dat genezen en helpen zijn enige beweegredenen waren.'

'O, Davey ...' fluisterde Annie. Ze was helemaal niet op de hoogte geweest van dit aspect van de missie en emissie van haar zoon, en ik voelde me een beetje een hufter door het haar zo te laten weten waar iedereen bij was.

'Het spijt me dat ik je moet vertellen dat hij hoogstwaarschijnlijk dezelfde truc bij Lilac heeft geprobeerd,' voegde ik eraan toe.

Kaken vielen op borden en Oliver begon mentale, dodelijke blikken naar me te werpen.

'Alleen Oliver kan vertellen,' zei ik, met het gevoel dat hij het verdiend had, 'welke techniek in zijn geval werd gebruikt.'

Hoofden zwaaiden zijn kant op. Arme Oliver, geen goede huichelaar.

'Hoor eens,' zei hij, en hij likte zijn lippen. 'We geloofden allemaal, of niet soms? Sommigen onder ons geloven nog steeds. Alles wat Ted heeft gezegd is bekrompen en ongestaafd. Hij heeft helemaal niets weerlegd.'

'Jij hebt mijn zoon verleid?' zei Michael.

'Nee, sodeju, hij heeft mij verleid! Hij zei ... jezus, als je het moet beschrijven in een taal die Wallace begrijpt, dan ja, Davey heeft me van achteren geneukt. En ik ben toch beter, of niet? Maar het was Davey. *Simon* heeft niets voor me gedaan. Ik heb de sukkel de hele week amper gesproken. Het is Davey! Natuurlijk is het Davey. Waarom luisteren jullie godverdomme naar die vette klootzak? Hoe zit het dan met Jane en Lilac?'

Mary en Max wisselden ontstelde blikken uit. Ze dachten aan Clara, de arme schatten.

'Wat Lilac betreft kan ik het uitleggen,' zei ik. 'Ik ben bang dat de hele affaire geheel mijn schuld was.'

'*Jouw* schuld?' Michael fronste zijn wenkbrauwen.

'Ja, het was echt zo stom. Ik heb vanavond de dierenarts, Nigel Ogden, gebeld. Ik vroeg hem om te bevestigen dat Lilac echt kruiskruidvergiftiging had gehad. Hij zei dat het de enige aandoening was die de depressie kon verklaren, het bloeden aan de mond, het doelloze rondjes lopen, het tegen de muur leunen, de buikpijn, het gebrek aan eetlust, de diarree, de razende dorst, alles. Maar ik had vanavond in bad een ingeving, zie je. Net als Archimedes. Ik ben dan wel geen dierenarts, maar niemand kan ontkennen dat ik een zuipschuit ben. En stel nou, vroeg ik de dierenarts, dat Lilac *dronken* was geweest? Echt volkomen lazarus. Onder het zadel gepimpeld en een stuk uit zijn manen gezopen. Nigel dacht hier een tijdje over na en moest toen toegeven dat hij nog nooit een dronken paard had gezien, maar dat hij veronderstelde dat de symptomen gelijk zouden kunnen zijn aan wat hij had gezien. Het zou erg veel invloed hebben op een paard, dacht hij, aangezien dat erg moeilijk kan braken. Het zou het bloeden aan de mond alleen niet kunnen verklaren. Maar daar had ik ook een antwoord op. Ik zal niet ingaan op de redenen, maar 's morgens vroeg op de tweede dag van mijn verblijf hier, liet ik een hele fles tien jaar oude malt whisky in een emmer vallen, in het westelijke gedeelte van het park, waar Lilac en haar medeviervoeters al die tijd hebben staan grazen.'

'*Wat* heb je gedaan?' stootte Patricia uit.

'Ja, ik weet dat het absurd klinkt, maar toentertijd leek het een goed idee. Daar kunnen we het later wel over hebben. Waar het om gaat is dat, vanavond in bad, toen ik me dat incident herinnerde, alle stukjes op zijn plaats vielen. Ik ben voor het eten even weggeslopen om de emmer te inspecteren. De fles was opengebarsten en er was whisky uit gesijpeld. Er zaten bloedvlekken op het gebroken glas. Lilac moet, met onberispelijke smaak, deze onverwachte schat ontdekt hebben, toen ze eergisteren in het park was, en moet er vrolijk het grootste deel van de middag aan gelikt en gezogen en geslobberd hebben. Gerst kan haar nog nooit in zo'n lekkere vorm zijn voorgeschoteld. Ze heeft, dat zal jullie deugd doen, niet alles binnengekregen, maar wel genoeg om haar een leuke middag en een hevige kater te bezorgen. Zo simpel is het.'

Ze staarden me allemaal in stilte aan. Toen begon Simon te lachen.

'Dronken!' zei hij. 'Lilac was dus dronken. Weet je dat ik al *dacht* dat het geen kruiskruid kon zijn! Alec en ik hebben een hele dag het veld gecontroleerd, omdat het hier wel groeit. Je moet het controleren, weet je. Het heeft geen zin onkruidverdelger te gebruiken, want gek genoeg maakt dat de plant voor paarden alleen maar lekkerder. Dronken!'

Oliver sloeg op tafel. 'Oké!' zei hij witheet. 'Dat is dan misschien wel waar. *Misschien*. Maar ...'

'Clara,' onderbrak Max dreigend. 'En Clara dan? Wil je beweren dat die jongen het lef heeft gehad ...'

Het leek me verstandig om hier omzichtig te werk te gaan.

'Je zult blij zijn te horen dat Davey niet hetzelfde heeft geprobeerd als bij Jane en Oliver en Lilac. Hij heeft haar vanmiddag proberen te voeren met iets van zijn energie ...' Dat leek me dicht genoeg bij de waarheid, ze konden die zin zo letterlijk of zo metaforisch nemen als ze zelf wilden. '... maar Simon heeft hem tegengehouden. Waarom je in godsnaam die arme meid naar Davey stuurde, begrijp ik met de beste wil van de wereld niet.'

'We wilden doen wat het beste was,' zei Mary hulpeloos. 'Het leek een goed idee.'

'Hoor eens, het is niet aan mij om jullie beiden de les te lezen,' zei ik, 'maar Clara is het meest onder de duim gehouden jonge ding dat ik ooit in mijn leven heb gezien. Je maakt het iedereen zonneklaar dat je je voor haar schaamt, je geeft haar waar iedereen bij is een uitbrander vanwege haar onbeholpenheid, wat het natuurlijk tien keer zo erg maakt, en je laat haar, volgens mij, werkelijk op geen enkele manier zien dat je van haar houdt, of dat je haar graag om je heen hebt.'

'Waar haal je het lef vandaan?' Max schreeuwde over tafel. 'Waar haal je het gore lef vandaan?'

'O, Max, houd je mond, hij heeft gelijk en dat weet je,' zei Mary. 'Natuurlijk heeft hij gelijk. Clara voldoet niet aan jouw beeld van het perfecte accessoire en dat maakt je kwaad.'

Max overwoog dit tegen te spreken, maar het idee van een ruzie in het openbaar paste duidelijk niet bij zijn zelfbeeld en dus haalde hij zijn schouders op en verviel weer in stilte.

'Simon heeft de afgelopen week wonderen gedaan met Clara,' zei ik. 'Ze hebben samen geholpen in de stallen, ze hebben de kippen gevoerd, met de puppy's gewandeld, gezwommen in het meer. Hij heeft haar zelfvertrouwen gegeven en haar laten zien dat hij haar aardig vindt om wie ze is.'

'Nee echt, ik heb niets gedaan ...' begon Simon te zeggen.

'Ze was erg overstuur van haar ervaring met David vanmiddag,' ging ik verder. 'Ze vertelde me erover toen ik vlak voor het eten even bij haar op bezoek was.'

'Tjonge jonge, wat hebben we het druk gehad vanavond, hè?' zei Oliver. 'Heel erg ...'

'Wat bedoel je precies met "haar ervaring"?' onderbrak Mary.

'Nou ja, zoals ik al zei, kan Davey erg intens zijn in zijn manier van doen. Ze was er een beetje van geschrokken. En vernederd, kan ik me zo voorstellen. Je hebt haar naar artsen en zielknijpers en speciale zomerkampen en religieuze retraites gestuurd alsof ze zieker en gestoorder is dan een dolle hond. En dan zeg je haar dat ze met Davey de bossen in moet om als een lepralijder genezen te worden. Simon zag ze toevallig samen en nam Clara mee. Hij vertelde haar dat er absoluut niks mis is met haar. Hij vertelde haar dat hij dol op haar is zoals ze is, en dat hij het haar nooit zou vergeven als ze iets aan zichzelf zou veranderen. Ze aanbidt Simon natuurlijk en voor het eerst van haar leven voelde ze zich bemind, eenvoudigweg en echt bemind. Ik denk dat dat, wat haar betreft, een wonder is.'

Mary keek naar Simon.

'Hoor eens ...' zei hij. Grote tranen begonnen over zijn wangen te biggelen. 'Jullie moeten niet ... niet boos zijn op Davey. Hij bedoelde het niet kwaad. Hij wilde alleen maar helpen. Hij is niet slecht, of zo. Hij is alleen een beetje in de war, echt waar.'

Anne streek over zijn arm.

Oliver zat nu te beven. 'Wat *hebben* jullie toch allemaal?' riep hij uit. 'Het belangrijkste feit heb je nog niet verklaard. Jane. Dat kun je niet, hè?'

Ik haalde verontschuldigend mijn schouders op. 'Remissies

komen nou eenmaal voor, Oliver,' zei ik.

'Remissies komen nou eenmaal voor! Broden veranderen soms in vissen. Dode mannen staan soms op. Sint-juttemis valt op een dinsdag. Stik maar in je "remissies komen nou eenmaal voor".'

'Ik kan jullie over Jane vertellen,' zei Michael, met zo'n zware stem dat we allemaal ons hoofd omdraaiden. 'Bex, ik vind het zo erg. Dat telefoontje van net. Jane is overleden. In het ziekenhuis. In haar slaap. Ik moest echt wachten totdat ik had gehoord wat Ted zou zeggen.'

Ik staarde in mijn wijnglas. Ik denk dat ik ergens wel had vermoed dat er iets mis was. Toen ik dacht aan de veel te opgewekte zinnen waarmee ze haar laatste brief eindigde. 'Lach! We worden omringd door liefde. Omringd door liefde. Alles wordt fantastisch. Alles glanst. Alles is zoals het alleen maar kan zijn en hoort te zijn.' Maf kind.

'Laten we naar de salon gaan,' zei Anne. 'Ik denk niet dat iemand nog iets wil eten.'

We stonden stilletjes van tafel op en liepen in optocht naar de salon. Michael troostte Rebecca die snikkend tegen zijn schouder aan leunde en ik sloeg een arm om Patricia.

Ik voelde me vreemd genoeg schuldig, alsof mijn verbreken van Daveys betovering de oorzaak was van Janes dood en het plotselinge verdriet in de huishouding. We zaten in een kring van sofa's rond de grote ottoman waarnaar we allemaal treurig keken om ons het ongemak te besparen dat onze blikken elkaar zouden kruisen. Met de wind die rond het huis zwiepte en de regen die tegen de dakpannen kletterde, leek ons bijeengekropen groepje op een groep angstige holbewoners die in het vuur staren.

'Ze had vanmorgen een terugslag,' zei Michael ten slotte. 'Ze dacht dat het een vergissing moest zijn. Bleef tegen de artsen zeggen dat ze in orde was en dat ze naar Norfolk moest. Ze is vanavond om tien voor acht overleden.'

Tien voor acht. Het precieze moment waarop de whiskyfles in de emmer me te binnen schoot. O, houd toch je mond, Ted, zei ik tegen mezelf. Beheers je, man.

'En al die tijd ...' zei Michael, '... al die tijd dacht ze dat ze beter was. Nam geen afscheid, omdat ze dacht dat ze genezen was.'

'Maar *ik* dan!' zei Oliver, niet in staat het nog langer te onderdrukken. 'Hoe zit het dan met mij? Ik ben toch genezen?'

'O, Oliver,' zei ik. 'Heb je die pillen dan echt weggegooid?'

'Ik heb ze niet nodig. Ik heb geen godvergeten pillen *nodig*. Snap je dat dan niet?'

'Waarom stond je dan vanavond in je badkamer te schreeuwen van de pijn?'

'Ik schreeuwde niet van de pijn, ik ...'

Arme, ouwe rukker.

'Ik *kreunde* van de pijn,' zei hij ten slotte, in een poging zijn waardigheid te behouden. 'Dat is een groot verschil.'

'Ik stuur wel iemand naar Norwich om meer pillen te halen,' zei Michael.

'Het is angina,' zei Oliver. 'Als ik genoeg wodka in me giet om de pijn te doden, dan kan het wel tot morgen wachten.'

Annie glipte de kamer uit en Oliver keek met rode ogen naar me op.

'Waarom, Ted? Waarom moest je het zo nodig bederven? Het *had* toch waar kunnen zijn? Waarom kon je het niet waar laten zijn?'

'O, Oliver, ik weet het niet. Jij bent de priester, ik niet. Heeft het niet iets te maken met de mens die zelf zijn leven moet leiden?'

'Maar het was zo'n mooi idee. Het gaf ons hoop.'

'Denk nou niet,' zei ik, 'dat het leven en de wereld hopeloos zijn, alleen omdat je niet genezen kunt worden door hand opleggen of door het inbrengen van heilig zaad. Als je wilt praten over de genadecampagne, waarom noem je Simon dan niet?'

'O, alsjeblieft ...' Simon stond op. 'Oom Ted, ik zou heel graag willen dat u niet meer zo over me praat. Alstublieft.'

Ik wuifde met mijn hand naar hem.

'Het spijt me, ouwe schat. Het is een heel beladen toestand voor je geweest. Naarmate je ouder wordt, word je steeds minder bang voor sentimentele taal, dat zul je nog wel merken. Wilde je niet in verlegenheid brengen.'

'Ik ga Soda uitlaten,' zei hij, terwijl hij de kamer uitliep.

'Goed idee.'

Hij stopte in de deuropening.

'Eh, tante Rebecca. Ik vind het heel erg, van Jane. U heeft mijn ... u weet wel ... mijn diepste ...'

Hij draaide zich om, om te gaan, maar zijn weg werd geblokkeerd door Annie.

'Simon!' zei ze in paniek. 'Davey is niet op zijn kamer.'

III

Mary Cliffords eerste gedachte was aan haar dochter.

'En Clara?' jammerde ze.

Stompzinnig mens. Alsof Davey haar ontvoerd had, of met het hulpeloze wezentje aan zijn zadelboog vastgebonden naar Gretna Green was gereden om in het geheim met haar te trouwen, terwijl zij vocht om los te komen. Ik betwijfelde of hij haar en haar vooruitstekende tanden ooit nog zou willen zien.

'Clara ligt in bed, in diepe rust,' zei Annie.

'Tedward,' zei Michael. 'Dat geluid dat we daarstraks hoorden bij de deur van de eetkamer ...'

Ik had hetzelfde onwelkome idee. Als David had staan luisteren naar mijn hoogdravende en meedogenloze analyse van zijn verwarde psyche, dan wist de Heer alleen hoe hij zou reageren. Ik ben ook zo'n tactloze hufter, zo'n hopeloos tactloze hufter.

'O, gloeiende tering,' zei ik. 'Hij kan op zo'n avond als deze toch niet naar buiten zijn gegaan. Dat kan niet. Niet in zijn toestand.'

'Toestand?' Annie greep mijn arm beet. 'Wat bedoel je toestand?'

'Luister, er is geen tijd om het uit te leggen,' zei ik. 'Davey heeft zichzelf vanmiddag verwond. Hij is helemaal in orde, hij hoort alleen in bed te liggen.'

'Pap, waarom gaan jij en mam en Mary en Rebecca en Patricia niet binnen zoeken?' zei Simon. 'Ik haal Soda en dan kunnen wij verder buiten zoeken.'

Simon nam Max en mij mee naar het laarzenhok, waar hij ons uitrustte met rubberen laarzen, waxjassen en lantaarns.

Hiermee gewapend marcheerden we door de keuken langs het verbijsterde keukenpersoneel. Ik was als hekkensluiter het lid van de groep dat door Podmore werd aangehouden.

'Is er iets aan de hand, meneer Wallace?'

'Alles is prima, mijn beste. We gaan schatzoeken. Zo enig.'

Buiten op de binnenplaats van de keuken schreeuwde Simon tegen ons, boven het gebulder van de wind en het spatten van de regen uit.

'We gaan eerst naar de kennels. Soda halen.'

Max en ik knikten, en volgden hem achter het huis langs. Regenwater stroomde langs mijn nek naar beneden.

'Denk je echt dat hij misschien is weggelopen?' vroeg Max aan mij.

'Geen idee,' antwoordde ik. 'Christus, ik hoop van niet. Maar als hij stond te luisteren toen ik het over hem had, dan is het heel goed mogelijk dat hij zich niet in staat voelde ons allemaal onder ogen te komen.'

'Hoe is hij eigenlijk precies gewond?'

'Nou,' zei ik. 'Je dochter heeft hem gebeten.'

Max knikte. 'Ik begrijp het,' zei hij. 'Ja, ik begrijp het. Het stomme is dat ik het huftertje nooit heb gemogen. Altijd opgelucht geweest dat Simon mijn peetzoon was en hij niet. Had op mijn instinct moeten afgaan.'

'Geen huftertje,' zei ik, terwijl ik aan de capuchon van mijn waxjas zat te frommelen. 'Niet echt zijn schuld dat iedereen hem aanmoedigde te denken dat hij Jezus Christus was, of wel?'

We waren bij de kennels aangekomen. Soda leefde gescheiden van de andere spaniëls die stonden te blaffen en te janken in het overdekte gedeelte van hun accommodatie. Max en ik praatten tegen ze en vertelden ze dat onweer een ongevaarlijk geintje was, terwijl Simon Soda haalde en een lange riem aan haar halsband vastmaakte.

'Ze heeft een superneus,' zei hij. 'Davey en ik speelden vroeger verstoppertje met haar. Mensenjacht en zo. U weet wel.'

Hij boog zich voorover en sprak op de gehaaste, opgewonden toon die mensen voor honden bewaren. 'Zoek Davey! Toe maar, meisje. Zoek Davey! Zoek Davey! Waar is-ie, Soda? Waar is-ie dan?'

Soda sprong en blafte van plezier. Kwam niet in haar op om zich af te vragen waar we allejezus mee bezig waren, dat we zo laat nog spelletjes speelden midden in een onweersbui. Maar goed, als je als hond gewend bent om mensen te zien die in hun metalen dozen op hoge snelheid langsrazen, die bij het ontbijt naar grote vellen papier staren en die rook inademen uit korte witte buisjes, dan kan zeker niets van wat het soort doet je nog verbazen.

We volgden Simon en Soda de binnenplaats van de kennels over en langs de zijkant van het huis. Soda's neus stuiterde snuivend en snuffelend over de grond. Zo nu en dan trippelde ze weg in een wijde boog, een vals spoor achterna, alvorens ze weer terugkeerde naar het hoofdpad.

'Nog niets,' zei Simon.

Ik keek op naar de ramen van het huis en zag hoe in kamers op iedere verdieping de lichten aangingen. De groep binnen leek ook geen succes te hebben. Ik vroeg me af of ze de moed zouden hebben de bedienden om hulp te vragen.

We kwamen bij de voordeur aan en onmiddellijk begon Soda rond de traptreden te snuffelen, opgewonden te blaffen en uitzinnige rondjes te draaien.

'Volgens mij heeft ze iets,' zei Simon. 'Toe maar, meisje! Zoek Davey! Zoek Davey!'

Soda kefte twee keer en schoot weg in de richting van het gazon aan de voorkant, terwijl Simon de riem vasthield. Max sprintte ze achterna, popelend om te zien of hij een spaniël en een zeventienjarige kon bijhouden. Ik hobbelde op een wat ontspannender sukkeldrafje mee en haalde het trio aan het eind van het gazon in. De lantaarns van Max en Simon flitsten heen en weer, maar het was licht genoeg om te zien dat er absoluut geen teken van Davey was. Misschien was hij over de singel geklommen en het park in gegaan. Daar was ik eerder op de avond geweest en had ik in de emmer staan turen. Die associatie bracht me op een idee.

'Vals alarm,' zei Simon.

Soda blafte en rende verwoed rondjes in de greppel van de singel.

'Wacht even,' hijgde ik. 'Ik was hier vorige week. Het was ochtend.'

'En?' zei Max.

'Nou, ik was over het gazon een spoor van voetafdrukken aan het volgen in de dauw en precies op deze plaats hielden ze op. Ik begreep er niets van. Dat was dezelfde ochtend dat ik het park in ging en die fles whisky liet vallen. Dacht dat ik gek werd. Alleen een spoor voetafdrukken tot daar en toen opeens niets meer.'

Simon keek naar het gazon en toen in de greppel waar Soda nog steeds wild heen en weer rende en zich een ongeluk blafte. Hij gleed de singel in en schreeuwde naar Soda.

'Zoek Davey! Toe maar, meisje! Zoek Davey!'

Soda bleef een opgewonden stroom gekef afvuren en begon met haar poten tegen de wal te krabbelen. Simon keek een ogenblik lang toe en greep Soda toen bij haar halsband en trok haar naar achteren.

'Kijk!' schreeuwde hij en wees. 'Hier!'

We waren nog steeds op gazonniveau en dus ging Max op zijn buik liggen en keek naar beneden en trok met het licht van zijn lantaarn een spoor in de turf waar Simon naar wees, een spoor dat drie kanten van een groot vierkant vormde.

Simon greep een handvol gras beet en trok. Een zware rechthoek van turf, ongeveer een meter bij een meter, begon van de wal los te komen. Het was aan de bovenkant ongemaaid, en vormde een soort scharnier, maar Simon wrikte totdat het hele stuk loskwam. Max en ik leunden naar voren, hielpen met het gewicht en lieten het naast Simon in de greppel vallen.

Zodra de ingang werd onthuld, probeerde Soda naar binnen te springen, maar Simon hield haar vast.

'Af, Soda. Af. Braaf meisje, je bent braaf. Blijf.'

Hij scheen met zijn lantaarn in het gat.

Max en ik, die in het gras erboven lagen en naar beneden tuurden, konden de ingang van een tunnel onderscheiden die in de wal beneden ons was gesneden, en konden in het licht van Simons lantaarn twee blote voeten in de modder onderscheiden.

'Is hij in orde?' schreeuwde ik naar beneden. 'Hoe gaat het met hem?'

Simon legde zijn handen om de enkels en begon te trekken. 'Ik kan het niet zien,' zei hij. 'Ik heb hulp nodig.'

Max en ik lieten ons in de greppel vallen om te helpen. Max scheen met zijn lantaarn, terwijl Simon en ik tilden, en meer en meer van Davey tevoorschijn kwam. Hij had in de lengte, naakt in een tunnel gelegen die amper groot genoeg was voor hem. De luchtgaten waren waarschijnlijk door het regenwater doordrenkt en door natte aarde geblokkeerd, als hij al de moeite had genomen om ze te maken. Hij kan daar niet langer dan een uur hebben gelegen, dacht ik. Niettemin was de lucht vast walgelijk gaan stinken en was de aarde door het vocht waarschijnlijk modder geworden.

Ik hoorde voetstappen en geschreeuw uit de richting van het huis. Michael en Annie renden over het gazon, met Rebecca, Patricia en Mary in hun kielzog.

'Jullie hebben hem gevonden,' riep Annie. 'Waar was hij?'

Ze keken naar beneden in de singel waar Simon en ik het lichaam van Davey in de greppel legden. Soda likte de modder van zijn arm en kreunde als een roestig hek.

'Wat is dat verband?' vroeg Michael. 'Er zit bloed aan! Wat heeft hij zichzelf in godsnaam aan willen doen?'

'Maak je daar maar geen zorgen over,' zei ik.

'Hij ademt niet!' jammerde Annie. 'Michael, zijn ogen zijn dicht en hij ademt niet.'

Simon pakte een van Davids armen, die langs zijn zij lagen en ik nam de andere. We tilden ze op en trokken ze achter Davids hoofd. We deden dit meerdere keren, eerst langzaam en daarna steeds sneller en sneller. Toen legde Simon de palmen van zijn handen op Davids borst en duwde met zijn hele gewicht, duwde en duwde. Annie begon te huilen.

Ten slotte kneep Simon, die met zijn hoofd schudde, met de ene hand de neus van zijn broer dicht en opende met zijn andere hand diens mond. Hij leunde voorover en blies in de longen.

IV

'Gloeiende tering, houden jullie me nou eens bij,' gromde ik. 'Ik ben toch al tien minuten te laat.'

'We gaan wel rennen,' zei Roman. 'Jawel meneer, we gaan wel rennen.'

'Abso-godver-luut. We gaan verdomme wel rennen.'

Ze stommelden langs me heen en renden over de stoep, sloegen linksaf en verdwenen uit het zicht Great Marlborough Street in.

Tegen de tijd dat ik ze drie minuten later inhaalde, zwaaiden ze om een lantaarnpaal heen bij de achterkant van Marks and Spencer en tikten toen ik aankwam afkeurend op hun denkbeeldige horloges.

'Ik moet daarginds zijn,' zei ik, 'in dat gebouw. Ik ben niet langer dan een halfuur weg.'

'Er zit een McDonald's in Oxford Street,' zei Davey.

'Jaah, mogen we een Big Mac?'

'Tien Big Macs.'

'Kom op, pap! Over een week moeten we weer naar school.'

'Ja, ja, ja. Dram niet zo. Hier ...' Ik overhandigde ze ieder een briefje van vijf. 'En niet op straat staan kotsen.'

'We zien je daar zodadelijk wel. Het is iets verderop in Oxford Street.'

'Tot straks ...'

Ik stak de straat over en duwde op de bel.

'Ted Wallace voor Lionel Greene.'

'Tweede verdieping.'

Greene had niet veel te zeggen. Niets dat Michael me, als executeur testamentair, niet al had verteld.

'De nalatenschap bestaat in haar geheel uit het perceel in South Kensington, vierhonderdduizend pond in aandelen en honderddertigduizend pond in deposito's bij het bijkantoor van de Coutts Bank in Chelsea.'

'Lijkt nogal veel.'

'Hebt u liever dat de aandelen verkocht worden?'

'Weet ik niet.' Als ik het aan een of andere leukemieorganisatie zou schenken, zou ik er spijt van krijgen. Gebaren zijn allemaal goed en wel, maar ze vullen de buik niet. Trouwens, het zou zo zelfvoldaan en geslepen lijken.

'Het is geheel aan u als enige begunstigde.'

'Ja, ik weet het.'

'En het huis, meneer Wallace? Gaat u dat verkopen?'

'Ik ga er in elk geval niet wonen,' zei ik. 'Moet u het behang daar eens zien.'

'Ik ben tevens gelast u deze brief te geven,' voegde Greene eraan toe, terwijl hij me een envelop overhandigde. Het handschrift was verschrikkelijk en het kostte me enige tijd om een enkel woord te ontcijferen. Greene draaide zich discreet om zodat ik hem ongezien kon lezen.

Lieve Ted,

Ik vind het zo erg. Ik begrijp niet wat er is misgegaan. Je moet Davey voor me naar het ziekenhuis sturen. Ik voel me opeens heel erg zwak. Ik snap het niet. Ik snap het gewoon niet.

De artsen zeggen dat het de leukemie is, maar wij weten dat dat niet het geval kan zijn, hè? Wij weten dat ze een vergissing moeten hebben gemaakt.

Dank je wel voor al je brieven en dat je je er zo met hart en ziel in hebt gestort. Het was geen vergissing om jou te sturen en ik ben onze afspraak niet vergeten. Ik heb een nieuw testament gemaakt, waarvan de verpleegkundigen getuige zijn geweest. Gebruik het geld om Daveys gaven aan de wereld bekend te maken.

Kom met Davey hierheen, zodra je dit ontvangt. Hij zal het allemaal in orde maken.

Liefs,

Jane

'Ik heb begrepen,' zei Greene, 'dat ze niet meer dan een halfuur nadat ze het had geschreven, is overleden. Heel triest. Een broer van mij is aan leukemie overleden. Afschuwelijk.'

'Heel afschuwelijk,' zei ik, en ik stond op.

'Nog twee dingen voordat u gaat, meneer Wallace. Ik heb de sleutels van Onslow Terrace hier. Wilt u ze hebben?'

'Ik denk het wel. Er liggen nog papieren die ik eigenlijk moet bekijken, denk ik.'

Ik peinsde over de vreemde gewoonte waarmee brieven en rekeningen en vodjes waardeloos afval van mensen, zodra ze zijn overleden, onmiddellijk worden onderscheiden met het woord 'papieren'. Voorwerpen zoals huissleutels worden uiteraard 'bezittingen'.

Greene overhandigde ze met een ceremoniële knik van het hoofd.

'En het tweede?' vroeg ik.

'Het tweede is dit,' zei hij, terwijl hij met een verlegen glimlach een boek van zijn bureau pakte. 'Ik vroeg me af of u zo goed zou willen zijn me het onschatbare genoegen te doen mijn exemplaar van uw *Verzamelde werken* te signeren?'

De jongens zaten in het bovenste gedeelte van het 'restaurant', zoals het zichzelf graag noemde.

'Alles kits, pap?'

'Jazeker, dank je,' zei ik. 'Mijn god, vind je dat nou echt lekker?'

'Nee, pap,' zei Roman, 'we eten ze omdat we ze zo smerig vinden. Natuurlijk vinden we ze godvergeten lekker. Neem er zelf ook een.'

'Ik dacht het niet.'

'Kom op, Ted,' drong Davey aan. 'Je moet er op z'n minst een proberen. Anders heb je het recht niet om kritiek te leveren.'

'Ja zeg, wacht eens even ...'

'Ik ga er beneden wel even snel een halen,' zei hij.

'Waarom had hij dat niet aan een serveerster kunnen vragen?' vroeg ik, toen ik hem naar beneden zag vliegen.

'Hou toch op, pap,' zei Roman. 'Doe nou niet nog dommer dan je al bent.'

'Mmm.'

'Wist je dat Davey twee weken geleden nog nooit van zijn leven een Big Mac had gehad?'

'Ja, dat wist ik,' zei ik.

'Hartstikke verslaafd is hij nou.'

'Roman,' zei ik.

'Ja?'

'Ik weet dat we eigenlijk nooit echt de kans krijgen om met elkaar ergens over te praten, maar ik wilde alleen maar zeggen ... dat je een geweldige knul bent.'

Hij glimlachte. 'Pap, je hebt te veel van die verdomde Amerikaanse televisiefilms gezien,' zei hij.

'Ik heb net zoveel Amerikaanse televisiefilms gezien als ik Big Macs heb gegeten,' antwoordde ik. 'Laat me dan in elk geval *proberen* vaderlijk te zijn, hoe slecht ik er ook in ben. Maar wat ik zeggen wil is dit. Ik weet dat Helen je alleen naar Londen afvoert als zij en Brian in augustus op vakantie gaan, maar als je ooit een andere keer zin hebt om in mijn flat rond te hangen, nou ja ...'

'Ja, daar heb ik niks op tegen,' zei hij.

'Goed zo.'

'Zo, wat gaan we de rest van de middag doen?'

'Nou, ik heb een druk dagje, toevallig. Ik moet over een halfuur naar de Harpo Club. Je zus Leonora wil me zien. Volgens mij is d'r vriendje bij 'r weg.'

'Alweer?'

'Alweer. Ze heeft geen woonruimte. Ik kan misschien een huis voor haar regelen. Daarna heb ik een afspraak met een uitgever.'

'Schrijf je weer gedichten?'

'Dit is voor een roman, gebaseerd op ... gebaseerd op een idee dat ik vorige maand kreeg toen ik in Swafford was.'

'En hoelang gaat dat duren?'

'Ik heb geen idee. Ik heb er nog nooit een geschreven.'

'Nee, die afspraak. Met die uitgeverspersoon. Hoelang gaat dat duren?'

'O, niet meer dan een halfuur, denk ik. Maar daarna moet ik eigenlijk echt even op bezoek bij Oliver in het ziekenhuis.'

'Tjemig, en wat moeten wij al die tijd doen?'

'Ah, ja. Dat komt zo. Laat me eens even kijken ... steek je hand eens uit.' Ik pakte mijn portefeuille. 'Het lijkt me dat dertig pond per persoon wel genoeg is.'

'Ja, graag!' zei Roman. 'Waarvoor?'

'De opdracht voor vanmiddag is,' zei ik, terwijl ik zes briefjes van tien in zijn hand uittelde, 'dat jullie beiden naar Brewer Street gaan om te proberen binnen te komen bij een vieze film of stripteaseact. En als bewijs moeten jullie de kaartjes meenemen.'

'En wat winnen we als het lukt?'

'Jullie winnen, Roman, jij ondankbare bastaard, het genoegen een vieze film of stripteaseact te hebben gezien. Is dat niet genoeg?'

'Oké. Afgesproken.'

'Mooi zo.'

'Maar wat is eigenlijk precies de bedoeling?' vroeg Roman, terwijl hij het geld in zijn zak stopte. 'Is het alleen maar om mam een hak te zetten, als ze er ooit achterkomt?'

'Het heeft absoluut niets te maken met je moeder. Helemaal niets. Het is ten bate van jullie onsterfelijke zieltjes, als je het zo nodig moet weten.'

'Al goed. Vroeg het me gewoon af.'

'En jullie kunnen ook maar beter wat verzinnen voor vanavond. Ik neem Patricia mee naar Le Caprice en misschien wil ze daarna wel mee naar huis.'

'Dan hebben we wel wat meer nodig dan dertig pond.'

'Je bent een van de weinige mensen,' zei ik, terwijl ik hem nog vier tientjes gaf, 'die met recht een hoerenjong kan worden genoemd.'

'Uw Big Mac, meneer,' zei Davey, en plaatste een plastic dienblad voor me op tafel. 'Met een portie middelgrote frietjes en een cola light.'

'Er zit geen bestek bij,' protesteerde ik.

'Vingers zijn het bestek der natuur,' antwoordde hij met een verlegen glimlach.

Ik opende het bruine, piepschuimen doosje en staarde treurig naar de inhoud.

'Moet dit echt?'

'Jawel meneer, dat moet!' zeiden ze.

'Een goeie truc is,' bood Davey aan, 'om de frietjes in het open deksel van het doosje te kieperen. Kijk, zo. Gaaf, hè?'

Ik hield het broodje bij mijn gezicht en rook. 'Wat is die roze saus?'

'Ah, dat weet niemand. Het is het best bewaarde geheim van de wereld.'

Ik beet in de warme, zompige hap.

Als laboratoriumtechnici die een proefkonijn in de gaten houden, keken ze gespannen toe.

'Nou, pap? Hoe vind je het?'

'Werkelijk *wal*gelijk.'

'Nog eentje, dan maar?' stelde Davey voor.

'Welja, waarom niet,' zei ik.